U0330876

吕正惠 著

# 第二个
经典时代

重估唐宋文学

生活·讀書·新知三联书店

**图书在版编目（CIP）数据**

第二个经典时代：重估唐宋文学／吕正惠著. —北京：
生活·读书·新知三联书店，2019.6
（三联精选）
ISBN 978 – 7 – 108 – 06317 – 5

Ⅰ．①第… Ⅱ．①吕… Ⅲ．①中国文学－古典文学研究－
唐宋时期 Ⅳ．① I206.42

中国版本图书馆 CIP 数据核字（2018）第 101119 号

责任编辑　杨　乐
装帧设计　鲁明静
责任校对　安进平
责任印制　宋　家
出版发行　**生活·讀書·新知** 三联书店
　　　　　（北京市东城区美术馆东街 22 号 100010）
网　　址　www.sdxjpc.com
图　字　01-2018-8067
经　销　新华书店
印　刷　北京隆昌伟业印刷有限公司
版　次　2019 年 6 月北京第 1 版
　　　　　2019 年 6 月北京第 1 次印刷
开　本　880 毫米×1092 毫米　1/32　印张 15
字　数　298 千字
印　数　0,001－8,000 册
定　价　49.00 元
（印装查询：01064002715；邮购查询：01084010542）

# 序论一　中国文化的第二个经典时代

## 一

　　每一个伟大的文明都有自己的文化经典。以中国而言，最早被列为文化经典的是六经，到了后代又加入了先秦两汉的一些典籍（如诸子、《史记》、《汉书》）。以希腊而言，最早被列入经典的是荷马两大史诗和赫西俄德的作品，然后加入三大悲剧作家以及希罗多德、修昔底德、柏拉图、亚里士多德等人的著作。以印度而言，先是四大吠陀，后来又有两大史诗。可以说，没有形成文字化的经典系列的文明，都很难被称之为伟大的文明，因为没有文字化，文明就很难流传下去。

　　文化经典最早都形成于代代的口耳相传，这些凭着一代传承一代、靠着背诵和记忆而传承下来的东西，必然是那一文明经验与智慧的结晶。到了历史的某一时期，由于书写技术的进步，才逐渐文字化，并经由书写材料（如泥砖、纸草、木片、竹片）而流传下来。经过这个阶段以后，已经文字化的"书籍"就成为某一文明识字阶层的教科书，代代传诵不绝，这样就形成了文化经典。随着时代的发展，某一文明内部的文化经典，各典籍之间的地位也许会有高低起伏的变化，但其核心基本上会保留不变，如中国的六经和希腊的两大史诗。

即使有了文字化，也不能保证某些文明的文化经典就能永远保存下来，譬如古代的两河文明和埃及文明。这是世界上最古老的两种文明，曾经拥有丰富的典籍，却因后来者的不断征服，而为世人所忘记。近代以来，由于考古挖掘的努力，两河文明的楔形文字和埃及文明的纸草才能重现于世。当然，经过考古发现重新缀补出来的文化经典，终究不及文字传承代代不绝的文化经典那么完整。

跟两河、埃及文明形成对照的，是古代希伯来文明。希伯来文明诞生于古代的以色列国，而以色列是一个弱小的国家，常常遭受周边强大帝国的侵略，国家的存在时有时无，但它的经典《旧约》却能靠着犹太教的强大凝聚力流传下来。后来的基督教也发源于犹太教，基督教除了《旧约》之外又有自己的《新约》，《旧约》及《新约》的流传基本上源于宗教的力量，而不是政治力量，这在文明史上是少有的例外。

二

从地理上的区隔来说，我们可以把人类最重要的古代文明分成三大块：1. 东亚的中华文明，2. 南亚的印度文明，3. 两河、埃及、地中海文明。中国文明和印度文明相对来讲都比较孤立地发展（但三大文明区之间还是多少有所联系），而两河、埃及、地中海之间的各文明却彼此紧密交流。两河、埃及以及附近的各文明，后来统一于波斯帝国，波斯帝国可以说是这一地区第一个伟大的综合体。跟波斯帝国形成对抗的，是希腊各独立城邦组成的文化统一体。这个希腊文明内部彼此斗争不已，最后由马其顿帝国将它们统一起来，并且灭掉了波斯帝国。马其顿帝国后来虽然分裂成马其顿（包括希腊）、埃及（托勒密王朝）和西亚（塞琉古王朝）三大块，但它们却拥有共同的文明基础，这就是所谓的希腊化文明。后来，在地中海西部兴起了罗马帝国，并吞了所有这些地区，再加上罗马帝国在地中海西部所征服的北非、西班牙和高卢（现在的法国），就形成了古代世界最强大的帝国，和东方的汉帝国遥遥相对。

从文化上来讲，罗马帝国和先前的马其顿帝国一样，是传承希腊文化的。希腊文化所以在希腊政治势力消失以后还能长期存在，就因为统治它的两大帝国在文化上都受到它的影响。

## 三

我们现在常说，近代西方文化传承了古代的希腊罗马文明，其实这是一个太过简略、容易产生误导作用的说法。罗马帝国统一了整个地中海地区，形成了希腊罗马文明，这个文明的文化经典，除了希腊人的作品之外，又加上了罗马人（如西塞罗、西泽、维吉尔、李维等）的作品。但是，在公元2世纪末罗马帝国陷入长期内战以后，这个文明就逐渐没落了，等到公元4世纪君士坦丁大帝重新统一帝国，尊基督教为国教以后，希腊罗马文明就变成了罗马基督教文明。我们记得，罗马皇帝朱利安曾经企图恢复希腊罗马文明，但很快就失败，因此他被称为"叛教者"，这就说明基督教已成为罗马帝国最重要的文明力量。等到日耳曼各部落冲进西罗马帝国境内，西罗马帝国崩溃，日耳曼各部落纷纷归皈基督教以后，至少有一千年时间，所谓西方文明其实就是基督教文明，希腊罗马文明几乎被忘记了。

就在西方完全笼罩在基督教的势力之下的时候，东罗马帝国（拜占庭帝国）屹立了一千年之久。拜占庭帝国使用希腊语，继续传承古代的希腊文明，而且，还影响了后来兴起的大食帝国的伊斯兰文明。现在很少人知道，伊斯兰文明不但传承了古希腊文明，同时还传承了古希伯来文明。大食帝国的全盛时代不但翻译了许多希腊经典、产生了不少诠释希腊文明的大师，而且，他们同时也推崇《旧约》与《新约》。如果没有拜占庭帝国和大食帝国，古希腊文明有多少能保存下来，是很值得怀疑的。近代的西方很少人愿意承认这一点，好像希腊文明在西方一直绵延不断，这是很少有人揭破的历史大谎言。

一直要到薄伽丘和彼特拉克（15世纪）的时代，古希腊罗马文明才在意大利复兴起来，并逐渐波及全西欧，这就是我们所谓的文艺复兴。文艺复兴以后，希腊罗马文明和基督教文明并存于西方，成为近代西方文明的基础。从这个角度来看，古代的希腊罗马文明，和近代西方所传承的希腊罗马文明，很难说是同一个文明，因为后者已经加入了基督教的因素，而前者丝毫没有基督教的影子。而且，我们不能说，传承拜占庭文明的俄罗斯文明，以及继承大食帝国遗产的伊斯兰文明，都不是古希腊文明的继承人。古希腊文明的"后代"有好几个分支，西方人凭什么说，他们是古希腊文明唯一的继承人？

　　再说，所谓的希腊文明的作用问题，恐怕也需重新考虑。近代西方人把希腊文明吹得神乎其神，认为这是西方人最具天才性的创造，是西方人对人类所做的最伟大的贡献。其实，真相远非如此。根据希腊人自己的记载，以及19世纪以来的考古发现，越来越多的学者不同意这种看法。他们认为，地中海文明的发源地是两河流域和埃及，再从这里扩展到叙利亚、波斯、小亚细亚、腓尼基和以色列（希伯来），再影响到在小亚细亚海岸区域的希腊城邦，然后再扩展到希腊本土（我们只要想一想，希腊早期的哲学家和希罗多德都来自小亚细亚沿岸的城邦，即可思过半矣）。也就是说，希腊文明是两河文明和埃及文明影响下的产物，说希腊文明是独立创造出来的，根本站不住脚。罗马帝国时期，帝国东部因为有较深厚的文明底子，所以才能发展出基督教，也才能在西罗马帝国崩溃以后，继续存在着拜占庭文明，并且发展出伊斯兰文明，还有后来的奥斯曼帝国。这一大片地区本来就是古地中海文明的发源地，在近代西欧尚未兴起之前，其文明力量远远超过西欧，而且时间长达一千年之久。在这个地区，希腊文明只不过是这个大文明圈的一环而已，其作用绝对称不上独一无二。在近代西方兴起以后，西方人为了突出自己，就拉出了一个"远祖"希腊，并把它无限地抬高。

我们现在所读的人类文明史，不过是近代西方人"创造"出来的文明史。其实，西方称霸全世界（从他们压倒奥斯曼帝国和莫卧儿帝国算起）也不过两百多年，在历史的长河上，两百多年算得了什么！等到西方话语霸权一过，西方文明发展的真相就会大白于世。西方人所叙述的希腊－罗马－文艺复兴－近代西方这个一线传承的人类文明史，总有一天就不会再有人相信了。

### 四

我们略过印度文明，直接从古地中海文明和近代西方文明跳到中华文明。

在东亚这块大陆上，历史发展最核心的问题是：什么时候形成了一个后来称之为"华夏"的统一文明。这是中国上古史最重要的问题，随着中国考古学日新月异的发展，这个问题的答案会逐渐清晰起来。根据现有的资料，我们可以肯定地说，在周朝建立的时候，以黄河流域为中心，中国人已经形成了非常稳固的文化大一统的观念。这个观念还可以往前追溯，应该说，至少从中国历史中的"三代"（夏、商、周）以来，这个观念就已经存在。

　　我们知道，在周代建立的时候，中国还处在"万国"并立的时代，但周王（周天子）受天命而成为天下的领袖，也是绝大部分诸侯国所公认的。虽然战争时有发生，但周王作为最终的协调者和决断者的地位，很少受到挑战。即使在春秋时代，周王的权威已经极为式微，春秋的霸主，特别是齐桓公和晋文公，仍然以周王的辅臣的身份维持次序，不敢在名分上有所逾越。一直到战国中期，齐国和魏国相约称王的时候（齐威王和魏惠王），周王的崇高地位才完全丧失。周王的权威名分长期存在，说明天下"共主"的观念已经长期存于中国人的心中。没有这个观念的存在，很难想象先秦诸子都存在着"大一统"的思想，也很难想象秦国最终并吞六国，实现了政治领域中郡县制的大一统（即一般人所谓中国中央集权制的形成。我以前一直以为春秋、战国的长期战乱，是大一统思想出现的现实原因，最近和我的朋友张志强讨论，才了解这种想法可能早在三代之前就已存在，而周代的宗法封建制则是这种思想的非常具有创造性的体现）。

　　将中国的上古史和地中海地区的上古史加以比较，就可以看出两者的重大区别。以两河流域来说，这里先后出现了萨尔贡帝国、汉谟拉比帝国（巴比伦帝国）、亚述帝国和迦勒底帝国（新巴比伦帝国），周边也曾有过赫梯帝国（小亚细亚）和米底帝国（波斯）；除此之外，还存在着许多国家。最后，整个地区统一在波斯帝国之下。所有这些帝国，一个接着一个地出现，一个接着一个地崩溃，虽然许多帝国的领袖都自称为"万王之王",但类似于周天子的那种天下唯一的"王"的观念,似乎从没有出现过。

我们再来看希腊地区。希腊城邦其实都是非常小的,他们也会成立各种联盟,彼此打来打去,谁也不服谁。为了维持城邦的"独立",他们宁愿在内斗中耗尽力气,最后,只好由野蛮的马其顿将他们勉强统一起来。最奇怪的是,即使经历了许多次的、惨不忍睹的城邦联盟战争,希腊最伟大的思想家,柏拉图和亚里士多德,也从未设想过"天下一王"的观念。从两河文明到希腊文明,从头到尾就只存在着国与国、帝国与帝国之间的你死我活的争霸战。这似乎是地中海文明的宿命。

## 五

当罗马帝国和汉帝国出现的时候,东西方的古代文明都发展到了最高峰。我们如果以第二次布匿战争的结束(前201年)作为罗马帝国的起点,以马可·奥勒留皇帝的去世(180年)作为罗马帝国高峰期的结束,那么,罗马帝国的全盛时代约有四百年之久。相对地,汉高祖元年,是公元前206年,而汉献帝即位的那一年(189年),汉帝国事实上已经不存在了,汉帝国跟罗马帝国可谓同始同终。一般都把公元476年作为西罗马帝国完全崩溃的界限,我们也可以把西晋灭亡的那一年(316年)作为中国陷入长期混乱的开端。中国这一次的政治脱序，一直到隋文帝重新统一中国（589年），时间长达二百七十余年。但是，当中国重新统一的时候，原属于西罗马帝国的区域仍然一片混乱，而且，随着时间的推移，还要逐步碎片化，形成许许多多的封建小王国和小公国，直至14世纪才开始形成近代的民族国家（以英、法两国为前导）。一直到现在，西欧从未真正统一过。

东、西两大帝国的灭亡，除了内部的因素外，主要就是外部野蛮民族的入侵。在西方，是各种日耳曼部落，在东方，是所谓的"五胡"。我们要问的是，自日耳曼民族冲垮西罗马帝国以来，西方即陷入长达一千年的衰落期，并且一直受困于强大的伊斯兰文明，而中国却能够在不到三百年的时间内，就恢复了大一统，并且开创中华文明的另一个黄金时代——隋唐帝国时代，为什么会有这么大的差别？

从上面所分析的地中海古代文明和中国古代文明的不同性质中，就可以找到问题的答案。自两河文明的萨尔贡帝国起，直至西方上古文明最高峰的罗马帝国，所有的西方帝国都是掠夺性的。在这方面，罗马帝国表现得特别鲜明而野蛮。罗马帝国是一个纯粹依靠军事武力而征服其他地区的帝国，在每一次的征服中，它把被征服地区的财物全部搜刮到意大利，并且把被征服地区的大量人口掠夺为奴隶，以致在意大利出现了历史上从未有过的奴隶制的高峰时期。在这种情势下，意大利才会出现经济上的畸形繁荣。等到罗马帝国掠夺到意大利的财富和人力消耗殆尽，而意大利本身在长期享受而流于荒淫腐败之余，西罗马帝国就成为干枯的橘子皮，生机全无了，必须等待一千年的休养生息，才有再度复兴的机会。

再反过来看汉帝国。汉帝国承袭了周人的文明观，对于"华夏"之外的少数民族，从不以征服和掠夺作为主要目标。华夏文明的扩展，主要是逐步而渐进的，让周边的"他者"自愿地选择融入华夏之中，最鲜明的例子是楚国、吴国和越国。这三个国家，在春秋时代还被中原国家视为"非我族类"，他们的北上争霸，常常让中原国家忧心忡忡。但到了秦汉以后，却已成为"中国"的一部分了。我们不要忘记，建立汉帝国的，主要是楚人（这个"楚"是并吞了吴、越两国的那个更大的"楚"）。再进一步来说，称霸西戎，最后统一中国的秦国，也并非严格意义上的华夏。秦统一中国，楚人灭秦，作为楚人代表的刘邦建立汉朝以后，竟然以秦地作为新王朝的首都，这都可以看出中华文明之所以形成的强大的内聚因素。

关于这一点，我们还可以进一步申论。到了春秋中期，我们可以看到，原本作为中原国家之核心的鲁国、郑国、卫国和宋国都已积弱不振，反而是处在更为边远地区的齐国（滨海）、晋国（处在北方，与群狄杂处）、秦国（与西戎杂处）以及被视为南蛮的楚国日渐强大。是这四强在边区的开拓，融进了许多异族的因素，壮大了他们自己。到了战国时代，事实上也是这四强争霸（这时候的晋已经分裂为韩、赵、魏三国）。等到秦、汉统一以后，原本的中原中心区（以郑、宋为核心），再加上四面的齐、晋、秦、楚，以及较晚出现在历史舞台上的东北的燕，就成为各有区域特色的统一体，也就是费孝通所说的"多元一体"。我们只要读《史记·货殖列传》和《汉书·地理志》，就能看到这种统一中的复杂局面。张志强在谈到周代的封建制时说，"宗法封建制的具体创设背后蕴含了一种具有普遍意义的价值意涵，意即通过差异的协调，而非差异的取消，来达成统一的秩序"（《如何理解中国及其现代》，《文化纵横》2014年1期），这就可以看出，秦、汉的统一其实是周代封建制的进一步发展，是继承，而不是突变。这样的大一统秩序，是地中海地区的波斯帝国和罗马帝国无法企及的。

这样的大一统秩序，经过汉代四百年的经营，就更加稳固，不是任何外来的力量所能击碎的了。

我们无法确知，五胡乱华以后，冲进中国的边疆少数民族到底有多少人，估计总在一百万以上，三百万以下，数目不会太少。但是比起汉族来，恐怕还是少数，即使有大量的汉族逃往南方，北方的人口还是以汉族为多数。何况，不论在十六国时代，还是在北魏时代，胡人的统治，总需要汉人的协助。我们只要读前燕和北魏初期的历史，就能看到范阳卢氏、博陵和清河崔氏，以及赵郡李氏所发挥的无比重要的作用。因此，进入了中国的各少数民族，就自然而然地汉化了。到了隋唐时代，这些少数民族完全融入汉族的大海之中。

再说南方。由于东汉末年的大乱，有一部分汉族已经逃往南方，所以才能建立吴国。永嘉之乱以后，更多的汉族逃往南方。经过吴、东晋、南朝三百多年的经营，南方的农业更为发达，而南方的少数民族也有相当大的比例融入汉人的群体中。这样，经过二百七十余年的混乱，重新统一的中国，反而比以前更具有发展力。比起西罗马帝国崩溃以后，西欧的长期分崩离析，从表面上看，中国的再统一不能不说是历史上的奇迹。但追源溯始来看，这种大一统的种子早在中国的上古时代就已确立了。从这方面来看，我们能不说中华文明是人类史上最让人瞩目的文明吗？

六

为了进一步对比隋唐帝国重新在中国形成大一统，而西罗马帝国崩溃后西欧形成小国林立的局面，我们可以用当代的例子，来说明中华文明的特质。

俄罗斯帝国是近代西方最独特的大帝国，幅员广袤，民族众多，但形成的历史却非常短暂。如果从 16 世纪算起，也不过短短的五百年而已。俄罗斯帝国的最大特色，是它非同寻常的暴增能力。它所并吞的领土，都是一块一块地吃进来的，每一块都有自己的主体民族，迥然不同于大俄罗斯族。也就是说，刚开始，俄罗斯帝国是通过武力征服形成的。

我们应该公平地说，由于大俄罗斯在文化上落后于在它西边的其他斯拉夫民族，因此，俄罗斯民族并不像西欧先进国（如英、法、德）那么具有种族歧视，它愿意接纳外人（很多波兰人和德国人融入俄罗斯）。但也因为它的落后，常被受它统治的民族，如波兰、乌克兰和波罗的海三小国所瞧不起。虽然苏联共产党曾经煞费苦心地确立了十五个民族共和国的架构，仍然无济于事，最终还是在20世纪末轰然崩毁，就如20世纪初的奥匈帝国一样。

相比而言，中华文明形成的历史时间非常长远，扩展的速度非常缓慢，比较接近于自然的形成，而非由武力在短时间内促成。从新时器时代各地区"满天星斗"般迸发而出，到夏商周三代形成"天下一王"的概念，这一段"史前史"，比起以后有文字的历史更要长远得多。而我们到现在，连对这一段"史前史"的理解也只是刚开始而已。这就说明，中华文明形成史的悠久与长远。

我们再以云贵高原和四川西南地区为例，来说明中华文明扩展的缓慢。这一片地区，即《史记·西南夷列传》所叙述的范围，是汉代以后开始列入中国正史的各种蛮夷列传里的。一直要到元、明两代，云南和贵州才正式划入中原王朝的省区。这就说明，中国对这块地区的经营，历时一千余年。

我们如果留心中国历史，是可以根据各种正史，追溯中国每一块偏僻地区从朝贡、依附，再到融入的过程。在这一过程中，中国曾经主动放弃过高丽（相当于朝鲜北部，在唐高宗时）和交趾（现在的越南北部，在宋太祖时），因为当时中国的皇帝认为，要维持在当地的统治，太耗费国力，没有必要。这些都可以说明，中华文明的发展虽有武力的因素在内，基本上还是由文明内部的潜在发展力自然而然形成的。

汉帝国崩溃以后，经过近三百年的内乱，而能再恢复大一统，就证明了，中华文明这种逐步发展所形成的内在凝聚力，已经坚不可摧了。以西方为中心的、帝国主义式的向外扩张的历史观，是没有办法理解中华文明的。它们到现在还在对中国不断地指指点点，只能证明它们自己是夜郎自大罢了。井底之蛙，又何以窥天。

# 七

西方史学界习惯把西罗马帝国崩溃前的历史，称为上古史，而把此后至文艺复兴的历史，称为中古史，有一段时间，甚至称为"黑暗时代"。现代很多人沿用了西方习惯，把汉帝国崩溃至唐帝国灭亡这段历史，也称为中古史。这真是比拟不伦。从中国人的立场来看，自隋唐帝国建立（589年隋灭陈），至南宋灭亡（1279年），是中华文明的另一个黄金时代，怎么能够用"中古时代"去称呼呢？何况，从隋唐至两宋，延续了将近八百年，两百多年后才有哥伦布的西航，一边是黑暗时代，一边是黄金时代，却都称为中古，这算什么历史逻辑？这无非是要降低中华文明在世界史中的地位。

世界上有哪一个文明，能够像汉帝国覆灭后的中华文明，在不到三百年的时间，就能够在同样的地理范围内浴火重生，进而扩充其发展潜力？所以，隋唐帝国以后再度焕发出新生命的中华文明，应该是人类文明史上的特例，是要大书特书的，怎么可以用西洋的历史逻辑来看待呢？而且，我们已经说过，近代西方文明把自己上承古希腊罗马文明，绝对不能称之为古希腊罗马文明的重生。因为它中断了一千年之久，为此而加入了举足轻重的基督教文明色彩，而且地理中心也从南欧的意大利转向阿尔卑斯山以北的英国、法国和德国。其性质完全不同于隋唐和两宋之承接两汉。

之所以要阐明这一点，就是要突出唐宋文明为中华文明提供了第二批的文化经典。我们现代中国人最常阅读的古代典籍，除了先秦两汉的著作之外，就属唐宋时期的作品了。清朝人所编的两本极为风行的选本《唐诗三百首》和《古文观止》，以及朱熹的《四书章句集注》，到现在还盛行不衰，就说明了，唐宋作品的经典地位仅次于先秦两汉。一个文明，同时存在着两套文化经典，这也是世界史上少见的。西方近代民族国家，如英国、法国、德国，在文艺复兴之后，也各自形成了民族文学的经典，然后他们又共同借用了古希腊罗马经典作为他们的源头，这种情形和中国文明的一源而两高峰的情况，是不可同日而语的，因为这都是中华文明自己的产物。

为什么要这样强调第二次的经典时代呢？因为我个人预期，在一百年内，中华文明将产生它的第三次的经典时代。

1840年鸦片战争爆发，中国进入近代以后，长期以来，我们都为中国以及中华文明的前途感到忧心、悲观，甚至绝望。即使到了现在，全世界已经承认中国的崛起，我们很多人还是自信不足，为自己没有走上西方的道路而自卑，我们还没有恢复文明的自信。其实这完全中了西方人的圈套，沉溺在他们的史观之中而不能自拔。这是天大的错误，应该赶快纠正。

前面已经说过，从汉帝国的沦亡，到隋唐帝国的兴起，经历了二百七十余年的时间。如果从鸦片战争算起，到2008年，中、西势力开始趋于均衡，中间也不过只有一百六十八年。这个时间段，比起二百七十余年要短得太多了，因此，恐怕很少人会相信我们已经复兴了。

回顾一下中国近代史，清帝国的衰亡，以至中华帝制的解体，也是内外交困的结果。西方帝国主义虽然不像中国古代西北方的游牧民族，但也是一种外力；太平天国、"捻乱"、"回乱"，一连串的起义，说明中国内部也出现了大问题。这就正如东汉末年至西晋初年，内部先有黄巾之乱，接着外部又有边疆少数民族的窥视。只是因为西方的侵略，让我们意识到这是"三千年未有之大变局"，因而把问题看得非常严重。哪里想得到，我们花了不到一百年的时间就把中国重新统一；统一以后，花了六十年的时间就把经济全面搞上去了，谁会想得到呢？以至于连我们自己都不敢相信，不相信我们已经到达了中华文明第三次黄金时代的入口。

正因为我们即将进入第三次的黄金时代，这才让我们想起第二次的黄金时代是怎么到来的，我们要借鉴第二次的经验，以便为将来的第三次黄金时代做准备，所以我们才要探讨中国的第二次文化经典时代，想从第二批的文化经典作品中学习到一点东西，以作为我们创造第三次文化经典的凭借。

## 八

为什么需要这种借鉴呢？我想在这里简单谈一下。

从社会结构上来讲，整个魏晋南北朝是门阀士族居于统治地位的时代，主要的政治权力都掌握在门阀手中。但是，到了宋代，门阀已经完全解体，整个士大夫阶层主要是由考上科举的进士所组成。理论上来讲，科举进士人人平等，没有人会因为家世而高人一等，相反地，门阀出身的士人天生就高人一等。而唐代，就正处于门阀士族逐渐失势、科举进士逐渐兴起的过渡时代。唐代文学与思想曲折地表现了这种一起一落的状态，而宋代文学与思想正式确立了科举进士阶级的世界观。把唐、宋文学联系起来阅读，即可体会到，门阀士族的思想状态如何逐渐没落、科举进士的意识形态如何逐渐形成的过程。这也就是说，唐、宋文学正是在为即将形成以及已经形成的新型的中国社会秩序提供人生观与世界观的基础。

拿唐、宋时代来和现代的中国做对比，就可以看出现代中国最大的不足，那就是：我们对于现代中国现状的看法，正处于意见分歧的状态。有人完全不承认现状的合法性，认为还需要西方式的宪政改造；有人认为，现代中国的成就颇为可观，应该从发扬固有文化的立场，诠释这一成就的来源（我个人属于这一派）；除了这两派之外，中间还有种种的看法。可以说，我们正处于意识形态的混乱的战场，人心难以和同，社会不能稳定。

　　我个人很希望，我所从属的那个思想潮流能够成为当前中国社会的主流，从而使当前的社会趋于稳定，也只有在这种稳定的基础之上，我们才能逐步地、渐进地改良这个社会。正是基于这种想法，我相信，唐、宋文学经典作为中华文明第二个黄金时代的代表，对我们即将进入第三个黄金时代的人，具有无比重要的意义。

2014 年 4 月 12~14 日初稿

4 月 22 日增补

# 序论二　中华文化的再生与全球化

## 一

八十年前，中国最优秀的知识分子曾经以最激烈的态度批评过中国文化，像"把线装书丢到茅坑里""最好不要读中国书""废除汉字"一类的言论随处可见。[1]即使在二十多年前，也还有人批评中国社会是"超稳定结构"，数千年不变，并认为这种"大陆型"文化无法与丰富多变的"海洋型"文化相比。[2]

这一类型的对中国文化的批评，其实都来源于同一种疑惑，即：中国为什么不能像西方文化那样，发展出资本主义的生产方式，为什么不能发展出西方的科学与民主、个人主义与自由主义？

自鸦片战争以后，一百年间，中国无法抵挡任何外国的入侵，甚至连跟中国同时"西化"的"小日本"都可以打败中国。就国

---

〔1〕 参看周策纵《五四运动》(南京：江苏人民出版社，2005)，第十二章，303—316页。

〔2〕 "超稳定结构"的说法为金观涛所提出，见其所著《兴盛与危机》；又，20世纪80年代播出的纪录片《河殇》最充分地表达了把海洋型文化与大陆型文化对比的看法。

内而言，自太平天国运动开始，动乱从来就没有中断过。甚至在20世纪六七十年代，还发生了长达十年的"文化大革命"。这一切，使得中国人丧失了民族自信心，怀疑自己的文化大有问题。

然而，也不过二十年的时间，中国的经济发展突飞猛进，中国的崛起全世界瞩目，可以预期，21世纪即将成为中国人的世纪。这一切变化实在太过惊人，恐怕连中国人自己都有点半信半疑。

现在已可以确信，不论这种奇迹是如何发生的，中国从豆剖瓜分、混沌无序的危机中浴火重生、再度崛起，是毫无可疑的。在惊魂甫定、欣喜之情油然而生的时候，我们不得不对自己文化坚韧的再生能力感到十分惊讶，现在也许已到了对中国文化重新评价、重新"翻案"的时候了。

二

其实，很早以前，中外历史学家就已发现，中国文化自形成以后，延续了数千年之久，从来就没有间断过，是世界文明史上唯一的例子。中国文化的再生能力早经历史证明过，现在只不过再一次证明而已。

但是，正如前一节所说，一百年来"西方中心观"的历史研究却一再地漠视中国文化这一特性。这一类的学者一向热衷于找出中国的病根，但事实是，他们对中国文化的特殊性、中国历史的复杂性并未有所理解。法国著名汉学家谢和耐说得好：

一直到中世纪研究发展起来之前，我们的中世纪始终被认定是一个愚昧和停滞不前的时代，而史学家们的著作却揭示了一种丰富的和复杂的发展，赋予了似乎是死亡的东西一种生命、色彩和运动。中国的历史就如同我们那未经探讨过的中世纪一样，被反复指责为停滞不前、周期性循环先前的状态、相同社会结构和相同的政治意识形态的持久性，这都是对于一种仍不为人所熟悉的历史价值的判断。毫无疑问，自本世纪初以来，在中国、日本和西方国家为中国历史所写的大量著作都使我们的知识获得了巨大发展。但尚谈不上如同人们可以对西方历史所作的那样深入探讨非常细微末节的问题，人们远未达到足以使人想到把中国社会的发展与欧洲的发展相比较的那种研究分析水平。[1]

中国文化最大的特色在于，她的强大、广博的吸纳能力。她以中原地区为核心，不断地往四方发展，吸纳了许许多多的民族，融汇成统一中有多元因素的文化体系。对外而言，通过"丝绸之路"，她也从不间断地吸纳"西方"（伊朗、印度、

---

[1] 谢和耐《中国社会史》（南京：江苏人民出版社，2005），20 页。又，近年来对于中国历史研究的类似看法不断出现，请参看王国斌《转变的中国》（南京：江苏人民出版社，2005）；柯文《在中国发现历史》（北京：中华书局，2005）。

阿拉伯、罗马等）的各种事物，以增广自己文化的内涵。

从东汉末年到唐代，中国对印度佛教文化的学习是最突出的例子。中国人花了几百年的时间把佛教经典几乎都译成了汉文，为此，还有不少人跋涉几千里到印度取经。宋朝以后整个佛教文化已和原有的中国文化融为一体，中国文化的体质有些改变了，但仍然还是中国文化。

从佛教的例子可以看到，中国吸纳不同文化的过程是极缓慢的，跟日本短时间内几乎全盘照搬（唐代学中国、近代学西洋都是）截然相反。因为缓慢，就有如老牛反刍，最后全消化在原有的体质中。从基本体质的外表看，她似乎没有大改变，然而"新血"确实已经输进来了。因此，我们不能说，这种文化是"停滞"的。一种文化"停滞"了五千年而没有僵硬死去，这实在很奇怪，只能说她从未"停滞"过。

新中国诞生的时候，日本帝国才瓦解不久，这两件构成鲜明对比的事件引发一些日本学者的反思。他们认为，中国现代化的过程比日本艰难得多、痛苦得多，但也许中国人走的是正确的道路，而日本快速的、全面的学习可能有问题。他们比较福泽谕吉和鲁迅的思想，发现鲁迅的看法更深刻、更有道理，并称赞鲁迅才是"落后"的亚洲真正具有独立性的思想家。这个例子可以说明中国独特的吸纳外来文化的方式，也可以说明，她的文化的绵延性为什么那么强大。[1]

---

〔1〕 参看竹内好《近代的超克》（北京：三联书店，2005）。

　　中国开始被迫向西方学习，到现在也不过一百六十多年。如果从晚明开始接触西方近代事物算起，就有四百年以上的时间。即使在战乱频仍的民国时期，中国也已翻译了不少西方书籍。新中国曾经花了大力气翻译许多西方经典，"文革"中断十年以后，翻译数量在最近二十年中有了惊人的增长。中国的翻译家到现在还受到尊敬，有不少知识分子以翻译作为一生的志业。这些都证明，中国吸收西方文化的态度是极认真的。

　　但正如魏晋南北朝隋唐的学习佛教不是全盘"印度化"，近一百六十多年来中国的现代化也不会是照着西方的路子走，这是有中国特色的现代化的道路。中国的历史够悠久，中国的人口也够多，这些都可以保证，中国现代化成功以后，不会是西方国家的翻版。全球化理论认为，资本主义体系将会把整个地球变得一模一样，我想，这种理论很难在中国得到证明。

三

　　中国的经济目前已在全球体系中占了举足轻重的位置，以致有一种讲法，认为中国已成为，或者即将成为"世界的工厂"。假如一直沿着现代化的道路往前发展，再过半个世纪，中国的生产力也许可以超过美国，这是很多人已经预期过的事。不管怎么说，中国已经或即将对全球化产生重要影响，这大概是没有人可以否认的。那么，在这个时候，中国文化会在全球化中扮演什么角色呢？

中国崛起对全球化的影响，可以从更深层的文化心理层面加以考虑。西方文化基本上是一种海洋文化，也就是说，它们的经济形态是一种以海上交通为主轴的商业文明。古代的希腊、罗马，是以地中海为通道的商业文明，近代的西班牙、荷兰、英国、美国则是以大西洋、太平洋为通道的商业文明。

商业文明的本质有点类似于海盗，我们从早期英国的殖民集团就是海盗集团与英国政府的综合体，即不难窥知一二。因此，西洋的海洋帝国是以掠夺作为商业助力手段的。英国为了打开中国的大门，为了打破与中国贸易不平衡的状态（英国进口中国丝与茶，而中国却可以不买英国商品），把鸦片输入到中国市场，并且在中国政府禁烟时，悍然发动战争。当英国议会在争辩是否应该发动这一场战争时，自由党的领袖格兰斯顿说：

> 他（中国政府）警告你们放弃走私贸易，你自己不愿停止，他们便有权把你们从他们的海岸驱逐，因为你固执地坚持这种不道德的残暴的贸易……在我看来，正义在他们（中国人）那边，这些异教徒、半开化的蛮族人，都站在正义的一边，而我们，开明而有教养的基督徒，却在追求与正义和宗教背道而驰的目标……这场战争从根本上就是非正义的，这场处心积虑的战争将让这个国

　　家蒙上永久的耻辱，这种耻辱是我不知道，也从来没有
　　听说过的……我们的国旗成了海盗的旗帜，她所保护的
　　是可耻的鸦片贸易。[1]

在还有道德感的英国政治领袖的眼中，发动这一场战争无异
于海盗行为，但是，大部分的英国议员还是把商业利益放在
第一位，投了赞成票。为了强权与利益，正义可以放置一边，
我们只要观察近代西方资本主义帝国主义的发展，就可以理
解这种批评不是无的放矢。

　　我们以此角度重读近代西方资本帝国主义的历史，就可
以发现，不论英、法、德、美，每一个国家都曾以武力占领
过别人的领土，然后再在武力的保护下掠夺当地的资源，并
把当地当作产品的倾销地。把自己的经济发展建立在强占与
掠夺之上，西方人竟还可以夸夸其谈西方的自由与人权而不
脸红，实在不能不令人感到惊奇。此无他，从海盗行为出发
的商业贸易本来就是以"强权"作为最后的标准的。西方文
化从希腊时代就是如此，因此西方人竟"习而不察"，完全没
有想到，他们的"文明"是建立在对其他国家的血腥屠杀与
剥削之上的（近来美国所发动的伊拉克战争，更赤裸裸地表
现了西方文明的海盗本质，在此就不加赘述了）。

　　日本在明治维新成功以后，学习的就是这一种海盗式的

---

[1] 黑尼斯三世、萨奈罗《鸦片战争》（北京：三联书店，2005），89—90 页。

资本主义。日本号称要争取"生存空间",于是为了强占朝鲜而发动甲午战争,为了强占东北而发动"九一八事变",为了强占整个中国而发动"卢沟桥事变",为了夺取太平洋和东南亚而偷袭珍珠港。很多日本人至今还不承认他们这种行为是"侵略",因为他们只不过"效法"英、法、德、美等国而已。英、美可以做,为什么他们做不得?先这样做的英、美骂日本"侵略",无异于先做强盗的责骂后做强盗的,日本怎么会服气?这就是近代资本主义的本质——谁先抢谁赢。

相对于效法西方的日本而言,我们再来看中国人的想法。中国近代革命的先驱孙中山,还在中国革命前途渺茫的时候,曾经讲过这样一段话:

> 中国对于世界究竟要负什么责任呢?现在世界列强所走的路是灭人国家的;如果中国强盛起来,也要去灭人国家,也去学列强的帝国主义,走相同的路,便是蹈他们的覆辙。所以我们要先决定一种政策,要济弱扶倾,才是尽我们民族的天职。

这段话,我高中时代读过,当时觉得,孙中山真是会"吹牛",中国的前途还不知道在哪里,就讲这些捕风捉影的话。但在日本战败、日本帝国崩溃后,竹内好曾就这段话发表如下的感想:

我在战后重读《三民主义》时，被以前忽略了的这一节打动了。中国作为半殖民地国家（孙文认为中国成了多数国家的殖民地，其地位在殖民地之下，故自称次殖民地），在国际政治中，长期没有得到独立国家的待遇，但自己所把握的理想却是这样的高远。这不是真正的独立国家的标志又是什么呢？[1]

相对于日本明治维新还在进行、还未成功的时候，日本的维新志士早就在为了所谓的日本的生存空间而思考"北进"还是"南进"，孙中山的思想确乎是"戞戞乎其难哉"，充分显示了中国文化所孕育出来的胸襟。

从中国文化的发展历程及其所展现的特质来看，孙中山的思想并不是空穴来风的纯个人幻想，可以说是中国文化精神的体现。因为，相对于西方向外扩张的海洋商业文明而言，掠夺不是她的本质，自我保护才是她的文化发展的根本重点。

自秦始皇建立了大一统的集权帝国以后，中国社会的集体任务是在北方的长城线保持守势国防，以防备北方、西北方、东北方游牧民族的南下掠夺。反过来说，她的主要任务是在保护长城南面中国中心地区的农业文明。当然，有时候她也出征"塞外"，但这种攻势基本上也是"以攻代守"，她很少想要据有塞外的土地。凡是攻势超过自保的需要，而具有帝

---

[1]　竹内好《近代的超克》，281—282 页，孙中山的演讲文自此转引。

王个人张扬自己威风的成分，在正统历史上即会承受"穷兵黩武"的罪名。因此，不但秦始皇、汉武帝的过度用兵受到批评，连号称一代圣君的唐太宗对于高丽的进攻，在当时就被许多辅政大臣所反对，认为此举毫无必要。也就是说，中国正统士大夫一向认为，盲目扩张土地一方面劳民伤财，一方面也对中国经济无所帮助（清朝中叶决策者就是基于同一逻辑，拒绝跟西方诸国来往）。

中国现代化的成功，中国经济的崛起，在近、现代世界史上树立了一个特例，至今还很少有人提及。此前先进的资本主义大国，不论是英、法、德，还是美、日，谁不曾进行过强占与掠夺，谁不曾让他国沦为殖民地，谁不曾从中得到大量利益（包括中国所支付的巨额战争赔偿），以助益国内的经济发展？而中国，却是在长期被侵略、一穷二白的情况下完全自力更生，从而达到现代化的地步的。中国的崛起是完完全全的"自力"崛起，完全不同于以往的"自力"加"武力侵略"，这就证明，中国人走的是一条现代世界史上仅有的道路。

但是，当中国以其独特的方式崛起的时候，在西方及日本却不断地出现所谓的中国威胁论，其意以为，中国成为经济强国以后，就会重走他们以前走过的道路，通过军事或非军事的手段侵略他人、剥削他人。用一句中国古话来说，这就是"以己之心，度他人之腹"，以为他们这样做，中国也一定这样做。如果这样，中国的崛起，不过在现存的经济强国之中增加一个竞争者而已。这样，对全球经济体系不但没有任何好处，反而会因增加了一个竞争者而产生更加不稳定的因素。

就中国过去的历史发展，就中国人的文化心态而言，我以为，中国不会走上这样的道路。

首先，中国现代的经济发展集中于沿海地区，面积更广大的西北、西南地区，由于高山多，降雨量少，又有不少沙漠，实际上距离现代化还很遥远。以中国过去历史上的"先内再外"的思考模式来说，与其说中国人急着向外扩张，不如说中国人更急于解决沿海跟内陆的平衡发展，就像以前中国人必须在长城线以内来巩固自己，才有能力防备游牧民族一样。这一向是中国人的思考逻辑。

其次，对外而言，中国人的自保政策也跟西方文化的向外（甚至向遥远的海外）扩张不一样。在开发内陆的同时，中国同时也要"睦邻"，也就是把太平洋地区的小国视为自己的同盟国，这样才能对抗美、日在太平洋的联盟封锁。而这样的"睦邻"当然不是赚东南亚各国的钱，而是帮助他们发展，让他们觉得中国是个朋友而不是敌人。中国人当然再不会"自大"到视自己为"天朝"，但传统的"以己利人"的思考模式还是存在的，这样做并不纯是"利他"，也是"利己"，因为当东南亚成为自己的盟国时，中国的"自保"就会有进一步的保障。对于较远的非洲、阿拉伯国家与中、南美洲，中国也采取同样的政策。中国在外交上，一向与弱势国站在一起，在联合国中有较高的威望，就是来自于这种完全不同于西方的外交政策。

　　针对中国威胁论，中国人回答说，中国文化强调"和"的精神。"和"者，"和为贵"，只有彼此互利才可能达到"和"的境界。归根到底，这还是以"自保"为出发点所发展出来的国际观。如果处处占人便宜，就会到处树敌，就谈不到"和"，当然也不可能自保了。

　　资本主义的大量生产在西方的发展导致了极端型的向外扩张。中国现代化以后，大量生产的规模可能远甚于西方。如果这种大量生产能够达到与世界各国互利互存的境界，那就会改变近代世界史所走的道路，从而改变全球化的本质。这是中国文化对全球化所能提供的最大的贡献，也就是孙中山理想的现代实践方向。作为一个中国人，我们当然希望中国能够沿着这一条路走下去。

2005 年初稿　2006 年修改

第
一
辑

# 韩愈《师说》在文化史上的意义

## 一

　　韩愈作为宋代新儒学的先驱,其议论鲜明地表现在《原道》中,这是世人所共知的,但其《师说》一文,重要性不减于《原道》,似乎很少看到讨论。本文试加推阐,以就教于方家。

　　《师说》问世之初,时人即议论纷纷。柳宗元在永州司马任上撰《答韦中立论师道书》,前半即论"师道",特别提到韩愈:

　　　　由魏、晋氏以下,人益不事师。今之世,不闻有师,有辄哗笑之,以为狂人。独韩愈奋不顾流俗,犯笑侮,收召后学,作《师说》,因抗颜而为师。世果群怪聚骂,指目牵引,而增与为言辞。愈以是得狂名,居长安,炊不暇熟,又挈挈而东,如是者数矣。[1]

其后,在《答严厚舆秀才论为师道书》中又说:

───────────

〔1〕《柳宗元集》(北京:中华书局,2006),第三册,871页。

得生书，言为师之说，怪仆所作《师友箴》与《答韦中立书》，欲变仆不为师之志，而屈己为弟子。凡仆所为二文，其卒果不异。仆之所避者名也，所忧者其实也，实不可一日忘。仆聊歌以为箴，行且求中以益己，栗栗不敢暇，又不敢自谓有可师乎人者耳。若乃名者，方为薄世笑骂，仆脆怯，尤不足当也。[1]

另外，在《报袁君陈秀才避师名书》里也提到"避师名"的问题：

世久无师弟子，决为之，且见非，且见罪，惧而不为……[2]

柳宗元看到韩愈被"群怪聚骂"的先例，所以坚决抗拒韦中立、严厚舆、袁君陈等人以"师"名相加（当然，他很愿意实质上指导他们）。他担心若居"师"名，则"且见非，且见罪"，"方为薄世笑骂，仆脆怯，尤不足当"。为了表明自己的决心，柳宗元还写了《师友箴》，说"仆聊歌以为箴"，用以自警。

柳宗元以罪人身份，贬居永州，"恒惴栗"（见《始得西山宴游记》），处境远不如韩愈；韩愈尚且"居长安，炊不暇

---

〔1〕《柳宗元集》，第三册，878 页。
〔2〕同上，880 页。

熟，又挈挈而东，如是者数矣"，他何敢干犯众怒？他所以坚不为"师"，不是不同意韩愈的看法，而是自己处境恶劣，避免再惹麻烦。

由此可见，韩愈"抗颜为师"，在当时是完全不符世俗习惯的。从现在的观点来看，这是难以理解的现象。然而，在元和年间，这却是"社会事实"，我们应该对此加以解释。

韩愈在汴州初识张籍之后，张籍曾两度致书韩愈，其中有云：

> 顷承论于执事，尝以为世俗陵靡，不及古昔，盖圣人之道废弛之所为也。宣尼殁后，杨朱墨翟恢诡异说，干惑人听；孟轲作书而正之，圣人之道复存于世。秦氏灭学，汉重以黄老之术教人，使人浸惑；扬雄作法言而辨之，圣人之道犹明。及汉衰末，西域浮屠之法入于中国，中国之人世世译而广之，黄老之术相沿而炽，天下之言善者，惟二者而已矣！……自扬子云作法言，至今近千载，莫有言圣人之道者；言之者惟执事焉耳。……执事聪明，文章与孟轲扬雄相若，盍为一书以兴存圣人之道，使时之人、后之人知其去绝异学之所为乎？[1]

很明显，贞元年间的韩愈已向张籍表达了排斥佛、老，复兴

---

〔1〕《韩昌黎文集校注》（上海：上海古籍出版社，1987），131 页。

儒学的看法，张籍完全赞同，所以才会要求韩愈"为一书以兴存圣人之道"。韩愈在第一封答书中多少有点应付，张籍再致一书，加以逼迫，韩愈才说出以下一段实话：

> 昔者圣人之作春秋也，既深其文辞矣；然犹不敢公传道之，口授弟子，至于后世，然后其书出焉。其所以虑患之道微也。今夫二氏之所宗而事之者，下乃公卿辅相，吾岂敢昌言排之哉？择其可语者诲之，犹时与吾悖，其声晓晓；若遂成其书，则见而怒之者必多矣，必且以我为狂为惑；其身之不能恤，书于吾何有？夫子，圣人也，且曰："自吾得子路，而恶声不入于耳。"其余辅而相者周天下，犹且绝粮于陈，畏于匡，毁于叔孙，奔走于齐鲁宋卫之郊；其道虽尊，其穷也亦甚矣！赖其徒相与守之，卒有立于天下；向使独言之而独书之，其存也可冀乎？[1]

昌言排斥佛、老，是要得罪公卿辅相的（最严重的是还要得罪皇帝，如《论佛骨表》）。"斥二氏"的反面就是"兴古道"，"兴古道"即须"抗颜为师"，"尊师"即所以"重道"，如此说来，《师说》与《原道》是一体的两面。用现代术语来说，张籍希望韩愈应该著书以传圣人之道，并未认识到这是一场"意识

---

〔1〕《韩昌黎文集校注》，135 页。

形态"的斗争，而韩愈则已了解这一点，所以才会说，如果没有"其徒相与守之"，就不能"卒有立于天下"。"其徒"从哪里来？当然是"师"所教导出来的（即柳宗元所说的"收召后学"），如孔子有三千弟子、七十二贤。如果孔子没有门徒，圣人之道又何足以自存？个人以为，张籍与韩愈私底下讨论此事时，韩愈尚未撰写《原道》与《师说》。[1] 其后，《师说》问世，果然引起轩然大波，可见韩愈在《重答张籍书》中所说，并非无的放矢。

从以上的讨论可以看到，韩愈作《原道》与《师说》，在当时是需要极大的魄力与勇气的。因此，不论他在性格与思想上具有怎么样的缺点，宋代学者对他的摧陷廓清之功都是毫无保留地加以称扬。从内藤湖南所提的"唐宋变革论"的观点来看，韩愈是宋代以后庶族地主阶级的先驱代言人，靠着他在中唐的努力，庶族地主阶级终于找到一种思想体系，一种"意识形态"，足以代替魏、晋以来以门阀士族为中心的思考模式。

如果说《原道》旗帜鲜明地以人的现实生活与人伦秩序为基础，大声疾呼地排斥妨碍生生之道的佛、老二氏，那么，《师说》就是当仁不让地以自己为中心，把自己摆在"圣人之

---

[1]《原道》与《师说》的写作年代，至今无法论定。不过，大部分学者都认为，应作于张籍与韩愈书信来往、相互讨论之后。屈守元、常思春主编《韩愈全集校注》（成都：四川大学出版社，1996）依方成珪之说，将《师说》暂系于贞元十八年。

道"与"徒众"之间,让自己成为"道"的传播的最重要媒介。这就是,要把教育权与思想传播的权力,从门阀士族中解放出来,让那些具有正确思想与道德勇气的"师"来执掌。我觉得,可以简单归结为一句话:宋、明以降的私人讲学之风正是起源于韩愈的《师说》。我们只要对宋、元、明、清各代的私人讲学作一鸟瞰,就能了解《师说》的潜在影响是怎么样高估都不为过的。

另一种判断《师说》重要性的方法,就是去考虑长期流传于民间的"天地君亲师"这一伦理秩序的形成。在这里,"师"是可以和"天地""君""亲"并列的,"师"地位的崇高,以现在的观点来看,真是不可想象。很多学者都无法考察"天地君亲师"这一足以和三纲、五常匹敌的伦理观是何时正式形成的。徐梓爬梳了许多史料以后,说:"天地君亲师"的表达方式在北宋初期已正式出现。即使不能早到北宋初期,至少可以肯定,宋代已经形成。[1]

"师"所以具有这种地位,当然正如韩愈所说,"师者,传道、受业、解惑也"。"师"因"道"而尊,同时,为了"重道",也必须"尊师"。像"尊师重道"这样的成语,正如"天地君亲师"这样的说法,都足以看出《师说》的影响。这就正如

---

〔1〕 以上论"天地君亲师"的形成,参考徐梓《"天地君亲师"源流考》一文(《北京师范大学学报》2006 年 2 期)。此文承首都师范大学江湄副教授提供,谨此致谢。

前文所说,《原道》和《师说》是韩愈兴复古学一体的两面。他因此被宋以后各代的封建王朝所推尊,但也因此在新文化运动以后备受反传统派(各种激进改革派和革命派)的非议与批判。

## 二

以上的说明省略了两项论证。首先,《师说》企图取代的是一种什么样的教育和文化体制?关于这一点,钱穆于四十多年前所撰的《略论魏晋南北朝学术文化与当时门第之关系》一文已有详细分析。现引述三段文字于下:

> 朝代虽易,门第则递禅相承。政府虽分南北,门第则仍南北相通。故在此时代中,政治上虽祸乱迭起,而大门第则依然安静。彼辈虽不关心政事,而政府亦无奈之何。此乃当时历史大病痛所在。然中国文化命脉之所以犹得延续不中断,而下开隋唐之盛者,亦颇有赖于当时门第之力。

> 今再汇纳上面各项叙述而重加以一番综合的说明,则可谓当时门第传统共同理想,所希望于门第中人,上自贤父兄,下至佳子弟,不外两大要目:一则希望其能具孝友之内行,一则希望其能有经籍文史学业之修养。

此两种希望，并合成为当时共同之家教。其前一项之表现，则成为家风。后一项之表现，则成为家学。

以上逐一分说当时门第中人所以高自标置以示异于寒门庶姓之几项重要节目，内之如日常居家之风仪礼法，如对子女德性与学问方面之教养。外之如著作与文艺上之表现，如交际应酬场中之谈吐与情趣。当时门第中人凭其悠久之传统与丰厚之处境，在此诸方面，确亦有使人骤难企及处。于是门第遂确然自成一流品。门第中人之生活，亦确然自成一风流。此种风流，则确乎非藉于权位与财富所能袭取而得。[1]

政治上倾向保守的钱穆对门第文化颇有眷恋之嫌，但经由他的分析，仍然可以清楚地看到，门第垄断了文化权与教育权，至少，这两方面的孰优孰劣，是由他们的标准来决定的。这是庶族出身的文人，如左思、鲍照、刘孝标所以特别愤惋的原因。

《师说》就是要把这种权力从门阀手中夺取过来。凡有德者、尊圣人之道者，即可为"师"，并"召其徒"而传道、授业，门阀的特权即不复存在。就是因为韩愈的论说与行动对

---

[1] 钱穆《中国学术思想史论丛》（合肥：安徽教育出版社，2004），卷三，141、159、181 页。

门阀价值系统具有破坏性，严重挑战了既成规范，所以才会引起轩然大波，并被视为"狂人"。不过，中唐时代庶族地主阶级的政治力量已经相当强大，韩愈在"意识形态领域的斗争"虽然还极为艰苦，但不至于受到严厉的政治迫害（有别于西方近代以宗教迫害为表面形式的阶级斗争）。只有他不识时务地直指唐宪宗时，才受到惩罚。

第二项省略的论证是：韩愈所企图兴复的儒学，到底和汉代儒学有什么不同？他所强调的"师"和汉代的"家法"有何区别？关于前一方面，葛晓音在《论唐代的古文革新与儒道演变的关系》一文里，已有非常清楚的分析，她的结论是：

> 韩、柳在梁肃、柳冕等提出"先道德后礼乐"之后，进一步否定礼乐对治乱的作用，阐明了道德的基本范畴；以修身正心为治国之本，并落实到否定贵贱，区分贤愚的用人标准，进而使"以智役愚"上升为划分社会等级、维系封建秩序的基本原则，儒道的核心思想从礼乐向道德的转变至此才基本完成。[1]

也就是说，韩、柳之前的儒学，重视的是"政教"方面，强

---

[1] 葛晓音《汉唐文学的嬗变》（北京：北京大学出版社，1990），173 页。关于此一问题，还可参考副岛一郎《从"礼乐"到"仁义"——中唐儒学的演变及其背景》一文，见《气与士风——唐宋古文的进程与背景》（上海：上海古籍出版社，2005），81—100 页。

调礼乐的功能;韩、柳之后的儒学(也是宋代儒学的基本精神),重视"伦理"方面,强调个人的道德修养。"道"的中心点是"个人",那么,很明显,这种新儒学可以"个人"之"明道"来超越门阀,从而否定门第的价值。

从这里即很容易回答第二方面的问题,即韩愈所谓的"师"和汉代的"家法"有何区别?韩愈所倡导的"师",当然是以其人是否"明道"为标准,完全与传统的家法无关。跟古文运动同时兴起于安史乱后的"异儒"即可以作为佐证。这种"异儒"不肯遵守《五经正义》的传统,唾弃其烦琐支离的作风,摆脱旧说,直探经文。这种"异儒"正是宋人说经不遵旧说的先驱,正好说明新时代的"师"刚好跟旧经学的"家法"唱反调,突出的是个人对经文直接的领会。柳宗元特别崇仰陆质的春秋学,韩愈特别为当时著名的诗学博士施士匄写了一篇墓志铭,对施士匄非常推崇。这并不是巧合,因为新型的经师和古文家是同时代精神的产物。[1]

对本文下半部所要论述的主旨来说,葛晓音前述文章的另一段话更为重要,她说:

> 韩、柳变历代文人奉行的"达则兼济""穷则独善"

---

[1] 以上关于"异儒"及中唐经学与古文家关系之论述,参考蒙文通《中国历代农产量的扩大和赋役制度及学术思想的演变》,第十节"大历学术",见《古史甄微》(成都:巴蜀书社, 1999), 365—368 页。

的立身准则为"达则行道""穷则传道",并肯定了穷苦怨刺之言在文学上的正统地位,扭转了以颂美为雅正的传统文学观。

为了说明这一点,葛晓音对韩愈《送孟东野序》做了一长段的分析:

> 《送孟东野序》一文称孟郊是善鸣者,又将陈子昂、元结、苏源明、李白、杜甫、李观、李翱、张籍等复古的同道与之并提,指出一个擅长文辞而有道的作家,总会通过他的诗文来反映时代的盛衰治乱,使他的鸣声传于后世。只是不知他将讴歌国家之盛明还是哀叹个人的不幸,这要取决于时代的发展和作家的遭际。这说明鸣国家之盛固然是明道,哀叹个人的不遇,为道德才学之士不得其位而鸣不平,同样是明道。[1]

根据这样的分析,我们可以说,士人对"行道"负有责任,但反过来说,"道德才学之士不得其位"也是"有行道之责者"(政治上居高位者)没尽到责任。不平之鸣,正是"道之不行"的反映,"达则行道"之人是难辞其咎的。

把这个意思扩大来说,"明道""行道"自然蕴含了"达者"

---

[1] 见葛晓音著前引书,174、175 页。

应该关心天下苍生。凡"一夫不得其所","达者"是应该感到不安的。所以,"文以明道"的理论,自然必须推展出,"文"应该关心社会现实,让人人各得其所,让有德之人都在其位,不然,何"明道"之有?罗宗强认为,韩愈"明道"的具体内容是仁义,仁义的具体内容,最主要之点就是圣人施博爱而臣民行其所宜。在当时,有两个目标要实现,即:反佛老、反藩镇割据。据此,罗宗强说:

> 从以上两点看,韩愈确实给儒家传统文学观的明道说加入了与当时政治生活密切相关的内容,完全改变了他的前辈们那种空言明道的性质。[1]

我个人完全赞同罗宗强的解说。大部分人都误解了唐、宋古文家,以为他们只是"空言明道";其实不论是韩愈、柳宗元,还是欧阳修、王安石、苏轼,在他们所写的实用文章和个人感怀作品中,到处充满了对现实政治的关怀,以及对具体生命的感受,这些都是"明道"的具体表现。所以"文以明道"

---

[1] 参考罗宗强《隋唐五代文学思想史》(上海:上海古籍出版社,1986),236—248页,引文见244—245页。又,王水照、朱刚《苏轼评传》里有一段话说:"文学也是一样,既以'道'为终极的意义,又以人的各种具体的社会实践、人伦日用为内容。所以,那些主张在实践中讲求'道'的哲学家,便十分强调文学的淑世精神,在作品中反映重大的政治、社会题材,表达对国计民生的关怀和意见,其广度和深度为前人不及。"(南京:南京大学出版社,2004,39页)这与罗宗强所论一致。

翻译成现代话，应该是，以儒家博爱的精神关心现实，关心具体生命，并以文学加以表现。这种文学观，我个人觉得，要比六朝高门大族那种狭隘的文学观好太多了。作为庶族地主阶级，他们当然会受制于自己的阶级利益而不自觉，但他们从儒家仁义的观点着眼，至少从理论上关心每一个具体的生命。相对于六朝，它的进步意义是非常明显的。

## 三

这样，《原道》《师说》以及"文以明道说"就构成了一整套的世界观，成为新兴的庶族地主阶级安身立命的依据。这一思想体系，在中唐时代由韩愈初步综合完成，然后在庶族地主阶级全面崛起的北宋时代，在文化上达到了最辉煌的阶段。以下，即以欧阳修和苏轼为例，说明这一思想体系所造就的最高人格。

作为北宋文坛第一位名副其实的领袖，欧阳修的精神在两方面的表现最为突出。首先，他努力成为道德楷模，凡是义之所在，他总是不顾个人的居处进退，奋不顾身地行其所当行。仁宗景祐元年，二十八岁时，他入朝任馆阁校勘，这是他中进士、至西京充留守推官四年以后第一次入朝为官，宦途可谓顺利。景祐三年，范仲淹忤宰相吕夷简，被贬，欧阳修不在谏职，本可置身事外，但他却贻书切责司谏高若讷，因此被贬为夷陵令。再经过四年，他才又重回京师任馆阁校勘。庆历新政失败时，欧阳修又因范仲淹、杜衍、富弼相继罢职，上书切谏，而被贬为滁州刺史。在他仕途的前半，他始终支持范仲淹的改革主张，受尽挫折，始终无悔。王安石在《祭欧阳文忠公文》里说他：

> 自公仕宦四十年，上下往复，感世路之崎岖。虽屯遭困踬，窜斥流离，而终不可掩者，以其公议之是非。既压复起，遂显于世，果感之气，刚正之节，至晚而不衰。[1]

可谓形容精当。贬夷陵令时，欧阳修在写信给同时被贬的友人尹洙时，如此说道：

> 每见前世有名人，当论事时，感谢不避诛死，真若知义者，及到贬所，则戚戚怨嗟，有不堪之穷愁形于文字，其心欢戚无异庸人，虽韩文公不免此累，用此戒安道慎勿作戚戚之文。[2]

他跟尹洙提起这事，不只与余靖（字安道）共勉，实际上也希望尹洙如此。他自从读过残本韩愈文集，就一直推崇韩愈（见《书旧本韩文后》），但他也了解韩愈人格上的缺点。他以

---

〔1〕 李之亮《王荆公文集笺注》（成都：巴蜀书社，2005），卷四九，1669 页。

〔2〕 《与尹师鲁第一书》，《欧阳修全集》（北京：中华书局，2001），卷六九，999 页。

韩愈为楷模，并要求自己达到更高的境界。这样的人生目标，他是非常有意地去追求的。

欧阳修的第二个突出表现是，也如韩愈一般，他总是尽其所能地奖掖后进。唐宋八大家中属宋代的六家，除他自己外，有三个人是他的门生（曾巩、苏轼、苏辙），有两个人（苏洵与王安石）得到他的提拔或赞扬，其他的例子就不用再多说。提拔人才，是另一种形式的"聚其徒"，加上他的道德形象，使他成为一代之"师"。

欧阳修最著名的门生苏轼，在奖拔人才与砥砺节操两方面都以其师为模范。苏门六君子之一的李荐，曾在《师友谈记》中记录了苏轼的一些言谈，其中有云：

> 东坡尝言：文章之任，亦在名世之士，相与主盟，则其道不坠。方今太平之盛，文士辈出，要使一时之文有所宗主。昔欧阳文忠常以是任付与某，故不敢不勉。异时文章盟主，责在诸君，亦如文忠之付授也。[1]

可见苏轼极有意识地效法欧阳修，当仁不让地自任文章宗主，并期望后辈也能传承下去。这种精神，即是韩愈《师说》"传道"事业的具体表现。

---

[1]《师友谈记　曲洧旧闻　西塘集耆旧续闻》（北京：中华书局，2002），44 页。

关于苏轼在仕宦场中所表现出来的节概，曾经是他的政敌的刘安世（朔党领袖之一）晚年时曾如此评论：

> 士大夫只看立朝大节如何。若大节一亏，则虽有细行，不足赎也。东坡立朝大节极可观，才高意广，惟己之是信。在元丰则不容于元丰，人欲杀之；在元祐则虽与老先生（按，指司马光）议论，亦有不合处，非随时上下人也。[1]

己身若以为是，决然行之，绝不退缩，这一点苏轼和欧阳修也是完全一致的。

苏轼不幸遭逢新、旧党争极为激烈的时代，因此，他的挫折当然比欧阳修来得大，贬谪时间比欧阳修来得长，其磨难也比当时的任何政治人物都来得重。因乌台诗案谪居黄州后，他如此回复友人李常的慰问：

> 某启。示及新诗，皆有远别惘然之意，虽兄之爱我厚，然仆本以铁心石肠待公，何乃尔耶？吾侪虽老且穷，而道理贯心肝，忠义填骨髓，直须谈笑于死生之际，若见仆困穷便相于邑，则与不学道者大不相远矣。兄造道深，

---

〔1〕〔宋〕马永卿《元城语录》卷上，转引自《苏轼资料汇编》（北京：中华书局，2004），上编一，112 页。

中必不尔，出于相好之笃而已。然朋友之义，专务规谏，辄以狂言广兄之意尔。兄虽怀坎壈于时，遇事有可尊主泽民者，便忘躯为之，祸福得丧，付与造物。非兄，仆岂发此！看讫，便火之，不知者以为诟病也。[1]

这同欧阳修贬夷陵时与余靖、尹洙相劝勉一样，但语意更为严峻——大义凛然，直可为之生、为之死。

谪居海南时，当他看到秦观的《千秋岁》，就和了下面这一首词：

岛边天外，未老身先退。珠泪溅，丹衷碎。声摇苍玉佩，色重黄金带。一万里，斜阳正与长安对。

道远谁云会？罪大天能盖。君命重，臣节在。新恩犹可觊，旧学终难改。吾已矣，乘桴且恁浮于海。[2]

"旧学终难改"，就是坚持自己所选择的"道"，包括他对儒学的认识、他为人的原则、他对现实的认识，以及他的政治立场。"君命重，臣节在"，表示他仍尊重儒家所立下的社会规范，不会因为自己的挫折就怨天尤人。当他的"道"和"君命"相冲突时，他接受惩罚，但不承认错误。对于这样的严酷现实，

---

[1]《苏轼文集》（北京：中华书局，2008），第四册，1500 页。
[2]《苏轼词编年校注》（北京：中华书局，2007），中册，803 页。

他只能像先师孔子一样，"乘桴浮于海"。他一生"行道"的事业表面上也许失败了，但他的失败正是他坚持"道"的必然结果，是他"道德自我"的完成。所以，晚年总结自己的一生时，苏轼写道：

> 心似已灰之木，身如不系之舟。
>
> 问汝平生功业，黄州、惠州、儋州。[1]

功业表现在贬谪时，因为这是他坚持守"道"的结果。这样，个人一生的成败就不系于"行道"的成功，而在于"守道""传道"，并确立了"道"的至高无上。我觉得，在这个层次上，苏轼已克服了君权对个人的束缚（但这并不表示他不忠君），而把更高的准则放在"道"上，达到了封建王朝道德的极限，因此为自己的生命找到了最后的依托。[2]

苏轼完成自己一生的方式，他最忠实的门生都了解其意义——这为他们在一生"行道"的挫败中找到了安身立命的典型。所以，黄庭坚如此地描写他的老师：

---

[1] 《自题金山画像》，《苏轼诗集》（北京：中华书局，2007），2641 页。

[2] 苏轼对新法的肆意讥刺，表现出一种自由心灵的自信，实际上会让神宗感到不舒服，所以要加以"教训"。我觉得，神宗一方面激赏苏轼的才气，另一方面又想维护君权的尊严，内心矛盾交杂。又，关于苏轼"千秋岁"一词所表现的贬谪心态，请参见王水照《"苏门"诸公贬谪心态的缩影》一文，见《苏轼论稿》（台北：万卷楼图书公司，1994），118—138 页。

> 子瞻谪岭南,时宰欲杀之。饱吃惠州饭,细和渊明诗。
> 彭泽千载人,东坡百世士。出处虽不同,风味乃相似。[1]

借用苏轼形容自己文章的话,这样的一生真是"行于所当行,止于所不可不止",既有庄子的随遇而安,又坚持孔夫子之道。根据黄庭坚《年谱》,黄庭坚自写此诗,有石刻真迹流传,题云:

> 建中靖国元年四月在荆州承天寺观此诗卷,叹息弥日,作小诗题其后。[2]

可见苏轼晚年的风范,在黄庭坚心中留下深刻的印象。苏轼去世后,黄庭坚在一封信里说:

> 东坡先生遂捐馆舍,岂独贤士大夫悲痛不能已,"人之云亡,邦国殄瘁"者也,可惜可惜!立朝堂堂,危言谠论,切于事理,岂复有之?然有自常州来,云东坡病亟时,索沐浴,改朝衣,谈笑而化,其胸中固无憾矣。[3]

---

〔1〕《跋子瞻和陶诗》,《黄庭坚诗集注》(北京:中华书局,2007),第二册,604页。
〔2〕转引自黄宝华《黄庭坚选集》(上海:上海古籍出版社,1991),287页。
〔3〕《与王庠周彦书》,见《黄庭坚全集》(成都:四川大学出版社,2001),第二册,467—468页。

信中除了谈到苏轼的立朝大节外，还特别提及他的安然而死。由此可见，苏轼面对贬谪的恶劣处境，以及面对死亡的宁静，都对黄庭坚有所影响。对这样的苏轼，黄庭坚不论在生前还是死后，都一直以师礼侍之：

> 赵肯堂亲见鲁直晚年悬东坡像于室中，每蚤作衣冠荐香，肃揖甚敬。或以同时声实相上下为问，则离席惊避曰："庭坚望东坡，门弟子耳，安敢失其序哉？"[1]

苏轼的"典型",在黄庭坚临死前的两个形象中即可找到回响：

> 崇宁三年十一月，余谪处宜州半岁矣。官司谓余不当居关城中，乃以是月甲戌，抱被入宿子城南予所僦舍喧寂斋。虽上雨傍风，无有盖障，市声喧愦，人以为不堪其忧，余以为家本农耕，使不从进士，则田中庐舍如是，又可不堪其忧耶？既设卧榻，焚香而坐，与西邻屠牛之机相直。为资深（按，黄庭坚友人李资深）书此卷，实用三钱买鸡毛笔书。（黄庭坚《题自书卷后》）[2]

---

〔1〕［宋］邵博《邵氏闻见后录》（北京：中华书局,1997),卷二十一,162 页。
〔2〕《黄庭坚全集》, 645 页。

范寥言：鲁直至宜州，州无亭驿，又无民居可僦，止一僧舍可寓，而适为崇宁万寿寺，法所不许，乃居一城楼上，亦极湫隘，秋暑方炽，几不可过。一日忽小雨，鲁直饮薄醉，坐胡床，自栏楯间伸足出外以受雨，顾谓寥曰："信中，吾平生无此快也。"未几而卒。（陆游《老学庵笔记》卷三）[1]

如此安然地面对极端恶劣的贬谪环境，充分显示了他对自我生命的自信，几乎就是苏轼的翻版。我觉得苏轼的人格对苏门士子的影响是非常重要的，苏轼去世后，他的门生和友人所表现的深切的怀念之情，以及在党禁之后严酷的政治环境下，他们的长期坚忍自守、不失节操，都可以作为例证。

苏轼生活的年代，二程兄弟的道学也日渐形成，南宋时又为朱熹所继承并发扬光大。程朱之学也重视"师道"，流俗所传的"程门立雪"的故事可反映其精神。苏轼非常厌恶程颢，丝毫不假辞色，以致后代的程朱门徒对苏轼都有微词（朱熹对苏轼的爱、恶交杂可为例证）。程朱之学后来成为官学，可以说明他们所提倡的伦理秩序更合乎统治者的需要；而以苏轼为典型的师道，则更为活泼，师生之间的言谈更为自由而

---

〔1〕《宋元笔记小说大观》（上海：上海古籍出版社，2001），第四册，3474—3475 页。

富有趣味。[1] 邵博记载了下面这件事：

> 　　刘器之与东坡元祐初同朝，东坡勇于为义，或失之过，则器之必约以典故。东坡至发怒曰："何处把上（原注：把去声，农人乘以事田之具）曳得一'刘正言'来，知得许多典故。"或以告器之，则曰："子瞻固所畏也。若恃其才，欲变乱典常，则不可。"[2]

"恃其才，欲变乱典常"，正说明苏轼对"典常"不是很尊重，而司马光（刘安世之师）、程颢则更重"典常"。对封建秩序而言，程朱之学更为适合，其理就在这里。邵博又说：

> 　　东坡中制科，王荆公问吕申公："见苏轼制策否？"申公称之。荆公曰："全类战国文章，若安石为考官，必黜之。"故荆公后修《英宗实录》，谓苏明允有战国纵横之学云。[3]

后来朱熹承袭了这种批评，说苏氏之学不纯。就是因为不是"纯儒"，所以才具有另一种生命力。都要像程朱那样讲的话，纯

---

〔1〕　参看王水照《"苏门"的性质和特征》，《苏轼论稿》，30—64 页。

〔2〕　[宋] 邵博《邵氏闻见后录》，卷二十，159 页。

〔3〕　同上，卷十四，111 页。

而又纯，恐怕就很难避免虚伪之气了（即所谓"假道学"）。

后代把道学视为宋学的根本，这是值得斟酌的。宋代士大夫的精神面貌本是多元的（除了苏学、程学，还有王学等），只是在程朱成为官学之后才被窄化。"师道"后来流传成程门那种极严肃、上下关系极刻板的形式，其实也是师道的窄化（因此也就形成"天地君亲师"这种封建道德），这是很不幸的。同时也说明，宋以后的庶族地主阶级比不上宋代，宋代更具有活力。宋以后士大夫文学日渐没落，也是这种情势的反映。

以上的讨论集中于个人较为熟悉的欧阳修与苏轼。其实，不论政治立场与思想倾向如何，就直道而行而不顾己身安危这一点而论，北宋士大夫让人敬重的实在太多了（包括支持王安石变法的一些人，如陆佃），即使被认为过度迂腐的程颢，仍然是一位君子。因为他们共同宗仰儒家的"道"，"达则行道，穷则传道"。即使在政治上挫败，他们仍然有"道"可传，人生还是有积极的意义。对于前引葛晓音的评语，如果这样扩大解释的话，就可以更清楚地显示"师者，传道、受业、解惑也"的想法是如何变成一种思想、行为的整体风格，普遍深入北宋士大夫的深心之中，成为他们生命不可分割的一部分。就思想深度而言，韩愈公认不是一个伟大的思想家。但是，能够在《原道》和《师说》等文章中表达出一种思想倾向，被宋以后的士大夫所普遍接受，并沿袭了一千多年之久（直至新文化运动大力批判儒家），这样的韩愈，绝对是中国文化史上一位极其伟大的人物。

# 四

新文化运动以来，由于儒家大受批判，韩愈地位一落千丈，而柳宗元的声价则持续上涨。从 20 世纪 50 年代开始，这种情势更趋极端，韩愈性格上的弱点一一受到揭露与抨击，而柳宗元则被推崇得无以复加。到了改革开放时期，风气又有变化，喜欢韩愈的人也敢于直抒己见。不过，受到长期争论的影响，学界仍不自觉地存有"扬柳则贬韩，右韩则抑柳"的倾向。

本文论述韩愈的历史贡献，主要着眼于恢复韩愈对后代影响的真相，并未预设"韩柳优劣论"的问题意识。事实上，元和时代的韩愈、柳宗元、白居易、刘禹锡都是北宋文学的先驱，北宋文人常喜欢谈论他们的作品、为人与思想（苏轼即为显例），因为他们直觉地感受到这四个人跟他们的精神追求大有关系，因此，我们也可以分别讨论四人的成就与贡献。但很明显的是，北宋士大夫都清楚意识到，韩愈的思想与文学是他们最需要的。他们并不是不知道韩愈人格上的缺陷，只是为贤者讳，谈得较少而已。

贞元、元和导引了北宋，学术界基本承认这一看法。我个人更为关心的是，自中唐庶族地主阶级崛起后，他们如何逐步地建立起有别于门阀士族的另一套世界观，这个问题对我们来讲具有急迫的现实意义。我觉得，中国自鸦片战争以后，一直处于变革与革命的长期挣扎中，要到 20 世纪末，一个新型的现代中国才真正形成，而这个国家的现代知识阶层也日渐成形。在此之前的一百多年只能算过渡期，这时所出现的各种思潮也只是摸索阶段的产物。在此之后，正如北宋初建时，急需一套全新的、稳定时代的世界观。现在，越来越多的人意识到，中国需要一套中心思想，借以维系人心，只是大家都在苦思探索之中，还找不到头绪。因此，我们的时代有一点类似元和，元和时代的经验可提供借鉴，本文就是在这种动机下写成的，当然只能算是尝试的开端而已。

# 宋词的再评价

一

现代学者讨论中国诗歌，往往将唐诗、宋词相提并论。这种提法可能有两层意思：一、词是宋代代表性的文类，二、宋词的成就足以跟唐诗相比。是否具有第二层含义，也许还难以断定，但是，第一层意思却是一般共有的看法。陆侃如、冯沅君的《中国诗史》，只讨论宋词而完全不谈宋诗，很明显就是认为：宋词的成就高于宋诗。刘大杰《中国文学发展史》的宋代部分，先以两章的篇幅分析宋词，然后只拿一章来叙述宋诗，次序的先后和字数的多寡也暗示了他对宋代诗、词的评价。叶庆炳的《中国文学史》对宋诗、宋词的处理方式，与刘大杰完全相同。事实上，不只这三本文学史如此，现代学者所写的中国文学史几乎也都如此。按照他们的看法，词是宋代最具有代表性的文类，宋词的艺术价值应该高于宋诗，似乎已经是一般人都接受的"定论"了。

对于这一种不加深思的流行意见，长久以来，我一直相当怀疑。我觉得，现代学者把宋词的价值抬得太高了，相反，他们太过于忽略宋诗的成就了。如果我们一定要在宋诗与宋词之间选择一种"代表性"的文类，我相信应该选宋诗；如果我们非在宋诗、宋词之间评定高下不可，我认为宋诗应该在宋词之上。至少，对于长期以来扬宋词而抑宋诗的做法，我们应该加以纠正。如果我们现在要重新写一本"我们"的文学史，而不人云亦云地承袭前人的看法，那么，宋词与宋诗的再评价问题，就不能不加以重视。

我们现在所接受的"文学史"，其实是"五四"时代的学者为我们所"写"的。"五四"时代的学者，根据他们的时代需要，根据他们特殊的文学观点，大幅度地改写了中国古典文学的蓝图。他们提升了小说、戏曲的地位，这是应该加以肯定的，但是，他们也有偏见。由于他们的偏见，他们对于前人的看法矫枉过正，因而也不免犯了一些错误。扬宋词而抑宋诗，就是其中最明显的一点。

如果我们探索"五四"时代学者扬宋词而抑宋诗的理由，我们就会追溯到"五四"学者最根本的文学史观。在那最根本的文学史观上，我们可以看到"五四"学者的偏见，可以看到他们所做的错误评价的根源。

依我个人的看法，"五四"学者的文学史观有两个根本重点。关于第一个重点，前"五四"的学者王国维[1]在他的《人

---

[1] 王国维在《人间词话》中所表现的文学观点，和"五四"学者有许多相通之处。请参看吴文祺《文学革命的先驱者——王静庵先生》，见何志韶编《人间词话研究汇编》（台北：巨浪出版社，1975），355—388 页。

间词话》里，有一则简单而扼要的说明。他说：

> 四言敝而有楚辞，楚辞敝而有五言，五言敝而有七
> 言，古诗敝而有律绝，律绝敝而有词。盖文体通行既久，
> 染指遂多，自成习套。豪杰之士，亦难于其中自出新意，
> 故遁而作他体，以自解脱。一切文体所以始盛终衰者，
> 皆由于此。故谓文学后不如前，余未敢信。但就一体论，
> 则此说固无以易也。[1]

根据这一种"文体递变"说，五七言诗至唐而极盛，至宋而
"敝"；于是，新出的词取而代之。因此，宋词当然胜过宋诗，
而成为一代文学之代表了。

关于中国文学的流变，现在有一种通行的说法，即：唐诗、
宋词、元曲、明清小说。这种看法的"理论基础"之一，就
是王国维所提出的"文体递变"说。在现代学者重新评价古
典文学的过程中，这一"文体递变"的理论曾经发挥很大的
作用。它打破了诗文长期主宰文学的局面，而赋予宋词、元
明戏曲、明清小说应得的地位。

"文体递变"说是从文学形式的演变过程来肯定唐以后新
出文体的文学价值，这只是"五四"学者文学史观的一个面相。

---

[1]《人间词话·蕙风词话》（台北：河洛图书公司，1975，以下简称《人间
词话》），218 页。

实际上，"五四"学者文学观点还有更重要的部分，那就是：对于民间文学、白话文学和写实文学的重视。如果把"文体递变"看成"五四"文学史观的"形式"面，那么，民间文学这一部分就是"内容"面。在这方面，胡适当然是最著名的代表人物。不过，就理论的激烈程度而言，陈独秀还要胜过胡适。陈独秀在《文学革命论》里以毫不妥协的语气，说出文学革命的三大主义：

> 曰，推倒雕琢的阿谀的贵族文学，建设平易的抒情的国民文学；曰，推倒陈腐的铺张的古典文学，建设新鲜的立诚的写实文学；曰，推倒迂晦的艰涩的山林文学，建设明了的通俗的社会文学。[1]

陈独秀把士大夫文学和平民的写实文学尖锐地对立起来，并且不遗余力地攻击士大夫文学而推崇平民文学。当然，并不是所有"五四"学者都像陈独秀这么激烈；但无疑，现代学者之重新评估历代民歌，重新定位词、曲、小说，最主要还是基于这一文学观点。根据这一观点，宋词是新鲜的、抒情的平民文学，宋诗是雕琢的、艰涩的士大夫文学，宋词之胜于宋诗也就毫无疑义了。

不管是"文体递变"说，还是平民文学观，都有它的长

---

[1]《中国新文艺大系·理论一集》（北京：中国文联出版公司，1985）。

处。我们不能否认，宋词、元曲、明清小说之得到最后的承认，是要归功于这些理论。我们也不能不承认，《西厢记》《牡丹亭》《水浒传》《红楼梦》之所以能够跻身于一流作品的行列，主要还是基于"五四"学者"重写"文学史的努力。但是，正如前面已经提过的，"五四"学者有他们矫枉过正的偏见。譬如，他们不能欣赏雕琢迂晦的谢灵运和吴文英，他们攻击杜甫的《秋兴》，认为是在写"诗谜"，[1] 这些都是一般所熟知，并且已经经过其他学者"修正"过的例子。可惜的是，一个更大的现象，关系到整个时代的文学作品的评价问题——宋词与宋诗的问题，却似乎极少人重新考虑过。以下，我将以上面所提到的两个史观为基础，重新考虑"五四"学者的看法（至今仍为一般人所承袭），重新评估宋词与宋诗的价值。

## 二

首先谈到"文体递变"说，一般而言，"文体递变"说并非没有道理。正如王国维所说：

> 盖文体通行既久，染指遂多，自成习套。豪杰之士，亦难于其中自出新意……

---

[1] 胡适的评语，见《白话文学史》（台北：胡适纪念馆，1969），301 页。

问题是，王国维，以及承袭王国维理论的学者，对这一说法的理解与应用可能过分僵硬，在解释具体的历史现象上不免会犯或大或小的错误。譬如，以王国维所说的这几句话为例：

五言敝而有七言，古诗敝而有律绝，律绝敝而有词。

我们如何解释这些话呢？先说"五言敝而有七言"。七言诗是在五言"敝"了之后才盛行的吗？从具体的文学史来看，东汉末年已经出现了张衡的《四愁诗》，紧接着的三国时代又有曹丕的《燕歌行》。因此，至少可以说，在公元2、3世纪之交，七言诗已经成立，而其时五言诗也正步入成熟期。不过，在整个魏晋南北朝时期，却只有五言诗盛行，七言诗除鲍照外乏人问津。真正说起来，一直要到盛唐时代，七言诗才成为主要的诗体。七言古体的大家有李白、杜甫，七言律诗的大家有杜甫，擅长七绝的有李白、王昌龄；另外，王维、高适、岑参、李颀也留下不少七言名作。

如果从五、七言出现的时间来说，"五言敝而有七言"这一句话绝对是站不住脚的，因为五、七言诗几乎是同时在东汉末期成立的。那么，"五言敝而有七言"是不是指七言诗开始盛行的盛唐时代呢？如果是的话，我们接着要问的是：五言到了盛唐已经"敝"了吗？答案显然是否定的。在盛唐，李、杜、王、孟都是五言（包括古诗、律诗）的大家；即使到了中唐，韦应物、柳宗元、白居易、韩愈、孟郊的五言诗也都可以卓然成家。只有到了晚唐和两宋时代，五言才逐渐屈居七言之下，很少再出现伟大的作家。所以，至少在盛、中唐时代，五、七言是比肩并立的诗体。因此，不论怎么说，"五言敝而有七言"的话是不合乎史实的。

再看"古诗敝而有律绝"，这一句话更是说不通。近体诗是在初唐正式成立，并在盛唐产生许多大作家的。然而，任何学者都知道，盛唐李、杜、王、孟是古体大家，中唐韦应物、白居易、韩愈、孟郊也都擅长古体，怎可能说"古诗敝而有律绝"呢？即使到了宋朝，五言诗明显衰颓的时代，大诗人如王安石、苏轼、黄庭坚、陆游，也都是兼长七言古、近体的。在唐、宋这一段五七言诗的黄金时代，从来就没有出现过"古诗敝而有律绝"的局面，古、近体一直是并行的。

下面一句话就更麻烦了。既然律绝盛行的时候古诗并未"敝"，那么，就不能说"律绝敝而有词"了。这一句话至少要改成"五七言敝而有词"，这也可能比较合乎一般人的想法。如果这样，我们接着就要问：到了宋代，五七言诗真的是"敝"了而不得不为词所取代了吗？这就进入我们问题的核心了。前面讨论五言诗与七言诗的递嬗时说过，七言诗从盛唐开始才成为主要的诗体；在盛唐、中唐时代，五言与七言并驾齐驱；到了晚唐，七言已凌驾于五言之上。这种情势在两代有更进一步的发展。从诗的形式来说，宋朝几乎可以说是七言诗的时代。宋朝的大诗人没有不擅长七言诗的——有的以古体为主，有的以近体为主，但大部分都兼长古近体。宋朝大诗人，五言诗占有比较重要地位的，可能只有梅尧臣、王安石、陈师道三人。其他如苏、黄、陆、杨诸大家，五、七言诗的成就完全不成比例。朱自清就说过，宋代的七言诗实在要胜过唐代。[1]这一句话至少证明，说五言到宋代已无甚发展潜能大致不差，但要说七言也已"敝"了，是无法令人接受的。唐代是七言诗的第一阶段，宋代是第二阶段，在这两个阶段，七言诗都还未成"习套"，过了这两个阶段，七言诗才开始走下坡。其情形就如：汉魏六朝是五言诗的第一阶段，唐朝是第二阶段，过了唐朝，五言才"敝"。我们不能说唐朝的五言诗不好，我们也无法否认宋朝七言诗的价值。所以纯粹从形式上来说，宋诗并未"敝"，至少七言诗是如此。

我们还可以从另一个角度来证明，宋诗有宋诗的价值。一般讨论古典诗，向来有唐、宋之分。也就是说，唐诗虽然成就非凡，宋诗也不弱，至少能在唐诗之外独立门户，自成一格。诗分唐、宋，不论喜欢唐诗的人多么不能接受宋诗，但总无法否认，宋诗有宋诗的世界。元、明、清三代的诗就不如此了，它们只有在唐、宋之间徘徊，不归唐，则归宋。宋诗高过元、明、清诗一级，而有资格跟唐诗比肩。这就证明，宋诗绝对不"敝"。

---

[1] 朱自清的话是："宋人的七言律实在比唐人进步。"见《朱自清古典文学论文集》（台北：源流出版社，1982），701 页。对于七古一体，他也有近似的意思，见同书同页。

从以上的讨论可以看得出来，王国维的"文体递变"说太僵硬、太呆板了。"五言敝而有七言，古诗敝而有律绝，律绝敝而有词"——一个旧形式死了，另一个新形式才生，或者，一个新的形式诞生了，另一个就好像非死不可。事实并非如此，新旧形式在某个阶段还是可以并行的，譬如前面所说的：五言与七言在盛、中唐，古体与近体在唐、宋，诗与词在宋代，都是如此。

所以，我们至少可以说，有了宋词，并不表示宋诗就不行。反过来讲，我们独独抬高宋词，而有意无意地忽略很可观的宋诗，这就"不得其平"了。因此，我们的初步结论是："文体递变"说无法证明，"词"这个形式在宋代这个阶段是高过"诗"这个形式的。

不过，王国维的"文体递变"理论也并非没有他自己的道理。他的话说得太满、太快、太决断，而显得不够深思熟虑，但是，这还不是造成他的理论有所缺失的真正要点。我们看起来漏洞百出的理论，其实是根据王国维另一个文学观点而来的，王国维说：

> 白石写景之作……虽格韵高，然如雾里看花，终隔一层。梦窗诸家写景之病，皆在一"隔"字。北宋风流，渡江遂绝。[1]

---

[1]《人间词话》，210 页。

王国维论词以有没有境界来论词的高下，而境界之有无则取决于词人写景写情的"隔"与"不隔"。"不隔"才有真感情、真景物，而有真感情、真景物就是有境界。王国维论词，推崇五代、北宋而贬清真[1]与南宋，可说完全以这一标准而立论。

所谓"不隔"，其实就是直接而显豁，不用典，不雕琢，自然浑成。所以王国维批评周邦彦以"桂华"来代月，并认为苏东坡之讥评秦少游的"小楼连苑""绣毂雕鞍"是有道理的。[2]因为前者用典，后者铺张雕琢过甚。以这种观点来衡量，词至清真、南宋以后，自然就"终隔一层"，如雾里看花。

根据同样的道理，每一种形式都有它的浑成时期，有它的铺张扬厉时期。前者不隔，而后者就"敝"了。所以王国维说：

> 诗至唐中叶以后，殆为羔雁之具矣。故五代北宋之诗，佳者绝少，而词则为其极盛时代……至南宋以后，词亦羔雁之具，词亦替矣。[3]

按照这种理论来说，五古自汉魏陶潜以后，七古与律绝自盛唐以后，词自清真、南宋以后，都是"羔雁之具"，都"敝"了。

---

〔1〕 这是就《人间词话》而论，后来王国维对周邦彦的看法有很大的改变，见《清真先生遗事》。

〔2〕《人间词话》，206页。

〔3〕 同上，223页。

这才是"五言敝而有七言，古诗敝而有律绝，律绝敝而有词"的真正意思。

以这种意义来解释王国维的"文体递变"理论，我们在前面所分析出来的矛盾与不合理之处也许就没有那么严重了。不过，反过来讲，这种特殊意义的"文体递变"说又太过主观，太有争议性，不太能为一般人所接受。譬如，说南宋词是"羔雁之具"，正如说五七言诗到宋代已"敝"，都是太过强烈的派别主张，从文学史的观点来看，很难站得住。所以，按这一意思解释的"文体递变"理论，也无法证明，词这种新出的形式在宋朝要比五、七言诗来得有价值。

这种理论，表面上看和明代前后七子"文必秦汉，诗必盛唐"的说法很类似。因为他们都推尊每一文学形式最早阶段的作品。但王国维和七子的出发点是不一样的：七子推尊秦汉的文，汉魏的古体（五古），盛唐的近体和七古，因为它们"古"；王国维推尊汉魏的五古、盛唐的七古和律绝、五代北宋的词，因为它们"不隔"。七子是复古，而王国维则主张浑成自然，不用典、不雕琢、不艰涩。

很明显，王国维的文学观点和"五四"时代的胡适、陈独秀只有一步之隔。在这方面王国维可以视为"五四"白话文学运动的先驱。王国维之以"不隔"和"有境界"来论断宋词胜于宋诗，就如"五四"学者之以白话与平民文学来评断宋诗、宋词的高下。因为有这些类似之处，所以对于王国维"不隔"理论的进一步批评，我们要在下一节里，跟"五四"

运动的白话文学观合并讨论。

## 三

从"五四"运动所主张的白话文学和平民文学的观点，来讨论词的历史，立场最为鲜明、理路最为清晰的，可能要数胡适了。胡适在他的《词选》序里说，唐末至元初的词可以分成三个段落：

> 苏东坡以前，是教坊乐工与娼家妓女歌唱的词；东坡到稼轩、后村，是诗人的词；白石以后，直到宋末元初，是词匠的词。[1]

按照这种历史分期，胡适把唐五代两宋的词分为三种类型：歌者的词、诗人的词以及词匠的词。

胡适对于词的历史的看法，有两个非常明显的长处。首先，胡适很清楚地指点出来，词这种发源于民间的文学形式，从北宋中叶以后已经完全士大夫化，不再是民间文学了。这是非常重要的一点，这关系到对于词的内容的了解。在苏东坡之前，词是歌词，主要是写来供人歌唱的，即使是士大夫所填的，也都如此。在苏东坡之后，词是士大夫之词，是用

---

[1] 胡适《词选》(台北：商务印书馆，1970)，5 页。

来描写士大夫个人的性情襟抱的，即使像周邦彦、姜夔等人所填可以配合音律来歌唱的词也不例外。一般的文学史，虽然或多或少意识到这一点，但有的并不特别重视，并没有特别标举出来；有的虽然标举出来了，却把重点偏离了。譬如，他们说，苏东坡扩大了词的境界，开创了另一种词，这是词的变调（或称豪放派）；而周邦彦、姜夔等人则继承了词原先的风格与做法，这是词的正宗（或称婉约派）。这种史观重视的是词的音律特质，因此没有鲜明地点出，周、姜以下的词和温、韦、晏、欧的作品是有本质上的不同的，也就是说，后者还保留了民间文学的特质，而前者已经完全是士大夫之词了。

从这里就可以谈到，胡适的看法的第二个长处。胡适根据他的史观，把词分成三类：歌者的词、诗人的词、词匠的词。这样的分法，比一般所流行的正宗、变调，或者婉约、豪放的划分要有用而确实得多。因为这就清楚地说出，周、姜一派的词和早期的词是不同类型的；因而也就把前者之为士大夫文学，后者之为民间文学的区别标举出来。

不过，胡适的史观也有他的缺点。他从民间文学的观点出发，认为南宋姜夔以下的"词匠的词"只是模仿，只是掉书袋，只是重音律，因此也就成为劣等文人的匠人之词了。这种看法，把姜夔以下的南宋词人看得太浅了，因而也就没有认识到周、姜一派词人的本质。同样，主张"境界"说的王国维，也以他自己的理论立场，太轻易地否定了南宋词。事实上，我们要在胡适的历史分期上，更深入地了解宋词的发展及其所代表的意义，就必须追究南宋词的特质。只有在真正掌握了南宋词的特质之后，我们才能看清全部宋词的真相，才能给予宋词更适当的评价。

正如胡适所说的，早期的词是歌者的词，是士大夫为歌者而填写的歌词。所以，"内容都很简单，不是相思，便是离别，不是绮语，便是醉歌"。南唐的李后主和冯延巳，北宋的晏氏父子和欧阳修，虽然以"悲哀的境遇与深刻的感情抬高了词的意境"，但他们的作品"始终不曾脱离平民文学的形式"，"总不能不采用乐工娼女的语言声口"。[1]

如果词始终停留在这个层次，如果我们所看到的词只是温、韦、冯、李、晏、欧以及和他们类似的作品，我们如何加以评价呢？我们不能不承认，这些都是好作品；但我们也不能不说，这些作品的内容太过狭隘了。我们怎么能说，这样的词胜过宋诗，足以作为一代文学之代表？我们可以承认，在宋诗的广大世界中，不妨有一个精美绝伦的小世界，两者相得益彰，但是，总得承认，宋诗是主，宋词是辅。总不能反客为主，把词放在诗之上。

然而，喜爱五代、北宋词的人正是如此。他们或者拥护民间文学，或者支持王国维的境界说，把这个阶段的词抬高，并将之与唐诗并称，而漠视了宋诗的存在。这种文学观未免

---

[1] 胡适《词选》，6—7页。

太狭隘，太强调自然，太重直接而单纯的感情了。这是一种平民式的素朴的感受，不能有更大的超越，不能进入文学更广大、更精微的世界。

即使提倡白话文学的胡适也不能不说：

> 文学的新方式都是出于民间的。久而久之，文人学士受了民间文学的影响，采用了这种新体裁来做他们的文艺作品。文人的参加自有他的好处：浅薄的内容变丰富了，幼稚的技术变高明了，平凡的意境变高超了。[1]

任何出于民间的文学形式都要经过这一个提升过程，才能出现更伟大的作品，才能成为文学史上的重要体裁。以五言诗来说，两汉乐府及《古诗十九首》都是非常优秀的作品，但只有在产生了曹植、阮籍、陶潜、谢灵运这样的大诗人之后，五言诗才进一步提升成为中国文学的最主要形式之一。同样，词要成为重要的文学体裁，成为能够与五、七言诗比肩的形式，也要从它的民间文学时期更进一步地文人化，更进一步地提升。

北宋中叶以后，词的发展就是循着这个方向来进行的。不过，就结果而论，词的这一文人化的过程，并没有把词提升为更重要的诗体，反倒把词发展成一种五、七言诗主流之

---

[1] 胡适《词选》，9页。

外的奇花异草，美则美矣，但终究不是堂庑特大的殿堂。中间的关键就在于，词的文人化是循着两种途径来发展的。一种是苏、辛的路，即一般所谓的豪放派；另一种是周、姜的风格，即所谓的婉约派。词的文人化过程之所以没有走上康庄大道，就是因为周、姜一派终于占了上风，而成为词的正宗。

苏、辛等人的作风，用胡适的话来说，是把词当作一种"新的诗体"，用词来作他们的"新体诗"。所以，词的内容扩大了，"可以咏古，可以悼亡，可以谈禅，可以说理，可以发议论"；词的风格多变了，"悲壮、苍凉、哀艳、闲逸、放浪、颓废、讥弹、忠爱、游戏、诙谐"，无所不包。[1]换句话说，词变成诗的一体，是五七言古、律、绝之外的第七种诗体。诗人可以写五古、写七律，也可以写词。不过，词是一种新出的形式，表现力比较强，弹性比较大，因此，更值得尝试，更值得拓展。

如果词是按照这一方向充分地发展，那么，它可能继五言、七言之后，成为中国诗的第三种重要形式。它的潜力不会在宋代就被发挥净尽，它还可以在元、明以后继续为绝大部分的诗人所应用，而成为诗人最主要的表达媒介。这样的词就是康庄大道的词，是诗歌国度里与五、七言鼎足而三的诗体。

然而，这样的词却在南宋中叶逐渐式微，而为另一种文人化的词所取代。这另一种词在北宋中末叶为柳永、周邦彦开其端，在南宋中叶为姜夔所复兴，此后一直凌驾于苏、辛

---

〔1〕 胡适《词选》，7—8页。

一派的"新体诗",并在清朝得到某种程度的拓展。

这一系统的文人词,现代学者有过种种的阐释、种种的评论,但似乎还没有把它独特的本质说明清楚。因为它的性质的确很特殊,是中国文学中一种全新的感受、全新的表达模式。用最简单的话讲,这是挫败文人的自怜心境的表现。

我们可以简略地分析这一派词人的身份与遭遇。他们的远祖柳永是个长期流落江湖的未第进士,落魄到为歌楼舞榭的女子填写歌词;他们真正的宗师周邦彦,是长期沉沦下僚的小公务员。到了南宋,他们的重要成员,姜夔、史达祖、吴文英是江湖清客,凭着他们的文学才能在权贵之门讨生活;周密、王沂孙、张炎[1]也是如此,只不过多了一种亡国王孙的悲哀。

他们的词基本模式是这样的:每到一个地方,一定回想到自己的过去,特别是过去的一段情事,沉湎于回忆之中,并以目前的流落自伤自怜。像周邦彦的《瑞龙吟》、姜夔的《暗香》、吴文英的《高阳台》、张炎的《月下笛·万里孤云》都是最典型的作品。

表面上看起来,他们的词好像和唐人绝句"去年今日此门中"所表现的今昔之感相类似,其实却大有不同。他们的词把往事扩大描写,在他们细腻的笔触下,回忆起来的往事不论多么哀伤,却总是有着令人回味的美感。他们就沉湎在

---

[1] 张炎原为世家之后,但南宋灭亡后家境没落,事实上已近于江湖清客。

美的伤感之中，表面上自怨自艾，其实却有另一种"满足"存在于其中。这种独特的抒情美感，在中国的诗歌中，的确是前所未有的。他们为中国的诗歌开创了一个特殊的天地、特殊的境界。

这是一个细腻而美好的世界，然而，我们不能说，这是一个广阔的天地。这个世界不论多么特殊，多么有价值，总是无法跟欧阳修、王安石、苏轼、黄庭坚、陆游、杨万里所代表的那一个无所不包的宋诗天地相比。然而，它却被常州词派、晚清词人，以及他们在民国时代的"遗族"所抬高了，[1]变成词的正统，变成词之所以为词的价值之所在；正如王国维、胡适等人之抬高五代、北宋那种具有民间风格的浑成自然的小词一般。

综合以上所说，词可以分成三种：早期的词，描写人的单纯而基本的感情，具有民歌风味的直率与深挚；周、姜一派的文人词，表现落魄而挫败的文士的心境，把往事转化为美丽的哀愁世界，并进而沉湎于其中；苏、辛一派的文人词，无所不写，无所不包，实际上已成为宋诗的一体。

就评价来讲，王国维"境界说"的拥护者，以及"五四"白话文学的信徒，最推崇第一种词；常州词派和晚清词人在民国的"后代"，标举第二种词。这两派的学者都不敢轻忽苏、

---

〔1〕 常州词派与晚清词人这一系文人，所以抬高清真、白石、梦窗、碧山一派的作品，是因为他们是末世文人，处境和清真、白石等人有类似之处。

辛一派，但在他们心目中，真正的词是第一种或第二种。这两种词最富有词的特色，最足以在诗之外独树一帜。他们所谓"唐诗、宋词"的词，其实主要是指第一种和第二种。

说词在诗之外独树一帜，这是任何人都能同意的。但是，他们的评价不只如此而已。他们把宋词抬高，认为是宋代文学的代表，它的价值胜过宋诗，这就不太能令人信服了。

对于这样的评价，我们可以问两个问题：首先，究竟是从宋诗那里可以看到宋代文人生活与性情的全貌，宋代文化的特质呢，还是从宋词那里？这个问题应该是很容易回答的。从这个问题的角度，我们就可以看到，宋词的世界，比起宋诗来，有多么的狭窄。[1] 这样的世界，不论多么精美，要说它足以代表宋代文学，无论如何是说不过去的。

第二个问题是：宋代的大词人，有哪一位的成就足以跟宋代的大诗人相比？如果我们不算接近宋诗的苏东坡（他本身就是宋代第一个大诗人）和辛稼轩（他的确可以和宋代的大诗人相比而无愧色），还有谁呢？周美成吗？还是姜白石？还是吴梦窗？

有人马上会抗议说，这不公平，不能这样比，周美成、姜白石、吴梦窗自有他们的价值。这个我也同意。我要问的是：

---

〔1〕 在元、明两代，我们也可以问类似的问题：是元杂剧、明小说的世界比较广大，还是元、明正统文人的诗文所表现的世界大？在这种对比之下，我们就可以知道，在宋朝，士大夫文学的深广度还胜过民间文学，而到元、明时代，民间文学已有凌驾于士大夫文学之上的趋势，到了清朝，士大夫文学又再度抬头，稍胜民间文学一筹。

周、姜、吴的成就是和苏、黄、陆"同级"的吗？如果不是，那么，宋词何以能够比宋诗更重要呢？如果宋词的拥护者说：周、姜的世界是苏、黄所没有的，这样的比较没有意义；这是否就意味着：在宋诗的大世界中，并不妨碍宋词那种精美的小世界存在？如果是这样，又何以能肯定宋词是一种更重要的文类？所以，结论应该是：在宋代文学中，宋诗是主要的；宋词在它的范围内虽然很好，却总是次要的。我们应该这样重新来摆定宋词，才能还给宋代文学一个完整而真确的面目。

# 东坡《念奴娇》的再诠释

## ——兼论东坡在黄州的心境

我跟几个朋友合编高中国文教科书，每一课完成初稿后都要仔细讨论。有一次讨论苏轼《念奴娇》，我对初稿的某些注释有意见，但主稿者对我的看法也不同意，有点相持不下。我问他，参考过大陆学者的注释吗？他说，看过几本，讲法跟他的比较接近。回家后，我查阅了大陆出版的几种词选、几种苏轼选集，还有两种东坡词全集校注本，果然发现，没有一种说法和我的相同。自从我自以为读懂这一首词到现在，三十多年了，才第一次发现，原来我的读法竟然和绝大多数人不同。但我又坚决认为，我的读法不可能错，怎么办呢？

关键在于，下半阕"故国神游，多情应笑我早生华发"这两句（也可断成三句）。社科院文学所的《唐宋词选》注释说：

> 故国：这里是旧地的意思。指古战场赤壁。神游：
> 在感觉中好像曾前往游览。多情应笑我：应笑我多情。
> 这是倒装句。

俞平伯《唐宋词选释》的注释，"神游，犹言神往"，其他两处与前书行文不同，但意思一样。胡云翼《宋词选》："故国

神游：神游于故国（三国）的战地。""多情"一句也释成倒
装句。这三本都可算"权威之作"，但坦白讲，从训诂上说，
"故国"的说法太勉强。"故国"虽然可以指"旧地"，但"旧
地"怎么会指赤壁"古战场"呢？东坡不正站在（他自以为
的）赤壁旧地吗？而如果把"故国神游"解释成"神游"于
几百年前的赤壁战场，那也很奇怪。因为东坡现在就站在赤壁，
"遥想当年"，如果再加上"故国神游"，不嫌词费吗？更何况，
当古书说"神游"时，一般是指不同于现在所在之地的另一
个地方，可以指空间上的，也可以指久远时间之外的另一个
空间，也可以指一个想象的空间，但，似乎并不用来指现在
这个空间，在多少年之前的同一个空间。像这三本词选所解
释的"故国神游"，在训诂上实在令人难以接受。我的解释是
这样的：

故国神游：做梦回到家乡。

多情：多情人，指已去世、葬在家乡的太太。

训诂上完全没有问题，但却找不到"同志"，真让我苦恼不已。

我有好几天"神魂颠倒"，一直在想，我的解释不可能是
我自己想的，一定是读来的，我读的是哪一本呢？我翻阅过
的有关唐、宋词的书总有一些，但现在却找不到"那一本"。
有一天突然想到，找我最早读的那一本《词选》，郑骞先生编
的，大学时代的教本。一翻，果然如此，郑先生曰：

> 多情，东坡自谓其亡妻也。东坡元配王氏，早卒，坡常追念之，集中《江城子·十年生死两茫茫》词即悼亡作。王氏归葬眉山，故云故国神游。笑我生华发句，对小乔夫婿之雄姿英发而言。

郑先生的注文，不但解释了字句，也点了一下全词的结构（详下），我就是据此去体会这首词的。

我的"错误解释"的源头是找到了，但还是应该思考，如俞平伯、胡云翼这么著名的学者为什么要那样解说呢？他们不可能不知道，他们的说法在训诂上存在着问题，他们一定有他们的道理。但想了很久还是想不通，只好搁下了。

隔了好几个月，我因为别的目的，翻阅赵逵夫的《古典文献论丛》（中华书局，2003），发现里面有《也谈苏轼〈念奴娇·赤壁怀古〉中的几个问题》一文，非常高兴，立即拜读。从赵文，我才知道，这两句解释的争论，大陆在20世纪50年代及2000年左右各发生一次，显然没有"定案"。但让我失望的是，文献学功底深厚的赵先生虽然有许多很有道理的分析，最终的结论却近于俞平伯、胡云翼那一派。不过，赵文引述了一些别人的看法，因此知道，林庚、冯沅君主编的《中国历代诗歌选》的解释跟郑先生大致相同，而王振泰于2000年重新提出，以"此说未得到重视而惋惜"。对此，赵先生并未认同。他的理由终于让我理解，为什么俞平伯、胡云翼等人采取那种方向的诠释，因此，值得详引：

> 末了说说"多情"。如王振泰先生所引，《中国历代
> 诗歌选》中的解释是："指关心他（作者）的人。""多情"
> 用为名词，指多情人，宋词中多有之。但在"故国神游"
> 之下突然插入某类关心自己的人（多情人）笑自己早生
> 华发，与上文难以衔接。王先生言此正是诗人"荡开之
> 笔"，并引述了很多苏轼思念故乡和亡妻的诗词句子，
> 以为印证。我以为无论如何，这种"荡开"同以上文全
> 无联系，总显得过于突兀，从词的结体、章法说，是有
> 问题的。
>
> （《古典文献论丛》，379 页）

赵先生认为此词从开头至周瑜都在怀古，"故国"这两句，若
按林、冯解释，就跟上面怀古接不上，这根本不是王振泰所
谓"荡开之笔"的问题。显然，大多数人（包括赵先生）根据"赤
壁怀古"的题目，把这首词当作"纯粹的怀古词"来读。

针对赵先生的质疑，我再一次引用郑骞先生注文的最后
一句：

> 笑我生白发句，对小乔夫婿之雄姿英发而言。

郑先生实际上是以极简洁的文字点出，"故国"两句是和上面

"遥想公瑾当年"数句照应的。事实上，清朝的黄苏在《蓼园词评》中已把这种复杂结构讲得更仔细。他说：

> 题是怀古，意谓自己消磨壮心殆尽也。开口"大江东去"二句，叹浪淘人物，是自己与周郎俱在内也。"故垒"句至次阕"灰飞烟灭"句，俱就赤壁写周郎之事。"故国"三句，是就周郎拍到自己，"人生似梦"二句，总结以应起二句。总而言之，题是赤壁，心实为己而发。周郎是宾，自己是主。借宾定主，寓主于宾。是主是宾，离奇变幻，细思方得其主意处。不可但诵其词，而不知其命意所在也。
>
> （唐圭璋编《词话丛编》，3077 页）

按黄苏的话，这首词是借怀古以咏怀，不是纯粹的怀古。现代的少数派，如郑、林、冯诸人就是如此看的。郑先生还曾把《念奴娇》和《永遇乐·彭城夜宿燕子楼》加以比较。他认为，在这两首词中，东坡都把自己与古人并置，所以，《永遇乐》结尾说，"异时对，黄楼夜景，为余浩叹"，一个"余"字特别突出了自己的位置。而在《念奴娇》里，"东坡何尝不隐然自信，他与周公瑾同为'千古风流人物'之一！"（《景午丛编》上编，第 77 页）这种讲法，和黄苏所说的"心实为己而发"，意思完全相同。我想就这一点再加以发挥。

如果这是一首怀古词，那么，它的焦点是周瑜。因为上半虽然总写赤壁，却强调是"三国周郎赤壁"，下半前面三分之二明显全写公瑾。下半写公瑾，特别提到"小乔初嫁了，雄姿英发"，为什么？东坡在《赤壁赋》提到的是曹操，并不是周瑜，两处的创作心理并不相同。这里的周瑜、小乔、初嫁，雄姿英发，下笔分量重，不能轻轻放过。但考察历史，周瑜在赤壁战后不久即病卒，年三十六，有二男一女；所以赤壁战时，根本不能说"小乔初嫁"了。这个史实，东坡不可能不知道，但为什么还要这样说呢？

其实，下半句句说公瑾当年，句句暗示东坡当年。东坡十九岁娶王弗，二十一岁上京赴试，以第二名中举，名震天下，这不是"小乔初嫁了，雄姿英发"吗？这就是黄苏所谓"故国三句，是就周郎拍到自己"，"借宾（周）定主（己），寓主于宾"。不过，周瑜在去世前建立了不朽功业；而东坡自守完父丧之后，即碰到王安石变法，因反对变法，一直外放任官，四十四岁遭逢乌台诗案，一年后贬黄州，政治前途极为黯淡，白发早生；两相对比，感慨系之。用这种方式来读，就能了解"人生如梦"这一句话有多重了。如果此词纯是怀古，这一句反而不好讲了——怎么会从古代周公瑾的"谈笑间樯橹灰飞烟灭"想到"人生如梦"呢？

其次谈到东坡为何在词中提到亡妻（即词中的"多情"）。东坡对王弗极有感情，常在心情极低落时想到她。东坡从杭州迁调密州时，表面上是升官，但从杭州繁华之地，到密州偏僻小山城，对性喜热闹的东坡而言，不免牢落之感。到任一年后所写的《超然台记》说得很豁达，但首段对杭、密的强烈对比却写得很详尽。在这之前（到任两个多月时），他写《蝶恋花·密州上元》，上半写去年杭州，下半写今年密州：

> 灯火钱塘三五夜，明月如霜，照见人如画。帐底吹笙香吐麝，更无一点尘随马。　　寂寞山城人老也，击鼓吹箫，却入农桑社。火冷灯稀霜露下，昏昏雪意云垂野。

表现的是强烈的寂寞感，跟《超然台记》迥然不同。过五天，他写著名的《江城子·乙卯正月二十日夜记梦》，"十年生死两茫茫，不思量，自难忘"，那种伤怀深痛，在东坡作品中是极少见到的。

元丰二年的乌台诗案，东坡本人一定充分了解其中的政治意义。在此之前，他一有机会就讥讽新法，并寄给诸友人，彼此通气息，这实在是借诗文搞串联。神宗终于不能忍受，而李定等人适时充当打手，所以审判结果牵连甚广，自司马光、范镇以下，或罚铜，或减俸，或被贬，人数众多，旧党受挫甚重。作为首犯的东坡，神宗当然要重重地教训一下。神宗不敢杀东坡，杀东坡，他将遗臭万年，但要挫他的锐气，再找机会"量移"。黄州一贬四年余，移汝州后东坡一再放慢行程，并上表请求去常州居住获准，准备过退隐生活，其时东坡也不过五十岁。所以，乌台一案几乎断送了他的政治前途，是神宗突然过世改变了他的命运。

受此重挫，黄州以后的作品转为深沉，许多诗、词、文千古传诵。但如果我们把东坡此一时期所有作品，打破体裁界限，按年、月、日排列，并依序阅读，即可发现，东坡心境起伏极大。像《卜算子·黄州定惠院寓居作》及《寒食雨二首》，都极沉重，为东坡集中少见之作。他在《答秦太虚书》中如此描写初贬时的生活：

> 初到黄，廪入既绝，人口不少，私甚忧之。但痛自节俭，日用不得过百五十，每月朔便取四千五百钱，断为三十块，挂屋梁上，平旦用画叉挑取一块，即藏去叉，仍以大竹筒别贮用不尽者，以待宾客，此贾耘老法也。度囊中尚可支一岁有余，至时，别作经画，水到渠成，不须预虑。以此，胸中都无一事。

这是讲物质生活的规划。至于养生之道，东坡除了践行其夫子之道之法外，还向秦观推介，希望他学习。东坡说：

> 吾侪渐衰，不可复作少年调度，当速用道书方士之言，厚自养炼。谪居无事，颇窥其一二。已借得本州天庆观道堂三间，冬至后，当入此室，四十九日乃出，自非废放，安得就此。太虚他日一为仕宦所縻，欲求四十九日闲，岂可复得耶？当及今为之。但择平时所谓简要易行者，日夜为之，寝食之外，不治他事，但满此期，

根本立矣。此后纵复出从人事，事已则心返，自不能废矣。

除了在物质上刻苦，在身体上修炼，东坡还在精神上寻求自我肯定之道。他对好友李常说：

> 吾侪虽老且穷，而道理贯心肝，忠义填骨髓，直须谈笑于死生之际，若见仆困穷便相于邑，则与不学道者大不相远矣。

这是力求使自己志气不衰，信仰坚定，使自己的生活具有意义。东坡就在这种情况下淬炼自己的精神，终于达到一种独特的、超迈的独立人格。正因此，他才能在后来安然度过儋州更恶劣的贬谪生活，成为唯一从海南活着回来的海角逐客。

东坡思考的理路是如此，但作为一个人，情绪的起伏却不是能够完全控制的。东坡黄州时期的所有作品，形成一个感情波动与理性控制交杂而成的综合体，整个读下来，令人感动。我们应该在此一背景下体会东坡黄州时期的许多名作。在《念奴娇》中，他把自己放在历史脉络中来思考，把自己与几百年前的周瑜相对比，不禁感慨万千。这是出古入今、上下千载的大感慨。相对于公瑾而言，他这一生可能"休矣"。由此产生寂寞感，由此想起亡妻（如在密州时），诸种情绪一时并发，才会有"人生如梦""一樽还酹江月"的叹息。如此解释，才能把此作异常丰满复杂的思想、感情融汇一处，证明它确实称得上是名作中的名作，只要有中国人处，大概就有人能背诵，并给许多人以慰藉。

最后谈一下古诗词的现代解说问题。古人对于诗词，一般不做字词解释，只注典故，或析格律，或加评赏。到了现代，为了面向一般人，才有详解与赏析，因此，才会发现，对于同一首诗词的字句解释，可能存在着很大的差异。20世纪50年代以后，因为文学所《唐宋词选》及胡云翼、俞平伯等的影响，《念奴娇》的解说似已定型，但这不能视为定论。我相信，有很多学者根本不看这种通俗书，并且一直有自己的读法，我们不能以通俗书的流行说法为准。譬如，我要不是编高中教科书，就不会发现，我从郑骞先生那里学来的读法，居然与流行讲法大相径庭。我相信，类似郑先生，以及林庚、冯沅君两先生那样读《念奴娇》的一定还大有人在。我认为，这种讲法才是对的，流行了半世纪的解说应该受到挑战。

附记：郑骞先生，北京人，蒙古族。抗战胜利后来台，任教于台湾大学，编有《词选》《续词选》《曲选》，著有《校订元刊杂剧三十种》(台北：世界书局，1962)《景午丛编》(台北：中华书局，1972)、《北曲新谱》、《北曲套示汇录详解》(以上台北：艺文印书馆，1973)、《陈简斋诗集合校汇注》(台北：联经出版公司，1975)。本人学诗词，受郑先生影响最深，先生辞世已二十年，志此以为念。

# 被唐诗和宋词夹杀的宋诗

按照传统观点，宋代代表性的文学是宋诗和宋代古文。但是，"五四"新文化运动以后，这两类作品受到很大的贬抑，而宋词和所谓宋代的话本小说（其实现在所看到的话本，到底有哪些还保留了宋代的面目，是很难说的）则备受推崇。这种倾向，到现在还没有很大的改变，这是很值得反省的。因为，真正代表宋代文化的，是宋诗、宋代古文，还有理学。宋代的历史文化，最近几十年来一直受到很大的重视，但是最能代表宋代文化的文学却还没有恢复其地位，这是很遗憾的。本文想以宋诗作为讨论重点，对这一现象重新加以检讨。

一

一般常把唐诗和宋诗加以并立，认为这是中国诗的两种典型。套用西洋人的话来说，如果我们把唐代叫作中国诗的"黄金时代"，那么，宋代就是中国诗的"白银时代"，而"黄金"的唐诗和"白银"的宋诗则成为性质迥异的中国诗的两种类型。

那么，宋诗和唐诗有什么不同呢？我们可以简单地说，唐诗是"激情"的诗，宋诗是日常生活的诗。唐诗所表现的感情大多是比较特殊、比较不平凡、比较异于日常生活较平淡的感情的。因此,唐诗的感情总是显得比较豪迈、比较悲凉、比较激动。相反,宋诗则注重日常生活的平淡感情。譬如以"悲哀"来说,人生的"悲哀"是常有的,但并不是每天都有;就每天常表现的感情来说,平平常常的感情该比"悲哀"感情较为常见。然而,在表现感情时,唐诗总是比较重视"悲哀"的一面,而宋诗总是选择比较平淡的一面,所以日本著名的汉学家吉川幸次郎就曾说过,宋诗是对唐诗的过度注重人生的悲哀面的克服。也就是说,唐代的诗人比较注重表现人生感情不平凡的一面,而宋代诗人则承认人生以平凡为主,并愿意表现人生中平凡的感情。

从另一个角度来看,唐诗是比较浪漫的,而宋诗则是比较"现实"的(就"现实"一词的较好意义来说)。又因为就一般人的性格来说,青年人总是比较浪漫,而中老年人在历经了人生的种种阶段以后常常比较能够认清现实,由绚烂归于平淡,所以,我们可以打比方说,唐诗是青年人的诗,而宋诗则是中老年人的诗。或者,用吉川幸次郎的比喻来说,唐诗譬如"酒",宋诗譬如"茶",因为酒是强烈的,而茶则平淡,必须慢慢品尝。

以上我们从整体上把唐、宋诗加以对比,并从这一对比中简要地突显出宋诗的特质,下面我们就具体地举例说明宋诗描写事物和表达感情的方式,这样我们就能更清楚地看到宋诗的真面目。

一般而言，唐诗的"抒情性"是特别突出的，因为只有透过"抒情"的方式才能把"激情"适切地表达出来。至于叙述、描写、议论通常只作为"抒情"的辅助，这些成分很少会反客为主而成为诗的主要成分。宋诗则不然，宋代的诗人常常故意把叙述、描写、议论的成分加重，把抒情的成分减少，因此读起来的感觉就像押韵的"文"，而不是诗。譬如下面这首诗：

苍崖六月阴气舒，一霆淫雨如绳粗。
霹雳飞出大壑底，烈火黑雾相奔趋。
人皆喘汗抱树立，紫藤翠蔓皆焦枯。
逡巡已在天中吼，有如上帝来追呼。
震摇巨石当道落，惊噪时闻虎与貙。
俄而青巅吐赤日，行到平地晴如初。
回首绝壁尚可畏，吁嗟神怪何所无。

（苏舜钦《往王顺山值暴雨雷霆》）

这首诗写的是暴雷雨，描写得相当生动，但却丝毫没有抒情的成分。像这样的诗到底算不算"诗"，恐怕读惯唐诗的人是不能没有怀疑的。我们再看一首纯粹叙述的作品，这是唐朝的白居易写的，因为白居易的许多诗都具有和宋诗相同的特质（白居易和杜甫、韩愈是对宋诗具有重大影响的三位唐代诗人），我们因此也可以据此了解宋诗的表现方式：

> 皇帝嗣宝历，元和三年冬。自冬及春暮，不雨旱爞爞。
> 上心念下民，惧岁成灾凶。遂下罪己诏，殷勤告万邦。
> 帝曰予一人，继天承祖宗。忧勤不遑宁，夙夜心忡忡
> ……
>
> （白居易《贺雨》）

像这样一首诗，文字平易而简洁，每两句押韵，文从字顺，念起来非常自然，我们不能不佩服白居易高超的文字功夫。然而，就内容来说，这只是平平直直地叙述一件事情，没有明显的不平凡的感情，跟我们一般常读的唐诗实在有很大的距离。下面我们再看一首以议论为主的诗：

> 吾虽不善书，晓书莫如我。苟能通其义，常谓不学可。
> 貌妍容有矉，璧美何妨椭。端庄杂流丽，刚健含婀娜。
> 好之每自讥，不谓子亦颇。书成辄弃去，谬被旁人裹。
> 体势本阔落，结束入细麽。子诗亦见推，语重未敢荷。
> ……
>
> （苏轼《和子由论书》）

在这首诗里，苏轼跟他的弟弟讨论书法的道理，认为好的书法应该端庄里含有流丽，刚健里含有婀娜。整首诗的押韵非常奇特，如"我""可""椭""颇"。这样的议论再加上这种极其独特的押

韵方式，让整首诗读起来有一种完全不同于抒情诗的感受。

从以上三个例子可以看得出来，宋诗在题材上显得非常广泛，可以描写、可以叙述、可以议论，几乎无所不写。既然无所不写，就把诗扩及到许许多多人的经验上，而这刚好跟我们对诗的看法有些背道而驰。我们一般认为，人生并不是所有的经验都可以入诗，譬如写春花秋月总比写暴雷雨像诗，写一个人的失恋总比写一个人学书法的过程像诗，写一个女子的美貌总比讨论绘画的道理像诗。我们的看法就是唐诗的写法，我们所不以为然的却常常是宋诗所选择的题材。在这里，宋诗的日常生活性就表现在其对题材的一视同仁上。从我们的日常生活经验来说，我们总不得不承认，宋诗所描写的范围要比较接近我们的生活。

那么，宋诗怎么抒情呢？感情也是我们日常生活的一部分，宋代的诗人总不能不描写感情吧！下面我们就来看一两个例子：

> 四十未为老，醉翁偶题篇。醉中遗万物，岂复记吾年。
> 但爱亭下水，来从乱峰间。声如自空落，泻向两檐前。
> 流入岩下溪，幽泉助涓涓。响不乱人语，其清非管弦。
> 岂不美丝竹，丝竹不胜繁。所以屡携酒，远步就潺湲。
> 野鸟窥我醉，溪雪留我眠。山花徒能笑，不解与我言。
> 惟有岩风来，吹我还醒然。

> （欧阳修《题滁州醉翁亭》）

这首诗写的是欧阳修在山中欣赏风景的心情。我们可感觉到，这样的心情平淡得像任何人面对自然风景时一样，甚至还有点故意压低情绪，使其不过分高昂，使其不显得与众不同。再看下面一首诗：

> 自我来黄州，已过三寒食。年年欲惜春，春去不容惜。
> 今年又苦雨，两月秋萧瑟。卧闻海棠花，泥污燕脂雪。
> 暗中偷负去，夜半真有力。何殊病少年，病起头已白。
>
> （苏轼《寒食雨》二首其一）

这是苏东坡被贬谪到黄州时所写的作品，是苏东坡在他一生最困顿失意的时候写的。整首诗的感情虽然比前面欧阳修那一首稍微浓了一点，但也浓不到哪里去。在他最痛苦的情况下，苏轼把他的感情写得这么客观冷静，由此可见，宋代诗人多么有意地要去克服人生的悲哀，而使人生显得像日常生活那样平淡。

也许有人会说，如果生活都是那么平淡，那么人生还有什么意思呢？宋代的诗人正是要透过他们的作品告诉我们，平淡的人生自有其趣味。试看下面这首诗：

> 梅子留酸软齿牙，芭蕉分绿与窗纱。
> 日长睡起无情思，闲看儿童捉柳花。
>
> （杨万里《闲居初夏午睡起》二绝句其一）

这首诗看起来平淡，其实却非常有意思，第一句提到吃酸梅
会让牙齿有"软"下去的感觉，这样的感觉我们每人都有，
因此对这一句自然有"会心一笑"的感受。第二句把芭蕉遮
蔽窗户说成是"分绿"给窗纱，显得细腻而生动。第三、第
四句写一个成年人午睡醒来"无情思"，"闲看儿童捉柳花"，
一副闲适的样子。总结来说，整首诗充满了日常生活的"趣味"，
让我们突然感觉到，原来人生每一个平常的经验都蕴藏了这
么多的"情趣"。如果说"情趣"也是人生的一种诗意，宋代
诗人正是要告诉我们，日常生活到处都充满"诗意"，因为日
常生活到处都充满"情趣"。我们再看下面这首作品：

> 半醒半醉问诸黎，竹刺藤梢步步迷。
>
> 但寻牛矢觅归路，家在牛栏西复西。
>
> （苏轼《被酒独行遍至子云威徽先觉
>
> 四黎之舍》三首其一，在海南岛作）

一个喝得半醉的人找不到路回家，顺着路上的"牛矢（屎）"走，
终在丛林中找到了一条路。像这样有点"鄙俗"的题材，却
被苏东坡写出趣味来。在这里，我们会发现，原来轻松、幽
默也是人生的一种"诗意"呢！

　　像杨万里、苏轼这样体会日常生活的"情趣"，从而在一
般人生经验中体会"诗意"的做法，在宋诗中可以说到处都是，

为了更具体地说明这种情趣，我们可以再看宋末元初的诗人方回的一句诗：

汲泉看马饮

如果我们说，汲水给马喝，那么纯粹只是在"做一件事情"，是有"目的性"的（让马解渴）；但在这里，除了汲水给马喝之外，还"看"马喝水，这一"看"的动作，就表示诗人在欣赏、在品味；这一点欣赏、这一点品味，就使生活变得很有意思，而不是死板板的。方回这一句诗，让我们最明白地看到，所谓日常生活的"情趣"与"诗意"其实都是人主动去"求"来的。也就是说，只要我们有这么一种人生态度，那么，我们就能够把生活过得有"诗意"。因此，我们也就看得出来，在宋朝这种日常生活的诗歌后面，其实蕴含了一种人生哲学，这种人生哲学虽然不同于唐代诗人对于大喜大悲的欣赏，虽然不像唐诗显得那么崇高与雄伟，却仍然自有其价值在。

宋代诗人这种日常生活的哲学，日常生活的诗，有时也可以表现得比较特殊。譬如下面这两句诗：

小雨藏山客坐久，长江接天帆到迟。

（黄庭坚《题落星寺》四首其一）

在这里，诗人把雨遮住山说是"藏"山，把江与天的交点说

95

成是长江"接"天。"藏"字使得雨遮山的经验变得更有味,"接"字使得江、天的交会更活泼,更有动作性。这两句诗所要表现的"诗意"是透过较深一层的"思考"品味出来的,就如吃橄榄一样,是慢慢体会出来的。这用"品"茶的方式来"品味"人的一般经验,其方式虽然和杨万里、苏轼颇有差别,但仍然是日常生活的诗。再看另一种方式:

> 少日曾题菊枕诗,蠹编残稿锁蛛丝。
>
> 人间万事消磨尽,只有清香似旧时。
>
> (此诗题目甚长,像一篇短文,不录)

这首诗有一个故事。陆游年轻时跟表妹结婚,两人感情很好,但因母亲非常不喜欢这一位太太,后来只好离婚。在他们刚结婚时,曾经做了一对菊花枕,如今事过四十三年,陆游年纪老大,偶然重作《菊花枕》,不免想起年轻时的伤心事,因此写了这首诗。就其背后的故事来说,这首诗大可以写得哀怨动人,但陆游并没有这么写。从表面上看,这首诗似乎相当平淡,跟一般的宋诗差不多。然而如果仔细体会,却又可以发现,这首诗的感情非常浓烈。以前陆游和前妻感情最好时所写的"菊枕诗",如今已成"蠹编残稿",而且尘封于"蛛丝"之中,似乎过去的一切已经深深地被埋葬掉;而四十多年来,人间的一切事情也千变万化,消磨殆尽,似乎什么也没有留下来。但是,在这一切之外,诗人却独独记得,现在他所闻到的菊花枕的"清香"还是和四十三年前一样。这"清香"其实暗示了他对前妻的不能忘情，然而，他却只淡淡地提一下"清香"，好像似有似无，其实背后的感情却又深又浓。也就是说，陆游有意把深厚的感情写得很平淡，但平淡之中，我们还是可以体会出作者的真挚情感。这是日常生活的诗，然而又是不平凡的诗，这是宋诗的另一种写法。

苏轼、杨万里也罢，黄庭坚也罢，陆游也罢，不论他们表达感情的方式多么不同，但归根结底来说，他们都是属于同一类的，他们都把人生看得平淡而有意味，而不像唐代诗人那样，把人生看得大起大落而大喜大悲。庄子曾经说过，"君子之交淡若水"，"淡若水"并不是没有感情，而是一种细水长流、久而弥甘的感情。宋代诗人也是这样，在他们的作品里，"人生淡如水"，虽然是"如水"，但却淡而有味，久而愈醇，这是宋诗的特质，也是宋诗的迷人之处。

跟唐人相比，宋人是比较理智的。他们也有理想，也有执着的追求，但他们在经历了种种困境后，也能够认清现实，并且了解到，人生本来就是"不美满"的。但他们并不因此而感到幻灭与失望，他们会在生活中，锻炼自己的毅力，提升自己的人格。他们了解，人生的意义就在于通过生命的实践找到自我人格的完整。如果说，理学是从思想上为这种人生观建立一种体系，那么，当我们阅读宋代大诗人的作品时，我们就能够通过他们的作品，具体地理解他们感情和理智的成长过程。相对于唐人的激切，他们的人生观对我们现代人也许更具有启发性。[1]

顺便说一句，现在最流行的宋诗选本，钱锺书的《宋诗选注》，并不能充分体现宋诗的长处。钱锺书是深得宋诗三昧的，但受到编选时政治气候的影响，选择的作品比较狭隘，只能在作者小传和某些评语中发挥自己的看法，这也是本书主要价值之所在。在我看来，读宋诗，至少要读大诗人的个人选本。幸运的是，我们现在是可以看到这些选本的，譬如，朱东润选注《梅尧臣诗选》（人民文学，1980），陈新和杜维沫选注《欧阳修选集》（上海古籍，1986），王水照选注《苏轼选集》（上海古籍，1984），黄宝华选注《黄庭坚选集》（上海古籍，1991），朱东润选注《陆游选集》（上海古籍，1962），周汝昌选注《杨万里选集》（上海古籍，1979）。遗憾的是，好像还找不到一本比较好的《王安石选集》。另外，朱东润的《陆游选集》，所选的作品嫌少了些。

二

现在再来看词。就发展而言，词大致可以分成三大阶段。从词的形式在唐代末年完全确立的时候开始，到北宋初期为止，这一段时期的词，基本上都比较短（大约都在五六十字以内），一般称之为小令。这一时期的词，在内容上有相当一

---

〔1〕 我另有一文《韩愈〈师说〉在文化史上的意义》，从另一个角度谈到宋代士大夫的道德世界，见南开大学《文学与文化》2011年第1期。

致的地方，我们可以归成一个阶段。北宋中期以后，比较长的词（大约以八九十字以上到一百多字者为最常见），即一般所谓的长调，逐渐成为词的主要形式，一直到南宋末年为止都是如此。这个长调时期，可以南宋中期为界，分成两个时期，分期的理由下面会谈到。

我们要知道词之所以为词的特质，首先还是要从唐、五代、北宋的小令谈起。词原来是可以配合歌曲来唱的，所谓的"词"，其本意就是歌词。这些歌和歌词，原本都只在民间流传，后来逐渐引起文人士大夫的兴趣，开始为这些流行歌曲填词。这些文人都是当时最优秀的，包括白居易、刘禹锡、温庭筠等。所以，在早期阶段文人词就一鸣惊人，其中温庭筠的贡献尤其突出。我们先来看他所写的一首小令：

> 南园满地堆轻絮，愁闻一霎清明雨。雨后却斜阳，杏花零落香。　　无言匀睡脸，枕上屏山掩。时节欲黄昏，无聊独倚门。

> （《菩萨蛮》）

这首词的前半写的是一个富贵人家庭院里的暮春景色，是雨后的黄昏，被雨打落的杏花还淡淡地飘着香气。后半则写深闺中的女子在午睡醒来之后，面对这种杏花飘零的情景，心中那种孤独、暗淡的心情。我们可以说，前半的杏花飘零和后半女子的落寞孤独是相辅相成的，它们联合起来酿造了一个细致而感人的生命世界。这个世界是很狭窄，因为它以一个古代女子所能活动的庭院和深闺为范围，但这个世界又是很细致的，因为它以一种微妙的暗示方式烘托出这个深闺女子孤寂的心境。所以，总括而言，这首词是以非常细腻的笔触来描写深闺女子生命的落空，写得精美绝伦。温庭筠这一类的词可以说是早期小令的典型，因为其他的许多作品也都是这样写的，譬如五代的大词人韦庄的这一首词：

> 烛烬香残帘未卷，梦初惊。花欲谢，深夜，月胧明。
> 何处按歌声，轻轻。舞衣尘暗生，负春情。
>
> 　　　　　　　　　　　　　　　　　（《诉衷情》）

这里所表现的是：夜半被歌声惊醒的女子所发出的"负春情"的浩叹。描写的方式虽然略有差异，但其内容和温庭筠的词极其相似。

这是缺乏爱情的深闺女子的暗淡的生命世界，这样的世界在许多初期的词人（以《花间集》为代表）的共同努力下，在他们以不同的方式来表现相同主题的许许多多作品的汇聚下，形成一个非常一致的艺术世界，在广大的中国文学的花园里，就像一朵极为奇异而珍贵的小花。

从这种深闺女子的世界逐渐地又引申出另一种相关但略有不同的生命世界，譬如李后主这首词：

> 林花谢了春红，太匆匆，无奈朝来寒雨晚来风。

> 胭脂泪，相留醉，几时重，自是人生长恨水长东。
>
> 　　　　　　　　　　　　　　　　（《相见欢》）

如果我们把"胭脂泪，相留醉"解释成男女离别时女子伤心难过的情景，那么，这可以说是一首相思离别之词。但一般来讲，我们不太愿意把这首词讲得这么狭隘，我们更愿意说：这是一首因春花的必然凋谢、人的不得不离别，而感到人生的缺憾（自是人生长恨水长东）的作品。这样，我们就可以了解到，这是和前面那种深闺女子的叹息有关，但又颇有区别的另一种词。再看另一首冯延巳的作品：

> 谁道闲情抛弃久，每到春来，惆怅还依旧。日日花前常病酒，不辞镜里朱颜瘦。　　河畔青芜堤上柳，为问新愁，何事年年有。独立小桥风满袖，平林新月人归后。
>
> 　　　　　　　　　　〔《鹊踏枝》（即蝶恋花）〕

一个人到了春天心情就不好，也许我们可以猜测，他是触动"春情"而难以自已。但我们更愿意说，这是在表现人在美好的春天时节，总会感到人生有所不足，总想有所追求，但又不知人生的目标何在，因而感到迷惘。我们虽然可以说，这首词也许和"爱情"有关，但和李后主的词一样，也可以引申得更广，而说这是有关"人生"的作品。再看下面一首晏殊的词：

池塘水绿风微暖，记得玉真初见面。重头歌韵响铮琮，入破舞腰红乱旋。　　玉钩阑下香阶畔，醉后不知斜日晚。当时共我赏花人，点检如今无一半。

（《玉楼春》）

这首词显然不是在想念从前见过面的歌女"玉真"，而在感叹"当时共我赏花人，点检如今无一半"，很明显是一首感叹人生的作品。

从李后主、冯延巳、晏殊，还有欧阳修的词可以看到小令时期词的另一种形态：从人生的必然离别（天下无不散的筵席）、春天的不能常在等缺憾来感叹人生的不美满。这样的作品，因为诉诸人类的最基本的感情，其感人之深是绝不下于温庭筠、韦庄那种描写深闺女子命运的作品的。

这些歌词所以特殊，是因为它们都是当时最优秀的文学家配合歌曲填出来让大家唱的。歌曲本来就容易感人，再加上文学家所写的那么美好的歌词，当然更容易雅俗共赏，更令人赞叹不已了。早期小令的特质就在于：它是文学家所写的歌词，因此具有一般歌词的普及性（包括它所表现的感情），又有一般文学家的高超技巧。这两者的综合，就构成了其独特生命之所在。现在一般人读宋词，有不少人特别喜欢早期的小令，这一点也不奇怪。早年的王国维就是最著名的例子，他的《人间词话》主要就讨论早期的小令，他自己的创作也以此为模仿对象。

北宋中期，词的形式和内容都开始产生变化。首先，柳永开创了文人试作长调的道路。柳永是个"民间歌手"，他的作品所包含的大量庸俗性内容让他被士大夫所瞧不起。但是，他填写长调的高超技巧却不知不觉影响了士大夫填词的风气，长调的重要性越来越超过小令。在他之后的苏轼，则逐渐脱离歌词的羁绊，常常用词来表达他自己的遭遇与心境，这是把词向诗靠拢，现在一般称为"词的诗化"。东坡的词作风格产生了很大的影响，不少人，特别是他的学生黄庭坚和晁补之，都走上这条道路。以前流行把这一派的词人称为"豪放派"，其实并不很恰当，因为"诗化"并不必然走向豪放，它可以因每个文人的性格而有不同的表现。

在东坡的同时或稍后，也有人试着在东坡与柳永之间走一条折中的路线，如贺铸，以及东坡的另一个学生秦观。但到了靖康之乱后，文人受到时代的影响，慷慨悲愤之气勃发，儿女之情减弱，东坡的影响笼罩一世，最后在辛弃疾身上集中表现出来，并使辛弃疾成为宋代最伟大的豪放派诗人。

现代的宋词读者，有一种人，特别喜欢豪放派的词，我就是其中之一。我也很喜欢小令时期的"深美闳约"（张惠言称赞温庭筠的话），也不是不能欣赏周邦彦、姜夔一派词人的精微细致，但总是觉得这两类词境界太过狭小，远不如豪放派开阔。我总觉得，词如果再进一步向诗靠拢，就会成为诗的一种新形式。譬如读东坡，除了他的五、七言，古、近体，还多了一种"诗"，那就是长短句的词，不是更丰富吗？苏东坡开出的道路是非常宽阔而具有前景的，到了辛弃疾，居然可以单就词这种体裁，写出那么多精彩而伟大的作品，由此就可以看出它的潜力。我认为，在专力作词的人中，辛弃疾是唯一可以和王安石、苏轼、黄庭坚及陆游等宋代大诗人比肩的"大诗人"，被很多人推崇为"词帝"的周邦彦根本望尘莫及。非常遗憾的是，苏、辛走出的这一条平坦大道，在南宋中期以后却被周邦彦、姜夔一派的词人阻断了。

周、姜词派在南宋中期的兴起，和当时的政治、社会气氛有很大的关系。原本极力主张恢复中原的士气为宋高宗的"绍兴和议"严重挫伤；金主完颜亮南侵，在采石矶战败，南宋的士气为之一振。但没想到北伐军在符离一战大败，溃不成军，而北方的金人在金世宗的统治之下重新恢复秩序，此后南宋注定只能偏安一隅。这样的政治气候影响了士人的精神，南宋文学的面目也因此为之一变。也就在这个时候，陆游和辛弃疾雄健的词风，逐渐为姜夔一派细腻、婉约的风格所取代。在这种背景下，苏东坡的影响开始让位给北宋末年的词人周邦彦。

现在我们再来回顾一下周邦彦的作品，我们就以他的名作《瑞龙吟》为例来说明。《瑞龙吟》全词长达一百三十三字，为了清楚起见，我们逐段加以解析：

　　　　章台路，还见褪粉梅梢，试花桃树。愔愔坊陌人家，
　　定巢燕子，归来旧处。

这第一小段是说，诗人在梅花凋谢、桃花初开的季节，像春
天重回老巢的燕子，又重新回到他以前曾经来过的歌楼舞榭
（章台路），简单地说，就是诗人重游旧地。

　　　　黯凝伫，因念个人痴小，乍窥门户。侵晨浅约宫黄，
　　障风映袖，盈盈笑语。

第二小段是说，回到旧地的诗人，想起从前在这里初见他所
喜欢的那一位歌女的情景。那一天一大早，薄施脂粉的她，
站在门口，抬起袖子挡风，对诗人"盈盈笑语"，想起这些，
不禁令诗人黯然不已。

　　　　前度刘郎重到，访邻寻里，同时歌舞。唯有旧家秋娘，
　　声价如故。

这几句（从这里开始到结束都是歌词的第三段，比前两段长
得多）是说，诗人问起以前他所熟悉的歌女，发现都不在了，
他所喜欢的那一位也不知去向，只有一个叫"秋娘"的，还
像以前那样的"红"（声价如故）。

> 吟笺赋笔，犹记燕台句。知谁伴，名园露饮，东城
> 闲步？

这几句是说，诗人曾经写过一些像李商隐所写的《燕台》诗一类的作品送给他所喜欢的那位女子，现如今不知她正在何处陪着别人喝酒、散步。

> 事与孤鸿去！探春尽是，伤离意绪。

这几句写"往事已矣"的伤感。

> 官柳低金缕，归骑晚，纤纤池塘飞雨。断肠院落，
> 一帘风絮。

这几句以归途所见的风景来暗示诗人暗淡的心境。

唐代诗人崔护写过一首《过城南庄》，表达了类似的经验，是这样的：

> 去年今日此门中，人面桃花相映红。
> 人面不知何处去，桃花依旧笑春风。

去年在这里看到一个映着桃花的女子，今年却只见桃花而不见女子。这种"寻往事"而"失落"的感情是完全和周邦彦

的《瑞龙吟》相类似的。然而，在这里以四句二十八字写完的事情，周邦彦却以一百三十三字的篇幅详细加以描写。相比起来，周词的特色是在哪里呢？

首先，我们可以看到，周邦彦的笔触非常细腻。譬如，他把花的凋谢叫"褪粉"，把花的初开叫"试花"，而当他说"定巢燕子，归来旧处"时，他是以燕子的归来暗喻诗人的旧地重游。其次，诗人的感受力也非常细腻。譬如，在第二段里他描写初见那女子的情景，在第三段的最后几句，他以非常适切的景物来烘托诗人落寞失意的心境，这种仔细的描写功夫是唐人那首二十八字的七言绝句所无法做到的。

周邦彦曾经长期失意，沉沦下僚，类似早年的柳永，他们作品的精神有共通之处。他们都喜欢抒写自己浪迹天涯的情怀，并且在其中怀念以前对他有情的歌女，这实际上是一种极深的自怜。他们两人的差别是，柳永的文字平易通俗，周邦彦则高雅细致，因此周邦彦在士大夫中间得到比较好的评价。但周邦彦地位上升，主要还是得益于蔡京和宋徽宗的赏识，因此，他可视为徽宗喜爱的上流社会高雅歌词的代表性作者。在靖康之乱以后，他的影响并不大，等到南宋偏安之局已成，士大夫喜欢流连光景，再也没有雄心壮志的时候，他的风格就成为此后词坛的主流。

南宋中期首先继承周邦彦词风的是姜夔，此后他一直和周邦彦并称，可视为南宋婉约派词人的代表，以下我们以其名作《暗香》为例来分析他的风格，先看首段：

　　　　旧时月色，算几番照我，梅边吹笛。唤起玉人，不
　　管清寒与攀摘。

这是说，以前有一天在寒冷的天气里，在梅花旁边，跟今天
有着同样的月夜，他吹笛给"玉人"听，引得"玉人"冒着"清
寒"摘了一朵梅花送给诗人。

　　　　何逊而今渐老，都忘却，春风词笔。但怪得竹外疏花，
　　香冷入瑶席。

这是说，如今竹外依旧有梅花，月色也依旧，玉人不知何处，
而诗人垂垂老矣，往日情怀不再。

　　　　江国，正寂寂，叹寄与路遥，夜雪初积。翠尊易泣，
　　红萼无言耿相忆。

这是说，诗人突然想起曾为他摘取梅花的"玉人"，但路途遥
远，相见无期，令他难过不已。

　　　　长记曾携手处，千树压，西湖寒碧。又片片吹尽也，
　　几时见得。

在最后，诗人再度回忆他们以前在一起的情景，眼看着梅花再度飘落，他不知何年才能再和"玉人"相见。

姜夔这首词的自怜情绪，比起周邦彦来只有过之，而无不及。姜夔一生没有获取任何功名，只以其音乐和作词才华作为达官贵人的清客而终老。他始终怀念某一"佳人"，他最好的作品始终有这一女子的身影萦绕其间，以致夏承焘认为这个佳人是某一合肥歌女。是否真有其人姑且不论，但这种情怀既使人同情，常读之下也不免让人觉得可笑，亦复可悯。我一个朋友本来很喜欢，后来终于把他鄙弃。我本来不喜欢，后来有一阵子也喜欢，再后来也把他给鄙弃了。

在姜夔之后，史达祖、吴文英也都是江湖清客，各有长处。但像吴文英那样，作品流传下来既多（三百多首），几乎首首有一难忘的女子，文字又晦涩难解，实在让人不耐，不知道晚清的周济为什么要把他列入"四大家"之中。至于之后的王沂孙、张炎的作品，就变成亡国之音了。总括而言，他们的词就其内容而言，重复性是很高的。我觉得，他们有一个共同的"经验模式"，其基本模型是：人到了某一地，回想起以前在这里见过的女子，或者回想起在远方无法见面的女子，或者回想起以前美好的生活（主要见于张炎的作品，因为他是南宋最著名世家的后代），因而感到难过，充满了"伤离意绪"。其次，他们表达这一"经验模式"的方法也是类似的：他们都以细腻的描写来把过去的经验美化，而且都以精巧的景物描写来烘托目前失意的心境。我们可以说，这是一种"挫败的美学"，是在人生中一无所获的人，靠着回忆，创造一种美学境界。[1]

这一类作品，其实是在晚清以后才得到很高评价的。晚清四大词人及其同类，先是面对晚清末世，再来则面对清朝的灭亡，作为遗老孤臣，他们喜欢这种作品是可以理解的。他们流传下来的学派，一般是不喜欢他们所面对的时代的，他们只能回忆过去美好的黄金时代，这是周、姜词派自晚清至现代，一直在词学界得到崇高评价的秘密。这跟早期的小令，因其较为白话，从而得到"五四"派的推崇，刚好是一个有趣的对比。

现在，我们再来总结前面所说的一切。我们看到，温庭筠、韦庄等人写的是深闺女子缺乏爱情的生命世界，李后主、冯延巳、晏殊、欧阳修等人写的是对人生的"不完美"的悲慨，而周邦彦、姜夔等则表现诗人沉溺于回忆美好往事的伤感心境。我们发现，他们所描写的经验都非常固定而狭窄，但是，他们的写法却又非常细腻而感人。所以，正如我们前面所比喻的，在整个中国文学的园地里，词只能算是一种小花，虽然是非常珍异漂亮的一种小花，非常令人喜爱，但还是嫌"小"了一点。无论如何，我们不能为了这一点奇花异草，就抛弃

---

[1] 我另有一文《周、姜词派的经验模式及其美学意义》，对此有更详尽的讨论，见《抒情传统与政治现实》（武汉：华中师范大学出版社，2011）。

了宋诗更广阔、更清明的世界。

2015 年 3 月 14 日

据两篇旧稿综合改写

**后记**：这两篇文章的目的是希望大家能更重视宋诗，而不是要贬抑唐诗或者宋词。唐诗、宋词在中国民间的普及性是其他中国古代文学作品所比不上的，对中国古代文学作品的流传贡献极大，这是谁也无法否认的。

# 唐宋古文

在中国古代的散文家里，大家最为熟悉的，恐怕要数唐宋古文八大家了。差不多所有的中学生都背过这八个人的名字，都听说过这八个人是：唐代的韩愈、柳宗元，宋代的欧阳修、曾巩、王安石、苏洵、苏轼、苏辙。中学国文课本常常选他们的文章，至少韩愈、柳宗元、欧阳修、苏轼的文章，只要念过初高中的人一定会读到。唐宋八大家的古文是中国文学里最重要的遗产之一，是我们中学生一定要研读和学习的东西，从这里就可以看出唐宋时代文章的重要性了。

先秦两汉的文章，一般都被认为是中国散文的最高成就。代表先秦两汉文章的《左传》《战国策》《史记》《汉书》《论语》《孟子》《老子》《庄子》，不但文章写得好，而且有丰富的内容与深刻的思想。但先秦两汉的时代距离我们现在太过遥远了，那时候的事物我们都很陌生，那时候的语言文字到现在都已变得艰涩难解；所以先秦两汉的文章虽然有很高的成就，但除了专家学者之外，一般人并不常阅读。

魏晋南北朝代的骈文，是一种非常特殊的文体。这类文章虽然把中国文字的某些特质发挥得淋漓尽致，但阅读起来，甚至比先秦两汉的文章更困难。就价值而言，虽然骈文有其精妙华美的特色，一般总认为这种文章太注重外表的形式，在内容上未免有所欠缺。因此我们现代人对于骈文是不太重视的，会想去读骈文的恐怕不多。

至于唐宋以后元、明、清三朝的文章，一般的评价也不高。元、明、清的文章，大部分都在学习、模仿以前的文章，不是学先秦两汉，就是学唐宋，另外也有少数学骈文的。这种以模仿为主的文章，不论写得多好，总是较缺少创造性。明清时代最特殊、最具创造性的文章是小品文。但小品文流行的时间不长（明末清初），所以综合而言，元、明、清散文的成就还是不及唐宋。

因此，整个说起来，唐宋文章的成就仅次于先秦两汉，而就难易程度而言，唐宋文的平易远非先秦两汉文章所能比得上。这是我最常阅读唐宋文的原因。在所有中国古代的文章里，唐宋古文和我们现代人的关系最密切，这是唐宋文所具有的独特重要性。

唐宋古文是在反对魏晋南北朝骈文的背景之下产生出来的。在唐朝建国以后的最初一百年里，一般人写文章还是以骈文为主，当时还出现过几个著名的骈文大作家。但渐渐地，骈文的缺点越来越明显，反对骈文的人越来越多，最后古文终于取代骈文，成为唐宋文章的主体了。

从开始反对骈文，到古文完全得到人们的认可、为人们所接受的过程，即一般所谓的古文运动，这一运动的两个主要领导人则是唐代的韩愈和宋代的欧阳修。这一古文运动在主张上有三个要点，即：文章复古、文以载道和复兴儒学。

## 一、先说文章复古

就最直接的目标而言，古文运动是要打倒骈文的，而骈文则是魏晋南北朝盛行的文章。以唐朝人的眼光来看，魏晋南北朝是"近代"，而魏晋以前的先秦两汉则是"古代"。骈文是"近代"所流行的文章，是"近代文"；相对地，"古代"的先秦两汉时代所写的文章，则是"古代文"或"古文"了。所谓"古文运动"的意思，就是要抛弃"近代人"所写的"近代文"（骈文），转而效法先秦时代的"古代文"（古文）。这样，我们就很容易了解为什么大家要把唐宋八大家的文章称为"古文"的原因了。同时我们也可以知道，古文运动是一种复古运动——要求以古代的文学为模仿、学习对象的文学运动。因此我们说，古文运动的第一个要点是"文章复古"，因为它所提倡的是：重新去写古人写过的文章，不要再写近代所流行的骈文了。

从这样的说明来看，古文运动是以"模仿古人文章"为主的运动了。以近代的文学观念评判，文学贵在创新，陈陈相因的文学作品是没有什么价值的。那么，为什么以"模仿古人文章"为目标的古文运动会创造中国散文的第二个黄金时代，其成就仅次于先秦两汉呢？

原因是：唐宋古文家虽然研习古人文章，却并不是采取亦步亦趋的模仿。在他们的学习过程中，加进了许多创新的因素，或者说，他们以最具创新的精神去学习古人的文章。因此古文运动的结果不是回到古代，而是以古代为基础，创造了一种适合时代要求的"现代文"。这是一种成功的"复古"，而不是食古不化地回到古（就这个意义而言，古文运动对提倡文化复兴的我们来说，实在具有重大的启示作用）。

## 二、古文运动的第二个要点："文以载道"

用最通俗的话来说，"文以载道"的意思是：文章要有内容。如果我们读到一篇文章，里面用了许多漂亮的字眼，写了许多令人眼花缭乱的句子，但读完之后却有不知所云的感觉，那么，我们会说这篇文章"没有内容"。这就是唐宋古文家对骈文的批评。他们认为，骈文只注重辞藻的华美、对仗的工稳、声音的好听，但没有充实的内容，因此他们要反对。反过来说，先秦两汉的文章不一定有对仗，漂亮的对仗更是少见，也不选用华丽的字面，却常常是好文章，因为这些文章有丰富、深刻的内容。他们要抛弃骈文，因为骈文没有内容；他们要学习古文，因为古文以内容为主。他们主张文章要有内容，也就是，"文"要载"道"，他们就是以这个标准来贬斥骈文、称颂古文的。

但是什么样的文章才算"有内容"，却也不容易断定。譬如说，有一个大学生，失恋了，很痛苦，忍不住写一篇散文来表达他的心情，写得很好，算不算"有内容"呢？或者说，一个考不上大学的高中生，觉得没有前途，非常悲哀，写了一篇文情并茂的牢骚文章，又算不算"有内容"？可见文章有没有内容有时要靠主观的认定，如果你觉得这篇文章所写的事物非常不重要，不值得一提，不论这篇文章写得如何，你一定会说："没有内容。"所以"文"是不是载"道"，有时必须问一下，你认为什么是"道"？什么才合乎"道"？什么并不合乎"道"？

### 三、古文运动的第三个重点："复兴儒学"

古文家都是儒家思想的忠实信徒，他们都崇拜孔子、孟子，都认为孔、孟思想是人类的真理。以他们的观点而言，所谓"道"其实就是儒家思想，所谓"文以载道"，就是说，文章要宣扬圣人的道理，至少不能违背圣人的道理。所以古文家所谓"文以载道"的"道"是有特殊的内容的，并不是所有的内容都可说是合乎"道"的。

古文家这种"文以载道"的观念并不是无缘无故产生出来的，是有特殊的历史背景的。在汉武帝时代，有一个儒家信徒叫董仲舒，向武帝上了一道奏章，建议武帝尊崇儒术，压抑其他各家各派的思想。武帝采纳了他的意见，从此以后，儒家思想成为正统思想，所有国家的高级公务员必须一律遵守，不能违背。一直到东汉末年，前后四百年，这种情形没什么改变。

但到了东汉末年，天下大乱，儒家思想不足以维系人心，开始衰微下去。此后一直到唐朝，佛、道两家的影响力远远超过儒家，儒家思想并没有受到特别尊重。到了唐朝中期，儒家的力量逐渐壮大，儒家思想有复兴的趋势。这个儒家思想的复兴运动是和古文运动同时进行的。更正确的说法应该是，古文运动实际上兼具文学运动和思想运动两种特质。在唐朝，所有的古文家，从陈子昂到韩愈几乎都在努力为儒家思想争取地位，都是儒学复兴运动的成员。所以，唐朝的古文运动和儒学复兴运动是合二而一的。到了宋朝，这两种运动开始分道扬镳，儒学复兴运动后来演变为理学（或称道学），以周敦颐、张载、二程、朱熹为其代表，而古文运动则较注重文学，以欧阳修、苏轼为代表。虽然两种运动有逐渐分离的趋势，宋代的古文运动仍然具有浓厚的儒家思想色彩。

就是在这种情况下，古文家才主张文以载道，因为只有文以载道，才能达到他们复兴儒学的目标。我们必须把"文以载道"和"儒学复兴"联系起来，才能了解古文运动的全部面貌。

以上谈的是古文运动的种种方面，现在要说到唐宋古文的特质了。唐宋古文的写法，和我们现在所谓的散文，有很大的不同。我们必须了解这种文章的特色，才能欣赏其精妙的艺术技巧。

通常一篇古文家的文章，总在几百字或一千多字之间，两千字以上的古文可说难得见到。以现在的标准来说，这都只能算短文。但在这短小的篇幅之中，古文家却费尽他所有的心血，写出一篇一篇的传世之作。

怎么样才能在一千字左右，表现出古文家高超的文章技巧呢？一般而言，他们常在三方面特别下功夫，即：构思、文字与文气。

通常古文家在写一篇文章以前，就把整篇文章的写法事先设想好了。他大概以怎样的段落安排把这些内容有次序地写出来，以及整篇文章的口气、遣词造句的特色等等，整篇文章所可能想到的方面，古文家都尽力在事先设想清楚。这种事先的脑中活动，我们可以称之为"构思"。

为了更具体地说明古文家的构思，我们且举三个例子来让大家欣赏欣赏。第一个例子是韩愈的《殿中少监马君墓志铭》。墓志铭是刻在墓碑上的文字，目的是借着这种文字来让人了解墓中人生前的功业与德行，使他们能死后不朽。问题是，假如死去的人是个平平凡凡的人，一生毫无特殊的事迹可言，又怎么去写他的墓志铭呢？殿中少监马君正是这样的人，除了他是达官贵人的子孙之外，他毫无特殊之处可言。这是一篇非常难写的文章，但韩愈却写得非常出色，是他的杰作之一。

韩愈这篇文章很短，他说到年轻时他有一次到马君祖父府中。马君祖父是位王爷，威风凛凛，刚好这时王爷的儿子抱着一个小孩子也站在旁边，这个可爱的小孩就是马君。十多年后王爷死了，再过十多年，王爷的儿子，当年抱着小孩子的人也死了。现在，当年被抱在怀中的小孩也死了，不到四十年的时间，他目睹祖孙三代——离开人世而去。

从以上的简单说明，可以看出这是一篇感慨颇深的文章，但却是从一个默默无名的小人物设想而来的。本篇的构思决定了全篇的内容，没有这样一种出奇制胜的写作方向，本篇绝不可能写得出色，因为他所要写的人物实在太平凡了。

再看欧阳修的《醉翁亭记》。这篇文章的第一段是这样的：

> 环滁皆山也。其西南诸峰林壑尤美，望之蔚然而深秀者，琅琊也。山行六七里，渐闻水声潺潺而泻出于两峰之间者，酿泉也。峰回路转，有亭翼然而临于泉上者，醉翁亭也。作亭者谁，山之僧智仙也；名之者谁，太守自谓也。

不管懂不懂这段文章，任何人都可以看出，这里的每一句都以"也"字结束。事实上整篇文章从头到尾都如此。可以说本篇的构思决定了全篇行文的特色，使得这篇文章非常与众不同。

第三个例子是王安石的《书李文公集后》。这个李文公是韩愈两大门徒之一的李翱。王安石读了李翱的文集，深深为他的不得意而感慨不平，同时想到自己也不能得到一个知己，有一种"同是天涯沦落人"的感觉，因此他写了这篇文章来表达他的心情。这种心情并不特殊，特殊的是王安石的写法。王安石先说李翱不好，再为他辩护，说他是好人。但立刻又找一个理由说他不好，再另找一个理由说他到底是好人。就这样经过一反一正的几次辩驳，最后才决然肯定，李翱确实是好人。就以这种曲曲折折的方式，王安石淋漓尽致地表露了他心中的抑郁不平之气。这篇文章的构思决定了一种非常特殊的写作方式。

从以上三个例子可看出，唐宋古文家的构思有种种的不同，有时跟内容有关（如韩愈），有时跟行文有关（如欧阳修），有时又跟写法有关（如王安石），此外，还可以有其他的变化。但不论怎么变化，每一篇成功的古文总会让我们觉得极"妙"，是难得一见的"绝妙好文"。

现在再谈古文的第二个特色，那就是：古文家在文字上力求简洁。先讲一个故事，来说明古文家所追求的简洁。据说欧阳修写《醉翁亭记》，原先用了一大段文字来描写滁州城周围的山，怎么改都不满意。最后灵机一动，把那一段全部删掉，只留一句"环滁皆山也"，这一句就把滁州城的四周写清楚了，不必另外再说什么了。

这就是古文家所谓的简洁：凡是一句话说得清楚的，绝不用一段；凡是用几个字能说明的，也绝不用一句话；凡是可以简省的字一定删掉，绝不肯有多余的字。古文家手中的文字好像字字是珍珠，而古文家则是绝无仅有的守财奴，绝对不肯轻易地花掉任何一粒珍珠。

简洁的另一面就是精确。一个字说得清楚的，你多用了另一个字，那是不精确；一句话可以写得好的，你写了两三句，那也是不精确。古文家能用最少的字句正确地说出他们所要说的话，换一个笨拙的人，可能用了一箩筐的字，别人还不知他要说的是什么。

由此也可以了解，为什么古文总是那么短。读惯了古文，再来读现代人所写的许多白话文，你一定会觉得，现代文就好像一个浑身珠翠的庸俗女人，所有的珍珠没有一颗耐看，而古文就好像贵妇人身上唯一的戒指或胸饰，愈看愈觉得光彩四射。

古文的第三个大特色是讲究文气。这种文气是比"简洁"更难说明的抽象的东西。顾名思义，文气是文章流动的样子。具体地说，文气是文章的声音效果，是你读文章时的整体感觉。譬如说，你朗读一篇文章，读完了之后说：好顺畅啊，可以一口气读完；或者说：别扭得很，几乎每一句都拗口，不知他在搞什么鬼。不论是"顺畅"或"拗口"，这都是文气。

再举一个欧阳修的故事来说明。据说欧阳修为当时著名的政治家韩琦写了一篇《相州昼锦堂记》，开头两句是：

> 仕宦至将相，富贵归故乡。

文章写好了，欧阳修派人送给韩琦。文章送出去后，欧阳修愈想愈不妥，吟哦半晌，立刻派人骑快马赶上去，把文章要了回来，在这两句各加一字而成为：

> 仕宦而至将相，富贵而归故乡。

为什么欧阳修要这样改呢？因为原稿每句五字，念起来有急促的感觉，各加一"而"字后，就显得平稳舒徐了，欧阳修是基于文气的理由来修改的。

在唐宋古文家中，一向有"韩潮苏海"的说法，意思是：韩愈文如海潮，苏轼文如海洋。我们都在海边看过潮水每一次冲上来那种气势凌人的样子，韩愈的文章就是这样，你时时感觉一波又一波的海潮从头冲撞至尾，让你透不过气来。但如果在天气平和的情况下你乘船到海中央，这时你看到的不是海潮的冲击，而是一片汪洋大海那种涵容一切的涌动。分别来看，每一个单独的海波都不特别惊人，但一望无际的海面上无数海波的荡漾，会让你感到宇宙的浩大。这是海洋的涌动，而这也就是苏轼文章的气势。韩愈、苏轼的文章都具有男性的气魄，但气魄的性质稍有不同。"韩潮苏海"的说法，就是从文气方面来描述两人文章的特色。

跟韩、苏相反的是欧阳修。就如前面所举过的例子，欧阳修的文章总是平稳舒徐，句子比较长，节奏比较慢。因此他的文章有感情、有感慨的，会特别有缠绵悱恻、一唱三叹的感觉，其他的文章则会显得雍容华贵，平稳中自有不凡的气度。

　　这样，我们就可以看出，著名的古文家各自具有不同的文气，这是他们个性的反映；而他们也以高超的文字技巧，努力去把握、去追求适合他们个性的文气表现法。

　　文气是唐宋古文最抽象、最难懂的部分，假如领悟了什么是文气，那就可以说，古文艺术的精妙你已掌握得差不多了。

　　**补记**：本文原为少年读物而写，所以文字特别浅白。

# 古文文气论举隅

文气在唐宋古文中是一个很重要的问题，韩愈在著名的《答李翊书》中就谈到这个问题，他说：

> 气，水也；言，浮物也。水大而物之浮者大小毕浮。气之与言犹是也，气盛则言之短长与声之高下者皆宜。[1]

按照韩愈的讲法，一个作家只要"气盛"，那么，文章里"言之短长"与"声之高下"自然就能够恰当地表现出来。如果联想到孟子的"养气说"，那么，"气"就是个人人格的表现。后来论文气的人，基本上也都从作家的气质入手，讨论文气问题，最著名的例子就是清代姚鼐的说法。姚鼐在《复鲁絜非书》中谈到，因为个人禀赋的差异，文章自然会呈现阳刚与阴柔两种风格。

但也有人从完全不同的角度谈论文气问题，最著名的例子就是姚鼐的老师刘大櫆。刘大櫆在《论文偶记》里说：

---

〔1〕《韩昌黎文集校注》（上海：上海古籍出版社，1986），171 页。

> 神气者，文之最精处也；音节者，文之稍粗处也；字句者，文之最粗处也。然论文而至于字句，则文之能事尽矣。盖音节者，神气之迹也；字句者，音节之矩也。神气不可见，于音节见之；音节无可准，以字句准之。[1]

刘大櫆的讨论方式迥异于一般人，他认为：字句构成音节，音节再形成文气。主流的意见是从人到文气，刘大櫆刚好相反，是从字句到文气。如果主流意见是"唯心"的，那么，刘大櫆就是"唯物"的。

从分析文章的角度来看，刘大櫆的理论是很值得重视的。这篇短文打算从韩愈与王安石的作品中各选两篇文章来加以说明。

一

首先来看韩愈的《柳子厚墓志铭》。文中提到，柳宗元、刘禹锡等人在贬谪十年以后被召回长安，然后又全部被外放为刺史。刘禹锡因为写诗讽刺当时的执政者，被贬到最远的播州，而刘禹锡的母亲还在，这就让刘禹锡陷入困境。如果他带母亲上任，母亲可能无法适应播州的恶劣气候而死在播州；如果他

---

[1]《论文偶记　初月楼古文绪论　春觉斋论文》（北京：人民文学出版社，1998），6页。

不带母亲，那么，生离可能就会变成死别。柳宗元不顾自己是罪人的身份，想要上表章给皇帝，希望用自己的柳州来交换刘禹锡的播州。这时候，得到皇帝信任的裴度也帮刘禹锡讲话，刘禹锡改贬至连州，柳宗元也就不用上表章了。不过，就其初心而言，他确实是很愿意为朋友而牺牲自己的。因此，韩愈感叹说：

> 呜呼，士穷乃见节义。
> 今夫平居里巷相慕悦，酒食游戏相征逐，诩诩强笑语，以相取下；（第一小节）
> 握手出肺肝相示，指天日涕泣，誓生死不相背负，真若可信；（第二小节）
> 一旦临小利害仅如毛发比，（第三小节）
> 反眼若不相识，落陷阱不一引手救，反挤之又下石焉者，皆是也。（第四小节）[1]

这一小段，从"今夫平居"到"皆是也"只是一句，从头到尾文气连绵不断，一气贯注而下，气势极为充沛。仔细分析，即可发现韩愈在字句的锻炼与安排上实在煞费苦心。从上面所分的小段落可以看得出来，第一小节"平居里巷相慕悦""酒食游戏相征逐""诩诩强笑语"等，是五七言诗句法（二、三

---

[1]《韩昌黎文集校注》，513 页。

顿或四、三顿），最后以"以相取下"四字句（二、二）顿住。
到了第二小节，"握手出肺肝相示"（五、二顿）、"指天日涕泣"
（三、二顿）、"誓生死不相背负"（三、四顿）三句，虽然仍
为五字句、七字句，但句法却刚好与前一小节五七言诗的二、
三顿或四、三顿句法相反。这第二小节最后停顿的一句"真
若可信"则又正如前一小节的"以相取下"，是个四字句（二、
二顿）。以上两小节之后，"一旦临小利害仅如毛发比"十一
字一句，一气直下硬转。所以，在音节上，韩愈是如此安排：

　　　　（第一小节）七字句、七字句、五字句（五七言诗
　　　句法）；四字句小顿
　　　　（第二小节）七字句、五字句、七字句（反五七言
　　　诗句法）；四字句小顿
　　　　（第三小节）十一字句

可以看得出来，每次都以奇数句直冲而下，再以双数句顿住。
到了十一字句，整段文字的波动可说达到高峰。
　　但在这样多变复杂的句法下，造词却又有值得注意的地
方。"相慕悦""相征逐""以相取下""出肺肝相示""不相背
负""不相识""不一引手救"，"相""不"两字的重复出现，
无形中有一种统一作用，以此来弥补音节上的参差多变。而
且，整段文字，从"相慕悦"的"悦"，到"皆是也"的"也"，
每一小句的末一字，都是仄声字（只有"反挤之"的"之"例外）。

仄声字气较短促,所以整段念下来,每一小句停顿时间都不长,非到全段(也是全句)结束,文气无法完全停住。

以上的分析,是要说明韩愈如何在文字上下功夫,以求创造出一种特别的"文气流动"。我们可以举一个相反的例子,证明韩愈如何利用特殊的造句来形成独特的音节和文气效果:

> 君天性和乐,居家事人,与待交游,初持一心,未尝变节,有所缓急曲直、薄厚疏数也。
>
> 不为翕翕热,亦不为崖岸斩绝之行。俸禄入门,与其所过逢、吹笙弹筝、饮酒舞歌、谈调醉呼,连日夜不厌,费尽不复顾问。
>
> 或分挈以去,一无所爱惜,不为后日毫发计留也。[1]
>
> (《唐故朝散大夫尚书库部郎中郑君墓志铭》)

郑君的一生没有什么波折,为人平易,极好相处,不汲汲于富贵,不计较钱财。为了描写这样一个人,韩愈在这一段文字中,总共用了十四个四字句,两个六字句。二、二顿的四字句,二、二、二顿的六字句,文句平稳,跟郑君的一生刚好相配无间。这一段文字绝对是韩愈有意设计的,跟《柳子厚墓志铭》刚好相反,两相比较,即可见出韩愈不平凡的文字功夫。

---

〔1〕《韩昌黎文集校注》,518页。

## 二

现在我们来看王安石的《祭欧阳文忠公文》。为了更深入地体会王安石文章的特质，我们可以先读一下苏轼的《祭欧阳文忠公文》：

> 今公之没也，赤子无所仰庇，朝廷无所稽疑。斯文化为异端，而学者至于用夷。君子以为无为为善，而小人沛然自以为得时。譬如深渊大泽，龙亡而虎逝，则变怪杂出，舞鳅鳝而号狐狸。

> 昔其未用也，天下以为病；而其既用也，则又以为迟。及其释位而去也，莫不冀其复用；至其请老而归也，莫不惆怅失望，而犹庶几于万一者，幸公之未衰。孰谓公无复有意于斯世也，奄一去而莫予追。[1]

苏轼的文章非常重视排偶，在第一小段里，"赤子"一句与"朝廷"一句是排偶句，"君子"一句与"小人"一句也是如此。在第二小段里，"昔其未用"两句、"而其既用"两句、"及其释位"两句、"至其请老"四句，构成一个大排偶结构。每一句长短都差不多，大致两句押一韵（祭文是要押韵的，引文

---

〔1〕《苏轼文集》（北京：中华书局，2004），1937 页。

中凡句号处即押韵处）。第一小段前面六句都是两句押一韵，后面四句押一韵；第二小段，前四句押一韵，中间六句押一韵，后两句押一韵。虽然有一点错落参差，但由于排偶句很多，句子长短又差不多，念起来极为顺畅。王安石的《祭欧阳文忠公文》就不是这样：

嗚呼！自公仕宦四十年，上下往复，感世路之崎岖。（三句）

虽屯遭困踬，窜斥流离，而终不可掩者，以其公议之是非。（四句）

既压复起，遂显于世，果敢之气，刚正之节，至晚而不衰。（五句）

方仁宗皇帝临朝之末年，顾念后事，谓如公者，可寄以社稷之安危。（四句）

及夫发谋决策，从容指顾，立定大计，谓千载而一时。（四句）

功名成就，不居而去，其出处进退，又庶乎英魄灵气，不随异物腐散，而长在乎箕山之侧，与颍水之湄。（七句）

然天下之无贤不肖，且为涕泣而歔欷。（二句）

而况朝士大夫，平昔游从，又予心之所向慕而瞻依？（二句）[1]

---

[1]《王荆公文集笺注》(成都：巴蜀书社，2005)，1669 页。

从这里就可以看出，王安石这篇文章押韵极不规则，从两句到七句都有，所以念起来不会很顺畅。另外，每一个韵脚所包含的句子，大都前短后长，前面的短句念起来较短促，必须到押韵处才好像找到归宿而有了一种释放感。整段文字的感觉是：不规则、拗折，气不畅，这正是王安石所追求的效果。人称王安石为"拗相公"，"拗"是王安石一辈子为人与为文的最大特色。

王安石还擅长"以意御气"，最著名的例子就是《书李文公集后》：

> 文公非董子作《士不遇赋》，惜其自待不厚。
>
> 以予观之，《诗》三百发愤于不遇者甚众。而孔子亦曰："凤鸟不至，河不出图，吾已矣夫！"盖叹不遇也。
>
> 文公论高如此，及观于史，一不得职，则诋宰相以自快。"今吾于人也，听其言而观其行。"言不可独信久矣。
>
> 虽然，彼宰相名实固有辨。彼诚小人也，则文公之发，为不忍于小人可也。为史者，独安取其怒之以失职耶？世之浅者，固好以其利心量君子，以为触宰相以近祸，非以其私则莫为也。
>
> 夫文公之好恶，盖所谓皆过其分者耳。方其不信于天下，更以推贤进善为急。一士之不显，至寝食为之不甘，盖奔走有力，成其名而后已。士之废兴，彼各有命，身

> 非王公大人之位，取其任而私之，又自以为贤，仆仆然
> 忘其身之劳也，岂所谓知命者耶？《记》曰："道之不行，
> 贤者过之，不肖者不及也。"夫文公之过也，抑其所以
> 为贤欤？（《书李文公集后》）[1]

这篇小文，不足三百字，却波澜迭起。最主要的关键在文意的转换。一开始先说明李翱（文公）批评董仲舒作《士不遇赋》，未免牢骚过多。接着王安石马上以《诗经》、孔子也难免发牢骚，来反对这种过分苛刻的批评。然后又说，李翱虽然"论高如此"，等到自己不遇时，却又"诋宰相以自快"，实在犯了言行不符的大病。但接着马上又替他辩护，说李翱批评宰相，是为公不为私，史家以为是李翱自己不遇而如此作，未免以小人之心度君子之腹了。可是在辩护之后，他立刻又批评，李翱骂宰相虽然是为公不为私，总难免好恶太过，也太不认命了。最后，笔锋一转，又说，好恶太过，正是李翱之所以为贤者的地方。

我们可以看得出来，整篇文章是由一正一反的辨证过程构成的。王安石正是借着层层的批驳来彰显李翱的贤者形象。也由于全文是批驳——称赞——批驳——称赞，反复交织，而有了一波推一波、动荡不已的情感流动。王安石就以这种方法来赞扬李文公，同时也借着褒扬李文公来发抒自己郁积

---

[1]《王荆公文集笺注》，1189—1190 页。

内心的不遇之感。

唐宋古文八大家，每个人的"文气"都各有特色。这种差异自然是个性形成的，表现在文字上则是，每一个人都有其独特的造句功夫，而这种造句功夫又和他们各自的"以意御气"的独特方式结合起来，形成各自的风格。作家的人格属于抽象面，不太好讨论。如果从造句和"以意御气"的角度切入，反而比较能够从更细节的部分来讨论每个古文家的差异。就此而言，刘大櫆在《论文偶记》里所说的话，还是极具启发性的。

**补记**：我在修读博士的前两年（1977—1979）曾经通读《古文辞类纂》的唐宋文部分，最后以浅近的文言写了一篇读书报告，交给指导教授台静农先生。年深日久，这篇报告已经找不到了，现在凭记忆重写一遍，粗枝大叶而已，希望将来能够有机会详论这一问题。

2017 年 4 月 1 日

第二辑

# 武周革命与盛唐诗风

一

一般认为，武则天当政时期特重文学之士，进士科的地位大为提升，对唐代文学，尤其是唐诗的发展产生重大影响。这一说法，在唐、宋时期即已形成，到了近代，由于陈寅恪的发挥，几已成为唐代历史的共识。但反对这种说法的仍然大有人在。上世纪末，傅璇琮发表《武则天与初唐文学》一文，即对这种说法大加批驳。

傅璇琮的论证首先集中在进士科发展的考察上。根据历史资料，进士科原来只考时务策五道。高宗调露二年（680）考功员外郎刘思立奏请加试帖经及杂文，第二年，永隆二年（681）开始实施，永隆二年决定加考的杂文两首，据徐松考证，是指"箴铭论表之类"，按流传下来的史料来看，可以考一铭一赋，也可以考一诗一赋，当然也可以不考诗、赋。到开元、天宝之际，杂文两首考一诗一赋才成为定制。由此可见，永隆二年的进士科改革，并不能代表文学的特受重视。

其次，永徽六年（655）武则天立为皇后，自此年起，终高宗一朝共二十八年，中间有九年停办科举；即使在举办期间，进士科录取人数也起落很大，少者甚至只录取二三人。这只能证明，在武则天影响日增的高宗时期，进士科并没有特见重视。[1]

根据以上及其他论证，傅璇琮认为，说武则天尤重进士一科，是没有历史根据的。同时，傅璇琮还认为，武则天当政时期喜好文学，其实对唐诗的发展产生很大的负面作用。他说：

> 唐初的诗歌，通过王、杨、卢、骆，"由宫廷走到市井"，"从台阁移至江山与塞漠"。这本是一个开阔的前景，但为时不久，只不过十来年，却又回到宫廷，而且腾扬起一片虚假颂谀之声。[2]

因此，他的结论是，武则天影响唐代政治的五十年期间（从立为皇后的永徽六年算起），比起开元、天宝时期（不到五十年）及贞元、元和时期（三十多年），"其文学的含金量却稀薄得多"。[3]

傅璇琮写作《武则天与初唐文学》一文时，正在新竹清华大学客座，此文完成不久，我即读到，对我产生很大的冲击。

---

[1] 《武则天与初唐文学》，见傅璇琮《唐宋文史论丛及其他》（郑州：大象出版社，2004），200—218 页。

[2] 同上书，216 页。

[3] 同上。

傅璇琮所论的每一件事都有具体的史料为证，论据充分，很难反驳。但武则天喜好文学，喜欢破格用人，也是事实。这两者实在难以调和，让我困惑不已。此后我一直在思考这一问题。现在我把长期思考和阅读之后的一些想法写出来，这些想法一定很不成熟，我的目的是想把这一问题再做厘清，以供大家讨论，毕竟，这是唐代政治史及文学史的一个重大课题，值得我们长期关注。

现在我认为，厘清这一问题的首要之务是要把武则天"特重文学之士"与"提升进士科"的地位这两件事分开。前者武则天确实如此，后者则为传阅之误。进士科尤重诗赋，并且最终在科举之中一枝独秀，都是后来的事，与武则天无涉。

杜佑在《通典·选举三》引沈既济文：

> 太后颇涉文史，好雕虫之艺，永隆中始以文章选士。及永淳之后，太后君临天下二十余年，当时公卿百辟无不以文章达，因循遐久，浸以成风。[1]

在这段话中，杜佑（沈既济）都只提到"始以文章选士""无不以文章达"，但并没有谈到进士科。但是，这一件事，到了

---

[1] 《通典》（校点本）（北京：中华书局，1988），357—358 页。按，此段文字一般引用时常标明杜佑《通典》，并未说明杜佑在《通典》中引用了沈既济的文章。本文为求精确，凡提到此一段文字，均标明：杜佑（沈既济）。

陈寅恪笔下，却改变了面貌：

> 及武后柄政，大崇文章之选，破格用人，于是进士
> 之科为全国干进者竞趋之鹄的。[1]

陈寅恪从"大崇文章之选"，带出"于是进士之科为全国干进者竞趋之鹄的"，这样的推论是杜佑（沈既济）所没有的。陈寅恪又说：

> 唐代贡举名目虽多，大要可分为进士及明经二科。
> 进士科主文词，高宗、武后以后之新学也；明经科专经术，
> 两晋、北朝以来之旧学也。究其所学之殊，实由门族之
> 异。[2]

在这里，陈寅恪进一步把明经、进士两科与新学、旧学加以联系，并认为这是新进士与旧门阀的区别所在，这就表现了陈寅恪对唐代阶级流变的特殊看法。由于陈寅恪在唐史中的威望，他这两点超出杜佑的看法，反而成为焦点所在，也成为其后争论的中心。

　　陈寅恪超出杜佑（沈既济）的第一个论点，即从武则天

---

〔1〕 陈寅恪《唐代政治史述论稿》（北京：三联书店，2009），202 页。
〔2〕 同上书，272 页。

"重文章之选"推论出当时进士科已特受尊崇，这种错误，其实很早就已产生。由于进士科在中、晚唐的独特地位，不明历史流变的人，就以为前代就是如此。譬如，进士科以考诗、赋为常制，正如傅璇琮所论，是在开元、天宝之际，但晚唐以后，却逐渐有人以为，向来就是如此。[1]陈寅恪当然不会犯这种错，但他把进士科和武则天的重文联结在一起，其实是另一种错误。正如傅璇琮已论证的，高宗、武后两朝，进士科的地位并没有特别突出。[2]

另外，陈寅恪把明经、进士两科和新进士阶级和旧门阀的斗争联系起来，当然也是大错误，傅璇琮也已加以批驳，[3]但因为跟本文所论关系不大，这里不再多所涉及。

二

如果暂时抛开进士科在高宗、武后朝改变有多大这个争议性的问题，直接面对武则天在政治上的变革，那么，就能更清楚地看到武则天的当政对唐代文学所产生的重大影响。

武则天在立为皇后之后，由于高宗长期身体不适，逐渐

---

〔1〕 唐代进士考试科目的变化，晚唐时已不甚了然，参看吴宗国《唐代科举制度研究》（北京：北京大学出版社，2010），131 页。

〔2〕 此指进士科的举办与录取人数在武则天当权时并未有特别改变。但在武则天时代，进士科出身者与制举出身者同受重用，此点详见下文。

〔3〕 《武则天与初唐文学》，见傅璇琮《唐宋文史论丛及其他》，202—205 页。

掌握朝政。高宗死后，经过短期的"称制"，武则天干脆自己当起皇帝来，并改国号为周，武则天"夺权"的性质，很难用"篡唐"这种传统的词语来加以表达。在血雨腥风的夺权过程中，武则天无意中进行了一场影响历史进程的重大社会革命。

陈寅恪对这个问题的论述最为世人所知。按陈寅恪的说法，由宇文泰所建立的军事贵族集团，即关中本位集团，一直是西魏、北周、隋、唐各代的核心统治集团。在北周灭北齐、隋灭陈、唐重新统一天下的历次大变化后，中央朝政当然会有所调整，并吸收了关东、江南的人才，但整体而言，关中本位集团一直处于政权的核心。

陈寅恪的学生汪篯在研究初唐政治史时，基本上是根据陈寅恪的说法进一步推展。他说，太宗所任用的宰相共二十二人，其中，关东十一人，关中六人，江南五人，表面上关东独多。但唐太宗的关东宰相，除了高士廉之外，几乎都出身寒微——太宗完全不用关东著名的士族子弟为相。[1]他又分析，在太子承乾被废、魏王泰争太子时，太宗最终选择了李治，其中一个主要原因是，以长孙无忌为首的关中贵族集团支持李治。汪篯说：

> 但是，在骨子里面，太宗恐怕还有更深刻的考虑……

---

[1]《唐太宗之拔擢山东微族与各集团人士之并进》，见《汪篯隋唐史论稿》（北京：中国社会科学出版社，1981），132—149 页。

关陇军事贵族集团仍然是李唐统治的核心力量，他是不能消灭这个集团的。如果违反以长孙无忌为首的关陇军事贵族集团的意志定立李泰，将来就免不了要在关陇军事贵族与李泰之间展开斗争，如果长孙无忌一派竞胜，至少也是一场重大的政变，李泰还是不能保全；如果李泰竞胜，则出身普通地主的大臣势将掌握大权，排除他所亲信的长孙无忌等出于关陇军事贵族的大臣，甚至还可能动摇整个作为李唐统治核心力量的关陇军事贵族集团的地位。在他看来，这两种情况都是极为不利的。[1]

其后，李治虽然继承了皇位，但在武则天立后之争中，长孙无忌所领导的关陇贵族集团最终还是被打倒了，取代他们的，正如汪篯所说的，是"出身普通地主的大臣"。这里的"普通地主"，是指非门阀士族的一般地主，现在历史学家比较常用"庶族地主"这一名称。江南的门阀，王、谢等世家，早已衰亡了；关东的门阀（崔、卢、李、郑）在北齐被灭以后，不得不屈居于关陇军事贵族之下，不再掌握大权。[2] 现在关陇贵族又被武则天斗垮，这样，门阀政治终于退出了历史舞台。这就是武则天为了夺取政权无意中所进行的社会革命，所以，

---

〔1〕 汪篯《唐太宗》,《汪篯隋唐史论稿》, 111—112 页。

〔2〕 关于江南、山东门阀士族衰落的过程，唐长孺有简明的叙述，见《魏晋南北朝隋唐史》,《唐长孺文集》（北京：中华书局，2011），第八册，210—214 页。

陈寅恪说：

> 故武周之代李唐，不仅为政治之变迁，实亦社会之革命。若依此义言，则武周之代李唐较李唐之代杨隋其关系人群之演变，尤为重大也。[1]

这就深刻地指出了武则天所发挥的历史作用。

武则天立后之争与本文无关，可以不论。但武则天所以能斗倒势力庞大的长孙无忌集团的一个重要原因，却必须说明，因为武则天即据此得到经验，此后即依此逻辑行事，终至称帝。

高宗即位时旧宰相五人，长孙无忌、褚遂良、张行成、高季辅、李勣；长孙无忌掌握大权，褚遂良是其死党。其后新任的六名宰相，于志宁、宇文节、柳奭、韩瑗、来济、崔敦礼，全是关中贵族，可以说，长孙无忌打破了太宗努力维持的关中、关东、江南平衡的局面，这自然引发其他人的不满。这样，"有才无德"的许敬宗（江南）、李义府（关东）、崔义琰（关东），先后投效武则天，为其声援。在两种意见对立的情况下，高宗就可以询问元老重臣李勣。李勣是开国功臣，关东军事力量的首要代表，他对长孙无忌的专权也不满。他对高宗说，"此陛下家事，无须问外人"，实际上投了赞成票。这样一来，

---

〔1〕《唐代政治史述论稿》，202 页。

高宗有恃无恐，下定决心立武则天为皇后。[1]因此，可以说，关中贵族企图借拥立高宗之功专擅朝政，反而导致了自己的灭亡。

在这一事件中，武则天找到了她的政治资源，顺势加以发展，终于奠定了称帝的基础。汪篯的评论最为简明，引述如下：

> 武则天又是怎样做成皇帝的呢？她所处的时期是一个特殊时期。在当时，门阀地主已经衰落下去，普通地主的力量还没有发展到成熟的程度。从太宗到武则天做皇后有三十年，到她做皇帝，经过了五十年。在这三、五十年中间，正在兴起的代表封建制度本身的普通地主的力量有了很大的发展……他们在各方面都要求有所表现，在政治上要求地位，在社会上要有所作为……他们不满意贵族荫袭做官的制度，也不满意门阀制度，希望朝廷破格用人。于是到朝廷应选的，由数千人增到万余人。[2]

因此，武则天在称帝前后对反对派及可能成为反对派的人肆行杀戮，毫无顾忌，因为她知道，她有强大的后备军可以补

---

〔1〕《唐高宗王武二后废立之争》，《汪篯隋唐史论稿》，165—188 页。

〔2〕《武则天》，《汪篯隋唐史论稿》，125—126 页。

充她的官僚队伍，而这一庞大的后备军当然拥护她，对于被杀的人也不会有怜惜和同情之心，因为这些人阻挡了他们的晋升之路。所以，武则天的政治革命实际上是在统治阶级上层进行大换血，因为这一换血完全符合庶族地主阶级极力想要发展的社会趋势，所以，同时也等于进行了一场社会革命。

《通鉴》对武则天的屠杀反对派，曾进行总结：

> 太后自垂拱以来，任用酷吏，先诛唐宗室贵戚数百人，次及大臣数百家，其刺史、郎将以下，不可胜数。[1]

在大清洗之后，当然需要大量补充官僚，对此，《通鉴》也有极生动的记载：

> （长寿元年）春，一月，丁卯，太后引见存抚使所举人，无问贤愚，悉加擢用，高者试凤阁舍人、给事中，次试员外郎、侍御史、补阙、拾遗、校书郎。试官自此始。时人为之语曰："补阙连车载，拾遗平斗量。欋推侍御史，碗脱校书郎。"有举人沈全交续之曰："糊心存抚使，眯目圣神皇。"为御史纪先知所擒，劾其诽谤朝政，请杖之朝堂，然后付法，太后笑曰："但使卿辈不滥，何恤人言！宜释其罪。"先知大惭。太后虽滥以禄位收天下人心，

---

[1]《资治通鉴》（北京：中华书局，1956），6485 页。

> 然不称职者，寻亦黜之，或加刑诛。挟刑赏之柄以驾驭
> 天下，政由己出，明察善断，故当时英贤亦竞为之用。[1]

引文的最后几句说明了武则天高明的统御之术。她不怕"试官"，因为在这一过程中，她"明察善断"，果于赏罚，"故当时英贤亦竞为之用"。陈寅恪曾引述两则唐人的议论，足以证明武则天是善于用人的：

> 天后朝命官猥多，当时有车载斗量之语，及开元中，
> 致朝廷赫赫有名望事绩者，多是天后所进之人。
>
> 　　　　　　　　　　　　　　　　　（《李相国论事集》）

> 赞论奏曰：往者则天太后践祚临朝，欲收人心，尤
> 务拔擢，弘委任之意，开汲引之门，进用不疑，求访无
> 倦，非但人得荐士，亦许自举其才。所荐必行，所举辄
> 试，其于选士之道，岂不伤于容易哉！而课责既严，进
> 退皆速，不肖者旋黜，才能者骤升，是以当代谓知人之明，
> 累朝赖多士之用。此乃近于求才贵广，考课贵精之效也。
>
> 　　　　　　　　　　　　　　　　（《旧唐书·陆贽传》）[2]

〔1〕《资治通鉴》，6477—6478 页。
〔2〕 转引自陈寅恪《记唐代之李武韦杨婚姻集团》，《金明馆丛稿初编》（北京：
　　三联书店，2009 年第 2 版），285—286 页。

陆贽所谓"累朝赖多士之用"的"累朝",是指武则天之后的中宗、睿宗、玄宗诸朝。中宗、睿宗在位时间短,只是过渡期,因此李绛说,开元大臣有"名望事绩者",多是天后所进之人,就更具体了。只要查一下新、旧唐书开元名臣的列传,即可得到证明。因此,陈寅恪认为,武则天塑造了一个"李武韦杨"集团(他指的不只是皇族内部,还包括大臣和宦官),这个集团自高宗至玄宗,宰制了唐代百年的政局。可以说,武则天的政治、社会革命彻底改变了唐代的政治面貌。

## 三

武则天选拔人才的方式是多种多样的,因为她"颇涉文史,好雕虫之艺",因此她也喜好提拔文学之士。为此,在常规科举之外,经常举办制科考试。从垂拱二年到大足二年,十五年之间举行了十一次。姚崇、张说、刘幽求都是制科登第的。在职官员也可通过制举迅速升迁,如永昌元年(689)的贤良方正科,对策者有一千余人,已进士及第、任青城县丞的张柬之也前往应举。[1] 因此,杜佑(沈既济)所说的"当时公卿百辟,无不以文章达",并不特指进士科,还包括制举及其他途径。

---

[1] 参见吴宗国《唐代科举制度研究》,152 页。

除了经常举办制科考试外，武则天还会随时主动访查人才，如高宗在洛阳去世时，陈子昂因关中饥馑荒歉，上书谏高宗灵驾返长安，武则天特别召见，拜灵台正字。其后，武则天又召见一次，命陈子昂论为政之要。[1]又，据《新唐书·郭元振传》，郭元振任通泉尉，"任侠使气，拨去小节。尝盗铸及掠卖部中口千余，以饷遗宾客，百姓厌苦"，

> 武后知所为，召欲诘，既与语，奇之。索所为文章，上《宝剑篇》，后览嘉叹，诏示学士李峤等。即授右武卫铠曹参军，进奉宸监丞。[2]

郭元振因此因缘为武则天所赏识，逐渐受到重用，终成名臣。又，王无竞致书友人，对边境不宁表示忧虑愤慨，有人将其书信上奏武则天，"则天见而异之，有制召见，骤膺宠渥[3]"。据史书所载，陈子昂、郭元振、王无竞都是富有资财的人，可见武则天是有意拉拢。

另有两则故事，可以说明武则天确实喜好文学，并有惜才之意。武则天读了骆宾王为徐敬业所作的檄文，惊叹道："宰相安得失此人！"（见《新唐书·骆宾王传》）又，据范成大《吴

---

〔1〕 参见《旧唐书》卷一九○下《文苑下·陈子昂传》。
〔2〕《新唐书》北京：中华书局，1975，4361 页。
〔3〕 参见傅璇琮主编《唐五代文学编年史·初盛唐卷》（沈阳：辽海出版社，1991），350—351 页。

郡志》卷二二引唐张著《翰林盛事》：

> 朱佐日，郡人。两登制科，三为御史……天后尝吟诗曰："白日依山尽，黄河入海流。欲穷千里目，更上一层楼。"问是谁作，李峤对曰："御史朱佐日诗也。"赐彩百匹，转侍御史。[1]

武则天在当皇后时，就注意引拔文学之士，以为己用。《通鉴》高宗上元二年（675）云：

> 天后多引文学之士著作郎元万顷、左史刘祎之等，使之撰《列女传》、《臣轨》、《百僚新戒》、《乐书》，凡千余卷。朝廷奏议及百司表疏，时密令参决，以分宰相之权，时人谓之北门学士。[2]

据《旧唐书·元万顷传》，武则天所引拔的人还包括范履冰、苗神客、周思茂、胡楚宾等人。从这时开始，武则天即刻意引用文学之士。到了将称帝之前的垂拱四年（688），武则天"拜洛水，受'天授圣图'"，李峤、苏味道、牛凤及均有《奉

---

[1] 此事又见王象之《舆地纪胜》卷五。按，芮挺章《国秀集》亦选此诗，题"处士朱斌"，朱斌与朱佐日似为一人。《文苑英华》卷三一二将此诗署为王之涣作，似误。

[2] 《资治通鉴》，6376页。

和拜洛应制》诗，这时候文学之士成为武则天的应天命的宣传者。[1] 天授元年（690）武则天即帝位，改国号为周，自作《上礼抚事述怀》诗，现在仍可查到，李峤、陈子昂均有奉和应制之作，应制者恐怕不只二人，只是作品没有流传下来而已。陈子昂同时又作了《大周受命颂》，歌颂武周革命。[2] 凡此均可看出，武则天极力拉拢庶族地主出身的文人，并得到他们的拥戴。从此以后，一大群文臣常跟在武则天之后，随时应制作诗，歌功颂德。其中较著名的例子，如证圣元年（695）七月武则天宴于上阳宫，赋诗，群臣和作，宋之问编纪众作，为之序。[3] 又如，圣历二年（699）春，宋之问、沈佺期、东方虬等扈从游龙门，同应制赋诗，之问夺得锦袍。[4] 这就是本文第一节所述及、傅璇琮所谈到的，武则天又让文学重新回到了宫廷之中。

文学之士齐集宫廷在武则天宠幸张易之、张昌宗兄弟时达到高潮。神功元年（697），太平公主荐张昌宗入侍禁中，昌宗又荐易之，兄弟皆得幸于太后。[5] 圣历二年，武则天特别设立控鹤监，以张易之领衔，张昌宗及其他文学之士皆为

---

〔1〕 参见《唐五代文学编年史·初盛唐卷》，311 页。

〔2〕 参见同上书，325 页。

〔3〕 参见同上书，349 页。

〔4〕 参见同上书，372 页。

〔5〕 参见《通鉴》（标点本），6514 页。

控鹤监内供奉。[1] 武则天又命李峤、阎朝隐等众多文学之士，辅佐张昌宗修撰《三教珠英》。[2] 这是武则天宫廷文学的全盛时代。[3]

吴宗国《唐代科举制度研究》一书统计太宗至玄宗诸朝宰相，太宗时宰相二十九人，只有一人为隋秀才，二人为隋进士；高宗时宰相四十一人，进士九人，明经二人，已达四分之一；武则天称帝期间（690—705）宰相，进士、明经各十人，占宰相总数一半左右；玄宗开元元年至二十二年期间（713—734），宰相二十七人，进士八人，制举五人，明经四人，几近宰相总数的三分之二，这些人基本上都是武则天时代登第的。[4] 杜佑（沈既济）所说的"太后君临天下二十余年，当时公卿百辟，无不以文章达"，如果我们从更宽广的意义上来解释"文章"之义，那么，很显然，自从武则天当政以后，学问、文章已成高级官员的必备条件，只有纯粹靠军事取得重大勋绩者例外，而武则天正是顺应时代潮流、改变这一局

---

〔1〕 参见《通鉴》（标点本），6538 页。

〔2〕 参见《唐五代文学编年史·初盛唐卷》，374 页。

〔3〕 神龙元年（705）正月张柬之等人发动兵变，诛张易之、张昌宗兄弟，逼武则天传位给中宗，大批文人被贬，暂时中断了武则天时代的宫廷文学。景龙二年（708），许多文人又回到朝廷，中宗于修文馆增置大学士四员、学士八员、直学士十二员，从此开始另一个宫廷文学时代，至景龙四年六月中宗被韦后等人毒死而结束。这个阶段只能视为武则天宫廷文学的尾声，是一个时代的结束，因此本文未予详论。

〔4〕《唐代科举制度研究》，152—153 页。

面的人。因此，我们似不应拘泥于进士科每年录取的人数，从而质疑武则天在这方面所发挥的作用。

但武则天不次拔擢人才，以致朝中累积了大量人才，在她晚年造成政权不稳的局面。武则天曾为了继承人问题苦恼不已，身为女皇帝，她可以传位给儿子，也可以传位给武氏的侄子。虽然最后她听从狄仁杰、张易之的劝谏，决心让儿子李显（即后来的中宗）继位，[1]但武三思、韦后、韦后之女安乐公主、武则天之女太平公主、睿宗之子李隆基（即后来的玄宗）都有野心。[2]这就导致武则天所拔擢的人才为了争取拥戴之功，各择其主，展开激烈的政治权力争夺。因此，从神龙元年张柬之等逼武则天退位，拥戴中宗复辟，到开元元年玄宗诛杀太平公主党羽，短短八年半时间，发生了七次政变。[3]

从中国的宗法关系上讲，作为李唐王室的子孙，玄宗很难说具有合法的继承权。以高宗的嫡系来说，邠王守礼是长孙，以睿宗的嫡传来说，宋王成器是长子，玄宗不过因平韦后之乱而被推为睿宗的继位者。只要有不逞之徒在，很难不再发生政变。因此，玄宗剪除太平公主势力之后，第一件要务就是稳定帝位。为了这个急迫的目标，他把几位协助他争取帝

---

[1] 参见《记唐代之李武韦杨婚姻集团》，《金明馆丛稿初编》，281—283页。

[2] 同上书，287页。

[3] 参见《唐玄宗安定皇位的政策和姚崇的关系》，《汪篯隋唐史论稿》，189—190页。

位的人在短时间内迅速加以贬谪，并重用姚崇，以整顿吏治。

对玄宗争取帝位出过大力的有郭元振、刘幽求、钟绍京、魏知古、张说、王琚等人。据《旧唐书·王琚传》：

> 或有上说于玄宗曰："彼王琚、麻嗣宗谲诡纵横之士，可与履危，不可得志。天下已定，宜益求纯朴经术之士。"玄宗乃疏之。

从"谲诡纵横之士"的评语，就可看出，玄宗不愿再看到充斥朝中的人才为了争取政治权力不惜行险侥幸。对居于功臣之首的张说，姚崇是这样进行离间的：

> 张说以素憾，讽赵彦昭劾崇，及当国，说惧，潜诣岐王申款。崇它日朝，众趋出，崇曳踵为有疾状。帝召问之，对曰：臣损足。曰："无甚痛乎？"曰："臣心有忧，痛不在足。"问以故，曰："岐王陛下爱弟，张说辅臣，而密乘车出入王家，恐为所误，故忧之。"于是出说相州。
>
> （《新唐书·姚崇传》）

以张说和玄宗的密切关系，姚崇的话还能产生作用，那是因为，玄宗心里确实以大臣和宗室交往为大忌，为了稳定政局，他宁可贬谪张说，等局势明朗之后，再召张说回朝。[1]

玄宗稳定政局的重要工作，是把武则天以降用人不拘一格的非正常方式予以制度化。前文数次提及的《通典·选举三》的几句话，是沈既济文章的节录，如果通观沈既济全文，就能看出从武则天至玄宗在选拔人才上的变化：

> 初，国家自显庆以来，高宗圣躬多不康，而武太后任事，参决大政，与天子并。太后颇涉文史，好雕虫之艺，永隆中始以文章选士。及永淳之后，太后君临天下二十余年，当时公卿百辟，无不以文章达，因循遐久，浸以成风。以至于开元、天宝之中，上承高祖、太宗之遗烈，下继四圣治平之化，贤人在朝，良将在边，家给户足，人无苦窳，四夷来同，海内晏然。虽有宏猷上略无所措，奇谋雄武无所奋。百余年间，生育长养，不知金鼓之声，爟燧之光，以至于老。故太平君子唯门调户选，征文射策，以取禄位，此行己立身之美者也。父教其子，兄教其弟，无所易业，大者登台阁，小者仕郡县，资身奉家，各得其足，五尺童子，耻不言文墨焉。是以进士为士林华选，四方观听，希其风采，每岁得第之人，不浃辰而周闻

---

[1] 参见《唐玄宗安定皇位的政策和姚崇的关系》，《汪籛隋唐史论稿》，193—194 页。

天下。[1]

仔细体会这一段话，可以得出这样的结论：进士科成为"士林华选"，士子据此"门调户选，征文射策，以取禄位"，是在开元、天宝中才成为常制。但所以最终形成这一体制，却是由于武则天时代"公卿百辟，无不以文章达，因循浸久，浸以成风"。如果没有武则天破格用人，尤重文士，就没有玄宗时代进士科的跃居选举之首。傅璇琮说：

> 可见以诗赋为进士考试的固定格局是在玄宗开元、天宝之际，并非在高宗、武后时期。而那时唐诗已有一百余年的历程，应该说，这不是进士试促使唐诗的繁荣，而是唐诗的繁荣对当时社会产生广泛的影响，自然而然地也对考试制度起了促进的作用，即扩大试题的范围，转向诗赋为中心，而这已进入盛唐时期，与武则天无关。[2]

除了最后一句话，可以说完全正确。应该说，是武则天的用人之术和重文学之士，促使唐诗的繁荣，由此开元、天宝年间进士科试诗、赋成为常制、进士科地位成为众所瞩目的焦点。

---

[1] 《通典》（标点本），357—358 页。
[2] 《武则天与初唐文学》，《唐宋文史论丛及其他》，205 页。

傅璇琮澄清了先重进士科、再有唐诗繁荣这一传统错误说法，对了解唐代文学的进程具有极大的廓清作用。但他因此反过来否定了武则天对这一进程所产生的重大影响，就有点矫枉过正了。

## 四

根据前面各节所论，我们可以说，武则天统治时期是"非常时期"，武则天为了摧毁旧统治阶层、巩固自己的政权，不惜肆意屠杀，同时也不断从新兴的庶族地主中大量提拔人才，不次擢用。因此，武则天时代是庶族地主往上爬升的"英雄时代"，只要你有才干，特别是有文才，而又敢于冒险，甚至不顾性命，说不定就有可能碰到好机会。相反，玄宗经历了武则天晚年至开元初的历次政变，深知稳定社会秩序的重要性，于是人才选拔逐渐制度化，而行险侥幸之徒再也没有纵横捭阖的机会了。也就是说，武则天所进行的腥风血雨的社会革命已经结束，现在所有的人才必须循序渐进了。

在这两种时代的间隙，就会出现一种特殊的人才阶段。他们生长于前一个阶段的末期，习染了这一时期的风气，行事风格都还有前一个阶段的遗风。但等到他们长大成人，却不得不面对一个新型的社会，这个社会和他们从小以为要面对的社会截然不同，因此他们会表现出一种特殊的情绪。譬如，在武则天时代，他们大可直接上书给皇帝，寻找晋升的机会，而在玄宗时代，完全不可能如此行事。他们具有前一时代的豪纵与不羁，而在当下这个时代，却几乎没有表现机会，因此随时爆发出强烈的愤慨不平之气，而这就是盛唐那些怀才不遇的著名诗人的一般风格了，孟浩然、王昌龄、李白、高适、李颀、杜甫，甚至王维、岑参都是如此。

林庚在《盛唐气象》一文中说："盛唐气象所指的是诗歌中蓬勃的气象，这蓬勃不只由于它发展的盛况，更重要的乃是一种蓬勃的思想感情所形成的时代性格。"[1]吴相洲据此发挥，认为盛唐士人具有巨大的解放精神，一方面高谈王霸大略，一方面又带有哲人奇士、隐逸屠钓那种放旷任性的特点。[2]事实上，我们可以从武则天当政时代庶族地主士人阶级的急遽兴起来解释这种新兴的士人精神。这种士人精神，由于开元初期的社会定型化要求，受到了初步的挫折，因而激发了强烈的愤慨与不平，从而形成了盛唐诗歌的独特风貌。

这批诗人，年龄最长的是孟浩然，生于 689 年，其次王昌龄，生于 690 年左右，王维生于 699 年或 701 年，[3]李白生于 701 年，高适生于 700 到 702 年之间，[4]李颀不详。开元前

---

[1]《北京大学学报》1958 年第 2 期，87 页。

[2] 吴相洲《中唐诗文新变》（北京：学苑出版社，2007），7—10 页。

[3] 传统的说法，认为王维和李白同生于 701 年，现代学者比较倾向于王维生于 692 年，详见《文学评论丛刊》第十六辑王从仁《王维生卒年考辨》、《中华文史论丛》1987 年第 1 期赵昌平《王维生卒年考补》。

[4] 参看傅璇琮主编《唐才子传校笺》（北京：中华书局，1987），第一册，421 页。

一年，先天元年（712），杜甫出生（岑参晚一至三年生），此年李白已十一岁，孟浩然二十四岁，王昌龄、王维、高适、李颀年龄在两人之间。到了开元二十年（732）左右，所有这些诗人都已成熟，然而，他们却正要面对一个他们很不习惯的循序而进的、不利于不羁之才的稳定社会。

关于盛唐诗人的特殊风格，我们可以从王昌龄谈起。后代谈起王昌龄，大都偏重七言绝句，很少注意他的五言古诗。在这方面，宋代的葛立方有极敏锐的评论：

> 观王昌龄诗，仕进之心，可谓切矣。《赠冯六元二》云："云龙未相感，干谒亦已屡。"《从军行》云："虽投定远笔，未坐将军树。"至于《沙苑渡》之作，乃有"孤舟未得济，入梦在何年"之句，是以傅说自期也，一何愚哉！按史：昌龄为汜水尉，以不护细行，谪龙标尉，傅说所为，顾如是乎？昌龄未第时，岑参赠之诗曰："潜虬且深蟠，黄鹤举未晚。"既登第而谪官也，参又赠之诗曰："王兄尚谪官，屡见秋云生。黄鹤垂两翅，徘徊但悲鸣。"后昌龄以世乱还乡，为闾丘晓所杀，则所谓黄鹤者，竟不能高举矣。[1]

葛立方这一段话点出了王昌龄一生的悲剧，急于进取，不护

---

[1]《韵语阳秋》卷十一，《历代诗话》(北京：中华书局，2004)，569页。

细行,终于一贬再贬,最后黄鹤铩羽。王昌龄开元十五年(727)进士及第,二十二年(734)举博学鸿词科,但官位一直仅限于校书郎、县尉、县丞,他怎么会满意。葛立方把王昌龄的切于进取和不护细行联系起来,可谓见识不凡。可以想象,王昌龄的行事风格和武则天时代的文人应有其相似之处,而玄宗所要压抑的正是这种"不规矩"的行为。

但在葛立方评论王昌龄时,显然忘了李白。李白诗中类似于葛立方所举的王昌龄诗句,不但更多,而且更夸张,譬如:

> 长啸《梁甫吟》,何时见阳春?君不见朝歌屠叟辞棘津,八十西来钓渭滨。宁羞白发照清水,逢时壮气思经纶。广张三千六百钓,风期暗与文王亲。大贤虎变愚不测,当年颇似寻常人……
>
> (《梁甫吟》)

> 君不见昔时燕家重郭隗,拥篲折节无嫌猜。剧辛乐毅感恩分,输肝剖胆效英才。昭王白骨萦蔓草,谁人更扫黄金台……
>
> (《行路难》)[1]

---

[1] 以上二诗分别见《李太白全集》(王琦注,北京:中华书局,1977),169页及190页。

像这样的诗句，李白集中比比皆是。如果王昌龄是"切于进取"，那么，李白简直是"狂想"了。一般都把李白看作天才，因此对他任何毫无理性的自我吹嘘都不以为异。其实，李白这种狂想，仍然是以武则天时代非常态的拔擢人才的方式作为现实基础的，只是大家不往这方面思考罢了。

一般都注意李白对前代诗人的传承，似乎很少考虑李白与唐代前辈的关系。我很意外地发现，李白有两首诗明显是学崔融和陈子昂的。

> 月生西海上，气逐边风壮。
>
> 万里度关山，苍茫非一状。
>
> 汉兵开郡国，胡马窥亭障。
>
> 夜夜闻悲笳，征人起南望。
>
> （崔融《关山月》）[1]

> 明月出天山，苍茫云海间。
>
> 长风几万里，吹度玉门关。
>
> 汉下白登道，胡窥青海湾。
>
> 由来征战地，不见有人还。
>
> 戍客望边色，思归多苦颜。

---

[1]《全唐诗》（北京：中华书局，1960），卷六十八，764页。

高楼当此夜，叹息未应闲。

（李白《关山月》）[1]

从《关山月》这一乐府题，到全诗的构思，到许多相似的字句，都足以说明，李白是在"改写"崔融所作。但没有人能否认，李白的风格在改造之后跃然于纸上，成为千古名作。这就是李白"天才"的表现方式之一——在模拟之中充分表现自己的个性。不过，李白读过崔融的《关山月》应该是确定无疑的。

《古风》第十四首是公认的李白反对唐朝廷边疆政策的名篇，其诗如下：

胡关饶风沙，萧索竟终古。

木落秋草黄，登高望戎虏。

荒城空大漠，边邑无遗堵。

白骨横千霜，嵯峨蔽榛莽。

借问谁陵虐，天骄毒威武。

赫怒我圣皇，劳师事鼙鼓。

阳和变杀气，发卒骚中土。

三十六万人，哀哀泪如雨。

且悲就行役，安得营农圃？

---

[1]《李太白全集》，219 页。

　　不见征戍儿，岂知关山苦？

　　李牧今不在，边人饲豺虎。[1]

历来对这首诗的讨论，大多集中在：李白所讽者何事？就个人所知，似乎只有詹锳指出此诗和陈子昂《感遇》的关系，但詹锳的说法存在着令人困惑的问题。[2]依个人所见，李诗应脱胎于《感遇》第三首与第三十七首。兹将二诗抄录于下：

　　苍苍丁零塞，今古缅荒途。

　　亭堠何摧兀，暴骨无全躯。

　　黄沙幕南起，白日隐西隅。

　　汉甲三十万，曾以事匈奴。

　　但见沙场死，谁怜塞上孤？

（其三）

　　朝入云中郡，北望单于台。

　　胡秦何密迩，沙朔气雄哉。

　　藉藉天骄子，猖狂已复来。

---

〔1〕《李太白全集》，106页。

〔2〕詹锳《李白〈古风〉五十九首集说》云：按此篇出庾信《咏怀二十七首》之十七及陈子昂《感遇》第三十二首。见《李白全集校注汇释集评》（天津：百花文艺出版社，1996），84页。依个人看法，庾信诗作似与李白诗无涉，而陈子昂《感遇》三十二则与边疆战争毫无关系，"三十二"疑有误。

> 塞垣无名将，亭堠空崔嵬。
>
> 咄嗟吾何叹，边城涂草莱。
>
> （其三十七）[1]

将陈子昂原作与李白诗比对而观，可以看出，李诗前六句写边关惨象脱胎于陈子昂《感遇》第三首前四句，"萧索竟终古"之于"今古缅荒途"，"边邑无遗堵"及"白骨横千霜"之于"暴骨无全躯"，字句的承袭宛然可辨。至于李诗末两句，则与陈子昂第三十七首后四句相应，显然是从"塞垣无名将"和"边城涂草莱"的意思重塑而成。不过，虽然有这种承袭关系，李白这首诗仍然远胜于陈子昂原作两首。李诗在气象的塑造、音节与气氛的掌握上，都极为突出。前人一致推崇，毫无例外。

以上两个例子，足以说明，李白对武则天时代的某些作品是极为熟悉的。我们当然无法了解，李白对前辈诗人的阅读达到何种程度，但李白和他们的关系是无法否认的。杜甫也是如此，杜甫提到"王杨卢骆当时体"，还为他们辩护。杜甫于宝应年间客居梓州时，经过陈子昂老家，写了《冬到金华山观，因得故拾遗陈公学堂遗迹》《陈拾遗故宅》两首诗，称赞子昂"公生扬马后，名与日月悬"。[2]

---

〔1〕《全唐诗》卷八十三，890、894 页。

〔2〕 二诗见《杜诗镜铨》（北京：中华书局，1998），卷九，422—423 页，两句引文在 423 页。

在梓州时，杜甫还写了《过郭代公故宅》，这个故宅，应当是郭元振任通泉尉时所居，诗云：

> 豪隽初未遇，其迹或脱略。
> 代公通泉尉，放意何自若！
> 及夫登衮冕，直气森喷薄。
> 磊落见异人，岂伊常情度？
> 定策神龙后，宫中翕清廓。
> 俄顷辨尊亲，指挥存顾托。
> 群公有惭色，王室无削弱。
> 迥出名臣上，丹青照台阁……
> 高咏宝剑篇，神交付冥漠。[1]

郭元振以《宝剑篇》受知于武则天，其后武则天派他出使吐蕃，开始表现出治理边疆的长才，成为名将，其后又参与平定太平公主之乱，是玄宗定策功臣之一，封代国公。如前所述，为了稳定朝局，定策功臣不久大都被贬，元振也在其中，怏怏不得志而死。郭元振以文学起家，最后建立大功业，几乎成为盛唐诗人梦想中的人格典型。现在看看《宝剑篇》：

> 君不见昆吾铁冶飞炎烟，红光紫气俱赫然。良工锻

---

[1]《杜诗镜诠》，428—429 页。

炼凡几年，铸得宝剑名龙泉。龙泉颜色如霜雪，良工咨
嗟叹奇绝。琉璃玉匣吐莲花，错镂金环映明月。正逢天
下无风尘，幸得周防君子身。精光黯黯青蛇色，文章片
片绿龟鳞。非直结交游侠子，亦曾亲近英雄人。何言中
路遭弃捐，零落漂沦古狱边。虽复尘埋无所用，犹能夜
夜气冲天。[1]

这和盛唐诗人不得志时的愤慨之鸣，几乎是难以区别的。然而，郭元振终成名臣，而盛唐诗人大都沦落不遇，郭元振也就成为盛唐诗人的怀想对象。高适开元年间游魏州，写了《三君咏》，三君即魏征、郭元振、狄仁杰。[2]客观地讲，郭元振的功勋绝对不能和魏征、狄仁杰相比，但高适却毫不迟疑地将三人并列，当然是因为郭元振的一生对他来讲具有特殊的意义。

盛唐诗人生活于太平盛世，丧失了武则天时代平步青云的机会，这表面上是他们的不幸。然而，他们的作品却因为这种不幸而得到更大的发展，因而名垂千古。反过来说，武则天时代的诗人，最幸运的如苏味道、李峤、郭元振，高居相位；较次等的则如沈佺期、宋之问、崔融、杜审言，至少也常常陪侍在皇帝左右。但他们的眼界被限制在宫廷和歌功颂德之中，从而严重影响了他们的成就。韩愈在《柳子厚墓

---

〔1〕《全唐诗》卷六十六，756页。
〔2〕孙钦善《高适集校注》（上海：上海古籍出版社，1984），86—89页。

志铭》中说，"然子厚斥不久，穷不极，虽有出于人，其文学辞章，必不能自力，以致必传于后如今，无疑也。虽使子厚得所愿，为将相于一时，以彼易此，孰得孰失，必有能辨之者。"对于盛唐诗人的遭遇与成就，特别是对于李白和杜甫，我们也可以这样评论。

2011 年 5 月 11 日　初稿

2011 年 8 月 11 日　修订

# 论李白诗歌的两大特质

## ——兼谈李白的出身问题

李白诗歌有两项非常明显的特质，但很少人同时留意到这两项特质。一、李白现存作品有四分之一左右（至少二百五十首）属于拟古诗及拟古乐府，李白承袭前代文学传统的痕迹非常明显，这在中国大诗人中是极为少见的。二、李白的许多作品文字简明，意象简单，而且相当地口语化。本文除了论述这两项特质外，还要据此推论，这两项特质可能跟李白家族不熟悉汉语、李白本人必须花费极大心力学习汉语有关，我觉得我们可以从这个角度去重新思考李白的出身问题。

## 一、模拟：李白诗艺的起点

李白学习写作诗歌，是经过一段非常艰苦的过程的。晚唐的段成式曾在《酉阳杂俎》留下一则记载，说：

> （李）白前后三拟文选，不如意，悉焚之，惟留恨、别赋。[1]

---

〔1〕〔唐〕段成式撰，许逸民校笺，《酉阳杂俎校笺》（北京：中华 （转下页）

段成式的说法初看有些奇怪，因为一般都认为李白是个大天才，怎么会这么重视模拟呢？不过，如果稍微熟悉李白的诗文，就会觉得这个说法是相当有道理的。[1]现存的李白集中确实有《拟恨赋》一篇，此外，前人已指出李白的《大猎赋》"与《子虚》、《上林》、《羽猎》等赋，首尾布叙，用事遣词，多相出入"[2]。还有，晁补之早已指出，"《鸣皋歌》一篇，本末楚辞也，而世误以为诗"（397页）。当然，李白最重要的仿真作品是拟古乐府与拟古诗，前者有一百四十九首[3]，后者除了《古风》五十九首外，还要包括《拟古》《效古》《感兴》《感遇》《寓言》等作品，约三十首，[4]两类相加已达二百三十八首，

---

（接上页）书局，2015），前集卷十二，900页。

〔1〕 十多年前我曾写过《发端于拟古的诗艺》，讨论李白的拟古诗，当时对这一问题的看法还不是很成熟。本文此节讨论的范围不只限于拟古诗，也包括拟古乐府，看法也比以前稍为深入。不过，《发端于拟古的诗艺》有些分析比较详尽，仍有参考价值，此文也收入本书之中。

〔2〕 见〔清〕王琦注，《李太白全集》（北京：中华书局，1977），85页所引《古赋辨体》。以下凡引用该书，不论是李白作品，还是王琦注文或引文，均直接在文中注明页数。

〔3〕 这是郁贤皓的统计，见郁贤皓选注，《李白选集》（北京：中华书局，2013），前言，15页。

〔4〕 《李太白全集》卷二十四所收的这些作品，在风格上和《古风》五十九首非常相近，其中《感兴》八首的第四首即《古风》五十九首的第四十七首，第六首即《古风》第二十七首，第七首即《古风》第三十六首，可为证明。

如果再加上其他类似作品，[1] 模拟之作实际上已达到李白现存作品的四分之一以上。在中国大诗人中，像李白这样，拟作成为他的全部作品的主要部分，的确是很少见到的，这个现象值得我们注意。

我个人的看法是，李白是以模拟古人之作来锻炼他的写作能力的，这种痕迹在《拟古》十二首中可以看得很清楚。试看第十一首：

> 涉江弄秋水，爱此荷花鲜。
>
> 攀荷弄其珠，荡漾不成圆。
>
> 佳期彩云重，欲赠隔远天。
>
> 相思无由见，怅望凉风前。

（1100—1001 页）

此作所拟原诗如下：

> 涉江采芙蓉，兰泽多芳草。
>
> 采之欲遗谁？所思在远道。
>
> 还顾望旧乡，长路漫浩浩。

---

[1]《李太白全集》卷二十五，自《杂诗》至《代美人愁镜》二首，共三十三首，为闺怨题材的拟作，均可视为拟古诗。

同心而离居，忧伤以终老。[1]

李白的拟作和原诗一样，都是八句，一、三、四韵的意思也大致和原诗相应，只有第二韵颇有差异。这种模拟法，在李白来讲，算是最为严谨的了。我们再来看第四首：

清都绿玉树，灼烁瑶台春。

攀花弄秀色，远赠天仙人。

香风送紫蕊，直到扶桑津。

取掇世上艳，所贵心之珍。

相思传一笑，聊欲示情亲。

（1095 页）

原作如下：

庭中有奇树，绿叶发华滋。

攀条折其荣，将以遗所思。

馨香盈怀袖，路远莫致之。

此物何足贵，但感别经时。[2]

---

〔1〕 逯钦立辑校，《先秦汉魏晋南北朝诗》（北京：中华书局，1983），330 页。
以下简称《逯辑全诗》。
〔2〕《逯辑全诗》，331 页。

拟作的前六句与原诗句句相应,但原诗的末两句在拟作中"敷演"为四句。全诗的构思明显受原作影响,不过,李白在模拟时却全换上了神仙一类的意象,如"清都""瑶台""天仙人""扶桑津",使得全诗沾染"仙气",风格因此大变。现在且看第八首:

> 月色不可扫,客愁不可道。
>
> 玉露生秋衣,流萤飞百草。
>
> 日月终销毁,天地同枯槁。
>
> 蟪蛄啼青松,安见此树老?
>
> 金丹宁误俗,昧者难精讨。
>
> 尔非千岁翁,多恨去世早。
>
> 饮酒入玉壶,藏身以为宝。

（1099 页）

这首诗似乎是拟《回车驾言迈》,原诗如下:

> 回车驾言迈,悠悠涉长道。
>
> 四顾何茫茫,东风摇百草。
>
> 所遇无故物,焉得不速老?
>
> 盛衰各有时,立身苦不早。
>
> 人生非金石,岂能长寿考?

奄忽随物化，荣名以为宝。[1]

拟作虽比原诗多两句，但两者都押同一韵，且有五个韵脚相同（道、草、老、早、宝），可谓"渊源极深"。但不可否认的是，拟作与原作的对应关系并不如上举各诗明显，是更为自由的仿作。其实，李白另两首拟作（第三、第九）主题也相似，综合来看，不如说这三首是对古诗《回车驾言迈》《驱车上东门》《去者日以疏》《生年不满百》等相同主题作品的融合式的自由模拟。请看第三首：

> 长绳难系日，自古共悲辛。
> 黄金高北斗，不惜买阳春。
> 石火无留光，还如世中人。
> 即事已如梦，后来我谁身？
> 提壶莫辞贫，取酒会四邻。
> 仙人殊恍惚，未若醉中真。

（1094 页）

这首诗也受到陶渊明下面一首《杂诗》的影响：

> 人生无根蒂，飘如陌上尘。

---

[1]《逯辑全诗》，331—332 页。

分散逐风转，此已非常身。

落地为兄弟，何必骨肉亲？

得欢当作乐，斗酒聚比邻。……[1]

"后来我谁身"与"此已非常身"、"取酒会四邻"与"斗酒聚比邻"的相似不容置疑，结句"未若醉中真"也让人想起陶渊明《饮酒》"举世少复真""酒中有深味"等句子。所以，《长绳难系日》是一首来源更广的、更自由的拟古诗。在这里可以顺便提到李白与陶渊明的关系。除了上面所提到的那些诗句外，李白《古风》三十八"孤兰生幽园，众草共芜没"（136页）近似陶渊明《饮酒》之八"青松在东园，众草没其姿"；《古风》五十七"羽族禀万化，小大各有依"（154页），近似《咏贫士》之一"万族各有托，孤云独无依"；《感兴》之八的"嘉谷隐丰草，草深苗且稀"（1106页），近似《归园田居》之三"种豆南山下，草盛豆苗稀"，都是李白袭用陶诗的例子，这些都可以说明，李白对陶渊明的诗（以及其他前人的作品）是熟记于心的，因此随时可以化用，这是李白拟古诗与拟古乐府常用的手法。

从以上的例子可以看出，李白"拟"的方式变化极大，从亦步亦趋到自由模拟，中间存在着许多细致的差异。在《月色不可扫》和《长绳难系日》这两首里，主题和个别字句也许还

---

〔1〕《逯辑全诗》，1005 页。

会让人想起某些古诗或诗人，但由于是综合式的自由模拟，整体风格却是李白个人的。如果拿整个《古风》系列来跟《拟古》系列相比较，我们可以说，《拟古》的模拟痕迹较为明显，而《古风》的模拟方式则更为自由，远超过《月色不可扫》和《长绳难系日》。

李白仿真的对象非常广泛，包括古诗十九首、古乐府、曹植、阮籍、左思、郭璞、陶渊明、鲍照、谢朓、庾信等。最让我们惊讶的是，李白也模拟唐代的前辈诗人，包括陈子昂和崔融。李白模拟陈子昂，至少可以找到两个例子，先看比较明显的一首：

> 碧荷生幽泉，朝日艳且鲜。
>
> 秋花冒绿水，密叶罗青烟。
>
> 秀色空绝世，馨香谁为传？
>
> 坐看飞霜满，凋此红芳年。
>
> 结根未得所，愿托华池边。
>
> （《古风》五十九首之二十六，123 页）

这很明显是脱胎于陈子昂《感遇》第二首：

> 兰若生春夏，芊蔚何青青。
>
> 幽独空林色，朱蕤冒紫茎。
>
> 迟迟白日晚，袅袅秋风生。

　　岁华尽摇落，芳意竟何成？[1]

李白把陈子昂的三、四句扩充为三至六句，其他各句结构的相似与全诗比喻方式的承袭，很容易看得出来。再看李白的一首公认的杰作：

> 胡关饶风沙，萧索竟终古。
> 木落秋草黄，登高望戎虏。
> 荒城空大漠，边邑无遗堵。
> 白骨横千霜，嵯峨蔽榛莽。
> 借问谁陵虐？天骄毒威武。
> 赫怒我圣皇，劳师事鼙鼓。
> 阳和变杀气，发卒骚中土。
> 三十六万人，哀哀泪如雨。
> 且悲就行役，安得营农圃？
> 不见征戍儿，岂知关山苦？
> 李牧今不在，边人饲豺虎。

（106 页）

历来对这首诗的讨论，大多集中在：李白所讽者为当时的哪些边塞战争？就个人所知，似乎只有詹锳指出此诗和陈子昂

---

[1]《全唐诗》（北京：中华书局，1960），卷八十三，第三册，890 页。

《感遇》的关系,但詹锳的说法还不是很贴切。[1] 依个人所见,
李诗应脱胎于《感遇》第三首与第三十七首。兹将二诗抄录
于下:

> 苍苍丁零塞,今古缅荒途。
> 亭堠何摧兀,暴骨无全躯。
> 黄沙幕南起,白日隐西隅。
> 汉甲三十万,曾以事匈奴。
> 但见沙场死,谁怜塞上孤?
>
> (其三)

> 朝入云中郡,北望单于台。
> 胡秦何密迩,沙朔气雄哉。
> 藉藉天骄子,猖狂已复来。
> 塞垣无名将,亭堠空崔嵬。
> 咄嗟吾何叹,边人涂草莱。
>
> (其三十七) [2]

将陈子昂原作与李白诗比对而观,可以看出,李诗前六句写
边关惨象脱胎于陈子昂《感遇》第三首前四句,"萧索竟终古"

---

〔1〕 参见本书第 163 页注释〔2〕。
〔2〕《全唐诗》,卷八十三,890、894 页。

之于"今古缅荒途","边邑无遗堵"及"白骨横千霜"之于"暴骨无全躯",字句的承袭宛然可辨。至于李诗末两句,则与陈子昂《感遇》第三十七首后四句相应,显然是从"塞垣无名将"和"边人涂草莱"的意思重塑而成。不过,虽然有这种承袭关系,李白这首诗仍然远胜于陈子昂两首原作(陈子昂这两首诗原本就很有名)。李诗在气象的塑造、音节与气氛的掌握上,都极为突出。前人一致推崇,毫无例外。李白这首诗最能看出他在模拟之中所表现出来的高超的创造力。

以上所说的是《古风》一类的作品,下面再看拟古乐府,先举一个会让任何人都感到意外的例子:

> 月生西海上,气逐边风壮。万里度关山,苍茫非一状。
> 汉兵开郡国,胡马窥亭障。夜夜闻悲笳,征人起南望。
>
> (崔融《关山月》)[1]

> 明月出天山,苍茫云海间。长风几万里,吹度玉门关。
> 汉下白登道,胡窥青海湾。由来征战地,不见有人还。
> 戍客望边色,思归多苦颜。高楼当此夜,叹息未应闲。
>
> (李白《关山月》,219页)

李白的《关山月》实际上是对于前辈诗人崔融作品的"改写"。

---

[1]《全唐诗》,卷六十八,764页。

从《关山月》这一乐府题，到全诗的构思，到许多相似的字句，都足以说明，李白简直是"半剽窃"了。但没有人能否认，在改造之后，李白的风格跃然于纸上，成为千古名作。这就是李白"天才"的表现方式之一——在模拟之中充分表现自己的个性。不过，崔融也真倒霉，如果没有李白的改作，他的诗在初唐作品中算是很不错的。李白的作品成为传颂之作后，他的原作完全被人忘记了。

除了模拟前辈诗人崔融和陈子昂之外，李白甚至还模仿同时代的诗人，譬如李白对崔颢的《黄鹤楼》极其倾倒，先后仿作了两次，一次是《登金陵凤凰台》，一次是《鹦鹉洲》。一般提到这件事，都把它当成文坛的佳话。其实可以反过来说，李白喜好模拟，积习已深，即使对同代诗人的作品也不放过。

葛晓音曾对李白一百二十二首乐府仔细加以分析，其中汉魏古题占百分之八十以上，而其表现方式，大致可分为三种类型：

> 一是在体制、内容及艺术方面恢复古意；二是综合并深化某一题目在发展过程中衍生的全部内容，或在艺术上融合汉魏、齐梁风味再加以提高和发展；三是沿用古题，而在兴寄及表现方式方面发挥最大的创造性。[1]

---

[1] 葛晓音《论李白乐府的复与变》，见《诗国高潮与盛唐文化》（北京：北京大学出版社，1998），162—163页。

这只是一般而论，如果仔细分析李白每一首拟古乐府，就会发现李白的模拟方式变化万千，令人惊叹。下面且举两个著名的例子：

> 北上太行山，艰哉何巍巍。羊肠坂诘屈，车轮为之摧。
> 树木何萧瑟，北风声正悲。熊罴对我蹲，虎豹夹路啼。
> 溪谷少人民，雪落何霏霏。延颈长叹息，远行多所怀。
> 我心何怫郁，思欲一东归。水深桥梁绝，中路正徘徊。
> 迷惑失故路，薄暮无宿栖。行行日已远，人马同时饥。
> 担囊行取薪，斧冰持作糜。悲彼东山诗，悠悠使我哀。
>
> （曹操《苦寒行》）[1]

> 北上何所苦？北上缘太行。磴道盘且峻，巉岩凌穹苍。
> 马足蹶侧石，车轮摧高岗。沙尘接幽州，烽火连朔方。
> 杀气毒剑戟，严风裂衣裳。奔鲸夹黄河，凿齿屯洛阳。
> 前行无归日，返顾思旧乡。惨戚冰雪里，悲号绝中肠。
> 尺布不掩体，皮肤剧枯桑。汲水涧谷阻，采薪陇坂长。
> 猛虎又掉尾，磨牙皓秋霜。草木不可餐，饥饮零露浆。
> 叹此北上苦，停骖为之伤。何日王道平，开颜睹天光？
>
> （李白《北上行》，317 页）

---

[1]《逯辑全诗》，351 页。

宋代的范晞文在《对床夜语》中早已指出,《北上行》是模仿《苦寒行》的, 他说:

> 太白词有云:"磴道盘且峻,巉岩凌穹苍。马足蹶侧石,车轮摧高冈。"又:"杀气毒剑戟,严风裂衣裳。"此正古词"羊肠坂诘屈,车轮为之摧。树木何萧瑟,北风声正悲。"太白又有"奔鲸夹黄河,凿齿屯洛阳。猛虎又掉尾,磨牙皓秋霜",亦古词"熊罴对我蹲,虎豹夹路啼。"又:"汲水涧谷阻,采薪陇坂长,草木不可餐,饥饮零露浆。"是亦古词"行行日已远,人马同时饥。担囊行取薪,斧冰持作糜",特词语小异耳。陆士衡谢灵运诸作亦不出此辙。[1]

范晞文的分析正是要指明,《北上行》在句构上如何模拟《苦寒行》, 他的结论是, 李白拟古乐府承袭的正是陆机、谢灵运同类作品的仿真方式, 所以这一首《北上行》可以说是拟古乐府的正宗。范晞文没有指出的是, 曹操和李白这两首作品都有具体的历史背景, 曹操写的是他的北征乌桓, 而李白写的是安禄山的叛变。如果李白连这一点都考虑到了, 就足以

---

[1] 范晞文《对床夜语》卷三, 见丁保福辑, 《历代诗话续编》(北京: 中华书局, 2006), 423 页。

证明他在模拟时构想得是很周到的。

其次再看另一种模拟方式：

> 战城南，死郭北。野死不葬乌可食，为我谓乌：且为客豪，野死谅不葬，腐肉安能去子逃？水深激激，蒲苇冥冥，枭骑战斗死，驽马徘徊鸣。梁筑室，何以南，梁何北。禾黍而[1]获君何食？愿为忠臣安可得？思子良臣，良臣诚可思。朝行出攻，暮不夜归。

> > （《汉铙歌·战城南》）[2]

> 去年战，桑干源；今年战，葱河道。
>
> 洗兵条支海上波，放马天山雪中草。
>
> 万里长征战，三军尽衰老。
>
> 匈奴以杀戮为耕作，古来唯见白骨黄沙田。
>
> 秦家筑城避胡处，汉家还有烽火燃。
>
> 烽火燃不息，征战无已时。
>
> 野战格斗死，败马号鸣向天悲。
>
> 乌鸢啄人肠，衔飞上挂枯树枝。
>
> 士卒涂草莽，将军空尔为。
>
> 乃知兵者是凶器，圣人不得已而用之。

---

[1] "而"字可依冯惟讷《诗纪》改为"不"。

[2] 《逯辑全诗》，157 页。

（李白《战城南》，177—178页）

李白《战城南》的主题构思当然是来自于《汉铙歌·战城南》，但李白的拟作只取原作"枭骑战斗死，驽马徘徊鸣"两句和乌食腐肉的意象，综合起来改写成"野战格斗死"以下四句。最后两句"乃知兵者是凶器，圣人不得已而用之"，是把《六韬》的句子"圣人号兵为凶器，不得已而用之"稍加改动。而全诗最具创造性的句子"匈奴以杀戮为耕作"，王琦已经指出，其构思来自于王褒《四子讲德论》"匈奴……其耒耜则弓矢鞍马，播种则扞弦掌拊，收秋则奔狐驰兔，获刈则颠倒殪仆"（178—179页）。这个例子可以说明，李白古籍读得极熟，记忆力极好，写诗时可以把不同来源的句子兜拢在一起，但整首诗读起来却一气呵成，口吻恍如出自一人，这种创造力真是令人叹服。

李白在拟古乐府方面确实下过很大的功夫，权德舆所写的《左谏议大夫韦君（渠牟）诗集序》记载：

> 初，君年十一，尝赋《铜雀台》绝句，右拾遗李白见而大骇，因授以古乐府之学……[1]

据此而言，李白在这方面已经总结出一些方法而成"古乐府

---

[1]《权德舆诗文集》（上海：上海古籍出版社，2008），524页。

之学"。如果综合前面所论李白在拟古和拟乐府方面的全部成就，就可以看出，李白在年轻时对作诗应该下过很多苦功，所以，李白的家乡曾有过这样的传说：

> 磨针溪，在眉州象耳山下。世传李太白读书山中，未成弃去。过小溪，逢老媪，方磨铁杵，问之，曰："欲作针。"太白感其意，还卒业。
>
> （1626 页，引自《方舆胜览》）

虽然未必真有其事，但李白曾经努力读书，认真学作诗，是不容否认的。而他在学作诗的过程中，模拟古人之作成为非常重要的方法，以至于在现存文集中还留下四分之一左右的作品，这种现象确实值得我们注意。

李白对开元、天宝年间的政治现实其实是很关心的，只是他常常以拟古诗或拟古乐府的方式来抒写他的感受，而不像杜甫那样直陈其事，所以就造成了后代读者对李白的误解，以为李白只是驰骋自己的想象，很少具有现实感。我们要了解李白的拟古书写，就必须进一步考察这种拟古书写所呈现出来的独特的现实感。譬如，前文提到的《古风》五十九首之二十六（《胡关饶风沙》），在基本构想上和许多文句上，都受到陈子昂《感遇》第三首和第三十七首的影响，但就引发这篇作品的写作动机这一点而言，古人早已提及，这是李白有感于天宝末年玄宗在西北边陲的穷兵黩武而作。同样的题材，杜甫写了《前出塞》九首，把李、杜的作品加以比较，就可以看出，杜甫直接描写现实，而李白则习于拟古模式，因此，李白的表现方式更为传统。另外，李白《古风》第三十四首（《羽檄如流星》）和杜甫《兵车行》同样写到天宝十载讨伐南诏的大征兵，两人写法的强烈对比更为明显。

再如前面提到的《北上行》，明显是对曹操《苦寒行》的模拟，但李白要描写的却是天宝十四载他北上梁宋、洛阳时，刚好碰到安禄山的叛军已攻入洛阳，因此他不得不改易胡服，千辛万苦地逃离叛军占领区。这首诗的写作背景前人一直没搞清楚，直到郭沫若和郁贤皓才考证出来。[1] 如果李白一开始就像杜甫在《彭衙行》中那样具体地描写他们全家在安史之乱中的逃难过程，就不至于让人有扑朔迷离之感。我们不是说，李白的诗写得不好，而是要说，当面对一些现实问题时，他常常出之于拟古或拟古乐府的方式，因为他已经非常熟悉这种写作方式。

李白贬谪夜郎遇赦回来以后，曾经在湖湘和彭蠡湖一带住了一段时间，这时期所写作的三首诗也同样值得注意：

> 门有车马宾，金鞍耀朱轮。
> 谓从丹霄落，乃是故乡亲。

---

〔1〕 见郁贤皓《安史之乱初期李白行踪新探索》一文，收入氏著《李白与唐代文史考论》（南京：南京师范大学出版社，2008），97—104 页。

呼儿扫中堂，坐客论悲辛。

对酒两不饮，停觞泪盈巾。

叹我万里游，飘飘三十春。

空谈帝王略，紫绶不挂身。

雄剑藏玉匣，阴符生素尘。

廓落无所合，流离湘水滨。

借问宗党间，多为泉下人。

生苦百战役，死托万鬼邻。

北风扬胡沙，埋翳周与秦。

大运且如此，苍穹宁匪仁？

恻怆竟何道，存亡任大钧。

（《门有车马客行》，271—272 页）

在这首诗中，因为在异乡碰到故友，李白一方面感慨自己三十年来漂泊不定，一事无成，另一方面又感叹许多亲友在战乱中死亡，但是对于这一切，他却以拟古乐府的题目《门有车马客行》来表现，有一点让人感到意外。又如：

胡风吹代马，北拥鲁阳关。

吴兵照海雪，西讨何时还。

半渡上辽津，黄云惨无颜。

老母与子别，呼天野草间。

白马绕旌旗，悲鸣相追攀。

白杨秋月苦，早落豫章山。

本为休明人，斩虏素不闲。

岂惜战斗死，为君扫凶顽。

精感石没羽，岂云惮险艰。

楼船若鲸飞，波荡落星湾。

此曲不可奏，三军发成斑。

（《豫章行》，342—343 页）

诚如王琦所说的，这首诗写的是宋若思所率领的"吴兵三千"，写这些吴兵开赴北方作战时与家人分别时的痛苦（344页），这可以证明李白对于安史战乱所造成的人民的苦难是清楚的。但他仍然采取拟古乐府的写作方式，而不像杜甫那样写了三吏、三别。以上这两个例子，可以进一步说明，李白常常以这种传统的写作方式来反映他所感觉到的现实问题，其艺术倾向与杜甫截然大异。

下面这一首既不是拟古乐府，从题目上看，也不像是拟古，但实际上却兼有拟古与怀古的性质：

谢公之彭蠡，因此游松门。余方窥石镜，兼得穷江源。

将欲继风雅，岂徒清心魂。前赏逾所见，后来道空存。

况属临泛美，而无洲渚喧。漾水向东去，漳流直南奔。

空蒙三川夕，回合千里昏。青桂隐遥月，绿枫鸣愁猿。

水碧或可采，金精秘莫论。吾将学仙去，冀与琴高言。

（李白《入彭蠡，经松门，观石镜，

缅怀谢康乐，题诗书游览之志》，1041页）

客游倦水宿，风潮难具论。州岛骤回合，圻岸屡崩奔。
乘月听哀狖，浥露馥芳荪。春晚绿野秀，岩高白云屯。
千念集日夜，万感盈朝昏。攀崖照石镜，牵叶入松门。
三江事多往，九派理空存。灵物吝珍怪，异人秘精魂。
金膏灭明光，水碧缀流温。徒作千里曲，弦绝念弥敦。

（谢灵运《入彭蠡湖口》）[1]

李白在诗题上特别标明"缅怀谢康乐"，说明他这一次游历彭
蠡湖时，早就想起很久以前谢灵运有过同样的经历，而且写
了《入彭蠡湖口》一诗，因此他也要"继风雅"，所以就作了
这首诗。李白的诗是从谢灵运诗的第十一句写起的，并不是
全篇模拟，但李白的前四句和"水碧""金精"一联，显然承
袭了谢诗的句子，还是有仿作的味道。李白这首诗另一版本
题为《过彭蠡湖》（1040页），只有十六句，但上引这一版本
却扩充为二十句，和谢诗原作相等，而且两首作品押同一韵，
有六个韵脚相同。就此而言，如果说李白在这里既怀想谢灵运，
又对他的诗进行了自由的模仿，也说得通。

类似的情形还有《秋夜板桥浦泛月独酌怀谢朓》一诗（1039

---

[1]《逯辑全诗》，1178页。

页），李白一定是一面想着谢朓的《之宣城出新林浦向板桥》，一面写下这首诗的。在这首诗中，李白把谢朓的名句"玉绳低建章"和"澄江静如练"分别扩充成"迢迢白玉绳，斜低建章阙"和"汉水旧如练，霜江夜清澄"。"玉绳低建章"出自《暂使下都夜发新林到京邑赠西府同僚诗》，"澄江静如练"出自《晚登三山还望京邑诗》。李白在板桥怀想谢朓所写的这首诗，隐括了谢朓的三首名作，[1]一方面怀念谢朓，另一方面也是对谢朓诗的自由的模拟。

就创作动机而言，从怀想谢灵运和谢朓，到《夜泊牛渚怀古》并没有很大的距离，前者是因为到了前代诗人写作诗歌的地方，而后者则是李白到达之地，让他想起了发生在此地的前代之事，即谢尚夜半听袁宏咏诗。这种类型的怀古诗，在李白集中并不难找到。譬如，到了越中，他想起西施（1027页）和王右军（1028页）；在金陵他特别到冶城谢安墩凭吊谢安（978页）；在商州，他想到商山四皓，并拜谒了四皓墓（1031—1032页）；在下邳，他怀想起张子房（1035页）；到了鹦鹉洲，又想起了祢衡（992、1044页），等等。李白从小熟读前代的文学作品和古籍，对前辈诗人和某些历史名人充满了景仰，在他后来的长期漫游之中，探访他所向往的古人所留下的古迹，作诗向他们表达敬意，是他整个创作活动的重要的一环。从这方面就可了解，"拟古"的精神只是他深厚

---

[1] 参看郁贤皓《新译李白诗全集》（台北：三民书局，2011），1236页。

的历史情感的一部分。

李白还有一种与此相似的创作活动。他非常熟悉六朝的乐府民歌，因此每到一处乐府民歌产生之地，他就会模拟这些民歌。譬如，到了巴东，他写了《巴女词》（卷二十五），到了荆州，写了《荆州歌》（卷四），到了吴、越，写了《乌栖曲》（卷二）、《长干行》、《采莲曲》（以上卷四）、《渌水曲》（卷六）、《越女词》五首（卷二十五），到了扬州，就有了《估客行》（卷六），到了襄阳，就有了《大堤曲》《襄阳曲》四首（以上卷五）。

关于模拟与李白诗艺的关系，我想在最后引述钱志熙《论李白乐府诗的创作思想、体制与方法》一文中的两段话：

> 他在古风、古乐府的创作中采用了当时看来已经比较落后的拟古、代言的写作方法，但他的真正目的并不是简单地复古，而是要通过个人创作，重新书写李白个人的诗歌史。这无疑是一种富有英雄主义色彩的创造行为。正是因为这样，李白的这种逆流而上、彻底复古同时也重新书写诗歌史的创作道路，只能是他个人的天才行为，不具备可取法性。

这一段话至少说明，在唐代诗人中像李白这样的仿真古人作品的方式是独一无二的。

李白的复古诗学，如果寻找它内部的体系，最核心的是古风与古乐府。古风又派生出的一般的五言古诗；其中的一些山水纪游之作，源于陶渊明与大、小谢，也部分地带有复古的色彩。古乐府的系统又派生一般的七言与杂言的歌行体，可以说是乐府体的一个扩大。除此之外，李白日常吟咏情性、流连风物的五律体、五七言绝句等近体诗，也在风格上程度不同地受到上述古体、古乐府体的影响。[1]

这一段话说明，李白的拟古精神并不限于拟古诗与拟古乐府，而是贯穿于他的所有诗作中。钱志熙这篇精彩的论文，是要论证李白具有一种极其独特的"复古诗学"的思想体系。但以上这两段话，却可以佐证我的主要论点，即，像李白这样的大诗人，模拟与拟古精神在他的全部作品中占有非常重要的地位，这件事情本身就值得我们思考。我们应该如何解释这个现象？这跟他家族的文化背景是否有关系？

## 二、李白诗的风格特质：文字简明，意象简单，口语化

在回答上一节所提出的问题之前，我们再来看李白诗歌

---

[1] 钱志熙《论李白乐府诗的创作思想、体制与方法》，《文学遗产》2012 年第 3 期，47 页。

的另一特质。有一次我上课讲到李白的《送友人》，突然感到很惊讶：

> 青山横北郭，白水绕东城。此地一为别，孤蓬万里征。
> 浮云游子意，落日故人情。挥手自兹去，萧萧班马鸣。
>
> （837 页）

这首诗的意象极其简单，"青山""白水""北郭""东城""浮云""落日""游子""故人"，都是最普通不过的名词。所用的也都是最常见的字，除了"蓬""萧萧""班马"三个词之外，其他现代的小学毕业生都可以认识，但是，整首诗却让人印象极其深刻，是非常简明的、人人可以欣赏的好诗。我突然意识到，李白的很多名作，都有这种特质，譬如《听蜀僧浚弹琴》：

> 蜀僧抱绿绮，西下峨眉峰。为我一挥手，如听万壑松。
> 客心洗流水，遗响入霜钟。不觉碧山暮，秋云暗几重。
>
> （1129 页）

这首诗里的"绿绮"，凭直觉就可以判断是一种琴，"万壑松"的"壑"也许有人不认得，但整个意象是可以领会的。第五句的"流水"，读者不一定知道是比喻琴声，但还是会觉得是好句。整首诗率意潇洒，非常迷人。

发现这两例以后，我开始拣阅李白一些五言律诗的名作，终于了解到，李白有很多五言律诗都有同样的特质，譬如：

> 牛渚西江夜，青天无片云。登舟望秋月，空忆谢将军。
> 余亦能高咏，斯人不可闻。明朝挂帆席，枫叶落纷纷。
>
> （《夜泊牛渚怀古》，1049 页）

这首诗只要知道《世说新语》所载谢尚半夜在牛渚听到袁宏吟诗大加叹赏的故事，就可以理解其好处，除了用了一个典故（这个典故并不偏僻），整首诗的用字毫无难处。又如：

> 江城如画里，山晚望晴空。两水夹明镜，双桥落彩虹。
> 人烟寒橘柚，秋色老梧桐。谁念北楼上，临风怀谢公。
>
> （《秋登宣城谢朓北楼》，1000 页）

这首诗的五、六两句比较凝练，但仍然接近白话。再如：

> 柳色黄金嫩，梨花白雪香。玉楼巢翡翠，金殿锁鸳鸯。
> 选妓随雕辇，征歌出洞房。宫中谁第一，飞燕在昭阳。
>
> （《宫中行乐词》八首之二，297—298 页）

这首诗是奉玄宗之命而作，文字比较华美，"雕辇""征歌"虽然不是一般词汇，也不难理解，除此之外，整首诗也非常近于白话。

当然，李白最口语化的作品要属绝句了，譬如：

> 两人对酌山花开，一杯一杯复一杯。
> 我醉欲眠卿且去，明朝有意抱琴来。
>
> （《山中与幽人对酌》，1074 页）

> 蜀国曾闻子规鸟，宣城还见杜鹃花。
> 一叫一回肠一断，三春三月忆三巴。
>
> （《宣城见杜鹃花》，1164 页）

第一首前两句像初学者所作，有一点稚拙可笑。第三句用了《宋书·隐逸传》的成句，"陶潜性嗜酒，贵贱造之者，有酒辄设。潜若先醉，便语客：'我醉欲眠卿可去'"，再加上李白自己所作的第四句，便成一首天然的好诗，很可能是醉后出口即成的。第二首让人回想起《水经·江水注》中的"巴东三峡巫峡长，猿鸣三声泪沾裳"，也是率口而出，同时又呼应古书中名句的好例子。李白大部分七言绝句都是如此，因为大家都很熟悉，就不再举例了。

李白的五言绝句也是如此，譬如：

> 昨日东楼醉，还应倒接䍦。
>
> 阿谁扶上马，不省下楼时。
>
> （《鲁中都东楼醉起作》，1061 页）

除了"接䍦"是唐代的通俗用语，需要解释外，此诗完全是白话。

> 海客乘天风，将船远行役。
>
> 譬如云中鸟，一去无踪迹。
>
> （《估客行》，354 页）

这首诗也是明白如话。李白的许多五言绝句甚至比七言绝句更接近口语，最有名的是所有中国人都知道的《静夜思》：

> 床前看月光，疑是地上霜。
>
> 举头望山月，低头思故乡。
>
> （346 页）

这是自宋本以下各种《李太白文集》的原始版本，现在流行的版本第一句作"床前明月光"，第三句作"举头望明月"，这一文本似乎始于题为李攀龙所编的《唐诗选》，[1]为清人所

---

[1]　以前读过一篇文章，说此一改动源自李攀龙《唐诗选》，现已忘其出处。

承袭（包括《唐诗别裁》和《唐诗三百首》），从此流行于世。其实明人所擅改的文本，远不如原始版本。从原始版本可以看出，李白独居山中，看见月光而想家的情景，非常贴切而生动。

李白明白如话的文字风格，并不只限于五言律诗和五、七言绝句，他的短篇五言古诗（十六句以内）也往往如此，请看这一首：

> 天若不爱酒，酒星不在天。
> 地若不爱酒，地应无酒泉。
> 天地既爱酒，爱酒不愧天。
> 〔已闻清比圣，复道浊如贤。
> 贤圣既已饮，何必求神仙？
> 三杯通大道，一斗合自然。〕
> 但得酒中趣，勿为醒者传。
>
> （《月下独酌》四首之二，1063 页）

鸣沙石室影印敦煌残卷唐写本《唐人选唐诗》无"已闻清比圣"以下四句，清光绪刘世珩玉海堂影刻宋咸淳刊本《李翰林集》在"何必求神仙"句下注云"一本无此四句"。由此可以推测，此诗原本只有十二句，后来才增加四句，增加的四句不像原来的十二句那么口语化，原来的十二句可以想象是李白脱口而出的。再看下一首：

花间一壶酒，独酌无相亲。

举杯邀明月，对影成三人。

月既不解饮，影徒随我身。

暂伴月将影，行乐须及春。

我歌月徘徊，我舞影零乱。

醒时同交欢，醉后各分散。

永结无情游，相期邈云汉。

（《月下独酌》四首之一，1063 页）

这首诗十四句，基本上都是简单句，需要稍微解释一下的只有"影徒随我身""暂伴月将影"和"相期邈云汉"三句。从这首诗可以看出，李白的诗句很少因为凝练而导致句法较为复杂难解，这是他一贯的风格。再如下一首：

暮从碧山下，山月随人归。

却顾所来径，苍苍横翠微。

相携及田家，童稚开荆扉。

绿竹入幽径，青萝拂行衣。

欢言得所憩，美酒聊共挥。

长歌吟松风，曲尽河星稀。

我醉君复乐，陶然共忘机。

（《下终南山过斛斯山人宿置酒》，930 页）

这首诗也是十四句，"绿竹入幽径"比较精炼，"陶然共忘机"需要稍解释，其他都不难。

那么，李白最著名的七言古诗又如何呢？请看一下他的名作《宣州谢朓楼饯别校书叔云》：

> 弃我去者，昨日之日不可留。
> 乱我心者，今日之日多烦忧。
> 长风万里送秋雁，对此可以酣高楼。
> 蓬莱文章建安骨，中间小谢又清发。
> 俱怀逸兴壮思飞，欲上青天览明月。
> 抽刀断水水更流，举杯消愁愁更愁。
> 人生在世不称意，明朝散发弄扁舟。

（861 页）

前两个长句其实不难，稍作解释即可。"蓬莱文章"两句用典，典故并不僻，最后六句容易理解。再看著名的《将进酒》：

> 君不见黄河之水天上来，奔流到海不复回。
> 君不见高堂明镜悲白发，朝如青丝暮成雪。
> 人生得意须尽欢，莫使金樽空对月。
> 天生我材必有用，千金散尽还复来。
> 烹羊宰牛且为乐，会须一饮三百杯。

岑夫子，丹丘生，将进酒，杯莫停。

与君歌一曲，请君为我倾耳听。

钟鼓馔玉不足贵，但愿长醉不复醒。

古来圣贤皆寂寞，唯有饮者留其名。

陈王昔时宴平乐，斗酒十千恣欢谑。

主人何为言少钱，径须沽取对君酌。

五花马，千金裘，呼儿将出换美酒，与尔同销万古愁。

（179—180页）

稍作阅读即可发现，这首名作其实比上一首还简单，只有一次用典（陈王宴平乐），两个接近唐代白话的词（会须、径须），还有一个比较不常见的词（钟鼓馔玉）需要稍作解释，其他字句都不难。

最后，我们再来看李白一些著名的七言乐府和歌行。《蜀道难》有一些形容山势和水流的罕见字词，如"砅崖""喧豗"等，其实并不多；《梁甫吟》包含了比较多的历史典故；《梦游天姥吟留别》也有少数难字难句，如"訇然""列缺霹雳"等；《襄阳歌》除了羊祜、山涛等历史名人典故，也只有极少数的难句，如"垒曲便筑糟丘台"，除了这些之外，其他诗句句法都不复杂。即使是七言的长篇作品，李白也很少破坏自然句法，很少压缩字句，比较接近白话或口语，流畅易读；除了一些特殊的作品，用典不多，所用的也大多是较一般的典故，稍读古书的人都知道，对少读古书的人也容易讲解；难字也不太多。

为了证明以上所说，我们且来看李白较难理解的拟古乐府《远别离》：

> 远别离，古有皇英之二女，乃在洞庭之南，潇湘之浦。海水直下万里深，谁人不言此离苦。日惨惨兮云冥冥，猩猩啼烟兮鬼啸雨，我纵言之将何补？皇穹窃恐不照余之忠诚，雷凭凭兮欲吼怒，尧舜当之亦禅禹。君失臣兮龙为鱼，权归臣兮鼠变虎。或言尧幽囚，舜野死，九疑连绵皆相似，重瞳孤坟竟何是？帝子泣兮绿云间，随风波兮去无还。恸哭兮远望，见苍梧之深山。苍梧山崩湘水绝，竹上之泪乃可灭。

（157—158 页）

这首诗涉及两个历史传说，一个是舜南巡，死于苍梧之野，娥皇、女英追之不及，相与恸哭，泪下沾竹，竹上纹为之斑斑然。一个是尧被舜所囚，而不是尧禅位给舜。除了这两个历史典故，其他没有什么难字难句，整首诗流畅易读。这首诗所以难解，不在于字句，而在于"寓意"。

李白天才横溢，正如沈德潜所评价的：

> 太白七言古，想落天外，局自变生。大江无风，波

浪自涌，白云从空，随风变灭。此殆天授，非人可及。[1]

让人惊异赞叹，也因此使得评论家和读者都没有注意到他的文字其实是相当平易自然的。不过，也有少数学者看到了这个现象，譬如，王运熙就说过：

> 李白诗歌语言的基本特色是明朗自然……这种成就主要得力于学习汉魏六朝的乐府民歌。李白诗歌语言真率自然，音节和谐流畅，浑然天成，不假雕饰，经常散发着民歌的气息。但他不是一般地模拟民歌语言，而是把它们加以提高，使之更加精炼优美，含意深长，具有更强的表现力和感染力。[2]

王先生认为，李白语言的这种特质是通过学习汉魏六朝的乐府民歌而得来的。我想在这里提出另一种解释，即李白的母语可能不是汉语，他的汉语是后天努力学习而来的。这就要谈到李白的出身与家世问题。

1935 年陈寅恪发表《李太白氏族之疑问》一文，对李白出身于陇西李氏、隋末被流窜于条支或碎叶之说，提出质疑。

---

〔1〕 沈德潜《唐诗别裁集》(上海：上海古籍出版社，1979)，183 页。

〔2〕 见王运熙为瞿蜕园、朱金城《李白集校注》(上海：上海古籍出版社，1980）所撰写的前言，19 页。

他说，条支在贞观十八年（644）平焉耆，碎叶在显庆二年（657）平西突厥阿史那贺鲁，才先后隶属中国政治势力范围，隋末不可能成为中国流窜犯人之地。他又说，至德二载（757）李白为宋若思作《为宋中丞自荐表》时，说自己"年五十有七"，那么，李白应生于武后大足元年（701），因此，神龙元年（705）李家由西域迁居蜀汉时，李白已经五岁。又说，李阳冰《草堂集序》云："神龙之始逃归于蜀，复指李树而生伯阳"，范传正《唐左拾遗翰林学士李公新墓碑》云："公之生也，先府君指天枝以复姓"，都表明李白至中国后方改姓李。"其父之所以名客者，殆由西域之人其名字不通于华夏，因以胡客呼之，遂取以为名，其实非自称之本名也。夫以一元非汉姓之家，忽来从西域，自称其先世于隋末由中国谪居于西突厥旧疆之内，实为一必不可能之事。则其人之本为西域胡人，绝无疑义矣。"陈寅恪又据《续高僧传》及杜甫诗提出三条证据，证明"六朝、隋唐时代蜀汉亦为西胡行贾区域。其地之有西胡人种往来侨寓，自无足怪也"。[1]因此，陈寅恪相信李白家族本是粟特胡商。

---

[1]《李太白氏族之疑问》，见《金明馆丛稿初编》（北京：三联书店，2009）311—314页。又，关于粟特商人进入中国的路线，我们现在已经比以前更加清楚。主要的一条当然是走传统的丝绸之路，经过塔里木盆地绿洲王国和河西走廊，进入中原。此外，还可以走"吐谷浑道"，又称"河南道""青海路"等，也就是说由西域经吐谷浑控制的青海地区，经松潘南下成都，再顺长江而下（参见荣新江《中古中国与粟特文明》，北京：三联书店，2014，45—49页）。李白家族就是经由这一途径进入蜀地的。

自从陈寅恪发表这篇论文以后，对于李白的家世及族属问题，大家始终争论不决。我个人认为，不论李白是粟特人还是汉族人，他的家庭长期生活于西域则是不争的事实。按照范传正《唐左拾遗翰林学士李公新墓碑》的说法，因为"隋末多难，一房被窜于碎叶"（1462页）。假设隋末是指隋炀帝大业十三年（617），那么，一直到唐中宗神龙初（705）李家来到四川广汉定居，中间至少有八十八年的时间。这么长的时间居住在遥远的异国异文化之地，很难想象李家的人还能保持汉文化的各种习俗（包括熟悉汉语）。对李白的先世我们可以不做定论，但我们至少可以肯定李白家族已经相当异族化了，他们对于汉语的使用，不可能像中原人士一样纯熟，甚至他们的汉语可能已经忘得差不多了。如果李白出身于粟特商人家庭，那么，他学习汉语的困难就更增加了一层。郭沫若所以反对李白是西域人，理由如下：

我们首先要问：如果李白是"西域胡人"，入蜀时年已五岁，何以这位"胡儿"能够那样迅速而深入地便掌握了汉族的文化？他自己曾说："五岁诵六甲，十岁观百家"；又说，"十五观奇书，作赋凌相如"。这些难道都是在虚夸或扯谎？事实上李白对于中国的历史和儒、释、道三家的典籍都有广泛而深入的涉历。他的诗歌富于创造性，但和周代的风骚、汉魏的乐府也有极其亲近的血统上的渊源。[1]

李白从小就苦读汉文典籍，熟悉中国文化传统，这是没有错的（上一节已经证明了这一点），但这并不一定只有汉族人才能做到。唐朝有一些新罗人和日本人到中国"留学"，同样可以熟悉中国文化，可以写汉诗，只是他们不像李白那样具有天赋而已。晚唐新罗文人崔致远不但考上唐朝的进士，还在中国为官，还有文集行世，就是最好的例子。[2]

李白也有用典较多、句式较复杂、词语较艰涩的作品，不过，这大多是拟古或拟乐府（如前文所论），或者篇幅较长的作品。凡是五绝、七绝、五律或者较短的五言古诗，常常如前面所说的，文字简易，意象简明，句法也较简单，比较接近白话或口语。正因为李白具有异族文化的背景，他所使用的汉语较为平易，除非是特别用心的拟作，他常常会脱口而出。

再进一步而论，以前的新罗人、越南人、日本人常常不会讲汉语，但因为熟读汉文古籍而会写汉诗，这跟汉语和汉

---

〔1〕 见《郭沫若全集·历史编4》（北京：人民出版社，1982），215 页。

〔2〕 崔致远，868 年十二岁时渡海到中国学习，其父告诫他说："十年不第进士，则勿谓吾儿，吾亦不谓有儿。往矣勤哉，无隳乃力。" 874 年十八岁中进士，877 年授溧水尉，880 年入高骈幕，884 年辞职回国，在中国十六年。886 年编成《桂苑笔耕集》二十卷，为韩国现存最早汉文古籍之一。此书有中华书局 2007 年党银平校注本。

语诗歌的特殊性质是有关系的。日据时代的台湾文人吴浊流，接受日本教育，写文章和小说只能用日语，但可以写汉诗，是侧面反映这种情况的好例子。中国的五、七言诗，每一句诗就是一个完整的句子，只有极少数才两句构成一个完整的句子，所以中国的诗句都是简单句，没有西洋式的跨行，也就是说没有西洋式用连接词所构成的连绵不绝的复杂句。中国古人写诗，首先要练的，就是每句五个字或每句七个字的造句功夫，要造得自然；再其次，就是在每句之中压缩句法，让句式变复杂。李白是前者的代表，杜甫就是后者的典型。我们只要去观察汉化不久的异族文人，元代的萨都剌[1]及清初的纳兰容若，都可以看到这种现象。所以李白独特简易的文字风格，刚好足以说明他与汉语的关系，和从小在汉文化地区长大的人是有相当区别的。

与汉诗的这种独特的造句法有关系的，就是汉诗的构词法。因为句子的结构一般不能太复杂，所以每一句诗所用的名词都是一般性的名词，如前面已经举出的李白《送友人》一诗中的"青山""北郭""白水""东城""浮云""落日""游子""故人"等，全部是最普通的名词。我们再来看，李商隐最有名的七律对仗：

---

〔1〕 著名的韩愈研究专家刘真伦听到我的说法以后，跟我说，他以前研究过元代诗人萨都剌，萨都剌出身西域，他所写的诗词在用字造句上也是较平易的。

春蚕到死丝方尽，蜡炬成灰泪始干。

（《无题》）

沧海月明珠有泪，蓝田日暖玉生烟。

（《锦瑟》）

这两组著名的对句全部是由普通名词构成。所以，练习写汉诗首先就要熟悉各种可以构成对仗的名词，这样，就形成了世间所流传的《笠翁对韵》。以下就是《笠翁对韵》中一东韵的句子：

天对地，雨对风，大陆对长空。山花对海树，赤日对苍穹。雷隐隐，雾蒙蒙，日下对天中。风高秋月白，雨霁晚霞红。牛女二星河左右，参商两曜斗西东。十月塞边，飒飒寒霜惊戍旅；三冬江上，漫漫朔雪冷渔翁。

因为汉语诗歌比较单纯的构句法，再加上容易掌握的构词法，所以即使是一个不会说汉语的人，仍然可以从汉语典籍，特别是前代的文集中学会作汉诗的基本方法。要学会写汉诗，其实并不难，要下苦功，特别是长期的背诵功夫。这样的传统当然是逐渐形成，从六朝作诗成为士大夫必备的文化素养以后，熟悉各种可以构成对仗的名词就成为他们最基本的文字知识，这种知识到唐代考科举以后已经非常发达了，在整个教育过程中，几乎已经程序化了。这种接近程序化的构词法，容易写成千篇一律的呆板的诗歌，但是在有创造力的文人笔下，也可以产生如杜甫、李商隐的诗作那样许许多多让人印象深刻的名句。李白的天才就在于，他能够用最简单的名词，构造出极为鲜活的句子，除了前文论及五律所提到的一些例子外，我们随手还可以举出很多，譬如：

白玉一杯酒，绿杨三月时。

（630 页）

宫莺娇欲醉，檐燕语还飞。

（301 页）

弯弓辞汉月，插羽破天骄。

（286 页）

边月随弓影，胡霜拂剑花。

（287 页）

红颜弃轩冕，白首卧松云。

（461 页）

月下飞天镜，云生结海楼。

（739 页）

山从人面起，云傍马头生。

（839 页）

花暖青牛卧，松高白鹤眠。

（1076 页）

这么简单的自然意象，却能够让李白写得这么清丽绝俗，真是令人赞叹。

为什么李白的文字与意象会那么鲜活生动呢？我觉得是因为他有深厚的异族文化色彩。李白一家曾经长期居住的碎叶，是粟特人向东方发展的一个重要据点，那里生活着许多来自粟特各国的胡商，唐朝高宗时甚至曾经以安国粟特人为碎叶州刺史。[1] 因此，身受粟特文化影响的李白，常能以异文化的眼光来观察汉文化的一切事物，能够赋予汉文化以一种新奇的色彩。魏颢《李翰林集序》说："白始娶于许，生一女一男，曰明月奴。女既嫁而卒。又合于刘，刘诀。次合于鲁一妇人，生子曰颇黎。"（1451 页）这是魏颢从李白本人得知的，非常可靠。对于"生一女一男，曰明月奴"一句，有些人觉得难以解释，[2] 我认为这句应该如此点断，"生一女、一男，（男）曰明月奴"。如果说李白家族受到粟特人拜火教的影响，因为崇尚光明，而把男孩子取小名为"明月奴"，那就很好理解了。李白与鲁妇人所生之子叫颇黎，颇黎就是玻璃，也是取其明亮之意。[3] 李白最善于写明月，在中国诗人中无

---

〔1〕 参见荣新江《中古中国与粟特文明》，49 页。
〔2〕 譬如，郭沫若就说"明月奴很明显是女孩子的小名，不像男孩子的名字"（见《郭沫若全集·历史编 4》，231 页）。他根本没有考虑到李白家族的粟特文化背景。
〔3〕 安禄山和史思明都是粟特人的后裔，安禄山的禄山，粟特语是（转下页）

人可及，也可以由此得到解释。李白常丛这种异文化的角度
来观察人、事、物，所以其语言和意象会迥异于常人。王国
维曾以这种方式论述过清代词人纳兰容若，他说：

> 纳兰容若以自然之眼观物，以自然之舌言情。此由
> 初入中原，未染汉人风气，故能真切如此。[1]

王国维举为例子的是纳兰的两句词"万帐穹庐人醉，星影摇
摇欲坠"，也是文字简易、意象鲜活的好例子，而纳兰正是入
关的满人第二代。李白也是如此，李白独特的文字和意象风
格更足以证成王国维的说法。

在这里，我们可以再回顾一下李白的拟古诗和拟古乐府。
且看《古风》第十首：

> 齐有倜傥生，鲁连特高妙。
> 明月出海底，一朝开光曜。
> 却秦振英声，后世仰末照。

---

（接上页）roxšan，意即光明、明亮。史思明本名"窣干"，这也是个粟
特语，后来唐玄宗将他改为"思明"，这很可能就是"窣干"的意义（参
见荣新江《中古中国与粟特文明》，271—275 页）。他们的取名方式可以
和李白为两个儿子所取的名字相对照。

〔1〕 王国维《人间词话》，见唐圭璋编《词话丛编》（北京：中华书局，
1986），第五册，4251 页。

> 意轻千金赠，顾向平原笑。
> 吾亦澹荡人，拂衣可同调。

（101 页）

这首诗的精神全在于第三、第四句的比喻，"明月出海底，一朝开光曜"，这种句子大概只有李白才能写得出来。再看拟古乐府《杨叛儿》：

> 君歌《杨叛儿》，妾劝新丰酒。
> 何许最关人？乌啼白门柳。
> 乌啼隐杨花，君醉留妾家。
> 博山炉中沉香火，双烟一气凌紫霞。

（225—226 页）

最后两句博得历代评论家的惊叹，简直是神来之笔。以上两个例子，足以说明，李白如何把旧传统推陈出新。从文学笔法角度来说，旧传统好像一座老庙，但经过李白"诗思"的一番清洗以后，却焕发出奇幻的异彩。用王国维的话说，就是"此由初入中原，未染汉人风气，故能真切如此"。用这种方式来解释李白出人意表的文字和意象魅力，我觉得是很适切的。

说李白是深受异族文化影响的汉语诗人，可能有很多中国人难以接受，但日本著名的李白专家松浦友久就说：

210

　　应指出最为重要的是，一个异民族出身者成为中国文学史的代表诗人这一事实所具有的意义。中国文化（汉民族文化）具有很强同化力，已经被中国各异民族的历史所验证，这点，比衣、食、住这些形而下的（具象的）部分，更为显著有力的是语言、学术、诗文（直接与语言有关）等形而上的部分。依靠卓越的才能和突出的努力，一个生于西域的新移民者实际上成了第一流的古典诗人，这一事例也是汉人文化柔韧顽强的同化力在诗文方面的具体体现，在文化史上也应给予积极评价。[1]

所以，我们应该为汉文化能将李白这一出生于异国异地的人培养成汉语诗坛最著名的诗人感到骄傲，而不是避讳其事。事实上，经历了几百年的"五胡之乱"，从异域融进中华文化的异族的后代，很多人成为唐代著名的文人，这种例子还有很多，只是其本人讳言其事，因此变得隐晦不彰。经过现代学者的考证，我们又重新发现了这一事实，最著名的有元

---

〔1〕　松浦友久《李白的客寓意识及其诗思》（北京：中华书局，2001），49 页。

積、刘禹锡[1]、白居易[2]，甚至可能连韩愈[3]都是，再次一等的，如元结、独孤及，也许连刘长卿[4]都可能是。如果我们能够把唐代出生于"五胡"后代的著名文人都——找出，我们可能会大吃一惊。事实上，中华文化能够在长期的"五胡之乱"以后焕发出全新的生命，这刚好足以证明中华文化伟大的包容力和融合力，李白只不过是其中一个特例而已。

**补记**：本文初稿 2015 年 12 月完成后，曾传给几位朋友看，请他们批评。清华大学解志熙教授反应最为强烈，他认为陈寅恪不应该在

---

〔1〕 关于刘禹锡家世的考证，请参看卞孝萱、卞敏《刘禹锡评传》（南京：南京大学出版社，1996）第一章第一节。

〔2〕 关于白居易家世的考证，请参看褰长春《白居易评传》（南京：南京大学出版社，2002）第一章第一节。

〔3〕 韩愈自己及其友人、门生常称韩愈系出昌黎，李白为韩愈父亲韩仲卿所作《武昌宰韩君去思颂碑》称仲卿为南阳人，两者均不可信，前人已多所论列。韩愈为其叔父绅卿之子韩岌所撰的《虢州司户韩府君墓志铭》，说他和韩岌的祖父叡素是魏安定桓王韩茂的五世孙，但据《新唐书·宰相世系表》，自韩茂至叡素只有四代。我查过《魏书·韩茂传》，韩茂卒于文成帝太安二年（456），其子韩均卒于孝文帝延兴五年（475），两者之卒距隋朝开国（581）百年以上，与其下一代（韩愈高祖）雍州都督韩睿（估计在世年代在北周、隋、唐之间）悬隔太久，所以韩愈家族是否出自韩茂，甚可怀疑。又，根据《魏书·韩茂传》，韩茂及其父韩耆自大夏赫连氏投向北魏，其先世难以考查。总之，根据现有资料，韩愈先祖世系矛盾重重，韩愈自述家世的文字难以取信于人。

〔4〕 高仲武《中兴间气集》、辛文房《唐才子传》均称刘长卿为河间人。刘氏自汉章帝之子河间孝王刘开之后蔚为大族（参看傅璇琮主编《唐才子传校笺》），但姚薇元《北朝胡姓考》论及匈奴族后裔，也有"河间刘氏"，刘长卿的家世需要进一步查考。

没有任何正面证据的情况下，就一口断定李白是粟特人，而我竟然毫不考虑地就接受了他的看法，实在很不应该。我觉得他的批评有道理，因此，我在重新做了大量准备之后，对原稿进行了仔细的修订。不论本文的看法是否会被人接受，我应该特别提到解志熙教授对我的帮助。

2017 年 4 月增补修订

# 发端于"拟古"的诗艺

## ——《古风》在李白诗中的意义

一般论盛唐诗，都认为盛唐兼有"承先"与"启后"的两面。所谓"承先"，就是盛唐诗承袭了前代诗人的许多成就，再加以发展，因而形成了中国诗的极盛时代。在这方面，表现得最为明显的是李白。李白诗中的"古风"与乐府，就其出发点而言，都是"拟作"，但其创新精神也从其中表现出来。本文拟就《古风》一类的作品讨论李白如何一面承袭传统，一面开创盛唐的新局面，并借此窥见盛唐诗发展的一个侧面。[1]

在李白的全部诗作中，《古风》五十九首及类似作品约三十首[2]具有独特的地位。如按一般的惯例，从七言歌行来认识李白，我们看到的，是一个自由奔放、豪迈不羁的诗人。沈德潜在评论这一类作品时说道：

---

〔1〕 本人以前所撰《杜甫与六朝诗人》（台北：大安出版社，1989），即讨论杜甫与前代诗人的关系。至于李白乐府诗与前代的关系，葛晓音《论李白乐府的复与变》一文（见葛晓音《诗国高潮与盛唐文化》，北京：北京大学出版社，1998），论之已详，本文从略。

〔2〕 指《效古》二首、《拟古》十二首、《感兴》八首、《寓言》三首、《感遇》四首，均见王琦注《李太白全集》卷二十四（北京：中华书局，1977）。

> 太白想落天外，局自变生。大江无风，涛浪自涌；
> 白云卷舒，从风变灭。此殆天授，非人力也。[1]

强调的就是李白想象出奇、变化莫测的风格。但《古风》之
类的作品却与此迥异。正如一般所认为的，《古风》的体制主
要源自阮籍《咏怀》，虽然融合了其他因素，但大体性格未变。
《唐宋诗醇》对于李白同一类型的《效古》《拟古》二作评曰：

> 凡效古拟古之作，皆非空言，必中有所感藉以寄意。
> 故质言之不得，则以寓言明之；正言之不得，则反其辞
> 意以见意。[2]

这种"拟古"之作，大半有所"寄托"，不会"直陈其事""直
见其意"，而是"寓言"以"寄意"，因此在表现上比较讲究
含蓄与委婉。读了李白的七言歌行，再读他的《古风》，常会
有一种特异的感觉，在他的豪放之外意外地发现了"蕴藉"，
因而对李白的风格有了全新的认识。

事实上，《古风》在李白诗作中的意义并不只是如此而已。
从文学的角度来看，李白是继陈子昂之后出现的"复古"诗人，

---

[1]《说诗晬语》卷上，丁福保编《清诗话》（台北：明伦书局，1971），536
页。按《说诗晬语》分体论诗，此条专论李白七言古风。

[2]《唐宋诗醇》（台北：中华书局，1981），卷八，190页。

而《古风》则是李白屏弃齐梁，回返汉魏之主张的具体实现。更有甚者，仔细研读《古风》之类的"拟古"作品，也许还可以发现李白"诗艺"的某些来源。从这些来源再进一步思索李白"诗艺"的发展，以及这一发展所透露的讯息，也许还可以探索李白诗歌的某种独特的世界观。本文将依循此一脉络来分析李白的《古风》及其类似作品，以就教于方家。

一

李白诗作"模拟"痕迹最为明显的，恐怕要数《拟古》十二首了。这里所拟的"古"，显然主要是指《古诗十九首》，而且，几乎每一首都可以指出它的所本。现在根据明朝人的评语，条列整理于下：

| | |
|---|---|
| 青天何历历 | 前半似拟《迢迢牵牛星》，后半则入别调。 |
| 高楼入青天 | 拟《西北有高楼》。 |
| 长绳难系日 | 拟《生年不满百》。 |
| 青都绿玉树 | 拟《庭中有奇树》。 |
| 今日风日好 | 拟《今日良宴会》。 |
| 运速天地闭 | 拟《明月皎夜光》。 |
| 世路今太行 | 拟《回车驾言迈》。 |
| 月色不可扫 | 拟《驱车上东门》，而故变其调。 |

生者为过客　　拟《去者日以疏》。

仙人骑彩凤　　不知何拟？句似《长歌行》。

涉江弄秋水　　拟《涉江采芙蓉》。

去去复去去　　拟《行行重行行》。[1]

另外，现在通行本题为《古意》(君为女萝草)的一首，在有些版本里也列入《拟古》中(因此，此题变成十三首[2])。这一首拟的是古诗中的《冉冉孤生行》。

从这些“拟古”之作中来观察李白的“模拟”方法，对了解李白的“诗艺”可以得到某些启发。试看第十一首：

涉江弄秋水，爱此荷花鲜。攀荷弄其珠，荡漾不成圆。
佳期彩云重，欲赠隔远天。相思无由见，怅望凉风前。[3]

此作所拟原诗如下：

---

〔1〕此处明人批语指严沧浪、刘会孟评点《李杜全集》中的明人评语。关于此本的真伪及明人评语问题，请参阅詹锳《李白集版本源流考》，见詹锳编，《李白全集校注汇释集评》(以下简称《李白全集校注》)(天津：百花文艺出版社，1996)，第八册，4612—4623页。此处明人对《拟古》十二首的批语，转引自前书第七册，3400—3434页。

〔2〕南宋咸淳本《李翰林集》中《拟古》有十三首，收入《君为女萝草》，列在《高楼入青天》之后。此诗王琦注本题为《古意》，在第八卷，453页。可参《李白全集校注》《拟古》题下注。

〔3〕《李太白全集》第二册，1100页。

> 涉江采芙蓉,兰泽多芳草。采之欲遗谁?所思在远道。
> 还顾望旧乡,长路漫浩浩。同心而离居,忧伤以终老。[1]

李白的拟作和原诗一样,都是八句,一、三、四韵的意思也大致和原诗相应,只有第二韵颇有差异。这种模拟法,在李白来讲,算是最为严谨的了。我们再来看第四首:

> 清都绿玉树,灼烁瑶台春。攀花弄秀色,远赠天仙人。
> 香风送紫蕊,直到扶桑津。取掇世上艳,所贵心之珍。
> 相思传一笑,聊欲示情亲。[2]

原作如下:

> 庭中有奇树,绿叶发华滋。攀条折其荣,将以遗所思。
> 馨香盈怀袖,路远莫致之。此物何足贵,但感别经时。[3]

拟作的前六句与原诗句句相应,但原诗的末两句在拟作中"敷演"为四句。全诗的构思明显受原作影响,不过,李白在模

---

〔1〕 逯钦立辑校,《先秦汉魏晋南北朝诗》(台北:木铎出版社,1983),330页。以下简称《逯辑全诗》。

〔2〕《李太白全集》,1095 页。

〔3〕《逯辑全诗》,331 页。

拟时却全换上了神仙一类的意象,如"清都""瑶台""天仙人""扶桑津",使得全诗沾染"仙气",风格因此大变。现在且看第八首:

> 月色不可扫,客愁不可道。玉露生秋衣,流萤飞百草。
> 日月终销毁,天地同枯槁。蟪蛄啼青松,安见此树老?
> 金丹宁误俗,昧者难精讨。尔非千岁翁,多恨去世早。
> 饮壶入玉壶,藏身以为宝。[1]

这首诗,明人认为拟的是《驱车上东门》,但,依我看来,似乎更像是拟《回车驾言迈》。原诗如下:

> 回车驾言迈,悠悠涉长道。四顾何茫茫,东风摇百草。
> 所遇无故物,焉得不速老?盛衰各有时,立身苦不早。
> 人非金石固,岂能长寿考?奄忽随物化,荣名以为宝。[2]

拟作虽比原诗多两句,但两者都押同一韵,且有五个韵脚相同(道、草、老、早、宝),可谓"渊源极深"。但不可否认的是,拟作与原作的对应关系并不如上举各诗明显,是更为自由的仿作。其实,李白另两首拟作(第三、第九)主题也

---

[1]《李太白全集》,1099 页。
[2]《逯辑全诗》,331—332 页。

相似，综合来看，不如说这三首是对古诗《回车驾言迈》《驱车上东门》《去者日以疏》《生年不满百》等相同主题作品的融合式的自由模拟。请看第三首：

> 长绳难系日，自古共悲辛。黄金高北斗，不惜买阳春。
> 石火无留光，还如世年人。即事已如梦，后来我谁身？
> 提壶莫辞贫，取酒会四邻。仙人殊恍惚，未若醉中真。[1]

明人认为此诗拟《人生不满百》，但很难看出两者的相似处。纯粹从文字上说，恐怕多少受到陶渊明下面这首《杂诗》的影响：

> 人生无根蒂，飘如陌上尘。
> 分散逐风转，此已非常身。
> 落地为兄弟，何必骨肉亲？
> 得欢当作乐，斗酒聚比邻。……[2]

"后来我谁身"与"此已非常身"、"取酒会四邻"与"斗酒聚比邻"的相似不容置疑，结句"未若醉中真"也让人想起陶渊明《饮

---

〔1〕《李太白全集》，1094 页。

〔2〕《逯辑全诗》，1005 页。

酒》"举世少复真""酒中有深味"等句子。[1]所以,《长绳难系日》是一首来源更广的、更自由的拟古诗。

从以上的例子可以看出,李白"拟"的方式变化极大,从亦步亦趋到自由模拟,中间存在着许多细致的差异。在《月色不可扫》和《长绳难系日》这两首里,主题和个别字句也许还会让人想起某些古诗或诗人,但由于是综合式的自由模拟,整体风格却是李白个人的。如果拿整个《古风》系列来跟《拟古》系列相比较,我们可以说,《拟古》的模拟痕迹较为明显,而《古风》的模拟方式则更为自由,远超过《月色不可扫》和《长绳难系日》。

如果综合观察《古风》《拟古》及其类似作品,就可以看到,李白这一类诗作的模拟范围非常广泛,包括古诗、古乐府,还有曹植、阮籍、左思、郭璞、陶渊明、鲍照、谢朓、庾信、陈子昂等。譬如:

> 西国有美女,结楼青云端。
>
> 蛾眉艳晓月,一笑倾城欢。
>
> 高节夺明主,炯心如凝丹。

---

[1] 李白《古风》三十八"孤兰生幽园,众草共芜没"近似陶渊明《饮酒》之八"青松在东园,众草没其姿";《古风》五十七"羽族禀万化,小大各有依",近似《咏贫士》之一"万族各有托,孤云独无依";《感兴》之八的"嘉谷隐丰草,草深苗且稀",近似《归园田居》之三"种豆南山下,草盛豆苗稀",都是李白袭用陶诗的例子。

常恐彩色晚，不为人所观。

安得配君子，共成双飞鸾。

（《感兴》八首之六）[1]

这是参酌曹植《美女篇》与《杂诗》中的《南国有佳人》一诗而写成的。[2] 又如：

碧荷生幽泉，朝日艳且鲜。

秋花冒绿水，密叶罗青烟。

秀色空绝世，馨香谁为传？

坐看飞霜满，凋此红芳年。

结根未得所，愿托华池边。

（《古风》五十九首之二十六）[3]

这很明显是脱胎于陈子昂《感遇》第二首：

兰若生春夏，芊蔚何青青。

幽独空林色，朱蕤冒紫茎。

迟迟白日晚，袅袅秋风生。

---

［1〕《李太白全集》，1105 页。又，此诗与《古风》二十七雷同，但此处文字
　　较近于曹植原诗。

［2〕《古风》四十九《美人出南国》明显模拟曹植《杂诗》中的《南国有佳人》。

［3〕《李太白全集》，123 页。

岁华尽摇落，芳意竟何成？[1]

李白把陈子昂的三、四句扩充为三至六句，其他各句结构的相似与全诗比喻方式的承袭，很容易看得出来。[2]又如《古风》第十六首《宝剑双蛟龙》完全从鲍照《赠故人马子乔》诗中的一节脱胎而来，前人早已指出，李白不过把双剑的分合从鲍照的比喻"朋友聚合"改成他自己的暗喻"人生的际遇"而已。[3]

李白的《古风》承袭陈子昂《感遇》诗的精神，努力恢复汉魏"兴寄"的传统。按一般的看法，陈、李效法的主要对象是阮籍的《咏怀》诗。其实，李白的取径显然要比陈子昂宽广得多。阮籍前后的诗人，只要有助于表现"寄托"的，他都设法加以吸纳。正如前面已指出的，这包括《古诗十九首》、曹植，包括左思《咏史》、郭璞《游仙》、陶渊明《饮酒》《杂诗》，以及鲍照、谢朓、庾信的某些作品，而且，也包括他的

---

〔1〕《全唐诗》（台北：明伦出版社，1971），卷八十三，第二册，890页。

〔2〕按，本文一位评审先生认为，李白这首诗或许脱胎于陈子昂《感遇》第三十首。其诗云："可怜瑶台树，灼灼佳人姿。碧华映朱实，攀折青春时。岂不盛光宠，荣君白玉墀。但恨红芳歇，凋伤感所思。"但李诗第一句"碧荷生幽泉"、第三句"秋花冒绿水"、第五句"秀色空绝世"类似于陈子昂《感遇》第二首第一句"兰若生春夏"、第四句"朱蕤冒紫茎"、第三句"幽独空林色"。从这些字句痕迹看，李诗脱胎于《感遇》第二首的可能性较大。

〔3〕参见瞿蜕园、朱金城《李白集校注》（台北：里仁书局，1981）本诗"评笺"，124页。

前辈陈子昂。事实上，我们可以巨细靡遗地分析李白这一类作品的所有"渊源"。不过，就本文的目的而言，上文所说的已足以证明，从《古风》《拟古》及其相关作品，最容易看出，李白的"诗艺"跟"拟古"的关系极其密切。不论李白风格的独创性有多高，"仿真"前人作品仍然是他的发展过程中非常重要的途径。晚唐的段成式曾在《酉阳杂俎》留下一则记载，他说：

> 李白前后三拟文选，不如意，悉焚之，惟留恨、别赋。[1]

段成式的说法当然无法以其他数据证明或反证，不过，现行的李白集中确实有《拟恨赋》一篇。如果再加上《拟古》十二首（或十三首），以及《古风》里模拟痕迹较为明显的，段成式的话不无道理。李白虽然是公认的天才，但衡之实际创作，他跟传统的关系班班可考。

其实，李白遵循（或者可以说"恢复"）古传统的做法并不只是表现在《古风》一类的作品而已，在拟古乐府方面更是如此。根据葛晓音的分析，李白一百二十二首乐府诗中，汉魏古题占百分之八十以上，而其表现方式，大致可分为三种类型：

---

[1]《酉阳杂俎》（台北：源流出版社，1982），前集卷十二，116页。

一是在体制、内容及艺术方面恢复古意；二是综合并深化某一题目在发展过程中衍生的全部内容，或在艺术上融合汉魏、齐梁风味再加以提高和发展；三是沿用古题，而在兴寄及表现方式方面发挥最大的创造性。[1]

从这个角度来看，李白的乐府也是"拟古"的一种。如果把《古风》类型的作品和拟古乐府合计在一起，总数已超过两百首，占现存李白诗的五分之一以上。由此可见，"拟古"是李白"诗艺"的主要构成因素，是了解李白诗歌特质不可或缺的一环。

按照一般的看法，李白是天才型的诗人，杜甫是工力型的诗人。如果就李杜二人跟传统诗歌主题的关系而言，这一印象是值得怀疑的。因为，李白对传统主题的继承关系显然要比杜甫密切得多，他的"工力"并不下于杜甫。杜甫较少承袭传统主题，而是结合许多传统因素开发新题材，或者把传统主题推陈出新加以再创造。就此而言，杜甫的"开创性"也许还要胜过李白。[2]无论如何，论李白诗，绝对不能忽视

---

〔1〕《论李白乐府的复与变》，《诗国高潮与盛唐文化》，162—163 页。

〔2〕20 世纪 20 年代胡小石于《国学丛刊》二卷三期（1924 年 9 月）发表《李杜诗之比较》，从《古诗十九首》以来五言诗题材、形式的发展，比较李、杜二人对此的继承关系，他的结论是："从《古诗十九首》至太白作个结束，可谓成家；从子美开首，其作风一直影响至宋、明以后，可云开派。……李白是唐代诗人复古的健将，杜甫是革命的先锋。"（见《胡小石论文集》，上海：上海古籍出版社，1982，114 页）本人写作本文时尚未读到胡文，承本文一评审先生告知，谨此致谢。

他的"复古"、他的重视古传统，因此也就不能不重视最能表现这种精神的《古风》及其类似作品。

二

李白重模拟，但却能从模拟中表现出他的创造性与天才，这在模拟倾向最为明显的《古风》里也是如此。前节已举出《月色不可扫》和《长绳难系日》两个例子，这里将更详细地讨论《古风》的一些名作。

《古风》第十四首是公认的李白反对唐朝边疆政策的名篇，其诗如下：

> 胡关饶风沙，萧索竟终古。木落秋草黄，登高望戎虏。
> 荒城空大漠，边邑无遗堵。白骨横千霜，嵯峨蔽榛莽。
> 借问谁陵虐？天骄毒威武。赫怒我圣皇，劳师事鼙鼓。
> 阳和变杀气，发卒骚中土。三十六万人，哀哀泪如雨。
> 且悲就行役，安得营农圃？不见征戍儿，岂知关山苦？
> 李牧今不在，边人饲豺虎。[1]

历来对这首诗的讨论，大多集中在：李白所讽者何事？就个人所知，似乎只有詹锳指出此诗和陈子昂《感遇》的关系，

---

但詹锳的说法存在着令人困惑的问题。[1]依个人所见，李诗应脱胎于《感遇》第三首与第三十七首。兹将二诗抄录于下：

> 苍苍丁零塞，今古缅荒途。亭堠何摧兀，暴骨无全躯。黄沙幕南起，白日隐西隅。汉甲三十万，曾以事匈奴。但见沙场死，谁怜塞上孤？
>
> （其三）

> 朝入云中郡，北望单于台。胡秦何密迩，沙朔气雄哉。藉藉天骄子，猖狂已复来。塞垣无名将，亭堠空崔嵬。咄嗟吾何叹，边城涂草莱。
>
> （其三十七）[2]

将陈子昂原作与李白诗比对而观，可以看出，李诗前六句写边关惨象脱胎于陈诗第三首前四句，"萧索竟终古"之于"今古缅荒途"，"边邑无遗堵"及"白骨横千霜"之于"暴骨无全躯"，字句的承袭宛然可辨。至于李诗末两句，则与陈诗三十七首后四句相应，显然是从"塞垣无名将"和"边城涂草莱"

---

[1] 詹锳《李白〈古风〉五十九首集说》云：按此篇出自庾信《咏怀二十七首》之十七及陈子昂《感遇》第三十二首。见《李白全集校注汇释集评》，84页。依个人看法，庾信诗作似与李白诗无涉，而陈子昂《感遇》三十二则与边疆战争毫无关系，"三十二"疑有误。

[2]《全唐诗》卷八十三，890、894页。

的意思重塑而成。不过，虽然有这种承袭关系，李白这首诗仍然远胜于陈子昂原作两首。李诗在气象的塑造、音节与气氛的掌握上，都极为突出。前人一致推崇，毫无例外。

在这里，我们可以顺便看一下李白"改造"初唐人诗作的另一例子，以作为参证：

> 月生西海上，气逐边风壮。万里度关山，苍茫非一状。
> 汉兵开郡国，胡马窥亭障。夜夜闻悲笳，征人起南望。
>
> （崔融《关山月》）[1]

> 明月出天山，苍茫云海间。长风几万里，吹度玉门关。
> 汉下白登道，胡窥青海湾。由来征战地，不见有人还。
> 戍客望边色，思归多苦颜。高楼当此夜，叹息未应闲。
>
> （李白《关山月》）[2]

从《关山月》这一乐府题，到全诗的构思，到许多相似的字句，都足以说明，李白是在"改写"崔融所作。但没有人能否认，李白的风格在改造之后跃然于纸上，成为千古名作。这就是李白"天才"的表现方式之一——在模拟之中充分表现自己的个性。

---

[1]《全唐诗》，卷六十八，765 页。
[2]《李太白全集》，219 页。

现在再回到《古风》来，我们分别再举出李白模拟左思与郭璞的例子，以进一步了解，李白如何在"拟作"中体现自己的风格。

> 吾希段干木，偃息藩魏君。吾慕鲁仲连，谈笑却秦军。
> 当世贵不羁，遭难能解纷。功成不受赏，高节卓不群。
> 临组不肯绁，对珪不肯分。连玺曜前庭，比之犹浮云。
>
> （左思《咏史》之三）[1]

> 齐有倜傥生，鲁连特高妙。明月出海底，一朝开光曜。
> 却秦振英声，后世仰末照。意轻千金赠，顾向平原笑。
> 吾亦澹荡人，拂衣可同调。
>
> （李白《古风》之十）[2]

李白在模拟左思时，不提段干木，让全诗焦点集中于鲁仲连。对于鲁仲连的为人，则以"明月出海底，一朝开光曜"加以形容，形象极为突出。"却秦"以下四句不用对仗，感觉上比左思"临组""对珪"的颇嫌拙劣的叠句更为流利自然。最后两句提到自己，立即结束，颇有余味。我们即使不说李的"拟

---

〔1〕《逯辑全诗》，733 页。
〔2〕《李太白全集》，101 页。

作"胜于左思原作，至少也可以说，李诗有自己的面目。[1]

> 青溪千余仞，中有一道士。云生梁栋间，风出窗户里。
> 借问此何谁，云是鬼谷子。翘迹企颍阳，临河思洗耳。
> 阊阖西南来，潜波涣鳞起。灵妃顾我笑，粲然启玉齿。
> 蹇修时不存，要之将谁使？

（郭璞《游仙诗》之二）[2]

> 太白何苍苍，星辰上森列。去天三百里，邈尔与世绝。
> 中有绿发翁，披云卧松雪。不笑亦不语，冥栖在岩穴。
> 我来逢真人，长跪问宝诀。粲然启玉齿，授以炼药说。
> 铭骨传其语，竦身已电灭。仰望不可及，苍然五情热。
> 吾将营丹砂，永与世人别。

（李白《古风》之五）[3]

表面上看，李白所作与郭璞诗有较大差异，但从高山上隐居一仙人的基本结构来看，李白是对郭诗的自由的拟作应该是没有疑问的。李白把郭璞"青溪千余仞"一句"衍"成开头四句，高山的气象变得更为突出。在诗的后半李白加强描写

---

[1] 李白《古风》四十六也是模拟左思《咏史》八首之四。
[2] 《逯辑全诗》，865 页。
[3] 《李太白全集》，95 页。

自己与仙人的关系，以“竦身已电灭”形容仙人的遥不可及，以“苍然五情热”形容自己企盼之诚，这些都比郭璞原诗“蹇修时不存，要之将谁使”生动得多。[1]

当然，并不是每一首《古风》都可以找到它的祖本。虽然《古风》中较多的作品都有承袭前人的痕迹可寻索，但仍有不少似是纯粹的“创造”或至少是高度的“创造”。李白浸淫于《咏怀》《感遇》传统既久且深，要说他不能根据这一传统的精神“独创”一些诗作，那根本是不可能的事。《古风》里的名篇，较长的如《秦王扫六合》《天津三月时》《羽檄如流星》，较短的如《庄周梦胡蝶》《君平既弃世》《郑客西入关》，都是这一类型的作品。不过，最具创造性的也许要数《西上莲花山》了：

> 西上莲花山，迢迢见明星。素手把芙蓉，虚步蹑太清。
> 霓裳曳广带，飘拂升天行。邀我登云台，高揖卫叔卿。
> 恍恍与之去，驾鸿凌紫冥。俯视洛阳川，茫茫走胡兵。
> 流血涂野草，豺狼尽冠缨。

（《古风》之十九）[2]

这首诗的前三分之二可以说是李白式的游仙诗，跟同类描写

---

[1] 近人唐钺在《李太白模仿前人》一文中已指出李白上举诗作与左思、郭璞的关系。此文原载《东方杂志》39.1（1943.3），并收入《李太白研究》（台北：里仁书局，1985），267—271页。

[2] 《李太白全集》，113页。

相比，并没有特别出色（当然也并不差），诗的创意在于后四句的"俯视"现实。对李白来讲，"求仙"是超越现实的追求与想象，但在"俯视"的动作下，李白之不能逃离"豺狼尽冠缨"的令人无法接受的现实，则是再明显不过的。[1] 这首诗可以说"象征性"地呈现了李白生命的本质——他对绝对自由的向往与追求，以及这种追求的落空。这首诗，应该可以列入李白的杰作之林中。

在本节的最后，我们还必须说明，虽然从《古风》可以看出，李白在"模拟"中如何表现个性与创意，不过，整体而言，李白这种创新精神还更充分体现在他的拟古乐府上。拟古乐府的传统性与规范性比起"咏怀""感遇"一类诗作来，显然要弱一些，因此也就具有更大的空间可以发挥。而且"咏怀""感遇"之作，按照传统，只能行之于五言，而李白却更多地以七言来铺写拟古乐府。七言歌行是直到盛唐才始盛行的诗体，而李白正是确立这一体式的两大诗人之一（另一位是杜甫）。因此，李白在"拟古乐府"方面所表现的更大的独创性也就不足为奇了。不过，这既已为世人所习知，又不在本文的讨论范围内，这里就不用详细讨论了。[2]

---

〔1〕 这里的"俯视"现实，是指有别于仙境的人间现实，不是说李白实际看到"豺狼尽冠缨"的景象。

〔2〕 关于李白乐府的承袭与创新，可参阅葛晓音《论李白乐府的复与变》。

## 三

如前两节所论,"拟古"是李白创作的一种模式。他基本上遵循《古诗十九首》、"杂诗""咏怀""咏史""游仙"等类型的写作方式,吸收古诗、曹植、阮籍、左思、郭璞、陶渊明、鲍照,甚至更后期的谢朓、庾信、陈子昂等人诗作的结构模式与遣词造句,以创作《古风》《拟古》一类的作品。就此而言,李白在这方面是相当遵循传统的。不过,对李白来讲,这并不是纯粹对古人的"模仿",而是"自我表现"的一种方式。如与前人来比较,陆机可以说是五言诗产生以来的第一位"拟古"大家,写了《拟古诗》十四首,也写了许多拟乐府。这些"拟作"是陆机企图变革诗歌写作风格的一种尝试,但跟他的"自我表现"无关。江淹也曾写了《杂拟》三十首,遍拟在他之前的重要诗人或作品。这些都是代人立言,江淹借此来表现"诗才",而不表现"自我"。相反地,陶渊明的《饮酒》二十首《杂诗》十二首、《拟古》九首,则属于以自由的"拟古"方式来表现自我。庾信的《拟咏怀》二十七首也是如此。李白的《古风》不是陆机《拟古诗》或江淹《杂拟》一类作品,而是继承了陶渊明、庾信的做法,并加强其表现自我的倾向。因此,可以说《古风》是李白作品的核心之一。[1]

---

[1] 本文的一位评审先生,提醒我应提及陶渊明及庾信的"拟古"方式对李白的影响,谨此致谢。关于六朝文人借"咏怀"(广义的"咏怀",(转下页)

从这种角度来思考,我们就可以了解,当陈子昂写《感遇》三十八首时,表面上他是在模拟阮籍《咏怀》,实际上他也如陶渊明和庾信一样,借"拟古"或"咏怀""创新"了一种新的表达模式,这是一种借"模拟"产生的"再创造"。陈子昂也是这样,如果遍读陈子昂现存的一百多首诗,我们就会强烈感觉到,最"佳"的、最深刻的陈子昂,必须求之于《感遇》。试看下面几首:

> 微月生西海,幽阳始化升。圆光正东满,阴魄已朝凝。
> 太极生天地,三元更废兴。至精谅斯在,三五谁能征?

> 白日每不归,青阳时暮矣。茫茫吾何思?林卧观无始。
> 众芳委时晦,鹍鸠鸣悲耳。鸿荒古已颓,谁识巢居子?

> 吾观昆仑化,日月沦洞冥。精魄相交会,天壤以罗生。
> 仲尼推太极,老聃贵窈冥。西方金仙子,崇义乃无明。
> 空色皆寂灭,缘业亦何成?名教信纷藉,死生俱未停。[1]

显然,陈子昂是在政治挫败以后,以"观无始""观化生"的

---

（接上页）包括"拟古""杂诗""游仙""咏史"等）以表现自我,请参看李正治《六朝咏怀组诗研究》,台湾师范大学《国文研究所集刊》25期,1981年3月,1—127页。

[1]《全唐诗》,889—900页。

方式，在自然的循环变化中寻求自我慰藉。在这些诗作的映照下，我们会更进一步了解他在《登幽州台歌》里所表现的深沉感慨：

> 前不见古人，后不见来者。
>
> 念天地之悠悠，独怆然而涕下。[1]

这是把个人的失意转化为宇宙性的悲慨，同时，也使得他的《感遇》表现出一种奇特的"思想性"。

如果《感遇》诗是陈子昂诗歌世界的核心，那么，我们也应该这样看待《古风》在李白诗作中的位置。在现存最早的李白集版本中，《古风》放在诗的首卷，这不是没有道理的。[2]

《古风》五十九首里，情调最接近陈子昂《感遇》的，也许要数第十三首：

> 君平既弃世，世亦弃君平。观变穷太易，探元化群生。
>
> 寂寞缀道论，空帘闭幽情。驺虞不虚来，鸑鷟有时鸣。
>
> 安知天汉上，白日悬高名。海客去已久，谁人测沉冥？[3]

---

〔1〕《全唐诗》，902页。

〔2〕 参看詹锳《李白集版本源流考》。

〔3〕《李太白全集》，104页。

不过，李白并不像陈子昂那样，以"观变""探元"的态度来面对人事世界的不如人意，而是在强调那个"观变""探元"的君平（亦即李白自己）无人能测其沉冥。相对于陈子昂在政治挫败以后所表现出来的无可奈何，李白反而是以极为自负的姿态来应对他在现实世界的失败。

这个"高姿态"的"失败者"，时而以左思的方式来评点历史，时而以曹植、陈子昂式的美人、香草而自伤，时而又企求郭璞所向往的神仙世界。前代诗人在诗歌世界所创造出来的"自我想象"方式，在这里都被李白借用过来。在这种借用里，每一个诗人都可以让李白得到某些认同。但是，李白所需要的却是，这些认同综合在一起的那一个"更大"的"自我认同"。高高居于这些被"拟"的前代诗人之上的，是那个自负到几乎近于"狂妄"的李白。从这个角度来看，我们才能了解，李白为什么会这样写下他的《古风》第一首：

> 大雅久不作，吾衰竟谁陈。王风委蔓草，战国多荆榛。
> 龙虎相啖食，兵戈逮狂秦。正声何微茫，哀怨起骚人。
> 扬马激颓波，开流荡无垠。废兴虽万变，宪章亦已沦。
> 自从建安来，绮丽不足珍。圣代复元古，垂衣贵清真。
> 群才属休明，乘运共跃鳞。文质相炳焕，众星罗秋旻。
> 我志在删述，垂辉映千春。希圣如有立，绝笔于获麟。[1]

---

〔1〕《李太白全集》，87页。

我们几乎想不起有哪一个"诗人"会自比为孔子的，而李白就有这种"狂妄"式的自负。所以他才会大言不惭地说："安知天汉上，白日悬高名。"因此，与其把《大雅久不作》看作李白在声言他的文学主张，不如把这首诗读成是李白在政治追求失败后"自我认同"的一种想象方式。整组《古风》是李白自我认同的一种追求方式，而《大雅久不作》则是"恰如其分"的"序诗"；正如《夜中不能寐》之于阮籍《咏怀》、《衰荣无定在》之于陶渊明《饮酒》，以及《微月生西海》之于陈子昂《感遇》。[1]

在这里，我们就可以比较杜甫和李白的差异了。杜甫基本上不以"感遇"或"古风"一类的方式来"感怀"。当他要抒写怀抱时，他写的是《奉赠韦左丞丈》《自京赴奉先县咏怀》《喜达行在所》《北征》《秦州杂诗》等。但这些重要作品并不采取"感遇"或"古风"的模式，杜甫并不以这种方式来表现自我（试想《自京赴奉先县咏怀》的"咏怀"和阮籍式的"咏

---

〔1〕 本文的一位评审先生认为，李白《大雅久不作》一诗与陶渊明《饮酒》第二十首《羲农去我久》一诗关系密切，应受陶诗影响。此说极有见地。陶诗从羲农以后"举世少复真"说起，并特别强调"鲁中叟"汲汲奔走，"弥缝使其淳"，结果现在"六籍无一亲"，无人像孔子一样"问津"，所以只好"快饮"当个醉人。陶渊明借此以叹衰世，推崇孔子，但不敢自比孔子。不过，这首诗以"历史的没落过程""孔子的作用"以及"我"三者作为全诗结构的支柱，这种写法，应该会让李白在写作《大雅久不作》时得到很大的启示。

怀"差别有多大)。当杜甫到了晚年,要在文学想象的世界里回顾自己的一生时,他创作了《秋兴》和《咏怀古迹》。在《秋兴》里,他哀叹大唐帝国的没落和个人的沦落,在《咏怀古迹》里,他感慨人之不能在其一生"尽其才"。[1]杜甫很少以前人所创造的模式来描写个人,最后也没有以传统的模式来回顾其一生。"秋兴"和"咏怀"的题目是旧的,但表现形式——连章的七律——却是新的。

参照《拟古》十二首的模拟方式来看,李白"三拟文选"的传说似乎值得认真考虑,"拟作"无疑在李白的创作生涯中扮演了非常重要的角色,因此,李白远比杜甫更被"束缚"在传统的"模式"之中。最终,当他亟需在文学想象的世界里做自我肯定时,他还是采取了传统模式,并极有意义地命名为"古风"。当我们从李白的七言乐府、歌行,以及五、七言绝句中欣赏到李白的天才时,不应忘记《古风》在李白集中的这一独特位置。[2]

---

〔1〕 关于《秋兴》和《咏怀古迹》主题的解说,请参阅吕正惠《杜甫与庾信》,收入《杜甫与六朝诗人》。

〔2〕 感谢本文两位评审先生所提供的许多宝贵意见,本人已尽可能按其意见做小幅度修改,或在注释中略加说明。

# 简论韩愈诗中的"奇趣"

关于韩愈诗的评价，释惠洪《冷斋夜话》（卷二）记载了一段非常有趣的故事：

> 沈存中（沈括）、吕惠卿吉甫、王存正仲、李常公泽，治平中在馆中夜谈诗。存中曰："退之诗，押韵之文耳，虽健美富赡，然终不是诗。"吉甫曰："诗正当如是，吾谓诗人亦未有如退之者。"正仲是存中，公泽是吉甫，于是四人者相交攻，久不决。公泽正色谓正仲曰："君子群而不党，公独党存中。"正仲怒曰："我所见如此，偶因存中便谓之党，则君非党吉甫乎？"一坐大笑。[1]

沈括、王存、吕惠卿和李常的争论非常具有典型性，譬如，我喜欢韩愈的诗，我一个朋友很不喜欢韩愈的诗，谁也不能说服谁。韩愈的诗爱走偏锋，很少抒情性，一般人都欣赏具有浓烈感情的诗歌，他们不喜欢韩愈，完全可以理解。但韩

---

〔1〕《宋元笔记小说大观》（上海：上海古籍出版社，2001），第 2 册，2177 页。

愈的诗有"奇趣",细读之下,自有其味道。乾隆皇帝御选《唐宋诗醇》,唐朝取四家,李白、杜甫、韩愈、白居易,宋朝取两家,苏轼、陆游,这六人可以说是唐宋有数的大诗人,韩愈作为诗人的地位是无可撼动的。

沈括批评韩愈的诗只是"押韵之文",换个比较中性的说法就是"以文为诗",这种作诗的倾向是由杜甫开其端的。韩愈继承了杜甫的精神,再加以拓展,有一点走极端的趋势。韩愈把散文的句法、篇法更进一步地引入诗中,把许多散文的题材写进诗中,但相对地,他却缺乏杜甫的热情。一方面感情的成分减少,另一方面,散文的成分又增加,于是,原本在杜甫诗中融合无间的,遂几乎全为散文所独占,这就构成了韩愈诗的基本特质之一,而其长短得失,也成为后世争论的焦点。

韩愈以文为诗的种种特色,前人言之已详,这里只简单加以说明。以句法而言,五、七言诗总以上二下三、上四下三为正格,极少有例外的。韩愈却有时故意地写出上三下二、上三下四的句子,譬如:

> 有穷者孟郊。(《荐士》,卷五,528 页[1])
>
> 蚝相黏为山。(《初南食贻元十八协律》,卷十一,1132 页)

---

[1] 本文所引韩愈诗均出自钱仲联《韩昌黎诗系年集释》(上海:上海古籍出版社,1994),以下均随文注出页数。

> 溺厥邑囚之昆仑。(《陆浑山火》,卷六,685 页 )
>
> 子去矣时若发机。(《送区弘南归》,卷五,576 页 )

然而,这还只是偶然一两句而已。有时韩愈甚至还在整篇之中夹杂了许多散文句法,譬如:

> 淮水出桐柏山,东驰遥遥千里不能休。淝水出其侧,
> 不能千里百里入淮流。寿州属县有安丰,唐贞元时,县
> 人董生召南,隐居行义于其中……
>
> (《嗟哉董生行》,卷一,79 页 )

"淮水出桐柏山""唐贞元时,县人董生召南"都是散文句,而即使是合乎上二下三、上四下三句的"淝水出其侧""寿州属县有安丰",也因为其性质近于客观的叙述而有散文的味道。整首诗都是用这一类的句法写成,说是诗,又不像诗;说是文,也不完全像文,可说是韩愈"以文为诗"最特异的例子。

至于以散文章法作诗,最有名的例子是《南山诗》。全篇结构谨严:先写望南,再描述南山节候变化,然后南山四围形势,最后再登山。写登山亦层层转折,虽极富变化而次第分明,整首诗的描写完全模仿汉赋。句法方面,连用五十一"或"字("或连若相从,或蹙若相斗"等,卷四,434 页 )尤其著名。这实在是一篇五言体的赋,是韩愈"以文为诗"

的另一特例。

至于说题材，稍读韩愈诗的人都会有个印象，很多篇章用散文来写似乎未尝不可。因此，恐怕有不少人会认为，除了要以押险韵、用奇字来夸耀他在遣词造句上的魔术式的功夫之外，韩愈实在没有写诗的必要。

此外，韩愈还喜欢以诗来议论，如以下这一首：

> 木之就规矩，在梓匠轮舆。人之能为人，由腹有诗书。
> 诗书勤乃有，不勤腹空虚。欲知学之力，贤愚同一初。
> 由其不能学，所入遂异间。两家各生子，孩提巧相如。
> 少长聚嬉戏，不殊同队鱼。年至十二三，头角稍相疏。
> 二十渐乖张，清沟映污渠。三十骨骼成，乃一龙一猪。
> 飞黄腾踏去，不能顾蟾蜍。一为马前卒，鞭背生虫蛆。
> 一为公与相，潭潭府中居。问之何因尔，学与不学欤！
> …………

（《符读书城南》，卷九，1011页）

这可以说是有韵的"劝学篇"，最标准的议论诗模板，正如沈括所说的，"押韵之文耳"。

但这只是表面如此而已，如果再仔细阅读，就会发现，这是一首很有趣的诗。譬如"两家各生子，孩提巧相如。少长聚嬉戏，不殊同队鱼"四句，以"同队鱼"来形容一起嬉戏的小孩，非常生动贴切，似乎没有人用过。又如"年至十二三,头角稍相疏。二十渐乖张,清沟映污渠。三十骨骼成,乃一龙一猪"六句,讲到小孩因读书与不读书而日渐产生差异,二十左右,一为"清沟",一为"污渠",到了三十,"乃一龙一猪",两次对比都极其幽默有趣。以现在的观点来看,这首诗的思想极其庸俗,但人生不是如此吗?谁不想自己的小孩因读好书而出人头地呢?我们不能否认这是一首极俗但又极合乎人情的诗,我认为这是韩愈诗具有"奇趣"的主要原因。

赵翼《瓯北诗话》有两处论到韩愈诗,品评非常精到:

> 韩、孟尚奇警,务言人所不敢言……奇警者,犹第在词句间争难斗险,使人荡心骇目,不敢逼视,而意味或少焉。
>
> 韩昌黎生平,所心摹力追者,惟李、杜二公。顾李、杜之前,未有李、杜;故二公才气横恣,各开生面,遂独有千古。至昌黎时,李、杜已在前;纵极力变化,终不能再辟一径。惟少陵奇险处,尚有可推扩,故一眼觑定,欲从此辟山开道,自成一家。此昌黎注意所在也。然奇险处亦自有得失。盖少陵才思所到,偶然得之;而昌黎则专以此求胜,故时见斧凿痕迹。有心与无心异也。其实昌黎自有本色,仍在文从字顺中,自然雄厚博大,不可捉摸,不专以奇险见长。恐昌黎亦不自知,后人平心

*读之自见。若徒以奇险求昌黎，转失之矣。*[1]

赵翼能够在"奇险"之外，看到韩愈在"文从字顺中，自然雄厚博大"(《山石》为此一风格之代表作)，眼光确实高人一等。但我认为，韩愈在《符读书城南》一诗中所表现的"俗人气"似乎更是他的诗魅力之所在。这种"俗人气"，亲切宜人，沁人心脾，其实写的就是韩愈的日常生活，譬如下面这首诗：

> 吾老著读书，余事不挂眼。有儿虽甚怜，教示不免简。
> 君来好呼出，踉跄越门限。惧其无所知，见则先愧赧。
> 昨因有缘事，上马插手版。留君住厅食，使立侍盘盏。
> 薄暮归见君，迎我笑而莞。指渠相贺言，此是万金产。
> 吾爱其风骨，粹美无可拣。试将诗义授，如以肉贯弗。
> 开祛露毫末，自得高寒巘。我身蹈丘轲，爵位不早绾。
> 固宜长有人，文章绍编划。感荷君子德，恍若乘朽栈。
> 召令吐所记，解摘了瑟僩。顾视窗壁间，亲戚竞觇觹。
> 喜气排寒冬，逼耳鸣睍睆。如今更谁恨，便可耕灞浐。
>
> (《赠张籍》，卷七，831—832 页)

这首诗写的是，韩愈的好朋友张籍教韩愈的儿子读书，发现

---

〔1〕 以上两则见霍松林、胡主佑校点《瓯北诗话》(北京：人民文学出版社，2005)，36、28 页。

他很聪明，在韩愈面前夸奖。韩愈听了，又喜又惊，半信半疑，自己又考儿子一番，发现果如张籍所言，不觉大喜过望。别人称赞自己的儿子，父母没有不高兴的，这首诗写的就是这么平常的题材。就细节而言，至少有三个地方可以看出韩愈描写的细腻。首先，在第一段，韩愈的儿子见张籍，因为怕儿子表现不好，"惧其无所知，见则先愧赧"。写父母对儿女的感情深刻入微。其次，在第二段里，韩愈有事先出门，留张籍在家里吃饭："昨因有缘事，上马插手版。留君住厅食，使立侍盘盏。"把朋友间交往的小事写得甚是仔细。最后，韩愈亲自给儿子"考试"，"顾视窗壁间，亲戚竞觇覸"。写家庭生活的情景也很细腻。凡此都可看出，这是以日常琐事为主体的作品。

但韩愈写这种日常生活的作品，却以押险韵、用怪字的方式来表现。譬如，写到韩愈在面试儿子时，亲戚围观时，韩愈的诗句"顾视窗壁间，亲戚竞觇覸"，用了"觇覸"这两个怪字，押的又是险韵，这就造成一种奇异的效果——亲切与险怪结合在一起，形成一种"奇趣"。我觉得这是韩愈诗最迷人的地方。

这一类的作品在韩愈的诗集中并不是特例。只要能够撇开险怪的外表，从日常生活经验的视角来读韩诗，就会发现韩诗也有许多亲切感人之处，甚至还可以看到韩愈个人真性情的一面。譬如，韩愈喜欢交朋友，也常常在诗里描写朋友相处的乐趣，如下面这首《喜侯喜至赠张籍张彻》：

昔我在南时，数君长在念。摇摇不可止，讽咏日喟喚。
如以膏濯衣，每渍垢逾染。又如心中疾，箴石非所砭。
常思得游处，至死无倦厌。地遐物奇怪，水镜涵石剑。
荒花穷漫乱，幽兽工腾闪。碍目不忍窥，忽忽坐昏垫。
逢神多所祝，岂忘灵即验。依依梦归路，历历想行店。
今者诚自幸，所怀无一欠。孟生去虽索，侯氏来还歉。
欹眠听新诗，屋角月艳艳。杂作承间骋，交惊舌互黇。
缤纷指瑕疵，拒捍阻城堑。以余经摧挫，固请发铅椠。
居然妄推让，见谓爇天焰。比疏语徒妍，悚息不敢占。
呼奴具盘餐，饤饾鱼菜赡。人生但如此，朱紫安足僭。

（卷五，620—621 页）

侯喜、张籍、张彻，都是韩愈官位未达以前的患难之交，是韩门中的核心人物。从韩愈贬官，到元和元年召回京师任国子博士，这一群朋友已一两年没有聚会过。这首诗就是描写宦途上灾难已过，朋友重新会面的欣喜。诗中所表现的感情有一个明显的特色，即，平凡而真切。如前半写韩愈对朋友的思念之情，并没有刻意地造成情深义重的印象，但仍然有一份真情。到了后半，重心移到朋友相处之乐。先是朋友在诗文上的争奇斗胜，再是朋友对自己的推崇，以及自己的谦让，最后表示，人生如此亦足乐，何必等待功名富贵的到来。这都是寻常文友常见的事，但难得有诗人详尽地加以描绘。这里透露出来的日常生活情趣，在一些难字和险韵的衬托之下显出一种独特的味道。

仔细分析这一类作品，就会愕然发现，其语言最大的特质竟然在于相当接近口语，试看下面四句：

> 中虚得暴下，避冷卧北窗。
>
> 不蹋晓鼓朝，安眠听逢逢。
>
> （《病中赠张十八》，卷一，63 页）

试以王维《渭川田家》的前四句来做比较：

> 斜光照墟落，穷巷牛羊归。
>
> 野老念牧童，倚杖候荆扉。

就字面而言，王维的诗并不比韩愈的难，但念起来的感觉，却是韩愈的较接近口语。仔细分析可以看出，《渭川田家》的第一句连用"斜光""墟落"两个不太像口语的词，第二句又用了一个"穷巷"，第四句"倚杖候荆扉"的语法与口语颇有差距。因此，只有第三句最像白话，然而，其中"野老"一词，又是士大夫的口吻，有一点"文雅"的气息。而在韩愈的诗里，就句法和词汇而论，只有"避冷卧北窗"离口语较远。第三句的"蹋"字非常有口语味道，因此使得原本较复杂的一句，显得有"俗味"，也容易亲近。至于一、四两句，写自己泻肚子，躺在床上听早朝的鼓声，句法不难，意思又"俗"，读起来就有"如闻其声"的感觉。

所谓"作诗如说话"，不只是句法和词汇的问题，跟诗所要表现的内容也有关系。譬如，王维的《渭川田家》，不论用字多么平易，总是"高雅"之士写的诗。而韩愈的诗，不论多么争奇斗险，总有一些"俗人"的亲切。因此，以口语的腔调来写诗，和日常生活的诗，事实上是一体的两面，是从不同的角度来看同一个问题。

个人读韩愈诗，有一个很有趣的经验，值得一谈。有一个月的时间，我完全浸淫在韩愈诗中。一段时间以后，当我和朋友开玩笑时，竟常常"五字一句"地"出口成章"起来，这时突然领会到，韩愈不过是把讲话的腔调锻炼成诗而已，譬如底下一例：

> 果州南充县，寒女谢自然。
>
> 童騃无所识，但闻有神仙。
>
> 轻生学其术，乃在金泉山。
>
> 繁华荣慕绝，父母慈爱捐。
>
> 凝心感魑魅，慌惚难具言。
>
> 一朝坐空室，云雾生其间。
>
> 如聆笙竽韵，来自冥冥天。

（《谢自然诗》，卷一，28 页）

这一段十四句，除了"繁华荣慕绝"以下四句较凝练外，其余全是非常自然的简单句。尤其前六句，似乎可以听到一个人在那边讲一个果州南充县的寒女谢自然的故事。这里，最能体会韩愈写诗的某种"秘诀"，也能看出，韩愈在这方面是和白居易非常相似的。

综合而言，我以为最能表现韩愈诗歌特质的，是他的五言古体。韩愈的五言古体有三大特色，都是承袭杜甫而来的。首先，最明显的一点就是，篇幅一般而言都相当长，因此，对于全篇的章法格外讲究。韩愈的"以文为诗"，不只是以散文的句法来写诗而已，他还把古文的章法移用到诗之上。最著名的例子就是《南山诗》，这首诗谨严的结构前面已经谈过了。其他篇幅较长的作品如《赴江陵途中寄赠韩林三学士》《此日足可惜一首赠张籍》《送惠师》《送灵师》《县斋有怀》《岳阳楼别窦司直》《答张彻》《寄崔二十六立之》等，无不如此。甚至可以说，如果不能欣赏韩愈长篇五古在承接转折方面所下的苦心，也就无法领会韩愈诗的全部好处。

韩愈五古诗的第二大特色是驱遣文字的功夫。一般而言，诗之所重并不在文字，而是在诗之情与意上。早期五古如古诗十九首、阮籍诗、陶渊明诗等，文字都非常质朴而自然。谢灵运、杜甫等虽已开苦心雕琢之风，但文字功夫仍居于内容之下。韩愈诗则继承杜甫"语不惊人死不休"的精神而发展至极端，因此文字与内容已有处于平等地位的趋势。在韩愈而言，遣词造句之妙，正如言外不尽之意，或沉郁忠愤之忱，都是诗的生命。也就是说，文字的艺术也是诗的妙处之一。如果只在内容方面着眼，而批评韩愈不如陶渊明的真淳、不如李白的飘逸、不如杜甫的沉郁等等，而忘了去欣赏韩愈驱驾文字的高明技巧，那也就把韩愈诗的最大长处之一轻轻跳过了。欧阳修说得好：

> 退之笔力，无施不可……而余独爱其工于用韵也。盖其得韵宽，则波澜横溢，泛入傍韵，乍还乍离，出入回合，殆不可拘以常格，如《此日足可惜》之类是也。得韵窄，则不复傍出，而因难见巧，愈险愈奇，如《病中赠张十八》之类是也。
>
> （《六一诗话》）[1]

用韵的巧妙也是文字功夫之一，而欧阳修读韩诗"独爱其工于用韵"，能欣赏他"因难见巧"的"特技"，这都显示出欧阳修是充分明白韩愈诗之长处的。韩愈是文字艺术大师，不独古文如此，诗也如此。必须承认这一点，才能充分体会韩愈诗中的特殊天地。

然而，韩愈不只是在篇章结构、在驱驾文字上用功夫而已，如果真是如此，那也只不过是高级的文字游戏罢了。事实上，就内容方面说，韩诗也自有他的特色，在这方面，欧阳修了

---

[1] 见何文焕辑《历代诗话》（北京：中华书局，2004），272 页。

解也最为透彻，他说：

> 退之笔力，无施不可，而尝以诗为文章末事，故其
> 诗曰："多情怀酒伴，余事作诗人"也。然其资谈笑、助
> 谐谑、叙人情、状物态，一寓于诗，而曲尽其妙。[1]

就内容而言，"资谈笑、助谐谑、叙人情、状物态"就是指前
面已经谈到的韩愈诗中的日常生活趣味。在这方面，韩愈也
深受杜甫影响。但是，杜甫所了解的人情，是在长期的颠沛
流离中得来的，对于悲欢离合的种种都能描写无遗。这是韩
愈所无法模仿的。韩愈的人情，一般而言是表现在朋友相处
时的谈笑戏谑上。在这里，我想分析韩愈早期的一首诗《病
中赠张十八》，因为从这首诗可以看到韩愈诗歌作品各方面的
特质。

贞元十四年，韩愈在汴州宣武军节度使董晋幕中为观察
推官，张籍到汴州去找他（可能是孟郊推荐的），两人一见如
故，相处甚欢。就在这年冬天，汴州举进士，韩愈是考官，
张籍得到首荐，即刻入京赴考，第二年春中进士。《病中赠张
十八》即作于贞元十四年冬韩愈、张籍初交往的那一段时间：

> 中虚得暴下，避冷卧北窗。

---

[1] 见何文焕辑《历代诗话》，272 页。

不蹋晓鼓朝，安眠听逢逢。

开头的这四句前面已引述过，并做了分析。

籍也处间里，抱能未施邦。
文章自娱戏，金石日击撞。

从接着的这四句可以看出，张籍尚未入仕，但勤于练文章。

龙文百斛鼎，笔力可独扛。

这两句称赞张籍笔力万钧。

谈舌久不掉，非君亮谁双。

这两句说，韩愈很久找不到人聊天，况且在病中无事可做，恰好有张籍做伴，两人刚好是一对好搭档。

扶几导之言，曲节初拟拟。
半途喜开凿，派别失大江。

这四句写韩愈引诱张籍讲话，刚开始如音乐初奏，节鼓缓慢，接着谈兴渐浓，由初起的小河川逐渐变成大江。在这里，四句换了两个比喻。

> 吾欲盈其气，不令见麾幢。
> 牛羊满田野，解旆束空杠。

这四句袭用了《史记·匈奴传》的句子。汉武帝采用了王恢的计策，引诱单于攻入马邑，单于"未至马邑城百余里，见畜布野而无人牧者，怪之……乃引兵还"[1]。韩愈也用诱兵之计，让张籍毫无戒心，侃侃而谈。

> 倾尊与斟酌，四壁堆罂缸。
> 玄帷隔雪风，照炉钉明釭。
> 夜阑纵捭阖，哆口疏眉庞。
> 势侔高阳翁，坐约齐横降。

前四句故意宕开一笔，写韩愈为张籍倒酒，张籍一瓶一瓶地喝，四壁堆满了酒瓶（这当然是夸张），帘外正下着雪，室内明灯照耀。后面四句写张籍得意扬扬的样子，认为自己远超过韩愈，韩愈势必拜服。

> 连日挟所有，形躯顿胮肛。

---

[1] 标点本《史记》（北京：中华书局，1982），2905 页。

> 将归乃徐谓，子言得无咙。

正当张籍志得意满、身躯变得高大、准备告辞的时候，韩愈开始反攻，他以缓慢的语调说，你说的未免太庞杂凌乱了吧。

> 回军与角逐，斫树收穷庞。
> 雌声吐款要，酒壶缀羊腔。

因为张籍丝毫无备，措手不及，马上像庞涓中了孙膑的埋伏一样，立刻大败投降，口气也变成"雌声"了。以下就是张籍向韩愈递上了投降书：

> 君乃昆仑渠，籍乃岭头泷。
> 譬如蚁垤微，讵可陵崆峣。
> 幸愿终赠之，斩拔梢与桩。
> 从此识归处，东流水淙淙。

（卷一，63页）

韩愈把他降服张籍的过程写得像两军作战一样，可是在细节处又用了许多有趣的比喻，加上几处恰当的情景描写，让全诗显得幽默有趣。仔细阅读就可发现，全诗疏密有致，设计得非常好。就其押险韵而言，又能让人感觉极为贴切，显示出不凡的文字功夫。从这里就可以看出，贞元十四年韩愈的诗风已经完全成熟。这首诗现代的各种韩愈选本都没有选录过，令人遗憾，所以我在这里特别加以仔细分析。

总结而言，就如《病中赠张十八》所显示的，韩愈的长篇五古，在遣词造句上有时近于"文字游戏"，在内容上有时近于"打油诗"，但其实并不如此。那是高于"文字游戏"的"文字艺术"，而"打油诗"中又有着深厚的人情物态；所以那是诗，而不是打油诗式的文字游戏。如果能明了韩愈诗与"文字游戏""打油诗"的关系，又能分辨其间的差异与高下，则于韩愈诗真可谓得其真髓了。

**补记**：我修读博士时，曾经苦读韩愈诗，刚开始读得很痛苦，后来越读越有味道。我的博士论文论韩愈诗的部分，跟前人所言相比，好像还有一些见解。现在特别抽取出来，单独成文。后来我读大陆学者的文章，发现舒芜先生为陈迩冬选注的《韩愈诗选》（人民文学出版社，1984）所写的序，还有莫砺锋教授《论韩愈诗的平易倾向》（见其所著《唐宋诗论稿》，沈阳：辽海出版社，2001），所论与我相近，又有许多我尚未论及之处，读者如有兴趣，可以取来参阅。

2017 年 4 月 3 日

# 长恨歌的秘密

## ——白居易早年恋情的投影

在文学史上，白居易是以《秦中吟》《新乐府》等讽喻诗奠定其地位的。但在一般读者的记忆里，白居易却是写了《长恨歌》的诗人。对于一般读者来说，《长恨歌》是一首凄怆的爱情诗，但对于学者来讲，这首诗却让他们伤透了脑筋。

学者最头痛的是，白居易的朋友陈鸿在《长恨歌传》里说，白居易写这首诗，"意者不但感其事，亦欲惩尤物，窒乱阶，垂于将来也"。按此而言，白居易似乎是要借唐明皇宠杨贵妃几乎导致亡国一事，来写一首"政治讽刺诗"。然而，白居易本人却并未把《长恨歌》编入"讽喻诗"中，反而编在"感伤诗"里。而且，任何人读过这首诗，都会产生绝大的困惑，用王运熙的话来说，就是：

> 平时强调作诗讽喻的白居易，为什么在《长恨歌》中不着重对明皇、杨妃两人做深刻尖锐的批判，反而带着深度同情用力表现两人的诚笃的相思及其悲惨遭遇呢？[1]

---

[1] 王运熙《略谈〈长恨歌〉内容的构成》，《汉魏六朝唐代文学论丛》(上海：复旦大学出版社，2002)，224 页。

对于这个问题，学者们确实深感不解。我曾经在课堂上讲过这首诗，讲到后来，实在说不出这是一首讽刺诗，因为此诗的前三分之一，确有不少讽刺性的句子（如"遂令天下父母心，不重生男重生女"），但自杨贵妃死在马嵬坡下以后，白居易根本就在同情李、杨二人，直至"在天愿作比翼鸟，在地愿为连理枝。天长地久有时尽，此恨绵绵无绝期"，而达到最高潮。

陈寅恪曾经提出一个很有名的"假说"。他谈到中唐以后传奇文的特色，引赵彦卫《云麓漫钞》，认为传奇"文备众体，可以见史才，诗笔，议论"；因此他推论说，《长恨歌》和《长恨歌传》是不可分割的整体，前者见"诗笔"，后者见"史才，议论"。[1] 他的意思是，白居易和陈鸿合作的这一"作品"，对于李、杨的批判，由陈鸿的《传》负责，我们不能求之于白居易的"歌"。以陈寅恪的博学多识，他的看法似乎没有说服多少人。在此之前，俞平伯曾提出一个轰动一时的说法。他认为，白居易、陈鸿二人是在暗示，杨贵妃并未死于马嵬坡，而是流落民间，做了女道士。唐玄宗虽然知道了，但已不能让她回来，所以只好说，"天上人间会相见"，托之于他生了。[2]俞说影响极大，至今仍有人相信，但恐怕也只能归之于"好

---

〔1〕《长恨歌笺证》，原发表于《清华学报》第14卷第1期，后收入《元白诗笺证稿》（上海：上海古籍出版社，1978）。

〔2〕《长恨歌及长恨歌传的传疑》，《小说月报》第20卷2号，1929。

事者"之谈奇而已。

我对这个问题本来没有特殊的兴趣，但在去年（2006）偶然读到王运熙1959年发表的《略谈〈长恨歌〉内容的构成》一文；读着，读着，我突然顿悟，白居易在写李、杨二人的爱情悲剧时，根本是"借他人酒杯，浇胸中块垒"，他想到不久前才饮恨分手的恋人"湘灵"，不禁悲从中来，才写了《长恨歌》马嵬坡以下一长段动人的文字。此一"大发现"真让我欣喜异常，以为独得千古之秘。但不久，买到张中宇《白居易〈长恨歌〉研究》一书，才又发现，自己真是井底之蛙，因为按此书所述，自20世纪80年代以来，至少已有五篇论文表达了同样的看法。不过，在看了其中最详尽的一篇以后，觉得还有整理、补充的余地，终于忍不住想写这一篇文章。[1]

一

读《莺莺传》的人，没有不骂元稹薄幸的，但谁又想到，薄幸的岂止元稹，他的好朋友白居易也是如此。白居易早年有一情人，白居易在诗中称之为"湘灵"。两人感情极为深挚，

---

〔1〕 参见《白居易〈长恨歌〉研究》（北京：中华书局，2005），17—19页。我所读到的文章是王用中《白居易初恋悲剧与〈长恨歌〉的创作》，《西北大学学报（哲社版）》1997第2期。

但为了白居易的前途，两人不得不分手。白居易为此深感痛苦与愧疚，屡屡表现于诗。白居易早年这一"伤心事"，老一辈的白居易专家顾学颉、朱金城、王拾遗都注意到了。不过，对于哪些诗作与此事有关，三人的指认略有参差：顾学颉提出六首，朱金城也是六首，王拾遗五首，[1] 其中有三首三人的看法是完全一致的，这三首诗可说是白居易早年情事的"确证"。

我们先看明确标出"湘灵"之名的两首诗：

> 艳质无由见，寒衾不可亲。
>
> 何堪最长夜，俱作独眠人！
>
> （《冬至夜怀湘灵》，《笺校》760 页[2]）

> 泪眼凌寒冻不流，每经高处即回头。
>
> 遥知别后西楼上，应凭栏干独自愁。
>
> （《寄湘灵》，784 页）

---

〔1〕 参见顾学颉《白居易和他的夫人——兼论白氏青年时期的婚姻问题和与"湘灵"的关系》，《顾学颉文学论集》（北京：中国社会科学出版社，1987）；朱金城《白居易集笺校》（上海：上海古籍出版社，1988）；王拾遗《"他生未卜此生休"——论〈长恨歌〉主题思想》，《宁夏大学学报（哲学社会科学版）》1980 年第 2 期。

〔2〕 本文凡引用白居易诗，均据朱金城《白居易集笺校》，并于文中直接注明页数。近日新出谢思炜《白居易诗集校注》（北京：中华书局，2006），但因朱本通行较久，故仍据朱本。

从第一首来看，他们的关系已非比寻常，顾学颉断言，"他不仅是白氏的恋人，而且已经是他事实上的妻子了"。[1] 这个说法也许是可以接受的（详下）。同时，我们可以体会到，写这两首诗时，他们正在热恋，只是短暂离别而已，还没有表现出不得不分手的痛苦。

再看第三首：

> 中庭晒服玩，忽见故乡履。
>
> 昔赠我者谁？东邻婵娟子。
>
> 因思赠时语，特用结终始。
>
> 永愿如履綦，双行复双止。
>
> 自吾谪江郡，飘荡三千里。
>
> 为感长情人，提携同到此。
>
> 今朝一惆怅，反覆看未已。
>
> 人只履犹双，何曾得相似？
>
> 可嗟复可惜，锦表绣为里。
>
> 况经梅雨来，色黯花草死。

（《感情》，563 页）

这一首写于江州，距离他们分手至少十年以上，白居易还把

---

[1]《顾学颉文学论集》，98 页。

湘灵手制的鞋子带在身边，其情真是可悯。从这首诗同时可以看出，他们是邻居。以上三首诗不需要任何外证，已足以说明这一段恋情的存在。

从这三首所提供的背景来读朱金城所指认的另外三首诗，应该可以同意这也是为湘灵而作的：

> 清风吹枕席，白露湿衣裳。
> 好是相亲夜，漏迟天气凉。
>
> （《凉夜有怀》，766 页）

> 夜半衾裯冷，孤眠懒未能。
> 笼香销尽火，巾泪滴成冰。
> 为惜影相伴，通宵不灭灯。
>
> （《寒闺夜》，784 页）

> 惆怅时节晚，两情千里同。
> 离忧不散处，庭树正秋风。
> 燕影动归翼，蕙香销故丛。
> 佳期与芳岁，牢落两成空。
>
> （《感秋寄远》，725 页）

这三首和前面所提两首"湘灵"诗，编在同一卷，属白居易早期作品。从情调上来看，也同是尚未决然分手前所作。

下面这几首诗，就我所知，到现在尚未有人指出和湘灵
有关系，但我以为，应是反映他们分手的状况：

> 秋凉卷朝簟，春暖撤夜衾。
> 虽是无情物，欲别尚沉吟。
> 况与有情别，别随情浅深。
> 二年欢笑意，一旦东西心。
> 独留诚可念，同行力不任。
> 前事讵能料，后期谅难寻。
> 唯有潺湲泪，不惜共沾衿。

（《留别》，505 页）

> 晓鼓声已半，离筵坐难久。
> 请君断肠歌，送我和泪酒。
> 月落欲明前，马嘶初别后。
> 浩浩暗尘中，何由见回首。

（《晓别》，505 页）

> 北园东风起，杂花次第开。
> 心知须臾落，一日三四来。
> 花下岂无酒，欲酌复迟回。
> 所思眇千里，谁劝我一杯？

（《北园》，506 页）

树小花鲜妍，香繁条软弱。

高低二三尺，重叠千万萼。

朝艳蔼霏霏，夕凋纷漠漠。

辞枝朱粉细，覆地红绡薄。

由来好颜色，尝苦易销烁。

不见莨荡花，狂风吹不落。

（《惜牡李花》，506 页）

第一首诗反用秋风捐团扇的典故，表示自己舍不得抛弃旧情。如以"二年欢笑意"来看，似乎暗示，他们的关系维持了两年；而"独留诚可念，同行力不任"又表示，客观条件不允许他们两人永远在一起。看来，前两首可能是分手时或分手后回顾时写的。第三首思念远人的意思很清楚，第四首借着惋惜牡李花表明白居易对湘灵命运的关切。这四首诗依序排在一起，放在两首盩屋县尉时期作品之后，编在"感伤诗"的第一卷。我们可以合理地怀疑，四首诗也是当时或前后不久所作。当然，我们也都知道，《长恨歌》正是写于这段时期（元和元年）。朱金城推测，前两首作于元和元年至十年间，后两首作于元和六年至十年间，可能太宽泛。因为另三首怀念湘灵的诗（详下），是和其他渭村时期（元和六至九年）的作品编在一起，放在"感伤诗"的第二卷，所以这四首诗的写作时间应在元和元年或之前。

除了这些以第一人称叙写的抒情作品之外，白居易还写了一些拟乐府诗，这些诗作间接暗示了白居易和湘灵的关系，以及他们分手的状况，对我们了解他们的恋情有所帮助。这些诗都收在"感伤诗"第四卷中，其中两首是顾学颉和王拾遗都认定的：

> 九月西风兴，月冷霜华凝。
>
> 思君秋夜长，一夜魂九升。
>
> 二月东风来，草拆花心开。
>
> 思君春日迟，一日肠九回。
>
> 妾住洛桥北，君住洛桥南。
>
> 十五即相识，今年二十三。
>
> 有如女萝草，生在松之侧。
>
> 蔓短枝苦高，萦回上不得。
>
> 人言人有愿，愿至天必成。
>
> 愿作远方兽，步步比肩行。
>
> 愿作深山木，枝枝连理生。

（《长相思》，645 页）

按诗中的叙述，男、女主角是洛阳的邻居，女主角从十五岁到二十三岁和男主角已相识八年。是不是这样来看待白居易与湘灵的关系，恐怕要持保留态度。但和前面所引《感情》一诗相印证，可以确定他们是邻居。另外，从"有如女萝草，

生在松之侧。蔓短枝苦高，萦回上不得"四句来看，湘灵的
家庭出身是配不上白居易的。女方所想的"人言人有愿，愿
至天必成"，因其痴情，反而更显悲情。

> 不得哭，潜别离。
>
> 不得语，暗相思。两心之外无人知。
>
> 深笼夜锁独栖鸟，利剑春断连理枝。
>
> 河水虽浊有清日，乌头虽黑有白时。
>
> 唯有潜离与暗别，彼此甘心无后期。
>
> （《潜别离》，683 页）

这一首明显是在写他们的分手。这种分手，是彼此"甘心"
的，为了白居易的政治前途，他们不可能结合。从"利剑春
断连理枝"来看，也许他们是硬生生被拆散的。必须提出的
是，这两首诗都用了"连理枝"的意象。《潜别离》最后四句
尤其感人，"河水虽浊有清日，乌头虽黑有白时"，其实就是
"天长地久有时尽"的意思，而"彼此甘心无后期"不也就相
当于"此恨绵绵无绝期"吗？这两首诗和《长恨歌》结尾的
相似处，是很清楚的。

　　下面这一首王拾遗认为也是写两人的分手：

> 食蘖不易食梅难，蘖能苦兮梅能酸。
>
> 未如生别之为难，苦在心兮酸在肝。

> 晨鸡再鸣残月没，征马连嘶行人出。
>
> 回看骨肉哭一声，梅酸藜苦甘如蜜。
>
> 黄河水白黄云秋，行人河边相对愁。
>
> 天寒野旷何处宿？棠梨叶战风飕飕。
>
> 生离别，生离别，忧从中来无断绝。
>
> 忧极心劳血气衰，未年三十生白发。
>
> （《生离别》，628 页）

我认为这首诗应该和湘灵没有关系。首先，诗中明确提到"回看骨肉哭一声"，写的是亲人离别，而白居易早年是有一些同类作品的。而且，诗又说"未年三十生白发"，从相关情况来判断，白居易和湘灵的最后分手应该在贞元二十年他迁居长安时，其时白居易三十三岁。另外还有一首，顾学颉认为和湘灵有关：

> 花非花，雾非雾。夜半来，天明去。
>
> 来如春梦几多时，去似朝云无觅处。
>
> （《花非花》，699 页）

如果这首诗真是写白居易和湘灵，那么，表现的就是他们偷偷来往的情景。但是，这首诗是和杭州时期的其他作品一起放在同一卷的卷末，可能是受江南一带歌曲影响而创作的（一般也列入白居易的"词"中），所以还是以存疑为佳。最后一首是我自己选出的，其诗如下：

> 蝉鬓加意梳，蛾眉用心扫。
>
> 几度晓妆成，君看不言好。
>
> 妾身重同穴，君意轻偕老。
>
> 惆怅去年来，心知未能道。
>
> 今朝一开口，语少意何深？
>
> 愿引他时事，移君此日心。
>
> 人言夫妇亲，义合如一身。
>
> 及至死生际，何曾苦乐均？
>
> 妇人一丧夫，终身守孤子。
>
> 有如林中竹，忽被风吹折。
>
> 一折不重生，枯死犹抱节。
>
> 男儿若丧妇，能不暂伤情？
>
> 应似门前柳，逢春易发荣。
>
> 风吹一枝折，还有一枝生。
>
> 为君委曲言，愿君再三听。
>
> 须知妇人苦，从此莫相轻！

（《妇人苦》，681 页）

开头四句写女性为博得男人欢心，刻意修饰仪容，而男人只"看"，不言"好"。女方以"妾身重同穴，君意轻偕老"来抱怨男方，并引"他时事"为证。所谓他时事，是指夫死妇人守寡，而妇亡则男人再娶，男、女双方态度不同。女方以此为例，"为君委曲言，愿君再三听"，口气温婉之中略带责备之意。白居易如此为女性讲话，无疑暗示湘灵心意未变，是自己抛弃了她，自己有愧于心。

## 二

我再对前面的讨论做一些综合整理。白居易还在与湘灵恋爱时，因不时的离别，写了五首诗（《冬至夜怀湘灵》《寄湘灵》以及《凉夜有怀》以下三首）。分手之后的短时期里，他作了两组诗，一组是描写离别、思念与怜惜的四首诗（《留别》以下四首）；另一组是拟乐府，把他与湘灵的情事加以变化处理，包括《长相思》《潜别离》《妇人苦》三首。后两组诗跟《长恨歌》差不多同时（贞元二十年到元和元年，804—806）。因此，如果把《长恨歌》对李、杨爱情悲剧的描写，与白居易自己的遭遇联想在一起，应该是很自然的事。

首先发表这种想法的就是王拾遗，见于《"他生未卜此生休"——论〈长恨歌〉的主题思想》（《宁夏大学学报（哲社版）》1980 年第 2 期），接着丁毅、文超《〈长恨歌〉评价之管窥》（《苏州大学学报（哲社版）》1984 年第 4 期）、钟来因《〈长恨歌〉的创作心理与创作契机》（《江西社会科学》1985 年第 3 期）也表达了类似的看法。王用中《白居易初恋悲剧与〈长恨歌〉的创作》（《西北大学学报（哲社版）》1997 年第 2 期）

一文最大的贡献在于，他所寻找出来的有关湘灵的诗作共有十四首，是目前最多的（但有少数不可靠，也有一些他没指出）；但他对白居易与湘灵的来往过程的重构，加上了许多想象，并没有充分的文献上的根据，这就影响了他的文章的可信度。张军的《长歌哭为湘灵——白居易〈长恨歌〉抒情客体论》（《南昌大学学报（社科版）》2002年第2期），则采取极端论述，认为《长恨歌》"哭为湘灵，白居易借李、杨之爱抒写了自己内心的情感憾事，也寄寓了人生普遍意义上的对美好爱情生活的向往[1]"。

我个人并不同意白居易的恋情就是《长恨歌》的主题，也不赞成用"寄托"一词来表达白居易的创作态度，因为"寄托"一词具有传统意义，通常特指诗人以隐晦的方式表达他在政治上的遭遇，或他对政治的批评，因此最好不用。张中宇在书中将以上作者的论述标为"作者寄托说"，容易引起误会。不过，他又认为，这些论述"揭示《长恨歌》创作的心理动因"，这样的说法我觉得比较合乎实际。当白居易和陈鸿、王质夫谈到李、杨故事而打算撰写《长恨歌》时，我们很难说，他已打定主意借此来暗写自己的恋情悲剧。应该说，在写这一故事时，他自己的痛苦经验牵动了心弦，以致把同情心都赋予李、杨。《长恨歌》开头的讽刺意味较强，很难认为，白

---

〔1〕 参见张中宇《白居易〈长恨歌〉研究》17-19页，张军之文亦转引自该书19页。

居易开始创作时已知道结尾会写成那个样子。《长恨歌》前、后两部分在情感基调上是矛盾的,我们应该承认。在此情况下,一定要争论其主题在此或在彼,是不可能有结论的。不过,《长恨歌》有白居易和湘灵情爱纠葛的投影,应该是可以肯定的。

我们如果把《长相思》《潜别离》《妇人苦》三首拟乐府拿来跟《长恨歌》比较,就可以知道,《长恨歌》是完全不一样的作品。前三首虽然有一些虚构的成分,但它所处理的对象仍然是白居易自己的恋情,而《长恨歌》就不是。所以我们不能说,《长恨歌》的主题思想表现的是白居易和湘灵悲苦的恋情。

《新乐府》里有两首也涉及白居易的恋情,可以拿来跟《长恨歌》进一步对比,更能够阐明《长恨歌》的性质:

井底引银瓶,银瓶欲上丝绳绝。石上磨玉簪,玉簪欲成中央折。瓶沉簪折知奈何,似妾今朝与君别。忆昔在家为女时,人言举动有殊姿。婵娟两鬓秋蝉翼,宛转双蛾远山色。笑随戏伴后园中,此时与君未相识。妾弄青梅凭短墙,君骑白马傍垂杨。墙头马上遥相顾,一见知君即断肠。知君断肠共君语,君指南山松柏树。感君松柏化为心,暗合双鬟逐君去。到君家舍五六年,君家大人频有言。聘则为妻奔是妾,不堪主祀奉苹蘩。终知君家不可住,其奈出门无去处。岂无父母在高堂?亦有亲情满故乡。潜来更不通消息,今日悲羞归不得。为

> 君一日恩，误妾百年身，寄言痴小人家女，慎勿将身轻
> 许人！
>
> （《井底引银瓶·止淫奔也》，245～246 页）

这首诗反映了当时的某种社会现象，崔莺莺和湘灵都可以说是诗中引以为戒的人物。当然，湘灵未必像诗中的女主角那样"逐君去"，"到君家舍"，但其"将身轻许人"却是无疑的。不然，很难解释白居易会说"艳质无由见""俱作独眠人"了。我们不知道湘灵后来怎么样了，但白居易内心的自责与煎熬可想而知。谢思炜说，"也不妨把此诗看作包含了作者对自己人生经验的一种反省"，[1]我觉得这是很正确的诠释。白居易把这首诗编在"讽谕"诗中，显然他认为，诗的性质是跟《长相思》《潜别离》《长恨歌》有所区别的。这是把自己的经验提升，进而反映了社会风气，并作了道德反省的作品。

> 汉武帝初丧李夫人，夫人病时不肯别，死后留得生前恩。君恩不尽念未已，甘泉殿里令写真。丹青写出竟何益，不言不笑愁杀人。又令方士合灵药，玉釜煎炼金炉焚。九华帐深夜悄悄，反魂香降夫人魂。夫人之魂在何许？春烟引到焚香处。既来何苦不须臾，缥缈悠扬还

---

[1] 谢思炜《白居易的早年恋爱经历》，《白居易集综论》（北京：中国社会科学出版社，1997），198 页。

灭去。去何速兮来何迟？是耶非耶两不知！翠蛾髣髴平生貌，不似昭阳寝疾时。魂之不来君心苦，魂之来兮君亦悲。背灯隔帐不得语，安用暂来还见违？伤心不独汉武帝，自古及今皆若斯。君不见，穆王三日哭，重璧台前伤盛姬。又不见，泰陵一掬泪，马嵬坡下念杨妃。纵令妍姿艳质化为土，此恨长在无销期。生亦惑，死亦惑，尤物惑人忘不得。人非木石皆有情，不如不遇倾城色！

（《李夫人·鉴嬖惑也》，236—237 页）

这首诗和《长恨歌》的关系是非常明显的，因此陈寅恪说，"读长恨歌必须取此篇参读之，然后始能全解"。不过，陈寅恪认为两首诗都是"陈谏戒于君上之词，而非泛泛刺时讽俗之也"[1]。这样的解释可能有问题，因为两首诗都无意中传达了白居易的难以忘情。当然，这首诗虽然有一些劝诫成分（如"尤物惑人忘不得"），但到底不像元稹在《莺莺传》所说的"予之德不足以胜妖孽，是用忍情"。"人非木石皆有情，不如不遇倾城色"，与其说是自我警戒，还不如说是一种感叹。

《井底引银瓶》《李夫人》这两首诗的写作，无疑都受到白居易爱情经验的影响，但我们不能说，它们的主题就是白居易和湘灵的恋情。同样地，《长恨歌》也是如此。如果我们说，白居易把自己的苦情经验，投射到这三首诗中，那就没

---

〔1〕《元白诗笺证稿》(上海，上海古籍出版社，1978)，264—265 页。

有什么问题。当然，《长恨歌》这方面的色彩，要比另外两首强烈得多。

如果以元稹的经历与创作态度来跟白居易相比，也可以突显白居易写作《长恨歌》的特色。元稹也留下一些"艳诗"，其中有些和莺莺有关，这些作品的性质类似白居易寄怀湘灵的诗。但元稹又写《莺莺传》，《莺莺传》对莺莺的形象、他和莺莺偷情的过程、他们分手的情形，都描写得非常仔细，无怪乎宋代的赵令畤评论说：

> 微之心不自抑，既出之翰墨，姑易其姓氏耳。不然，为人叙事，安能委曲详尽如此。[1]

后世之人也大都像赵令畤一般，认为《莺莺传》是"夫子自道"。

白居易就不如此。白居易没有留下任何较详细的数据，让我们可以去重构他和湘灵的来往经历。《长恨歌》所写的李、杨天人分隔的悲情，无疑跟他的经历有关，但千百年来很少人想到这一点，这就充分显示了白居易的人格不同于元稹。如果我们现在读懂了这一层，白居易九泉之下有知，无疑是会首肯的。他不想说得明白，并不代表他要把他的痛苦永埋心底。这应该就是长期以来，《长恨歌》一直传诵于人口的真

---

[1] 孔凡礼点校，《侯鲭录　墨客挥犀　续墨客挥犀》（北京：中华书局，2002），126—127 页。

正原因。这就是《长恨歌》的"秘密"及其"魅惑人心"之所在。

如果白居易、湘灵的恋情被普遍承认是《长恨歌》创作的心理动因，并且进入通俗读物的注释中，我相信，一般读者会更喜爱这首诗。因为李、杨的故事，现在叠合了白居易、湘灵的身影，将使《长恨歌》审美效应更加强烈、更加具有多层次感。相反地，如果我们坚持《长恨歌》是借甲写乙，主题在乙，这就像传统的诗评家那样，非要把李商隐的某一首情诗解释成某一政治事件的反映，那就只会削弱了它的艺术感受。这样做是不明智的，还不如不做。

三

下面我们把《长恨歌》以后白居易怀念湘灵的诗，简略地钩沉、疏理一下：

> 碧空溶溶月华静，月里愁人吊孤影。
> 花开残菊傍疏篱，叶下衰桐落寒井。
> 塞鸿飞急觉秋尽，邻鸡鸣迟知夜永。
> 凝情不语空所思，风吹白露衣裳冷。

（《晚秋夜》，820页）

这首诗写于白居易任翰林学士期间，明显是怀人之作，应该是想念湘灵。

叶声落如雨，月色白似霜。

夜深方独卧，谁为拂尘床？

（《秋夕》，515 页）

我有所念人，隔在远远乡。

我有所感事，结在深深肠。

乡远去不得，无日不瞻望。

肠深解不得，无夕不思量。

况此残灯夜，独宿在空堂。

秋天殊未晓，风雨正苍苍。

不学头陀法，前心安可忘？

（《夜雨》，516 页）

美人与我别，留镜在匣中。

自从花颜去，秋水无芙蓉。

经年不开匣，红埃覆青铜。

今朝一拂拭，自照颙颙容。

照罢重惆怅，背有双盘龙。

（《感镜》，534 页）

这三首诗都列在"感伤诗"第二卷（前已述及），属于白居易居渭村守母丧期间作品（元和六至九年）。第一首说，没有人为他"拂尘床"，那时白居易已娶杨氏，显然意有所指，应该是想念湘灵。第二首以排偶句的方式抒发他对湘灵的思念，情深意重，非常感人。第三首的主题在前两句就表达得很清楚了。

白居易赴江州途中，写了一首诗，题目是《逢旧》，诗如下：

> 我梳白发添新恨，君扫青蛾减旧容。
>
> 应被傍人怪惆怅，少年离别老相逢。

（943 页）

谢思炜说，"据诗意，此旧人为女子。此诗亦透露诗人早年情事。"[1] 王用中认为，这是两人重逢之作。[2] "重逢"之说颇有道理，但怎么会跟赴江州途中的诗作编在一起，令人困惑。江州时期所写的《感情》，前文已述及，这是白居易在两人分手后所写的最著名的怀旧之作。

白居易任忠州刺史时期，目前并未发现与湘灵相关的诗作。元和十五年，白居易终于回到朝中，一直待到长庆二年赴杭州刺史任。在长庆元年的作品中（诗集第十九卷），夹有以下两首诗：

---

〔1〕 谢思炜《白居易诗集校注》（北京：中华书局，2006），1221 页。

〔2〕 见王用中前引文 55 页。

欲忘忘未得，欲去去无由。

两腋不生翅，二毛空满头。

坐看新落叶，行上最高楼。

暝色无边际，茫茫尽眼愁。

（《寄远》，1261 页）

远壁秋声虫络丝，人檐新影月低眉。

床帷半故帘旌断，仍是初寒欲夜时。

（《旧房》，1261 页）

二诗排在一起。王用中认为，第一首诗是怀念湘灵之作[1]，我觉得可以接受。第二首所表现的情绪，看起来也与此相关。在同一卷中，还有《板桥路》：

梁苑城西二十里，一渠春水柳千条。

若为此路今重过，十五年前旧板桥。

曾共玉颜桥上别，不知消息到今朝。

（1298 页）

按诗意来看，似乎白居易重过"梁苑城西"，回忆起"十五年前旧板桥"上和佳人分手的情形，不胜黯然。但长庆元年前后，

---

〔1〕 见王用中前引文 55 页。

白居易一直在长安，没有经过梁苑的文献记载，很可能是透过文学的想象，表达他对十五年前和湘灵分手时痛苦经验的回忆。[1] 在十八卷中还有一组诗也提到了"十五年"：

> 夜长无睡起阶前，寥落星河欲曙天。
>
> 十五年来明月夜，何曾一夜不孤眠？
>
> 独眠客夜夜，可怜长寂寂。
>
> 就中今夜最愁人，凉月清风满床席。

（《独眠吟二首》，1218 页）

对于这两首诗，谢思炜注曰："按，所谓'十五年'盖指与早年恋人湘灵分别以来。"[2] 所以看起来，《板桥路》和《独眠吟》二首似乎是同时写的。从各种证据来看，白居易于贞元二十年徙家于下邽，元和元年撰《长恨歌》，他和湘灵的疏远，以至于最终分手，就在这一段时间。从元和元年到长庆元年恰好十五年，所以，可以肯定，以上这些诗作，应该都是白居易从贬谪地回到长安后一时思念湘灵的作品。另外还有一首《邻女》也值得注意：

---

[1] 谢思炜也有相同的看法，他说："此诗所回忆的情景，当与作者早年的情感经历有关。"《白居易诗选》(北京：人民文学出版社,2005),167 页。

[2] 《白居易诗集校注》，1495 页。

娉娉十五胜天仙，白日姮娥早地莲。

何处闲教鹦鹉语，碧纱窗下绣床前。

（《邻女》，1304 页）

王用中说是"追叙"初识湘灵时的情景，[1] 好像也可以接受。

长庆二年白居易到杭州任刺史，接触了江南女子和江南歌曲，似乎把感情都转移到这方面了。但我却很意外地发现下面三首诗很可能和湘灵有关：

垂鞭欲渡罗敷水，处分鸣驺且缓驱。

秦氏双蛾久冥寞，苏台五马尚踟蹰。

村童店女仰头笑，今日使君真是愚。

（《过敷水》，1709 页）

每逢人静慵多歇，不计程行困即眠。

上得篮舆未能去，春风敷水店门前。

（《华州西》，1766 页）

野店东头花落处，一条流水号罗敷。

芳魂艳骨知何在，春草茫茫墓亦无。

（《罗敷水》，2212 页）

---

〔1〕 见王用中前引文 54 页。

这三首诗分列三处,很容易忽略它们的关系。"罗敷水"即"敷水","敷水"是原名,"罗敷水"因附会古乐府《陌上桑》秦罗敷而得名,[1]在"华州西"。敷水边有敷水驿,为唐人往返于长安、洛阳之间的必经之地。[2]因为这两个原因,唐诗中颇有涉及敷水的作品,其中大部分描写个人行旅的感怀,另有一些则以秦罗敷作为感怀对象。除上举白居易三首外,现将他人所作另外四首引述于下:

> 罗敷昔时秦氏女,千载无人空处所。
> 昔时流水至今流,万事皆逐东流去。
> 此水东流无尽期,水声还似旧来时。
> 岸花仍自羞红脸,堤柳犹能学翠眉。
> 春去秋来不相待,水中月色长不改。
> 罗敷养蚕空耳闻,使君五马今何在?
> 九月霜天水正寒,故人西去度征鞍。
> 水底鲤鱼幸无数,愿君别后垂尺素。
>
> (岑参《敷水歌送窦渐入京》)

---

〔1〕 参见谢思炜《白居易诗集校注》,1960 页。
〔2〕 参考严耕望《唐代交通图考》(台北:中研院历史语言研究所,1985),
　　　(一),32 页。

空见水名敷，秦楼昔事无。

临风驻征骑，聊复捋髭须。

（权德舆《敷水驿》）

修蛾颦翠倚柔桑，遥谢春风白面郎。

五夜有情随暮雨，百年无节待秋霜。

重寻绣带朱藤合，更认罗裙碧草长。

何处野花何处水，下峰流出一渠香。

（许浑《途经敷水》）

雉声角角野田春，试驻征车问水滨。

数树枯桑虽不语，思量应合识秦人。

（罗隐《罗敷水》）[1]

很明显，这四首都是一般性的怀古，而白居易三首，放在一起阅读，就有更深切的感情。第一首"秦氏双蛾久冥寞"和第三首"芳魂丰骨知何在，春草茫茫墓亦无"显然相呼应；就怀古诗而言，当然是指涉秦罗敷，但如果考虑其写作时间，加上诗中深沉的感慨，可能有言外之意，也未可知。这三首诗的写作时间都很明确。第一首作于大和元年，白居易自苏

---

[1] 以上诗作分别见《全唐诗》（北京：中华书局,1960）。卷 199（2015 页）、卷 325（3651 页）、卷 534（6095 页）、卷 663（7601 页），关于唐诗中有关敷水作品的检索，由友人简锦松教授提供，简教授并且告知本人，有关敷水的诗作在唐人中习见，特此志谢。

州刺史御任，经洛阳到长安，途中所作；所以诗中说"苏台五马"，身份明确；第二首作于大和三年，白居易自秘书监退任，自长安返回洛阳；第三首作于大和九年，白居易自洛阳回下邽渭村，途经华州所作，都是白居易最晚期的作品。前面已经说过，白居易和湘灵是在洛阳认识的，他三次经过罗敷水感慨这么深，也许是因为湘灵离开白居易后就住在华州附近。因此，我们可以推测，白居易借途经罗敷水与罗敷店（即罗敷驿）之机，追怀他早年的情人，而其情人可能早已去世多时，这也许是白居易一生对早年恋情最后的追悼罢！

2007 年作

2012 年 6 月修订

# 元和新乐府运动及其政治意义

关于白居易、元稹、李绅、张籍等人在唐宪宗元和初年（9世纪初）所形成的新乐府运动，历来的研究已经很多。本文不拟涉及此一运动的所有方面，本文所要讨论的集中在下列两点：一、新乐府运动与早期儒家政治诗论（以《诗大序》为代表）的关系，二、新乐府运动与中唐政治局势的关系。事实上这两点互有关联，在德宗末年、宪宗初年的政权转换之际，政治是诗人最关心的主题之一。由于对当时政治的极度关怀，一些诗人在共同的抱负与主张之下，逐渐形成一股政治诗运动。而当他们要为自己的诗歌运动寻找理论根据时，他们很自然地就追溯到早期儒家的诗论。本文的讨论顺序刚好颠倒过来，本文首先要从理论上突显出新乐府运动的政治性质，再从历史背景上进一步说明，这种政治性特质是在怎样一种政治局势下产生出来的。

一

早期（先秦两汉）儒家，作为一种思想流派，基本上是以政治为最终极关怀。他们从政治的角度来传述古代文献，赋予古代文献新的意义，使这些文献成为他们的经典。就是

283

在这种情形下,他们把《诗经》加上政治性的阐释,并且在《诗经》的基础上建立了一套政治本位的诗歌理论。这种诗歌理论,经过长时期的发展,结晶在一般所谓的《诗大序》上。

根据《诗大序》的说法,诗歌的功能是在"风化"和"风刺"两方面。"风化"是指,在上位者以诗歌来教化百姓,使民风归于淳厚。因此《诗大序》说,"先王以是(指诗)经夫妇、成孝敬、厚人伦、美教化、移风俗"。但相反地,如果是"王道衰、礼义废、政教失"的时期,在下位者即可借着诗歌来"伤人伦之废,哀刑政之苛,吟咏情性,以风其上"[1]。这就是"风(讽)刺"。

作为新乐府运动最主要的理论家,白居易对诗歌功能的看法,可说完全脱胎于《诗大序》。他称赞张籍的诗:

> 读君学仙诗,可讽放佚君。读君董公诗,可诲贪暴臣。
> 读君商女诗,可感悍妇仁。读君勤齐诗,可劝薄夫敦。[2]

"讽放佚君""诲贪暴臣",是"风刺";"感悍妇仁""劝薄夫敦",是"风化"。他在《策林》六十八里,把这两层功能说得更清楚:

---

[1]《中国历代文学论著精选(上)》(台北:华正书局,1980),44 页。

[2]《白居易集》(以下简称《白集》,北京:中华书局,1979),卷一,2 页。

> 古之为文者，上以纫王教，系国风；下以存炯戒，
> 通讽喻。故惩劝善恶之柄，执于文士襃贬之际焉；补察
> 得失之端，操于诗人美刺之间焉。[1]

在惩劝善恶（风化）与补察得失（风刺）这两方面，白居易
是更重视补察得失的。白居易认为，在上位者应该积极主动
地去采纳民间的诗歌，从里面了解政治的得失，以作为施政
的参考。在这里，白居易又沿袭了早期儒家的见解。正如班
固《汉书》所说的：

> 古有采诗之官，王者所以观风俗，知得失，自考正
> 也。[2]

> 孟春之月，群居者将散，行人振木铎徇于路，以采诗，
> 献之大师，比其音律，以闻于天子。故曰王者不窥户牖
> 而知天下。[3]

早期儒家认为，《诗经》里的作品就是以这种方式搜集起来的。
正如早期儒家一样，白居易也以为，这种"采诗"制度是古
圣王的美政，应该加以恢复。

---

〔1〕《白集》卷六十五，1369 页。
〔2〕《汉书》（北京：中华书局，1962），卷三十，1708 页。
〔3〕《汉书》卷二十四，1123 页。

在元和初期，白居易曾经三次提到"采诗"的问题。元和元年，白居易准备应制举，"揣摩当代之事，构成策目七十五门"，[1]其中第六十九"采诗以补察时政"。[2]第二年白居易为京兆府试官，策考进士，所出的策问也有一道问及"复采诗之官""识者以为何如？"[3]元和四年，白居易写他那一系列最著名的政治诗，《新乐府》五十首，最后一首又是《采诗官》[4]。四年之内连续三次提到同一问题，可见白居易对于采诗制度的实现颇为热心。

我们可以说，早期儒家是在古代文献的基础上构设他们的政治理想。当他们对古代文献做各种政治阐释时，他们认为（或设法使别人认为），他们的阐释所涉及的政治制度，是古圣王所实际实行过的。他们想以此来影响当世的上位者，使他们愿意加以遵循。这就是后代所谓的托古改制。别的方面姑且不论，就诗与政治的关系而言，早期儒家的理想，在元和以前似乎从来就没有实现过。

以白居易为首的新乐府运动，最重要的意义就在于：在中国文学史上，第一次有一批诗人，把早期儒家的政治诗论极严肃地加以看待，并且热心地想要加以实现。因此，在诗

---

〔1〕《白集》卷六十二，1287 页。

〔2〕《白集》卷六十五，1370 页。

〔3〕《白集》卷四十七，1001—1002 页。

〔4〕 诗见《白集》卷四，90 页。

人方面,他们要求自己"文章合为时而著,歌诗合为事而作"[1],要求自己的诗"为君、为臣、为民、为物、为事而作,不为文而作"[2]。在上位者方面,他们希望皇帝、宰相等能够恢复"采诗官",采集他们的作品,呈献于朝廷,使朝廷通过他们的作品,了解政治的缺失,以作为改革的参考。这就是为什么白居易在他最重要的政治诗即将结束时,殿之以"采诗官"的理由了。只有在管道的那一边有了接收的人,在管道这边的诗人才有将意见表达上去的机会。

白居易再三提到采诗问题,最足以证明他们的诗歌运动是有所要求的政治性的文学运动。如果拿杜甫的作品来加以比较,这种性质就更为明显。杜甫有关时事的诗,常常只是有所见、有所感,在感情不能自已的情况下自然喷涌而出的,所谓"哀乐之心感,而歌咏之声发"[3],并没有想要借此达到某一目标,如《自京赴奉先县咏怀五百字》《北征》《三吏》《三别》等都是如此。只有在少数的例子里,他才把说话的对象指向当政者,好像对他们有所希冀似的。譬如他在《塞芦子》一诗里,谈到芦子关战略地位的重要,希望朝廷赶快派人把守,免得让敌人捷足先登。在全诗最后两句,他说:

---

〔1〕《白集》卷四十五,《与元九书》,962 页。

〔2〕《白集》卷三,《新乐府序》,52 页。

〔3〕《汉书》卷三十,《艺文志》,1708 页。

谁能叫帝阍，胡行速如鬼。[1]

又如在《悲青坂》里，他劝官军持重，不要鲁莽行事：

安得附书与我军，忍待明年莫仓卒。[2]

然而，很明显地，这只是对于国事的关怀，不是政治性的要求。相反，白居易的《新乐府》每一首都对着当政者说话，希望他们改革这个，改革那个。他模仿《毛诗序》的做法，在每一首《新乐府》的标题下，都点明用意所在，如：

《新丰折臂翁》，戒边功也。
《两朱阁》，刺佛寺浸多也。
《杜陵叟》，伤农夫之困也。[3]

这些题目的政治性质，一看即能明白。

从"采诗"这一点上也可以看出，白居易等人的新乐府运动和现代政治性的文学运动不同。现代的政治文学运动，基本上是往下要求的，它所要求的是民众的认同，它的成功

---

[1]《杜诗镜铨》（上海：上海古籍出版社，1981），卷三，132 页。

[2] 同上，125 页。

[3]《白集》卷三，53 页。

与否决定于民众的态度。相反，以儒家理论为基础的乐府运动却是向上要求的，它所要求的是君主的采纳，它的成败只取决于君主一人的心胸与识见。实质上，这种形式的政治诗不过是一种特殊的"谏书"罢了。谏官以奏疏来纠正朝政的缺失，诗人以诗歌来讽刺朝廷的施政，方式虽然不同，但其讽谏君主、希望君主回心转意的用心则是一致的。白居易本人即明白说出，他的政治诗和谏诤的关系：

> 是时，皇帝（指宪宗）初即位，宰府有正人，屡降玺书，访人急病。仆当此日，擢在翰林，身是谏官，手请谏纸启奏之外，有可以救济人病，裨补时阙，而难于指言者，辄咏歌之。欲稍稍递进，闻于上……[1]

可见白居易把写政治诗当作他谏官身份的延长。

白居易这种态度，也是有其渊源的。汉昭帝崩，辅政大臣霍光奉昌邑王继位。其后昌邑王荒淫无度被废，他的左右有许多人受牵连被处死。王式是昌邑王的师傅，

> 昌邑王……废，（式）系狱，当死。治事使者责问曰："师何以亡谏书？"式对曰："臣以诗三百五篇朝夕授王，至于忠臣孝子之篇，未尝不为王反复诵之也；至于危亡

---

[1]《白集》卷四十五，《与元九书》，962页。

> 失道之君，未尝不流涕为王深陈之也。臣以三百五篇谏，
> 是以亡谏书。"使者以闻，亦得减死论，归家不教授。[1]

王式的话虽有狡辩之嫌，但无意中也透露出汉代经师对《诗经》的基本态度。[2]以《诗大序》为代表的政治诗论，可说就是这种态度的理论化。因此上面所引白居易的话也就不足为奇了。

既然诗只是较特殊的一种"谏书"，诗人写诗也只是一种较特殊的"谏净"行为，那么，诗是否只是政治的辅助工具而已？前面所引白居易的话有一段说：

> 有可以救济人病，裨补时阙，而难于指言者，辄咏
> 歌之。

这里所着重的是，"难于指言"的事才以诗来"谏"。《诗大序》也提到，诗在发挥"风化"与"风刺"作用时，具有"言之者无罪，闻之者足戒"的特质，因为诗是"主文而谲谏"[3]的。这样看来，只是采取较委婉的方式来讽谏"难于指言"的事，以免触怒君主，所以诗的"谲谏"确乎只是政治谏净的辅助工具了？

---

〔1〕《汉书》卷八十八，《儒林传》，3610 页。

〔2〕关于《诗经》的"谏书"化，请参看何定生《诗经今论》（北京：商务印书馆，1973），卷一。

〔3〕《中国历代文学论著精选（上）》（台北：华正书局，1980），44 页。

　　然而，这并不是《诗大序》的本意。《诗大序》说诗的功能在于"风"化与"风"刺，这里的"风"字暗合了早期儒家对诗的本质的认识。早期儒家无疑是了解诗具有特殊的感染力，这种感染力就好比风对人的感染一般，是能动人于无形之中的。[1]所以《诗大序》又说："故正得失，动天地，感鬼神，莫近于诗。"[2]影响而能至于感动鬼神，可见其感染力之大了。当然，这是我们按照《诗大序》的用字替它补足的推论，实际上《诗大序》本文并没有说得那么清楚。然而，白居易也正是遵循着这种推论方向，把《诗大序》所可能蕴含的理论意义说得更透彻明白，他说：

　　　　圣人感人心而天下和平。感人心者，莫先乎情，莫始乎言，莫切乎声，莫深乎义。诗者，根情、苗言、华声、实义。上自贤圣，下至愚骏，微及豚鱼，幽及鬼神；群分而气同，形异而情一；未有声入而不应，情交而不感者。圣人知其然，因其言，经之以六义；缘其声，纬之以五音。音有韵，义有类；韵协则言顺，言顺则声易入。类举则情见，情见则感易交。于是乎孕大含深，贯微洞密，

---

〔1〕《诗大序》所谓"风刺"之"风"亦如"风化"之"风"，本为一义（《经典释文》引刘氏云：重物曰风），"风刺"之"风"（亦作讽），有"含讥带讽"之义，乃后来引申而附加者。请参看傅斯年《论所谓"讽"》，《傅斯年全集》（台北：联经出版公司，1980），第一册，299—305页。

〔2〕《中国历代文学论著精选（上）》（台北：华正书局，1980），44页。

上下通而一气泰，忧乐合而百志熙。[1]

白居易把诗所具有的"感人心"的神圣力量和"根情""实义"的见解相结合。他以为诗是发乎情的，而万物莫不有情，因此借着诗可以达到万物之间的"情交而感"，也就是说，诗可以使万物产生心灵间的交感。而诗又必须是合乎义的，义借着诗所带动的情感的力量而深入万物之心，那么万事万物莫不合乎义。因此，"上下通而一气泰，忧乐合而百志熙"。也就是说，宇宙的一切莫不和谐，社会的人情无不调和，万事万物都处于极完满的境界。在这种理论下，诗的政治作用被提升至最崇高的地位。这时候的政治，已是人伦（甚至可以说是"宇宙秩序"）的总完成，而这时候的诗已是人间（或者宇宙间）的圣物了。早期的儒家无疑是有这种见解的，只是没有白居易说得那么明白晓畅罢了。不论在实践上还是理论上，白居易都是儒家政治诗论的最佳继承人。

但白居易虽然能够把早期儒家的政治诗论发挥到最圆融的地步，却还是无法避免一切政治诗论的狭隘性性格。这在他对历朝诗歌的评论里表现得最明显。他说：

> 国风变为骚辞，五言始于苏、李。苏、李，骚人，皆不遇者，各系其志，发而为文。故河梁之句，止于伤别；

---

[1]《白集》卷四十五，《与元九书》，960 页。

泽畔之吟，归于怨思：彷徨抑郁，不暇及他耳。[1]

"不遇"之诗，在传统的诗论里，一向是列入"有寄托"一类作品的。然而白居易却还有微词，以为止乎一身，未暇及他，无怪他要痛斥齐梁以下的诗说：

> 然则"余霞散成绮，澄江净如练"；"归花先委露，别叶乍辞风"之什，丽则丽矣，吾不知其所讽焉。故仆所谓嘲风雪，弄花草而已。[2]

这样的议论证明，他所提倡的诗歌运动确实是以政治、社会问题为第一优先的政治诗运动。

## 二

任何政治性的文学运动，都应该有一个具体的政治、社会环境来作为触媒；没有具体的当代问题的刺激，而要倡导一个有所为的文学运动，几乎是不能想象的。就文学史家的立场而言，替每一个政治性的文学运动"重构"它的历史背景，是他必要负起的责任之一。如果只是分析某一文学潮流

---

〔1〕《白集》卷四十五，《与元九书》, 961 页。
〔2〕同上。

的理论及其实践，而下断语说，这是"为人生而艺术"的流派，和另外那一个"为艺术而艺术"的派别有所不同，那只是范畴上的归类，并没有为所讨论的文学运动寻到"解释"。只有当我们从历史角度阐释了文学运动的产生，我们才能了解，原来文学也只是人类生活中的一种行为；虽然是较特殊的一种行为，然而毕竟还是具体生活中的一个片段。

以白居易为代表的政治诗运动，也是从当时的生活，从当时的政治、社会问题中诞生出来的。虽然我们已经分析了白居易诗歌理论的政治质素，但进一步探讨这种诗歌理论及诗歌运动的历史环境，也许更能够让我们体会出来，白居易等人作为一个诗人的特性之所在。

从政治上来讲，白居易等所面临的是，大唐帝国整体秩序的重建问题。这个帝国曾经在开元、天宝年间达到最盛期，在天宝末年却因安禄山的叛变而引发内部的许多潜伏危机。虽然因为基础深厚而能免于全面崩溃的命运，但乱事平定之后，国力大伤，许多问题没有彻底解决，只能留待后来者去处理。

安禄山叛变之后的唐代历史，就是在这种基调下发展下去的。在前半期，不论朝内朝外，举国一致抱持着"中兴"之望，都想重建大唐帝国。到了后半期，中兴无望，从上到下普遍消沉，大家得过且过而已。就文学的发展而言，前期是中唐，后期是晚唐。白居易、元稹等人的政治诗运动就产生在"兴复有望"的中唐时期。

中唐在政治上的重建工作又可分为两个阶段。第一阶段是德宗时期，第二阶段是宪宗时期。第一个阶段以失败结束，继之以较长时间的保守，然后第二阶段的改革又开始。在第一阶段的尝试失败后，人心并未死，反而把希望更热切地寄托在下一次。所以等第二阶段的中兴工作展开时，几乎获得举国一致的拥护。白居易等人的诗歌运动就是在第二阶段的初期，作为政治革新的支持力量而产生出来的。

在第一段主持唐帝国重建工作的德宗皇帝是个不幸的人物，在他身上可以看到，当历史的重担落到一个不适合承担这种工作的人肩上时，会造成什么样的后果。他即位时正当三十八岁的盛年，雄心勃勃，想要重新树立唐皇帝的威望。但他缺乏政治经验，急于求功，不愿采取渐进的策略。在他即位的第三年（建中二年），他不准河北三镇之一的成德节度使承袭父职（安史之乱后，这已是不成文的惯例），因此激起其他不听朝命的四大藩镇（魏博、淄青、卢龙、淮西）的同仇敌忾之心，先后兴兵抗命。德宗悍然不顾，一一下令讨伐。但实际上，安史乱后国力大伤，朝廷并没有能力应付全国性的战事。就兵力而言，即使听命于皇室的节度使，也不是朝廷能指挥自如的。在讨伐过程中，大将马燧、李抱真彼此因私憾而阻碍军事，即是一个例证。[1] 就财政而言，朝廷也没有足够的经济力量来支付战事的花费，泾原节度使属下的军

---

〔1〕　参看《资治通鉴》（北京：中华书局，1956），卷二二七，7326—7327 页。

队即在既无犒赏又缺粮食的情况下作乱。[1] 这些都是德宗缺乏自知之明，仓猝讨伐藩镇所招惹的后果。而他又不能知人善任，竟以人人以为不可的卢杞为相。最后又因卢杞的处事不当，激怒朔方节度使李怀光，使李怀光又叛，几乎闹得全国总崩溃。[2] 所愿如彼而所得如此，真是德宗始料所不及。

当全国复归于平静，而德宗终于保住他的帝位时——当然，原先抗命的五大藩镇也没有一个被削平——德宗已从最初即位的那五六年中学得太多，在他剩下的漫长的二十年中，他极力避免再犯曾犯过的错误，而完全不敢有所作为，变成了苟且偷安的人，而贞元年间（785—805）也就成为保守的年代。

元和时代的重要诗人都是在贞元年间成长起来的，德宗最后二十年凡事只求保持现状，绝对不想有所进取，是他们所接受的唯一的政治"教育"。这种无形的教育，对于正在成长的、具有敏锐心灵的诗人来说，当然无法忍受。且看元稹如何回忆当时的经验：

> 年十五六，粗识声病。时贞元十年已后，德宗皇帝春秋高，理务因人，最不欲文法吏生天下罪过。外闻节将动十余年不许朝觐，死于其地不易者十八九。而又将豪卒愎之处，因丧负众，横相贼杀，告变骆驿，使者迭窥。

---

〔1〕 参看《资治通鉴》卷二二八，7351—7352 页。

〔2〕 参看《资治通鉴》卷二二九，7377、7385 页；卷二三〇，7401—7406 页。

旋以状闻天子曰："某邑将某能遏乱，乱众宁附，愿为帅。"名为众情，其实逼诈，因而可之者又十八九。前置介倅因缘交授者亦十四五。由是诸侯敢自为旨意，有罗列儿孙以自固者，有开导蛮夷以自重者，省寺符篆固几阁，甚者碍诏旨，视一境如一室，刑杀其下，不啻仆畜。厚加剥夺，名为进奉，其实贡入之数百一焉。京城之中，亭第邸店以曲巷断，侯甸之内，水陆膴沃以乡里计，其余奴婢资财，生生之备称之。朝廷大臣以谨慎不言为朴雅，以时进见者，不过一二亲信。直臣义士，往往抑塞。禁省之间，时或缮完隤坠。豪家大帅，乘声相扇，延及老佛，土木妖炽，习俗不怪。上不欲令有司备宫闱中小碎须求，往往持币帛以易饼饵，吏缘其端，剥夺百货，势不可禁。仆时孩騃……适有人以陈子昂《感遇》诗相示，吟玩激烈，即日为《寄思玄子》诗二十首。[1]

这一段文字提到德宗对于藩镇的姑息，藩镇的骄纵、聚敛，朝廷的因循，升迁的停滞与不公，上下的热衷土木，皇宫对于百货的侵夺，把贞元朝政的保守、腐化完全暴露无遗。但这并不是史官的记载，而是诗人对成长期经验的追叙。最重要的是这些经验对诗人心灵的冲击，及其对创作的影响。对于日渐懂事

---

[1]《元稹集》（北京：中华书局，1982），卷三十，《叙诗寄乐天书》，351—352页。

的元稹来说,这些经验让他"心体悸震,若不可活",驱使他"思欲发之"。就在这种情形下, 他读到陈子昂的《感遇》(这时他还没有看到杜甫的作品 ), 而写下他最早的有寄托的诗。

元稹的回忆最能够让人看到贞元朝政对元和诗人所可能产生的影响, 由元稹的反应推及韩愈、白居易、刘禹锡、柳宗元 (他们的年龄都略大于元稹 ), 即可明白元和诗人对政治那么关切、那么敏感的原因。他们成长于对政治强烈不满的时代, 而他们对唐朝的命运却未到绝望的地步。因此在贞元之后的大改革期间, 这些年轻的诗人大都抱着或多或少的理想主义倾向, 投身于其间。

当然, 每个诗人因为遭遇的不同, 对中唐第二阶段政治改革运动参与的程度与方式也就有所差别。以韩愈为例, 韩愈在贞元、元和之际一直沉沦下僚,极不得意。在这种情形下, 他不太可能关注朝政的各种问题, 因此牵涉改革运动的程度也最低。

与韩愈刚好相反的是柳宗元、刘禹锡。刘、柳二人初期的政治生涯一帆风顺, 在贞元末年他们的才华已引起许多人的重视。德宗驾崩之后, 继位的顺宗在翰林学士王叔文的主持下, 进行一连串的政治革新。刘、柳二人因被王叔文看重, 而被引进政治的核心,成为永贞(顺宗年号 )改革的主要人物。[1]因此,

---

〔1〕 当时人称王叔文、王伾、刘禹锡、柳宗元为"二王、刘、柳", 可见刘、柳二人在王党中的地位。见《旧唐书》(北京:中华书局, 1975 ), 卷一六〇, 4210 页。

刘、柳二人可说是以直接的政治活动介入当时的政治洪流之中。当永贞改革失败，顺宗被迫退位，王叔文被赐死之后，他们也受到牵连，成为政治权力转移过程中的牺牲品。[1]

永贞年间，元稹、白居易都任校书郎，刚入仕途，但还没有参与实际政治，因此不可能卷入当时的政治风暴中。元和元年，他们同时应制举，均及第，与政治事务才开始有了关联。这时初即位的宪宗虽然不能进行顺宗一样的较深入的变革，但仍然继续推行一连串的改革。元、白可以说是元和革新运动的参与者，其情况正如刘禹锡、柳宗元之于永贞变革一般。所不同的是，刘、柳在永贞年间已是中级官吏（员外郎），又是王叔文的左右手，与政治决策有直接关系。而元、白都只是从校书郎再升一级而已，他们当时的地位使他们只能成为元和革新的附和者。因此，与刘禹锡、柳宗元的直接涉入政治不同，他们只能以间接方式参与改革。

在他们的地位上，以他们的特殊才能（写诗），元、白所能采取的对改革有所帮助的间接行动，就是写政治诗。当他们的意见不太容易表达于政治核心时，写政治诗是最可能的"上达天听"的途径，从另一方面来讲，也是他们赢得较好的前程的最佳方式之一。《旧唐书·白居易传》说：

---

[1] 关于王叔文党的是非功过，历来争论颇多，请参看拙著《元和诗人研究》（东吴大学博士论文）第二章第二节及第三章第一节。

> 自雠校至结绶畿甸（指白居易任校书郎及盩厔县尉
> 期间），所著歌诗数十百篇，皆意存讽赋，箴时之病，补
> 政之缺，而士君子多之，而往往流闻禁中。章武皇帝（宪宗）
> 纳谏思理，渴闻谠言，（元）二年十一月召入翰林为学士。[1]

这段话可能稍嫌夸张，因为白居易最著名的政治诗《新乐府》
五十首是写于元和四年及其不久。任翰林学士以前，白居易
到底写了多少政治诗，这些作品有没有引起宪宗的注意，都
还要仔细考证。不过，笼统地说，白居易因为诗名极盛（尤
以县尉任内所写的《长恨歌》流传最广），因此而被召入为翰
林，则是不成问题的。[2]

白居易因诗名而在政治上前进了一步，使他更有意借政
治诗来表达他的见解，他追述当时的情形说：

> 是时皇帝初即位，宰府有正人，屡降玺书，访人急病。
> 仆当此日，擢在翰林，身是谏官（按：白居易以左拾遗
> 充翰林学士），手请谏纸启奏之外，有可以救济人病，裨
> 补时阙，而难于指言者，辄咏歌之，欲稍稍递进，闻于上。[3]

---

[1]《旧唐书》卷一六六，4340 页。

[2] 陈寅恪不同意《旧唐书》的说法，他认为白居易因写《长恨歌》而知名
　　一时，才是宪宗召他为翰林学士的主要原因。见《元白诗笺证稿》（上海：
　　上海古籍出版社，1978），351—353 页。

[3]《白集》卷四十五，《与元九书》，962 页。

这一段话很明显可以看出，白居易确是将讽喻诗的写作当作实际政治的一部分。再由白居易的话来推测，应该可以说，元和初年李绅、元稹、白居易等人之竞相创作新乐府，确实是含有政治目的的。这些正踏入仕途的诗人，既有政治野心与抱负，又遇到有为的时代，不免借着所长来表现他们对朝政的种种意见，这就是他们倡导政治诗运动的历史背景。

中国文学史上最值得重视的一次政治诗运动，就这样发生在唐代历史的关键期（关系到唐帝国的兴衰）。为了进一步了解这样一个政治诗运动的本质，下面简单说明它是如何遭遇失败而归于结束的。

元和五年，元稹因得罪宦官而被贬到江陵，而白居易也因多写政治诗而遭遇到愈来愈不好的处境。他回忆这一段历程时说：

> 凡闻仆《贺雨》诗，而众口籍籍，已谓非宜矣。闻仆《哭孔戡》诗，众面脉脉，尽不悦矣。闻《秦中吟》，则权豪贵近者相目而变色矣。闻《乐游园》寄足下（按：指元稹）诗，则执政柄者扼腕矣。闻《宿紫阁村》诗，则握军要者切齿矣。大率如此，不可遍举。不相与者，号为沽名，号为诋讦，号为讪谤。苟相与者，则如牛僧孺之戒焉。乃至骨肉妻孥，皆以我为非也。其不我非者，

举世不过三两人。[1]

白居易的政治诗，使他在左拾遗任满后得不到较好的升迁，也间接使他在元和十年被贬为江州司马。

元和初期的政治革新运动，最初好像得到很大的成功，但时间愈久，愈证明那些改革只是表面的，并不能真正挽救唐帝国的命运。二十余年之后（文宗大和末），当局势愈来愈明朗，唐帝国不可能再产生具有希望的改革，人心愈来愈消沉下去时，年纪日渐老大的白居易说道：

> 作诗四百三十二首……皆寄怀于酒，或取意于琴，闲适有余，酣乐不暇……斯乐也，实本之于省分知足，济之以家给身闲，文之以觞咏弦歌，饰之以山水风月：此而不适，何往而适哉？兹又以重吾乐也。予尝云：治世之音安以乐，闲居之诗泰以适，苟非理世，安得闲居？故集洛诗，别为序引，不独记东都履道里有闲居泰适之叟，亦欲知皇唐大和岁，有理世安乐之音。集而序之，以俟夫采诗者。[2]

---

[1]《笺集》卷四十五，《与元九书》，962—963 页。
[2]《白集》卷七十，《序洛诗》，1474—1475 页。此文作于文宗大和八年（834），距元和元年（806）二十八年。

同样提到采诗，这里的粉饰太平与元和初年的积极进取是多么强烈的对比。比白居易晚一代的诗人杜牧和李商隐（白居易老年时，他们正当盛年），有这样的作品：

> 长空澹澹孤鸟没，万古消沉向此中。
> 看取汉家何似业，五陵无树起秋风。[1]
>
> （杜牧《登乐游原》）

> 一笑相倾国便亡，何劳荆棘始堪伤。
> 小怜玉体横陈夜，已报周师入晋阳。[2]
>
> （李商隐《北齐二首》之一）

前者消极悲观，后者寓愤慨于讥讽，在潜意识里都已觉察到唐帝国的无望，这和白居易晚年的颓唐都是同一政治气候的反映。对照之下正可看出，元稹、白居易等诗人元和初年在政治诗里的大声疾呼，正是对唐皇室尚抱存希望的表示。等到杜牧、李商隐换了另一种口气来写诗时，江河日下的局势已不是什么人所能挽回的了。

---

〔1〕《樊川文集》（上海：上海古籍出版社，2007），卷二，28页。
〔2〕《玉溪生诗集笺注》（上海：上海古籍出版社，2007），卷三，709页。

# 白居易的"中隐"观及其矛盾

关于白居易前、后期政治态度的变化，以及晚年退居洛阳时心态上的特征，是白居易研究中颇受瞩目的问题，相关的讨论不少。本文选择探讨的焦点是：（一）白居易作为士人阶层的一分子，他为此所做的自觉性反省；（二）这种反省和他晚年颓废心态之间的关系；以及（三）白居易的反省及晚年实际行为在中国古代士人心态史上的意义。

一

白居易在元和初年任盩厔县尉时，写了《观刈麦》这首诗：

田家少闲月，五月人倍忙。

夜来南风起，小麦覆陇黄。

妇姑荷箪食，童稚携壶浆。

相随饷田去，丁壮在南岗。

足蒸暑土气，背灼炎天光。

力尽不知热，但惜夏日长。

复有贫妇人，抱子在其傍。

右手秉遗穗，左臂悬弊筐。

听其相顾言，闻者为悲伤。

家田输税尽，拾此充饥肠。

今我何功德，曾不事农桑。

吏禄三百石，岁晏有余粮。

念此私自愧，尽日不能忘。

（卷一[1]，11页）

在诗中，农家的繁忙和辛勤与士人的悠闲和丰裕形成强烈的对比。虽然县尉只是底层官员，吏禄只有三百石，但白居易已深切感觉到，士的"不事农桑"而却能在生活上享受"特权"，具有一种道德上的"压力"，让他不能不反省。事实上这不是孤例，白居易不时会产生这样的感慨，譬如在《观稼》中，他又说道：

晚出看田亩，闲行旁村落……

停杯问生事，夫种妻儿获。

筋力苦疲劳，衣食长单薄。

自惭禄仕者，曾不营农作。

饱食无所劳，何殊卫人鹤？

---

[1] 指朱金城《白居易集笺校》（上海：上海古籍出版社，1988）。本文凡引《白集》均用此本。

305

（卷六，329 页）

这就更明显地点出士人的"饱食无所劳"的问题。

从小在儒家思想熏陶下长大的白居易，当然很清楚，士人之所以"不营农作"，是因为他要治民，他有更大的责任，他需要让农家"养生送死无憾"，正如他在《新制布裘》中所说的，"丈夫贵兼济"：

> 桂布白似雪，吴绵软于云。
> 布重绵且厚，为裘有余温。
> 朝拥坐至暮，夜覆眠达晨。
> 谁知严冬月，支体暖如春。
> 中夕忽有念，抚裘起逡巡。
> 丈夫贵兼济，岂独善一身？
> 安得万里裘，盖裹周四垠。
> 稳暖皆如我，天下无寒人！

（卷一，65 页）

所谓"兼济"，具体地讲，就是要天下人像他一样地享受到新制布裘的绵厚与温暖，而这正是他可以"曾不事农桑"的理由。因此，在大雪纷飞的冬天，他就会想到：

> 八年十二月，五日雪纷纷。

306

竹柏皆冻死,况彼无衣民……

乃知大寒岁,农者尤苦辛。

顾我当此日,草堂深掩门。

褐裘覆绝被,坐卧有余温。

幸免饥冻苦,又无垄亩勤。

念彼深可愧,自问是何人?

(《村居苦寒》,卷一,57-58页)

在大旱时他又写了这首诗:

旱久炎气甚,中人若燔烧。

清风隐何处?草树不动摇。

何以避暑气?无如出尘嚣。

行行都门外,佛阁正岧峣。

清凉近高生,烦热委静销。

开襟当轩坐,意泰神飘飘。

回看归路傍,禾黍尽枯焦。

独善诚有计,将何救旱苗?

(《月夜登阁避暑》,卷一,19页)

这两首诗都提到了"独善"与"兼济"的问题。事实上,大寒与大暑都可以看作一种比喻,即当农家面临苦难时,士人绝对不可以独善其身,不然,他就必须面对何以"不事农作"

的道德问题。

　　以上这些诗都是白居易贬谪江州之前的作品，他多次重复同样的主题，显示从政以来这一直是存放于他内心中的道德问题。白居易常常因为把同样的意思翻来覆去地讲，引起读者的厌烦，并因此而忽视了他这些话的深刻含义，以及存在其中的良心问题。类似的想法，杜甫曾经说过：

　　　　生常免租税，名不隶征伐。
　　　　抚迹犹酸辛，平人固骚屑。
　　　　默思失业徒，因念远戍卒。
　　　　忧端齐终南，澒洞不可掇。

　　　　　　　　　　　　（《自京赴奉先县咏怀五百字》）

　　这里也是把士人与平民对比看待，而且因其"博大"的胸怀而引发后代无数人的赞叹。不过，在这里，因杜甫还不曾为官，所以也就没有白居易一再提出的士人的"不事农作"的自我反省。从道德层面看，白居易的疑惑事实上比杜甫还要更深入一层。白居易的《新制布裘》以及晚期的《新制绫袄成感而有咏》，都是模仿杜甫的《茅屋为秋风所破歌》。当然，这两首诗都比不上杜甫原作感人，但宋人黄彻《碧溪诗话》里有一段很值得玩味的评语：

　　　　或谓：子美诗意，宁苦身以利人；乐天诗意，推身

> 利以利人。二者较之,少陵为难。然老杜饥寒而悯人饥
> 寒者也,白氏饱暖而悯人饥寒者也。忧劳者易生于善虑,
> 安乐者多失于不思。乐天宜优。[1]

姑不论谁优谁劣的问题,这里所说的处于安乐而"能思"(能自我反省),却很精确地点到白居易在人品上的长处:他是一个深明事理而有良心的人,因此才能做到"安乐而能思"。

我们可以问,在杜甫之外,唐代还有哪一个诗人想过类似白居易所提的士人面对农家时如何自我肯定的问题。我们知道,这是儒家人伦思想所设定的一个根本问题,是由孔子所提出的,孔子说:

> 君子谋道不谋食。耕也,馁在其中矣;学也,禄在
> 其中矣。君子忧道不忧贫。(《论语·卫灵公》)

根据这一原则,孔子对樊迟"请学稼"和"请学圃"非常不满意,还说"小人哉,樊须也!"(见《论语·子路》)因为按照孔子的思想,君子是要兼济天下的(即"谋道")。因此,孔子把君子的不耕不稼视为理所当然。孟子就不一样了,孟子把这当作需要思考的道德问题,他说:

---

[1] 汤新祥校注《碧溪诗话》(北京:人民文学出版社,1986),卷九,145页。

> 仕非为贫也，而有时乎为贫……为贫者，辞尊居卑，
> 辞富居贫。辞尊居卑，辞富居贫，恶乎宜乎？抱关击柝。
> 孔子尝为委吏矣，曰："会计当而已矣。"尝为乘田矣，
> 曰："牛羊茁壮长而已矣。"位卑而言高，罪也；立乎人
> 之本朝，而道不行，耻也。（《孟子·万章下》）

"立乎人之本朝，而道不行，耻也。"所以，不能行道，也就
不能"仕"，如果为了家贫而不得不仕，那就只能做"抱关击
柝""委吏""乘田"一类的小吏，这些是可以跟"行道"无关的，
几乎类似耕稼。

在孔、孟言论的对比之下，我们就可以了解，白居易之前，
陶渊明在诗中的思考是颇周密而深刻的，他说：

> 先师有遗训，忧道不忧贫。
> 瞻望邈难逮，转欲志长勤。
>
> （《癸卯岁始春怀古田舍》）

因为意识到，自己没有能力"忧道""行道"，所以只好转而
从事农作，他又说：

> 人生归有道，衣食固其端。
> 孰是都不营，而以求自安。
>
> （《庚戌岁九月中于西田获早稻》）

不能"行道"而坐拥俸禄,这是不能说服自己的,因此为了"自安",只好"志长勤"。很显然,陶渊明非常熟悉孔子的思想(他多次使用"先师"一词,以表示对孔子的尊敬),他是否熟悉《孟子》一书,我们不清楚,但这两首诗所表现的道德思考模式,却和《孟子·仕非为贫也》一章极为类似。就我所知,在中国古代诗人中,陶渊明是最早思考这一问题的人。

白居易应该是熟悉陶诗的,他很早就表现出对陶渊明的仰慕。贬谪江州时,他写了《访陶公旧宅》一诗:

> 垢尘不污玉,灵凤不啄膻。
>
> 呜呼陶靖节,生彼晋宋间。
>
> 心实有所守,口终不能言。
>
> 永惟孤竹子,拂衣首阳山。
>
> 夷齐各一身,穷饿未为难。
>
> 先生有五男,与之同饥寒。
>
> 肠中食不充,身上衣不完。
>
> 连征竟不起,斯可谓真贤。
>
> 我生君之后,相去五百年。
>
> 每读《五柳传》,目想心拳拳……
>
> 不慕尊有酒,不慕琴无弦。
>
> 慕君遗荣利,老死此丘园。

(卷七,362页)

在诗中，白居易最拳拳于心的，是陶渊明为了守节而固穷，并为此让全家人"食不充""衣不完"。白居易心里很清楚，对一个士人来说，这是非常难以做到的。就我所知，在唐代大诗人中，白居易最能了解陶渊明这种道德抉择的伟大。就这一点而言，白居易是值得尊敬的。

从中国士人心态史的角度来说，陶渊明、白居易（还有部分的杜甫——杜甫伟大的地方主要不在这里）的反省，在宋代之前，可能是特例。中国士人阶层的演变，其实可以分成好几个段落，如春秋以前贵族阶级的士，魏晋南北朝门阀政治中的士，以及宋以后的士。一直要到宋代科举盛行，士才成为真正的食禄者（唐是魏晋南北朝至宋的过渡）。白居易（以及韩愈）是宋以后士人阶层的先驱，而魏晋时代的陶渊明则是十足的超时代的先行者。明乎此，我们就能理解，陶渊明为什么到了宋代才得到最崇高的评价。从这个角度来看，承袭了陶渊明对士人的反省的白居易，其历史地位是不容忽视的。

二

大和三年（829）三月，五十八岁的白居易以请假百日的方式罢刑部侍郎，以太子宾客分司东都，四月到达洛阳。直至会昌六年（846）八月去世，白居易在洛阳一直闲居（即使带官职也是闲差，除了两年多的河南尹）了十七年零四个月。这个漫长的晚年，包括这一时期的创作及其所表现的心态，成为后人一贯批评的对象。

白居易可能在到达洛阳不久，即写下了宣言式的《中隐》一诗，宣告他的一生即将展开新的一页：

> 大隐住朝市，小隐入丘樊。
>
> 丘樊太冷落，朝市太嚣喧。
>
> 不如作中隐，隐在留司官。
>
> 似出复似处，非忙亦非闲。
>
> 不劳心与力，又免饥与寒。
>
> 终岁无公事，随月有俸钱……
>
> 人生处一世，其道难两全。
>
> 贱即苦冻馁，贵则多忧患。
>
> 唯此中隐士，致身吉且安。
>
> 穷通与丰约，正在四者间。

（卷二十二，1493 页）

这首诗讲的全部是自己安逸、富足而悠闲、无害的生活，完全是一种"自利"式的"独善"。作为《中隐》的补充，《序洛诗》一文更进一步地反映了这种心态：

> 自三年春至八年夏，在洛凡五周岁，作诗四百三十二首。除丧朋、哭子十数篇外，其他皆寄怀于酒，或取意于琴。闲适有余，酣乐不暇。苦词无一字，忧叹无一声。岂牵强

所能致耶！盖亦发中而形外耳。斯乐也，实本之于省分知足；济之以家给身闲，文之以觞咏弦歌，饰之以山水风月。此而不适，何往而适哉……故集洛诗别为序引，不独记东都履道里有闲居泰适之叟，亦欲知皇唐大和岁有理世安乐之音。集而序之，以俟夫采诗者。

（卷七十，3757—3758 页）

这里只谈"省分知足""家给身闲"，似乎此外就不必萦怀。最奇异的是，白居易说他表现的是"理世安乐之音"，似乎大和年间根本就是太平盛世，而且还要"以俟夫采诗者"。相对于元和初年的《秦中吟》和《新乐府》，尤其考虑到《采诗官》一诗，《序洛诗》简直是对白居易自己的绝大的讽刺。

当然，白居易不可能无知到自以为生活在羲皇时代，他的清明的理智还是存在的，所以偶而也会写下如此的诗句：

> 嵇康日日懒，毕卓时时醉。
>
> 酒肆夜深归，僧房日高睡。
>
> 形安不劳苦，神泰无忧畏。
>
> 从宦三十年，无如今气味。
>
> 鸿虽脱罗弋，鹤尚居禄位。
>
> 唯此未忘怀，有时犹内愧！

（《咏怀》，卷二十九，2029 页）

这是表示他对坐领干薪的惭愧。类似于早年的不安情绪有时
也会出现，如：

> 百姓多寒无可救，一身独暖亦何情？
> 心中为念农桑苦，耳里如闻饥冻声。
> 争得大裘长万丈，与君都盖洛阳城？
>
> （《新制绫袄成感而有咏》，卷二十八，1986 页）

> 洛阳士与庶，比屋多饥贫。
> 何处炉有火？谁家甑无尘？
> 如我饱暖者，百人无一人。
> 安得不惭愧，放歌聊自陈。
>
> （《岁暮》，卷二十九，2017 页）

> 是月岁阴暮，惨冽天地愁。
> 白日冷无光，黄河冻不流。
> 何处征戍行？何人羁旅游？
> 穷途绝粮客，寒狱无灯囚。
> 劳生彼何苦？遂性我何优？
> 抚心但自愧，孰知其所由？
>
> （《新沐浴》，卷三十六，2473 页）

这些作品夹杂在大量的、不断重复的"知足常乐"的庞大乐章中，

很难不给人造成突兀之感。关于后者，可以随便举两个例子：

> 勿言未富贵，久忝居禄仕。
>
> 借问宗族间，几人拖金紫？
>
> 勿忧渐衰老，且喜加年纪。
>
> 试数班行中，几人及暮齿。
>
> （《把酒》，卷二十九，2006 页）

> 食饱惭伯夷，酒足愧渊明。
>
> 寿倍颜氏子，富百黔娄生。
>
> 有一即为乐，况吾四者并。
>
> 所以私自慰，虽老有心情。
>
> （《首夏》，卷二十九，2007 页）

像这样啰里啰唆的细数，大概很少人可以耐心地读下去。何况他还不断提醒你，他的俸禄有多优厚，他实在很满足，没什么好发牢骚的，以致朱熹反唇相讥："诗中及富贵处，皆说得口津津地涎出。"[1]

老实说，朱熹的批评是有些过分。白居易并不比别人贪官位、贪财富，要不然他不会在还有机会升官时决然要求分司。

---

[1]《朱子语类》卷一四〇，转引自陈友琴《白居易资料汇编》（北京：中华书局，2004），138 页。

他不能像陶渊明那样“安贫”，但也不至于贪求，他一再表示满足，其实是不断为自己的政治选择“加分”。正如张安祖所说的，“声声称知足，正是不足声。只有理解白居易的‘知足’，才庶几接近他的真实心态”。

什么是白居易晚年的“真实心态”？我认为，那就是他心灵上的空虚。他晚年的行为有三大重点，一、拜佛，二、喝酒，三、纵情声色。关于拜佛，他较早期的一首诗透露了一些秘密：

> 我有所念人，隔在远远乡。
>
> 我有所感事，结在深深肠。
>
> 乡远去不得，无日不瞻望。
>
> 肠深解不得，无夕不思量。
>
> 况此残灯夜，独宿在空堂。
>
> 秋天殊未晓，风雨正苍苍。
>
> 不学头陀法，前心安可忘？

（《夜雨》，卷十，516页）

这诗朱金城编于元和六年，按诗意看，应该是在怀念早年恋人“湘灵”，至少，这是在讲他难以忘怀的一件往事。“不学头陀法，前心安可忘”，已说明了他很早就以学佛来求得心安。像白居易这样的人不可能坐领优俸十余年而无丝毫愧疚。白居易的礼佛也许也和想要求得心情的宁静有关。至少，他必须在儒家思想之外，找到另一个安心立命的所在。正如谢思炜所说的，"佛教信仰对于他，既是现实的遁逃所，也是人生的新境界[1]"。不过，坦白讲，我并不认为，佛教信仰已解决了白居易晚年的矛盾。

关于这一点，最好的证明就是，晚年的白居易可说毫无节制地酗酒与纵情声色。关于酒，也许有人会说，诗人下笔也许过于夸张、虚构，不可尽信。因此，这里特别引了三首诗：

> 头痛牙疼三日卧，妻看煎药婢来扶。
> 今朝似校抬头语，先问南邻有酒无？
>
> （《病中赠南邻觅酒》，卷三十三，2270 页）

这是写病痛稍好，即要喝酒。

> 酒熟无来客，因成独酌谣。人间老黄绮，地上散松乔。
> 忽忽醒还醉，悠悠暮复朝。残年多少在？尽付此中销。
>
> （《冬初酒熟》二首其二，卷三十二，2204 页）

看这里的后四句，就知道他如何沉迷于酒精之中。

> 君应怪我朝朝饮，不说向君君不知。
> 身上幸无疼痛处，瓮头正是撇尝时。

---

〔1〕 谢思炜《白居易集综论》（北京：中国社会科学出版社，1997），293 页。

刘妻劝谏夫休醉，王侄分疏叔不痴。

六十三翁头雪白，假如醒黠欲何为？

（《家酿新熟每尝辄醉妻侄等劝令少饮因成长句以喻之》，

卷三十一，2155 页）

"假如醒黠欲何为"一句最能表现他逃隐于酒的心境。如果通读几卷白居易晚期诗作，我们会很讶异地发现，他真够颓唐，很难说他对佛教有真正的信仰。

至于纵情声色，则恐怕最崇拜白居易的人也不能为他辩护。试看这一首《追欢偶作》：

追欢逐乐少闲时，补帖平生得事迟。

何处花开曾后看？谁家酒熟不先知？

石楼月下吹芦管，金谷风前舞柳枝。

十听春啼变莺舌，三嫌老丑换蛾眉。

乐天一过难知分，犹自咨嗟两鬓丝。

（卷三十四，2378—2379 页）

在全诗之后，白居易特别注明："芦管柳枝已下，皆十年来洛中之事。"对于"三嫌老丑换蛾眉"一句，舒芜忍不住骂他"少见的无耻恶劣"[1]。对卖马、放妓之事，赵荣蔚以讥讽

---

[1] 舒芜《哀妇人》（合肥：安徽教育出版社，2004），369 页。

的口吻说：

> 放妓卖马后，还绝望悲观不能自已："病共乐天相伴住，春随樊子一时归"（《春尽日宴罢感事独吟》）；"明日放归归去后，世间应不要春风"（《别柳枝》），失去了心爱的女子，他甚至于无法再活下去了。[1]

我相信，白居易的人品大概没有那么差，可是这些行为也并不十分光彩。[2] 从酒、色两方面来看，白居易晚年心灵的空虚恐怕是难以否认的。

在白居易晚年大量不断重复的诗作中，下面两首是很值得注意的：

> 身着白衣头似雪，时时醉立小楼中。

---

〔1〕 赵荣蔚《晚唐士风与诗风》（上海：上海古籍出版社，2004），45 页。

〔2〕 白居易《酬思黯戏赠》："钟乳三千两，金钗十二行。妒他心似火，欺我鬓如霜"（思黯自夸前后服钟乳三千两甚得力，而歌舞之妓颇多，来诗戏予赢老，故戏答之）（卷三十四，2327—2328 页）。这首诗也被舒芜痛骂。但我们要知道，开白居易玩笑的是牛僧孺，而牛僧孺在牛党中号称品德最为端正，他竟然也如此开玩笑而不以为异，可见这是当时士大夫的风尚。如果我们读《东坡乐府》，也会发现，苏轼大量吟咏朋友家伎的作品也令人不舒服——当然比白居易好一些。我们会觉得，某些唐宋士大夫简直把家伎当"性奴隶"，还对此津津乐道，令我们现代人简直难以接受。白居易不过是其中之一而已，当然不能为他辩护，但似乎也不必把他看作极为突出的无耻之徒。

路人回顾应相怪,十一年来见此翁。

(《西楼独立》,卷三十四,2380 页)

这首诗写得非常苦涩,这个"时时醉立"小楼的白头老翁的心境,恐怕没有他自己所说的那么"达哉"。

千年鼠化白蝙蝠,黑洞深藏避网罗。

远害全身诚得计,一生幽暗又如何?

(《洞中蝙蝠》,卷三十五,2437 页)

这首诗更是令人惊异。如果白居易说的是自己,那个一再表现知足的人如何和"一生幽暗"调和起来,不能不让人感到十分困惑。

## 三

以上对晚年白居易的分析,目的不在于批评白居易,而是想要指出,白居易的"中隐"观和他内心在道德上的自我要求是有矛盾的,因此他的晚年绝不如表面上的宁静、快乐。他的晚年是可悲的,具体的证据是,很少人可以忍受他连篇累牍的诗作;艺术上的失败,其实就是内心自信崩溃的反映。

但是,白居易的失败仍然值得我们重视,从士人的角度来看,白居易为他们指出一条绝对不可以再走的道路。毕竟他的自我反省是真诚的，作为食禄的士人，必须有道德与良心，如果不能"行道"，而又无法像陶渊明那样的决然归耕，那要怎么办？如果连这个问题都没有考虑过，那是没有资格批评白居易的。而如果意识到了，又知道不能再走白居易的路，那要怎么办？对于一个还有理智与良知的士人来说，这是个不能逃避的问题。白居易并没有逃避这一问题，虽然他的尝试失败了，但仍有其意义。

谢思炜这样评述晚年的白居易：

> 丧失了对有社会理想的信心，丧失了士人曾有的自信和人格理想，而又没有实现新的道德自我发现，无法在服从外在政治权威与维护内在生命价值之间寻求直接的平衡。[1]

这样的批评合情合理，我完全同意。我相信，北宋的文人（像欧阳修、王安石、苏轼、黄庭坚）就是因为找寻到了士人新的道德自我，才能开发出中国士人文学的另一个高峰。这个时候，他们把陶渊明、杜甫选作楷模，这是完全合理的，但白居易仍然是一个有价值的借鉴。在白居易失败的地方，为什么北宋文人能够成功，这就是白居易的"中隐"观值得研

---

[1] 谢思炜《白居易的人生意识与文学实践》，《中国社会科学》1992年第5期，转引自张安祖《唐代文学散论》（北京：三联书店，2004），96页。

究的地方，因为它站在了中国士人心态史的转折点上，它点出了问题所在，虽然它没有最终解决问题。

再进一步说，只要碰到士人阶层在社会结构上的作用发生大变化的时代，只要是士人阶层的自我价值需要重新建立的时代，白居易都是具有现实意义的。白居易的例子告诉我们，士人绝不可以放弃理想，或者把理想打折扣（“中隐”观就是打折扣），不然，就会掉入那个虚无的、黑暗的深渊。白居易都失败了，何况大部分连白居易还比不上的人呢？这就是白居易对我们所具有的现实上的意义。

**后记**：本文即将完稿时，才读到谢思炜《中唐社会变动与白居易的人生思想》（见《白居易集综论》）。谢文从中唐庶族地主阶级崛起的角度论述中唐文人，特别是白居易的思想与心态，极为精彩。本文应从此一角度，改变论述架构，重行书写。只好俟诸他日了。

第
三
辑

# 从《诗家一指》的原貌
# 谈《二十四品》非司空图撰


## 一、《诗家一指》与"二十四诗品伪书说"

自从陈尚君、汪涌豪于1994、1995年间提出司空图《二十四诗品》为伪书说[1]以来，至今已近二十年。其中1996至1998年讨论最为热烈，[2]最近似又渐归沉寂。据张健说，目前学界虽没有取得一致的意见，但有一点却是大家都肯定的：那就是现在流行的《二十四诗品》的文本是从元代诗法《诗家一指》分离出来的。接着，张健又讲了下面两段关键性的话：

> 对于《诗家一指》中的《二十四品》文本的来历大家有不同的看法，或以为来自司空图，或以为否……

---

[1] 1994年11月在浙江新昌召开的中国唐代文学学会第七届年会暨唐代文学国际讨论会、1995年9月在江西南昌召开的中国古代文论国际研讨会上，陈尚君与汪涌豪公开发表他们的看法。正式的论文《司空图〈二十四诗品〉辨伪》发表于《中国古籍研究》创刊号（上海：上海古籍出版社，1996年8月）。

[2] 参看陈尚君《〈二十四诗品〉真伪之争评述》，《陈尚君自选集》（广西：广西师范大学出版社，2000），84—87页。版本下同。

> 如果认定《二十四品》为司空图撰，那就意味着《诗
> 家一指》并非个人撰著，乃是编集前人著作而成……[1]

按照这一逻辑，只要我们证明《诗家一指》原本是个人撰著，那么，司空图作《二十四诗品》就没有根据了。这样，我们就可以绕开苏轼在《书黄子思诗集后》所提到的"二十四韵"是否指《二十四诗品》这一争辩不休的问题。[2]

陈尚君、汪涌豪最早提出，《二十四诗品》出于《诗家一指》。当时，他们所看到的《诗家一指》的版本，是由张伯伟所提供的朱绂编的《名家诗法汇编》[万历五年（1577）刊]。他们认为，此书"应分为正编、外编两部分，前者包括《序》《十科》《四则》《二十四品》及《普说外篇》之第一段，为作者自撰；后者包括《三造》和《普说外篇》后三段，为作者摘录宋人论诗法之精要议论，以为全书之附录"[3]。明末人把正编中《二十四品》单独抽出，题司空图撰，这是伪造。[4] 这样的论证，不论多么精细，也无法让反对者闭口。因为他们

---

〔1〕 张健《元代诗法校考》（北京：北京大学出版社，2001），19 页。版本下同。

〔2〕 其实"二十四韵"绝对不指"二十四品"，在陈尚君、汪涌豪文发表后，王运熙又撰《〈二十四诗品〉真伪问题我见》《读司空图〈与李生论诗书〉》二文赞同。二文均收入王运熙《中国古代文论管窥（增补本）》（上海：上海古籍出版社，2006）。

〔3〕《司空图〈二十四诗品〉辨伪》，《陈尚君自选集》，44 页。

〔4〕 同上书，50 页。

可以坚持，《诗家一指》整部书是"编"成的，除非你能提出百分之百的铁证。

为了澄清这一问题，张健开始研究《诗家一指》。他搜寻现存《诗家一指》的各种版本，考察版本流传状况。在此过程中，张健发现了正统元年（1436）进士史潜在退休后所编刊的《新编名贤诗法》，其中所收的《虞侍书诗法》是现存《诗家一指》之外另一个完全不同的版本。他也和陈尚君、汪涌豪一样，从全书结构去比较两种版本。从《虞侍书诗法》，他发现全书由"序""三造""十科""四则""二十四品""道统""诗遇"各部分构成；而《诗家一指》（以下简称《一指》）则把"三造"并入序中，"道统"改为"普说外篇"，并增加朱熹论诗语三则，删掉"诗遇"，另外再增加一个全新的"三造"，其中完全抄录前人论诗语，共二十六则。结论很明显，《一指》是后出的改编本。[1]

遗憾的是，张健的研究并没有产生重大影响。推其原因，可能在于，《虞侍书诗法》（以下简称《诗法》）是个残本，其中最关键的"二十四品"，缺了八品（史潜得到的手抄本就已残缺[2]）。而且，此书自史潜初刻以后恐怕就已失传，因为现在尚未发现同名的著作。这样，张健虽已证明，《一指》是个改编本，但却很难证明《诗法》是个人撰著。如果这一步没

---

〔1〕 张健《〈诗家一指〉的产生时代与作者》，《元代诗法校考》，504—508页。
〔2〕 参见《元代诗法校考》，306页。

有完成,反对"《二十四诗品》伪书说"的人仍然可以坚持己见。

不过,张健已把他辛苦寻找到的《一指》的十个版本加以对校,将其成果收入《元代诗法校考》,同时,他也把《诗法》的唯一版本收入同本书中。我把这两种文本仔细对读,发现可以用《诗法》作底本,整理出一个相当接近原著面貌的本子。从这个整理本,我们明显可以看出,原著是个人撰著,"二十四品"是其有机体的一部分,不可能抽离出来归之于司空图(除非我们证明整部书是司空图写的——但这是绝对不可能的)。我已完成这个整理本,现根据整理过程中的发现,写成此文,以就教于方家。

## 二、从文字上证明,《一指》是质量较差的改编本

首先说明,我在对读两本的过程中,也仔细比较《一指》十种版本的异文,结果发现:杨成本是其后许多版本的源头,除了杨成本之外,只有怀悦本与天保本具有独立的校勘上的价值。因此,以下的讨论,只涉及史潜本《诗法》及三种《一指》的版本。[1]

仔细比较《诗法》和《一指》的文字,就会发现,《一指》是个后出的本子,而且在改动原有文本时,没有一次是改得

---

[1] 以下《诗家一指》及《虞侍书诗法》的文字均引自张健《元代诗法校考》,随文所注页数均为此书页数。

好的，而且还常常改得很差。现以九条例子来证明：

> 诗，乾坤之清气，性情之流至也。由气而有物，由事而有理，必先养其浩然，存其真宰，弥纶六合，圆摄太虚，触处成真，而道生矣。
>
> （《诗法·三造》，307 页）

这是全书的第一段，也是全书的小序（以《诗法》为准，《一指》把原著的"三造"删去纲目名称，并入序中）。《一指》把首字"诗"删掉，最后一句改成"而道生于诗矣"（第 276 页），这是不通的。

> 夫求于古者，必得于今；求于今者，必失于古。
>
> （《诗法·三造》，307 页）

第二句的"得于今"，杨成本作"法于今"，怀悦本、天保本作"泥于今"（第 276—277 页）。这是不明原意的臆改。作者盖谓，只能求古以得今，假如只求于今，则失于古矣。四句连读，文意清楚。

> 盖古之时，古之人，而其诗似之。
>
> （《诗法·三造》，307—308 页）

第三句"似之"，杨成本、怀悦本作"如之"，天保本作"如是"（第

276–277 页）。原意是：古之时、古之人均表现于诗中，可就其诗以了解其时与其人，作"似之"最妥。

> 诗先命意，如构宫室，必法度形似备于胸中，始焉斤斧，此以实论。取于譬，则风之于空，春之于世，虽暂有其迹，而无能得之以为物者。

（《诗法·十科·意》，308 页）

"此以实论"以下三句，杨成本、天保本作"此以实论，取譬则风之于空"，怀悦本作"此以实说取譬，夫风行虚空"（第277–278 页）。都有改动，但都读不通。"此以实论"应属上，意思是，"构宫室"的比喻是"以实论"；以下"风之于空""春之于世"，则纯为抽象之譬喻。

> 意之所趣不尽而有余之谓。

（《诗法·十科·趣》，308 页）

这一句，《一指》三本全改为"意之所不尽而有余者之谓趣"（第278 页），很明显是认为原文有问题，所以删去"趣"，加"者"，又在最后加"趣"字。其实，原文"趣"读"趋"，本来就可通。

> 耳闻目击，神遇意接，凡于形似声响，皆境也。

（《诗法·十科·境》，308 页）

这一段文字写得颇好，但三本还是把"遇"改为"寓"，杨成本又把"接"改为"会"，然后再把"凡于"改成"凡接于"（第280页）。这些改动，均毫无道理可言。

> 一诗之中，妙在一句，句为诗之根。根本不凡，则花叶自异。复如威将示权，奇兵翕合；君子在位，善人皆来。
>
> （《诗法·四则·句》，309页）

这一段的"自异"，《一指》三本都改为"自然殊异"（第281页）。其实原文除第三句外，都是四言句，句法整炼，语意清楚。只能说，《一指》改差了。

> 一字之妙，所以合众要之微；一诗之根，所以生一字之妙。
>
> （《诗法·四则·字》，309页）

第二句《一指》三本都把"合众要"改为"含趣"（第282页），如此，二、四两句就不成对仗了。这也改差了。

> 犹陶家营器，本陶（家）一土，而名等差非一……
>
> （《诗法·四则·法》，282页）

这一次我们先来看《一指》的文本（怀悦本多一"家"字），
这个文本让人觉得似通非通。《诗法》是这样的：

> 犹陶家营器，器本陶家一土，而名状等差非一……
>
> 　　　　　　　　　　　（《诗法·四则·格》，309 页）

一对比就很明显，篡改者无法点断，只好删掉一"器"字、一"状"
字。原文写得很好，可惜读的人糊涂。

从以上九个例子，只能得出如下的结论：《一指》是篡改
本，《诗法》的文字保留原本面貌，不可能是《诗法》改《一
指》；同时可以看到，原作者的文字功夫要比篡改者高明得多。

## 三、《一指》"十科""四则"的篡乱

《一指》在篡改原著时，所造成的混乱是难以想象的，以
至于造成"十科""四则"两部分出现许多不可解的现象。本
节专谈这两部分。

### 理

> 有所兴起而言也。故凡一事之感，一物之悟，皆兴
> 起也。而其悲欢通塞，总属自然，非有造设，惟不尽所
> 以尽之兴，犹王家之疆理也。
>
> 　　　　　　　　　　　（《一指·十科》，279 页）

这一则完全读不通，明明谈"兴"，怎么会是"理"呢？而且，这一则的最后一句简直莫名其妙。再核对《诗法》，相应的部分如下：

> 七兴，有所兴起而言也。故凡一事之感，一物之悟，皆兴起也。而其悲欢通塞，总属自然，非有造设，唯不尽所以尽之。

（《诗法》，308 页）

原来这一则原本就是"兴"，不是"理"。那么，"犹王家之疆理也"这一句是从哪边来的呢？再核对《诗法》，竟然是这样的：

> 六理，犹王家之疆理也。今人所发足，将有所即，靡不由是而达，然犹有所未至，非日积之未深，则足力之病进。于诗亦然，非寻思之未深，则才力之病进，要在驯熟，如与握手俱往。

（《诗法》，308 页）

而在《一指》里，文字上相应的一则却是：

# 力

今之发足，将有所即，靡不由是而达，然犹有所未至，

335

非日积之功未深，则足力之病进。于诗且然，非寻思之未深，则材力之病进，要在驯熟，如与握手俱往。

（《一指》，280 页）

原来，《一指》把"理""兴"两条完全弄倒了，而且把"理"的最后一句归属于"兴"，剩下的文字读不懂，只好改成"力"。从《诗法》来看，这两则完全读得通，到了《一指》，则完全不通了。由此可见，把原著篡改成《一指》的那个人，明显态度草率，而且能力有限。

《一指》"十科"另一个严重的错误是，把第九、第十的"事""物"两项又弄倒了。"凡引古证今,当如己造"（第 281 页），这是讲"用事"，怎么会是"物"呢？"必究其形体之微，而超乎神化之奥"（第 281 页），这当然是指"体物"，怎么会是"事"呢？错误到了这种地步，后人必然会认为，这是一本编辑得很草率的书，只有"二十四品"是精粹。应该说，把原著篡改成《一指》的人，是原著的大罪人。《诗法》没有传下来，而劣本《一指》竟至明末而流传不衰，不能不说是一种"奇迹"。

除了以上所提到的两处严重误导，《一指》"十科"部分，还有两处篡乱：

1. "情"一则："是由真心"至"触处自然"五句，应属于"神"之后半。

2. "气"一则："其于条达为清明，滞著为昏浊"两句应为"情"的最后两句。

这两个地方，据我个人体会，都是《诗法》对，《一指》错。试将两者并列于下：

> 四情，于诗为色为染，情染在心，色在境……
>
> 　　　　　　　　　　　（《诗法》，308 页）

### 情

> 是由真心静想中生，不必尽谕（喻），不必不谕（喻）……
>
> 　　　　　　　　　　　（《一指》，279 页）

"情"怎么会从"真心静想中生"呢？显然这是属于前一则的"神"而不是"情"。又：

> 五气，贵乎流通，灵远无碍……
>
> 　　　　　　　　　　　（诗法，308 页）

### 气

> 其于条达为清明，滞著为昏浊。情贵乎流通……
>
> 　　　　　　　　　　　（《一指》，279 页）

《一指》把"情"的后两句下属于"气"，又在"贵乎流通"之前加了"情"字，遂使这一则的前半几乎不知所云。

怎么会造成这种混乱呢？我左思右想，终于想通了。原来，《一指》的某一个整理者（也许就是最先的篡改者）所据的手稿，"十科"各条是连着抄的，而每一科的"科目"则放在每一条文字之后。整理者或篡改者在把"科目"名提到每一条文字的前面时，由于草率、疏忽，造成"神""情""气""兴""理"各科的大混乱。如：

> 犹月于水，触处自然。（神）于诗为色为染……
>
> （《一指·情》，279 页）

"神"字以上属于"神"一科，整理者没有正确把握两科之间的界限，划分错误，于是就留下一个"神"字，变得很奇怪。此外还有两个地方也是如此：

> 其于条达为清明，滞著为昏浊。（情）贵乎流通……
>
> （《一指·气》，279 页）

"情"字以上属"情"一科，"情"字是未删除的科目名。又：

> 惟不尽所以尽之（兴），犹王家之疆理也……
>
> （《一指·理》，279 页）

"兴"字以上属"兴"一科，以下属"理"一科，这个未删的

"兴"字，造成解读上的大麻烦。这些错误，只有在与《诗法》对比时，才能慢慢将其厘清，可见《诗法》文本之可贵。

在"四则"一项里，《一指》的错讹也很严重。《诗法》的"四则"是：一句、二字、三格、四律，在《一指》中则是句、字、法、格，后两项不同。"句"一项，两者差异甚微。现在对比一下《诗法》与《一指》的"字""法"两项：

> 二字，一字之妙，所以合众要之微；一诗之根，所以生一字之妙。故夫圆活善用，如转枢机，温清自然，如瞻佩玉。字法病在炼，在浮，在常，在暗弱，在生强，在无谓，在枪棒，在嘴爪，在不经。
>
> （《诗法》，309 页）

> 三格，犹陶家营器，器本陶家一土，而名状等差非一，然有古形今制之别，精朴浅深之殊，贵各有其体用之似尔。诗则诗矣，而名制不一，晋汉高古，盛唐风流，与夫西昆晚唐江西皆名家，造立不等，气象差殊，亦各求其似者耳。
>
> （《诗法》，309 页）

## 字

一字之妙，所以含趣之微；一诗之根，所以生一字之妙。故夫圆活善用，如转枢机；温净自然，如瞻佩玉。

（《一指》，282 页）

## 法

病在腐，在浮，在常，在暗弱，在生强，在无谓，在枪棒，在嘴爪，在不经。犹陶家营器，本陶一土，而名等差非一，然有古形今制之别，精朴浅深之殊，贵各具体用形制之似尔。诗则诗矣，而名制非一。汉晋高古，盛唐风流，西昆秾冶，晚唐华藻，宋氏乖镂，洎西江诸家，造立不等，气象差殊，亦各求其似者耳。

（《一指》，282 页）

两相对比，就会发现《一指》的"法"实在大有问题。"汉晋高古，盛唐风流"，以下讲各代风格不同，"气象差殊"，宜加分辨。这怎么可能是"法"，当然是"格"了。《一指》的标目明显有问题。至于起句，《诗法》云"三格，犹陶家营器，器本陶家一土……"字句明显通畅，而按《一指》所说，"法"起始一句为"病在腐，在浮，在常……"让人觉得莫名其妙。怎么会产生这种差异呢？原来是这样的：《诗法》在"字"一项的后半说，"字法病在炼，在浮……"，把《诗法》篡改成《一指》的人，显然不能了解，"字法"怎么会"病在炼"？他没有体会，原著作者强调"自然"，对于过度"炼字"并不推崇，所以把"病在炼"与"在浮""在常"等并列。于是他就把"字

法病在炼"改成"病在腐",并且把以下数句移至下一项。如
此一改,下一项就不只是"格"的问题,于是改成"法"。但
是他的"法",以"犹陶家营器"一句为界限,其上和其下明
显两截,很难说得通。由此可见,这位篡改者没有仔细读通
全文,就草率乱改。现在再看他的第四项"格":

> 所以条达神气,吹嘘兴趣,非音非响,能诵而得之。
> 犹清风徘徊于幽林,遇之可爱;微径萦纡于遥翠,求之
> 愈深。

(《一指》,283 页)

"条达神气""能诵而得之""清风徘徊于幽林",这怎么可能
是"格"呢?当然是"律"了。这位篡改者,既然把第三项
改成"法",只好把第四项改成"格",而完全不去管以下的
说明文字完全与"格"不相配。如果《诗法》没有留传下来,
我们只好"望文"兴叹了。此人学养之差,由此可见一斑。

从以上的分析可以看出,《一指》的"十科"与"四则"
两部分,编者在篡改原著时,由于粗心大意,又没有细心体
会原著的文字与论诗精神,犯了太多错误,因此完全不可取。
这两部分,《诗法》除了一两处在抄写过程中所留下的文字问
题外,整体而言,文字精练而有味。在这里,我们当然要选
择《诗法》。

## 四、《一指》破坏了原著的结构

如果说《一指》使原著"十科""四则"的文字篡乱是一项大罪过，那么，《一指》的"普说外篇"和"三造"就整个破坏原著的结构，遮蔽原著论诗的整体精神，其罪应更加一等。

最莫名其妙的是"三造"。原著的"三造"置于短短的序文之后，"三造"即"一观""二学""三作"，在"一观"的条文之末云："由之可以明十科，达四则，读二十四品，观观不已，而至于道。"（第307页）由此可见，"三造"之首的"观"，占有关键地位。但篡改者却"横加一刀"，"观""学""作"的纲目全不见了，三条文字经过小幅度改动，并入序言。如此一来，不是把原作者最重视的东西遮掩起来，使之晦暗不明了吗？更奇怪的是，篡改者又把"三造"之名移至最后，作为他所抄撮的宋人论诗法精粹二十六则的总名，并在题下小字注说："三段中分关键、细义、体系。"（第293页）无怪乎陈尚君、汪涌豪说："但三段如何区分，书中并无交代，今也无法区分。"[1]篡改者不但破坏了原作论诗的结构，还制造了谜团。[2]

---

[1]《陈尚君自选集》，47页。

[2]《一指》杂引的这些前人论诗语，后来产生了很不好的影响。最晚到明中叶前，即怀悦编刻《诗家一指》（成化二年，1466）、杨成编刻《诗法》（成化十五年，1479）前，已有人认为，严羽论诗受《一指》影响。（转下页）

但这只是个小谜团，更大的谜团在于"普说外篇"与"二十四品"题下的按语。"普说外篇"这个名目实在难以解释。张健提出一个似乎令人首肯的看法：篡改者把经他改过的《一指》拿来与署名"范德机"的《木天禁语》相配，称后者为"内篇"，前者为"外篇"，这个"普说外篇"就是"外篇"的"普说"之意。[1] 我一直很佩服张健这个"破译"，最近才发现，张健其实"猜错"了。我们且看《一指》"二十四品"题下的按语：

> 中篇秘本谓之发思篇。以发思者，动荡性情，使之若此类也。偏者得一偏，能者兼取之，始为全美。古今李、杜二人而已。

> （《一指》，283 页）

一般似乎都是这样点断的，但其实不是。第一句应读为：

---

（接上页）因为怀悦、杨成两种诗法汇编都收入《严沧浪先生诗法》，而且前面都有一段按语，说：沧浪论诗多出《一指》。这实在是倒果为因了。因为实际上是，经过篡改的《一指》抄了严沧浪，而不是相反。嘉靖二十四年（1545）黄省曾编刻《名家诗法》时，就删掉了这一段按语，说明黄省曾知道这个说法不能成立。许学夷也说："外篇，又窃沧浪诸家之说而成之，初学不知，谓沧浪之说出于《一指》，不直一笑。"因此，我们现在也就不能根据这一按语，说《一指》是在严羽之前产生的。同样地，史潜在《新刊名贤诗法凡例》说"博采唐元名诗法"，冯梦祯跋《枝指生书宋人品诗韵语集》，把祝允明手书的"二十四品"称为"宋人品诗韵语"，像这样的随意判断，正如许学夷所讥评的，也不足为据。

[1]《元代诗法校考》，506 页。

中篇，秘本谓之发思篇。

原来篡改者把原著分成三部分，"二十四品"是中篇，"普说"以下是"外篇"，"普说"就是"总说"之意，后来的抄写者都没有把"普说"和"外篇"分别开来。[1]

现在我们拿《诗法》跟《一指》对比，一切都很清楚，原著是一体的，没有"中篇""外篇"之别。"普说"（现在可以用这个纲目了）的后三段和"三造"的二十六则都为改编者篡入，原著根本没有。"普说"最长的第一段，其实就是原书的"道统"，而"道统"则是这样结束的：

> 三造所以发学者之关钥，十科所以别武库之名件，四则条达规律，指述践履。二十四品含摄大道，如载图经。
>
> （《诗法》，313页）

这一段话刚好和全书起首"三造、一观"的"明十科，达四则，读二十四品"相呼应，证明全书的结构是完整的。[2]

---

[1] 一些学者从"中篇秘本"产生联想，以为这"秘本"可能是从宋代流传下来，因此有可能就是司空图所作。其实，这一段文字根本不足为据。

[2] "道统"与"三造·一观"两者在文字上的呼应，张健已指出，见《元代诗法校考》，504—505页。

## 五、《一指》原著的论诗理路

钱锺书对司空图《二十四诗品》颇有微言，他说：

> 司空表圣《诗品》，理不胜词；藻采洵应接不暇，意旨多梗塞难通，只宜视为佳诗，不求甚解而吟赏之。[1]

如果把《二十四诗品》当作独立的著作，钱锺书的批评不能说没有道理。如果把"二十四品"放回目前行世的《一指》全书中，由于原著结构已被破坏，"十科""四则"的文字又经篡乱，精细敏锐的人虽然可以从中摸索到一些经纬，但总是不够完整。当我们恢复了原著的"三观"，厘清了"十科""四则"的文本，删掉了《一指》后半杂引前人的那些文字，找回"道统"的原貌，补足被删掉的最后的"诗遇"，那么，一切就豁然清晰了。

为了证明原著原本是个人撰作，我们也有必要对原著的理论稍加整理，以求其系统性。这是本节的目的，至于详细的理论解说，只能俟之于另撰一文了。

原作者的出发点是"观"，但要了解这个"观"，最好先从"道统"入手。"道统"开头就说：

---

[1] 钱锺书《谈艺录》（北京：中华书局，1984），371 页。

> 世皆知诗之为，而莫知其所以为；知所以为者情性，
> 而莫知所以情性。夫如是而诗远矣。

（312页）

"诗之所以为"，是因为"情""性"，关键是："情""性"如
何生发，如何起作用。作者接着说：

> 心之色为情，天地、日月、星辰、江山、烟云、人物、
> 草树，响答动悟，履遇形接，皆情也。

（312页）

"色"作用于"心"就有情。"色"是天地万物，"心"对之"履
遇形接""响答动悟"，就产生"情"。对此，诗人"拾而得之""抚
而出之"，如"独鹤之心，太龟之息"，如"乘碧景而诣明月，
抚青春而如行舟"，这样，就可以"得乎性"了。"性"是在"心"
见"色"而动，生乎"情"之后，"情"所能达到的"诗人之
悟"。对此，作者解释说：

> 性之于心为空，空与性等，空非离性而有，亦不离
> 空而性，必非空非性，而性固存矣。

（312页）

所以"性"是"心"所达到的一种"空"的境界，也就是"诗

人之悟"的境界。达到这种境界，就如：

> 令有人行绿阴风日间，飞泉之清，鸣禽之异，松竹之韵，樵牧之音，互遇递接，如别区宇，省揖备至，畅然无遗，是有闻性者焉，自是而尽世之所谓音者无不得之而于闻。

（312—313 页）

也就是说，对于世间万物，"互遇递接""畅然无遗""自是而尽世之所谓音者，无不得之而于闻"——而这就是诗人之"观"。

现在就回来看作者论"观"了。作者说：

> 一观，犹禅宗具摩醯眼，一视而万境归元，一举而群迷荡迹，超物象表，得造化先。

（307 页）

有了前述性即是空、空即是性的修养，当然就如"具摩醯眼"，"一视而万境归元"了。这样，就可以"得造化先""亘天地以无穷，妙古今而独往者"了。很明显，这是把传统的"物色论"（"物色之动，心亦摇焉"）和禅家"顿悟说"结合的一种诗观。根据这种诗观，学古人，是要：

> 疏凿神情，淘汰气质，遗其迷妄，而反其清真……
>
> （308页）

因为，"古之时，古之人，而其诗似之"，"似之"的这个"之"，是指古人的清真、古人的"得造化先"，是学其"神"而遗其"貌"，从今人身上是学不到的。所以，在"三观"最后一项的"作"中，作者强调：

> 先须明彻古人意格声律，具于神境事物，解后郁抑，得其全理。胸中随寓唱出，自然超绝。若夫刻意创造，终亏天成，苟且经营，必堕凡陋。
>
> （308页）

学诗的人一定要了解，古人的"意格声律"，"具"于神境事物，不能只就声律而论声律，要"得其全理"，这样才能"随寓唱出，自然超绝"。因此，作者认为，如果不能了解这种道理，而只是"苟且经营"，那就"必堕凡陋"。这就说明了，作者为什么在论"字"时，会把"病在炼"与"在常""在浮"并举。从"道统"来反顾"三造"，彼此的联结是很清楚的。

根据这样的体会，再去读《虞侍书诗法》文本中的"十科""四则"各条，则无不豁然贯通了。也根据这样的体会，我们就会知道，"二十四品"的精神（不论"理论"风貌，还是"文字"风貌），都和作者的基本诗观水乳交融，结成一体。

因此，我们必须把《二十四诗品》还归现在还不知道是谁的作者。他只能是元人，不可能是司空图。诚如陈尚君、汪涌豪已体会到的，这不是司空图的精神世界。

## 六、"诗遇"的人生观及《一指》原作者问题

我们可能以为，"道统"和"三造"已呈现了作者全部的论诗宗旨，其实还不是。"道统"只是以"禅悟"的方法来重新诠释"物色"，以"性""空"的态度来观"色"（物色）。这个"性""空"可以破除迷妄，返回清真。但"返回"之后，作者所追求的境界并不是佛家那种"色即是空，空即是色"接近"无"的人生观。他整本书的文字表现（流美而迷人），也没让人感觉到他是佛家的。他的"情""色""性""空"和"观"接近于方法论，还不能说是人生观。为此，他写了最后一段的"诗遇"。

现在我们就来分析"诗遇"。"诗遇"一开始就说：

> 诗得诸遇，斯有自然。然而遇者，往往不属于常情，必其胸中有以绝乎众见，入乎无有，俯而就之寻常，故其天性流行，随地自在。

（313 页）

人在生命中都有其"遇"，诗人之"遇"所以不属于常情，就

在于他"有以绝乎众见"。就其生活面来讲，他还不得不"俯而就之寻常"，也就是说，他不可能脱离实际人生。但他如果具有"绝乎众见"的胸襟，在人生中就可以"天性流行，随地自在"。当然，这就是道家"随遇而安"在诗歌上的理论表现。

按照这样的人生观与诗观，他对苦吟派诗人并不推许：

> 尝闻古人两句三年，一吟双泪，是盖未至天性，必乎造而出之，熏陶变炼，切磋分寸，雕刻华藻，面目非无所悦于人性，而遇之者远矣。

（313 页）

在艺术上，苦吟派"必乎造而出之"，这是"不自然"的；在生活上，苦吟派当然不是随遇而安的人，他们的心境也是"苦"的。作者不想走这一条路，说明他不属于南宋末期以降的江西一派。他要过得比较潇洒，比较适意一些。在"三造"的"作"一项，在"四则"的"字"一项，也是如此。他的理论始终一贯。

但是，他也不强求出世。在"诗遇"的中间一大段，他谈到"逸士高僧"，谈到韦应物、孟浩然、王维，也谈到一些超乎人世的诗作，他说：

> 逸士高僧，绝尘谢俗……故一遇而托之语言，是若菜羹瓜食，倍有余味……其曰桃花流水，别有天地，是又若云汉昭回，仙山缥缈，尘缘烟火，望之邈焉。彼固

> 非有绝乎人，而往者有不逮，处之者不自知其深，后之
> 者自不同其遇。
>
> （313 页）

这里虽然表现了对于出世最高境界的向往，但又觉得"望之
邈焉"，可望而不可即。他知道，人不能不"俯而就之寻常"，
"高处不胜寒""何似在人间"，不论作为一个生活中的人，还
是诗人，只能如此。所以他说，"后之者自不同其遇"。

那么，既是人世间的人，心胸又必须"有以绝乎众见""天
性流行""随地自在"，随时而有"诗遇"，这才是诗人的最高
境界。这样的诗人就是杜甫，他说：

> 少陵平生风俗政化君臣父子颂咏典歌哀怨流离，自
> 情性以至江山风月，惟在目接而成之，似无非其固有者，
> 是如春风世间，一出而皆遇也。
>
> （313 页）

杜甫"惟在目接而成之""一出而皆遇也"，随时随地皆可
"遇"；人间之"遇"，当以杜甫为最善。不论人生的遭遇如何，
杜甫在任何生活状态下都可以写出最好的诗。这就是最高的
"诗遇"。

这样的诗观与人生观，要说他是纯道家的，其实也不是。
他只是以道家的态度来面对人生而已，并没有主张"避世"。

个人觉得，这种态度很接近苏东坡（特别是黄州以后的东坡）。不过，它的"道"味明显胜过"儒"味，而不像东坡那样，自由出入于"儒""道"之间，而终究以"儒"为主。

这个作者到底是谁？"道统"结尾处说：

> 集之一指，诗也。三造所以……十科所以……四则条达规律……二十四品含摄大道……于诗未必尽似，品不必有似，而或者为诗之尤，仰真人而后知诗之真。知诗之真，而后知是一指之非真，非真之真，备是一指矣。
>
> （313页）

语气表现了一种稳重的自信。句首的"集"字，张健认为，根据《虞侍书诗法》的题名，解释为虞集自称最为顺畅，[1] 我觉得可以接受。虞集的著作我几乎没读，现在从一般选本里选一段虞集的文字，让大家比较一下：

> 古者君臣赓歌于朝，以相劝戒，颂德作乐，以荐于天地宗庙。朝觐宴享之合，征伐勉劳之恩，建国设都之役，车马田猎之盛，农亩艰难之业，闺门和乐之善，悉托于诗，而其用大矣。至于亡国失家，放臣逐子，嫠妇怨女之感，淫渎谲刺之起，而其变极矣！于是又有隐居

---

[1]《元代诗法校考》，509页。

> 放言之作，市井田野之歌，谣诵谶纬之文，史传物色之咏，神仙术数之说，鬼神幽怪之语，其类尚多有之。而最善者，君子之道德，有乎其身，则发诸音而成文者，足以垂世立教，以成天下之务者也。上下千百年间，人品不同，所遇异时，所发异志，所感异事，极其才之所能，其可以一概观之也哉！〔1〕

这里提出"所遇异时，所发异志，所感异事"，但又说"不可一概视之"，因为其中有"最善者"。按照他对"最善者"的描述，显然非杜甫莫属了。我们再来看，"诗遇"结尾最后几句：

> 由是观之，遇不同者，然亦无不同也。善遇者，当有遇乎性也。

> （313 页）

这两段文字的类似，恐怕难以否认。前者的儒家味道比较重，"诗遇"的道家味道比较强。我们可以解释说，这本论诗著作，是虞集晚年退休以后写的。所以，虞集作《二十四品》的假说，值得花时间去考证一番。

这本诗法著作的流传史是很奇特的。史潜本《虞侍书诗

---

〔1〕 虞集，《会上人诗序》，《宋金元文论选》（北京：人民文学出版社，1984），541 页。

法》保留原貌，但"二十四品"却不全，因此一般人不会去留意其文字上的长处，而只看到它的残缺，最早就被淘汰了。篡改的《诗家一指》，按张健所考，有两个版本系统：怀悦本与杨成本。怀悦本的弱点有二：首先，他编刻的诗法汇编《诗家一指》所收诗法著作远少于杨成编刻的《诗法》，其编集方式粗看也似较杨成草率（作为内篇的《木天禁语》和作为外篇的《诗家一指》被割裂开来）；其次，他的《诗家一指》虽然保留原著文字远较杨成本多，但他的臆改也不少，因此使得这本书的文字比杨成本更不好读。因此，怀悦本也被淘汰了，几乎没有人注意到，怀悦本具有校勘价值，在恢复原本面貌上不可或缺。

这样，杨成本遂成一枝独秀。事实上，明代末期，看到杨成本系统《诗家一指》的人不少，譬如，许学夷、胡震亨都读过。从明末人的眼光来看，《诗家一指》后半杂录前人论诗的部分可以不理会，"二十四品"之前的文字明显有错讹，不好读，也不想留心，而"二十四品"却被人们广为欣赏（祝允明书"宋人品诗韵语"可为一证）。到了郑鄤、毛晋、钱谦益等人，突然想起东坡评司空图有"二十四韵"之说，而两者论诗倾向又有相近之处，于是就单行出来，为司空图找到他的"著作"了。不久，这本新出现的司空图《二十四诗品》就成为王士禛神韵说最有力的支柱，享盛誉达三百余年。更没想到的是，历史的真相终究还是被挖掘出来了。我们应该把"二十四品"归还给原作者，应该恢复原著的全貌，并在中国文学批评史上，为它找到一个适切的位置。

**补记**：两点补充说明，其一，《诗法》的每一品不注诗人，而《一指》则在其中十五品注上诗人（怀悦本和杨成本略有出入）。譬如，"旷达"一品注"选诗"或"古选"，简直不合情理之极。许学夷对此最为鄙夷，他说：

> 二十四品：以典雅归揭曼硕，绮丽归赵松雪，洗炼、清奇归范德机，其卑浅不足言矣。[1]

由此可见，注上诗人后，反而大大减低了"二十四品"的价值。毛晋在将"二十四品"抽出，以司空图之名刊刻时，也删去所注诗人，他也认为这一做法不可取。

其二，《虞侍书诗法》"二十四品"现存十六品的文字，和其他三本差异不大。根据怀悦本和天保本的异文，我们还可以判断杨成本做了哪些改动。现在的通行本和杨成本只有极微小的差异。所以，连"二十四品"的文字，我们都要尽可能保留《诗法》的文字，至于其所缺少的部分，可以根据怀悦本加以复原，差距非常小。这一点，拟另写一文讨论。

---

[1]《诗源辩体》（北京：人民文学出版社，1987），341 页。

# 重订《诗家一指》

**说明**

1. 目前通行之《诗家一指》主要源于杨成本，此本错讹最甚。今以史潜本《虞侍书诗法》为底本，校以《诗家一指》之杨成本、怀悦本、天保本（其他各本校勘价值不大，不列校），[1] 旨在恢复此书之原貌。唯《诗家一指》之名通行既久，难以废弃，仍名之曰《重订诗家一指》。

2. 此一校本均据张健《元代诗法校考》工作，兹将张健所据之版本条列于下：

（1）《虞侍书诗法》（底本）　史潜校刊《新编名贤诗法》
　　　　　　　　　　　　　　　　（明刻本）

（2）杨成本　　杨成编《诗法》（嘉靖二十九年刊本）

（3）怀悦本　　怀悦编《诗家一指》（朝鲜翻刻本）

（4）天保本　　《木天禁语附载诗法源流》
　　　　　　　　（天保十一年翻刻本）

---

〔1〕关于《诗家一指》各版本的源流关系，请参看张健《元代诗法校考》（北京：北京大学出版社，2001），273—276 页。

3.《诗家一指》三种版本之异文，并未全部列出。本校之目的在呈显底本与《诗家一指》在结构、编排上之差异，以及目前《诗家一指》种种不合理之改动，并让人看出，底本之原本为一结构完整之著作，"二十四品"乃其中不可分割之一环。

4.底本"二十四品"漏抄"精神"后两句、其后七品、"形容"前十句，校本据怀悦本补足正文，次序亦按怀悦本。又单行之《二十四诗品》，郭绍虞校注本最通行，故亦列校（简称郭校本）。据此可考见，郭校所据之毛晋津逮本、陶宗仪说郛本主要来自杨成本系统之各版本。

5.校本得以完成，应归功于张健之《元代诗法校考》。如无张健艰苦收集资料、细心对校各种版本，本校即无法进行。世人如能因此窥见《诗家一指》之原貌，并了解"二十四品"之本真，均应感谢张健之工作。

## 三造　十科　四则　二十四品　道统　诗遇

诗，乾坤之清气，性情之流至也。由气而有物，由事而有理。必先养其浩然，存其真宰；弥纶六合，圆摄太虚；触处成真，而道生矣。[1]

---

〔1〕《一指》删去本段首字"诗"，改末句为"而道生于诗矣"，不通。

## 三 造

### 一观 二学 三作

一观，犹禅宗具摩醯眼，一视而万境归元，一举而群迷荡迹。超物象表，得造化先。夫如是，始有观诗分。观[1]，要知身命落处，与夫神情变化，意境周流，亘天地以无穷，妙古今而独往者，则未有不得其所以然也。由之可以明十科，达四则，读[2]二十四品。观观[3]不已，而至于道。

二学，夫求于古者，必得于今[4]；求于今者，必失于古。盖古之时，古之人，而其诗似[5]之。故学者欲疏凿精神，淘汰气质，遗其迷妄，而反其清真，未有不由是，而得其所以为诗者。

三作，下手处[6]，先须明彻古人意格声律，具于[7]神境事物，邂逅郁抑[8]，得其全理。胸中随寓唱出，自然超绝。若夫刻意

---

〔1〕观，《一指》作"观诗"，不通。

〔2〕"读"，杨成本、天保本作"该"，怀悦本作"咏"。按，"读"不误，读其所撰二十四品，即可以体会其道。任何人（除李、杜外），均不可能"该"二十四品。

〔3〕观观，《一指》作"观之"。

〔4〕得于今，杨成本作"法于今"，怀悦本、天保本作"泥于今"，此皆不明原意。作者盖谓，只能求古以得今，如求于今，则失于古矣。四句连读，文意清楚。

〔5〕似之，杨成本、怀悦本作"如之"，天保本作"如是"，此亦不明原意。原著之意为，古之时、古之人均表现于诗中，可就其诗以了解其时、其人。

〔6〕此句《一指》作"学下手处"，"学"，赘词。

〔7〕具于，杨成本、天保本作"其于"，怀悦本未改。"具于""具备于""具体表现于"之意，改为"其于"，文句似较顺，其实与上下文意不能串联。

〔8〕原作"解后郁抑"恐抄写有误。天保本作"邂逅郁抑"，据改。（转下页）

创造，终亏天成；苟且经营，必堕凡陋。[1]妙在著作之多，涵养之深耳。然又当求证于宗匠名家之道，庶几可横绝旁流矣。[2]

# 十　科

## 意趣神情气理兴[3]境事物

一意，诗先命意，如构宫室，必法度形似备于胸中，始焉斤斧；此以实论[4]。取于譬，则风之于空，春之于世，虽暂有其迹，而无能得之以为物者。是以造端超诣，变化易成。若立意卑凡，清真愈远。

二趣，意之所趣，不尽而有余之谓[5]。是犹听钟而得其希微，乘月而思于汗漫。窅然真用，将与造化者同流，此其趣也。

三神，其所以变化诗道，濯炼精神，含秀储真，超源达本，皆是神也。是由真心净想中生。不必尽喻，不必不喻；犹[6]月于水，触处自然。[7]

---

（接上页）怀悦本、杨成本作"邂逅郁折"。

〔1〕"若夫"以下四句可与书末"诗遇"对照，可见作者论诗反对刻意求之，始终一致。

〔2〕以上"三造"体现作者论诗要旨，《一指》删其纲目，并于序中，失其旨矣。

〔3〕原本"兴"在"理"前，与下文不合，且气、理、兴、境之顺序较气、兴、理、境合理，故据下文改。

〔4〕此句之意是，以上是以构宫室之"实物"论，以下则"风之于空""春之于世"，则纯为抽象之譬喻。《一指》各本不明其意，迭有改动。

〔5〕此二句因"趣"难解，《一指》各本迭其改动。"趣"读"趋"，可通。

〔6〕原作"然"，据《一指》改。

〔7〕"是由"以下五句，《一指》下属"情"一科。

四情，于诗为色为染；情，染在心，色在境[1]；一时心境会至，而情生焉。其于条达为清明，滞著为昏浊[2]。

五气，贵乎流通[3]，灵远无碍。盛大等乎空量，熹微蔼乎春晖。然非果有所自而生之，而生之生者，愈不可知。

六理[4]，犹王家之疆理也。今人所发足，将有所即，靡不由是而达。然犹有所未至，非日积之未深，则足力之病进。于诗亦然，非寻思之未深，则才力之病进。要在驯熟，如与握手俱往。

七兴[5]，有所兴起而言也。故凡一事之感，一物之悟，皆兴起也。而其悲欢通塞，总属自然，非有造设，唯不尽，所以尽之[6]。

八境，耳闻目击，神遇意接，凡于形似声响[7]，皆为境也。然达其幽深玄虚，发而为佳言；遇其浅陋陈腐，积而为俗意，

---

[1] 《一指》作"色染在境"，似较顺。但首句"为色为染"，"染在心""色在境"，两者并列，原文不误。

[2] 后两句《一指》下属"气"一科。

[3] 此句之首，《一指》多一"情"字。

[4] 此科《一指》作"力"，列第七，并将"犹王家之疆理也"一句上属其第六科之"理"。

[5] 此科《一指》列第六，科名为"理"。

[6] 《一指》此下有"兴"字，又增"犹王家之疆理也"一句。《一指》十科中，此科最为淆乱。

[7] 此二句，《一指》各本均改"遇"为"寓"，杨成本改"接"为"会"，并改"凡于"为"凡接于"，怀悦本、天保本俱未改。可见怀悦本、天保本有时较近原著。

不能复有心之境，（境之于心）[1]。心之于境，如镜取象；境之于心，如灯取影。亦因其虚明净妙，而实悟自然。故于情想经营，如在图画；不着一字，窅然神生。

九事[2]，凡引古证今，当如己[3]造，无为彼夺，缘妄失真。其于窅然色之胶青，空然水之盐味，形趣泯合，神造自然。

十物[4]，指其一，而诗不可著[5]，复不可脱。著则堕在陈腐窠臼，脱则失其所以然。必究形体之微，而超乎神化之奥。

## 四　则
### 一句　二字　三格　四律

一句，一诗之中，妙在一句，句为诗之根。根本不凡，则花叶自异[6]。复如威将示权，奇兵翕合；君子在位，善人皆来。

二字，一字之妙，所以合众要[7]之微；一诗之根，所以生一字之妙。故夫圆活善用，如转枢机；温清自然，如瞻佩玉。

---

〔1〕此二句抄写有误，不可解。杨成本作"复如心之于境，境之于心"，怀悦本、天保本作"复有"，较近原貌。三本俱删"不能"两字。以上三种文本（包括原本）都有问题，姑存疑。"境之于心"四字，疑涉下文而衍，故以括号标示。

〔2〕此科《一指》误题"物"。

〔3〕己，原作"已"，据《一指》改。

〔4〕此科《一指》误题"事"。

〔5〕此二句，杨成本改为"诗指其一，而不可著"，怀悦本、天保本俱未改。

〔6〕自异，《一指》改为"自然殊异"，实无必要。

〔7〕合众要，《一指》改为"含趣"，如此，则不能与下两句对仗。

字法病在炼〔1〕，在浮，在常；在暗弱，在生强，在无谓；在枪棒，在嘴爪，在不经。

三格〔2〕，犹陶家营器，器本陶家一土，而名状等差非一〔3〕，然有古形今制之别，精朴浅深之殊，贵各有其体用之似耳。诗则诗矣，而名制不一，晋汉高古，盛唐风流，与夫西昆、晚唐、江西，皆名家〔4〕。造立不等，气象差殊，亦各求其似者耳。

四律〔5〕，所以条达气神，吹嘘兴趣，非音非响，诵而得之。犹清风徘徊于幽林，遇之可爱；微径萦迂于遥翠，求之愈深。

## 二十四品

雄浑　平淡　纤浓　沉着　高古　典雅　洗炼　劲健　绮丽
自然　含蓄　豪放　精神　〔缜密　疏野　旷达　清奇　委曲
实境　悲慨　形容〕〔6〕　超诣　飘逸　流动〔7〕

----

〔1〕《一指》删"字法"二字，改"病在炼"为"病在腐"，并将以下各句均移至"四则"第三项"法"之中。此因篡改者不知原作者不喜造作之故，请看看"三造"最后一条注。

〔2〕《一指》改为"法"，移上一条后数句置之首（参上一条注），此则论"格"甚佳之文遂遭破坏。

〔3〕上两句《一指》改成"本陶（或加'家'字）一土，而名等差非一"，因不知原文如何点断，删掉一"器"字、一"状"字而把文字改差了。

〔4〕此句《一指》改为"西昆秾冶，晚唐华藻，宋氏乖镂，泊西江诸家"，浮夸而失原旨矣。

〔5〕《一指》改"律"为"格"，与下面文字完全不能配合，真不思之甚也。

〔6〕以上八品原脱，据怀悦本排序补。

〔7〕此下《一指》有一则按语，据杨成本（怀悦本、天保本仅有两（转下页）

## 雄浑[1]

大用外驯[2]，真体内充。返虚入浑，积健为雄。具备万物，横绝太空。

荒荒油云，寥寥长风。超以象外，得其环中。持之匪盈，求之无穷。

## 平淡[3]

素处[4]以默，妙机其微。领[5]之太和，独鹤与飞。犹之惠风，荏苒在衣。

阅音修篁，美目[6]载归。过之非深，即之愈希。脱有形似，握手以违。

---

（接上页）处小异）录于下："中篇，秘本谓之发思篇，以发思者，动荡性情，使之若此类也。偏者得其一偏，能者兼取之，始为全美。古今李、杜二人而已。"原本无此一段文字，为篡改者所加。

[1] 怀悦本下标"杜子美"。

[2] 驯，《一指》、郭校本作"腓"。按，《易》坤卦初六："履霜，坚冰至。"《象》曰："履霜，阴始凝也。驯致其道，至坚冰也。"此处之"驯"，即用其义。篡改者不明此义，改为"腓"。郭绍虞释"腓"为"变"，不如"驯"字之为佳。

[3] 《一指》下标"孟浩然"。标目，怀悦本、天保本、郭校本作"冲淡"，杨成本作"中淡"。

[4] 素处，《一指》、郭校本作"素处"。

[5] 领，《一指》、郭校本作"饮"。就上下文而言，"领"字较佳，盖言：诗人与独鹤俱领太和而飞。

[6] 美目，杨成本、郭校本作"美曰"，怀悦本、天保本作"笑曰"。美目较佳，盖言：阅修篁之音，如遇美人，与之偕归。

## 纤浓<sup>[1]</sup>

采采流水，蓬蓬远春。窈窕深谷，时见美人。碧桃满树，风日水滨。

柳荫<sup>[2]</sup>路曲，流莺比邻。乘之愈远，识之愈真。如将不违<sup>[3]</sup>，与古为新。

## 沉着<sup>[4]</sup>

绿衫<sup>[5]</sup>野屋，落日气清。脱卷<sup>[6]</sup>独步，时闻鸟声。鸿雁<sup>[7]</sup>不来，之子远行。

所思不远，若为平生。海风碧云，夜露<sup>[8]</sup>月明。如有佳语，大河前横。

## 高古<sup>[9]</sup>

畸人乘真，手把芙蓉。泛彼浩劫，窅然空踪。月出东斗，好风相从。

太华夜碧，人间<sup>[10]</sup>清钟。虚伫神素，脱焉畦封。黄唐在独，

---

〔1〕《一指》下标"王维"，标目《一指》、郭校本作"纤秾"。

〔2〕荫，《一指》、郭校本作"阴"。

〔3〕违，《一指》、郭校本作"尽"。"违"较"尽"佳，"不离"之意，与下句"与古为新"相接始顺。

〔4〕杨成本、天保本下标"杜少陵"，怀悦本作"杜子美"。

〔5〕衫，怀悦本、天保本同，杨成本作"杉"，郭校本作"林"。

〔6〕卷，《一指》、郭校本作"巾"。按，"绿衫""脱卷"均似较佳。

〔7〕鸿雁，怀悦本、天保本作"鸣雁"。

〔8〕露，杨成本、天保本、郭校本作"渚"，怀悦本作"睹"。作"露"较佳。

〔9〕杨成本下标"杜少陵"。

〔10〕间，怀悦本同，杨成本、天保本、郭校本作"闻"。"闻"恐不如"间"。

落落玄宗。

## 典雅〔1〕

玉壶买春,赏花〔2〕茅屋。座中佳士,左右修竹。白云初晴,幽鸟相逐。

眠云〔3〕绿阴,上有飞瀑。落花无言,人淡如菊。书之岁华,其曰可读。

## 洗炼〔4〕

犹〔5〕矿〔6〕出金,如铅得银。超心炼冶,绝爱缁磷。空潭写〔7〕春,古镜照神。

休〔8〕素储洁,乘月返真。载瞻星辰,载歌幽人。流水今日,明月前身。

## 劲健〔9〕

行神如空,行气如虹。巫峡千寻,走雪〔10〕连风。敛真乳

---

〔1〕《一指》下标"揭曼硕"(天保本误"硕"为"石")。
〔2〕花,《一指》、郭校本作"雨"。前句为"买春",故以"花"为佳。
〔3〕云,《一指》、郭校本作"琴"。"眠云"较"眠琴"自然。
〔4〕《一指》下标"范德机"。
〔5〕犹,郭校本作"如"。
〔6〕矿,《一指》、郭校本作"镀"。
〔7〕写,《一指》、郭校本作"泻"。"写""泻"通。
〔8〕休,《一指》、郭校本作"体"。"休"字可通,"休"先误为俗字"体",繁体则成"體"。
〔9〕杨成本、天保本下标"杜少陵",怀悦本作"杜子美"。
〔10〕雪,杨成本、天保本、郭校本作"云",怀悦本作"雷"。

强〔1〕，蓄微牢中〔2〕。

喻彼行健，是谓存雄。天地与立，神造〔3〕攸同。期之已失〔4〕，御之非〔5〕终〔6〕。

## 绮丽〔7〕

神存富贵，始轻黄金。浓尽必枯，浅者屡深。露余山青，红杏在林。

日〔8〕明华屋，画桥碧阴。金樽满前〔9〕，伴客弹琴。取用〔10〕自足，良〔殚〕〔11〕美襟。

## 自然〔12〕

俯拾即是，不取诸邻。俱道适往，着手成春。如逢花开，

---

〔1〕敛真乳强，此句天保本同，怀悦本首二字作"饮其"，"其"似为"真"之误。杨成本、郭校本作"饮真茹强"。

〔2〕此句《一指》郭校本作"蓄素守中"。其句已有"真"字，此处又有"素"字，不如"微"字之为佳。"牢"亦可通，也可能是"守"之误。

〔3〕造，《一指》郭校本作"化"。

〔4〕失，《一指》、郭校本作"实"。

〔5〕非，《一指》、郭校本作"以"。

〔6〕此句异文甚多，但"走雪""神造"明显胜于"走云""神化"。"饮真茹强"已成通俗语，但"敛"字、"乳"字均较具形象性。"期之以实，御之以终"，文句板实，"期之以实"也难以解释。原句之意似为，有意"期之"则不来，既来之，则"御之非终"。此一则最能看出各本改造原本之痕迹。

〔7〕杨成本下标"赵松雪"，怀悦本作"赵子昂"，天保本为"赵雪翁"，均同一人。

〔8〕日，《一指》、郭校本作"月"。从全诗意象来看，应以"日"为是。

〔9〕满前，《一指》、郭校本作"酒满"。

〔10〕用，《一指》、郭校本作"之"。"用"似较好。

〔11〕殚，原作"弹"，涉前句"弹琴"而误，据《一指》、郭校本改。

〔12〕《一指》下标孟浩然。此品怀悦本、天保本均有明显误字，不校。

如瞻岁新。

真予不夺,强取易贫。幽人空谷[1],过雨采蘋。薄言情悟,悠悠天钧。

### 含蓄[2]

不著一事,尽得风流。语未[3]涉〔离〕[4],已不堪忧[5]。是有真宰,与之沉浮。

如绿满酒[6],花时返愁[7]。悠悠空尘,忽忽海鸥[8]。浅深聚散,万类[9]一收。

### 豪放

观化[10]匪禁,吞吐大荒。由道返气,素处以强[11]。天风浪

---

〔1〕 谷,《一指》、郭校本作"山"。"谷"胜于"山"。

〔2〕 杨成本、天保本下标孟郊。

〔3〕 未,怀悦本、天保本同,杨成本作"不"。按,应作"未",首句已有"不"字。

〔4〕 离,原作"难",杨成本、天保本同;怀悦本作"离",是;其意为,尚未语别,已不堪其忧。据改。

〔5〕 以上两句郭校本作"语不涉己,若不堪忧"。按郭绍虞校语,毛晋本同杨成本,郭绍虞知道"难"字不通,但校改不妥。

〔6〕 满酒,杨成本、郭校本同;怀悦本、天保本作"酒满"。

〔7〕 愁,《一指》、郭校本作"秋"。

〔8〕 鸥,《一指》、郭校本作"讴"。

〔9〕 类,《一指》、郭校本作"取"。以上三处异文,均未较原文佳。

〔10〕 化,《一指》、郭校本作"花"。"化"与下句关联,不当改为"花"。

〔11〕 此句怀悦本、天保本"素处"作"处德",杨成本作"处得","德""得"可通。"强"郭校本作"狂"。据我个人体会,因诸本在"冲淡"一品改"素处"为"素处",此处不得不改"素处"为"处德"或"处得"。两处均以不改为佳。

浪，海山苍苍。

真力弥满，万象在旁。前招三辰，后引凤凰。晓看六鳌，
濯足扶桑。

### 精神[1]

欲返不尽，相期愈来[2]。明漪绝底，奇花初胎。青春鹦鹉，
杨柳楼台。

碧山来人[3]，清酒深杯。生气远出，不著死灰。〔妙造自然，
伊谁为裁。〕[4]

### 〔缜密〕

〔是有真迹，如不可知。意匠[5]欲出，造化已奇。水流花
开，清露未晞。

要路屡[6]远，出[7]行为迟。语不欲犯，思不欲痴。犹春于绿，
明月雪时。〕

---

〔1〕 杨成本、天保本下标赵、虞。

〔2〕 愈来，怀悦本、天保本同；杨成本、郭校本作"与"，当作"愈"。

〔3〕 来人，怀悦本同，杨成本、天保本、郭校本作"人来"，如此则与"杯"
字押韵。当作"来人"。

〔4〕 以两句漏抄，据怀悦本补。从以上校语可以看出，怀悦本（其次天保
本）的文字与原本较为接近，因此以下漏抄的七品及"形容"一品前十
句，凡怀悦本可通者，均以其为底本，否则另加说明。"为"字，杨成本、
天保本、郭校本作"与"。

〔5〕 意匠，天保本同；杨成本、郭校本作"意象"，应是"意匠"。

〔6〕 屡，杨成本、郭校本作"愈"。

〔7〕 出，杨成本、天保本、郭校本作"幽"。以上两处，怀悦本为佳。

### 〔疏野〕

〔唯性所宅，真取弗羁。拾物自富，与率为期。竹室[1]松下，脱帽看诗。

但知旦暮，不辨何时。倘然适意，必有所为[2]。若其天放，如是得之。〕

### 〔旷达〕[3]

〔生者百岁，相去几何。欢喜[4]苦短，忧愁实多。何时尊酒，日往烟萝。

花覆茅檐，疏雨相过。倒酒既尽，杖藜行歌。孰不有古，南山峨峨。〕

### 〔清奇〕[5]

〔娟娟群松，下有漪流。晴雪满竹，隔溪渔舟。可人如玉，步屧寻幽。

载瞻载止，空碧悠悠。神出古意[6]，淡不可收。如月之曙，

---

〔1〕竹室，杨成本、天保本、郭校本作"筑室"。

〔2〕此句杨成本、天保本、郭校本作"岂必有为"。一般而言，"岂必有为"似较自然，但怀悦本竟作"必有所为"，所以原本似应如此。

〔3〕怀悦本下标"古选"，杨成本、天保本标"选诗"。按，此品怀悦本列在"疏野"一品之后，杨成本、天保本、郭校本列为第二十三品，但原本（即《虞侍书诗法》）最后三品为：超诣、飘逸、流动，可见此品原本位置不在末三品。现据怀悦本排序。

〔4〕欢喜，杨成本、天保本、郭校本作"欢乐"。

〔5〕《一指》下标"范德机"。

〔6〕意，杨成本、天保本、郭校本作"异"，衡之下句，作"意"为是。

如气之秋。〕

### 〔委曲〕[1]

〔登彼太行，翠绕羊肠。杳霭流玉，悠悠花香。力之于时，声之于羌。

似往已回，如匪幽藏[2]。水流[3]漩伏，雕凤[4]翱翔。道不自器，与之圆方。〕

### 〔实境〕

〔取语甚直，计思匪深。忽逢幽人，如见道心。晴[5]涧之曲，碧松之阴。

一客荷樵，一夫[6]听琴。情性所至，妙不自寻。遇之似天，永[7]然希音。〕

### 〔悲慨〕

〔大风卷水，林木为摧。意苦欲死，招舌不来[8]。百岁如流，富贵冷灰。

---

〔1〕怀悦本、天保本下注"白乐天"。

〔2〕此句天保本同；杨成本、郭校本作"如幽匪藏"。

〔3〕水流，天保本同；杨成本、郭校本作"水理"。以上两处异文，怀悦本、天保本均同，故应以怀悦本为是。

〔4〕雕凤，天保本作"鹏凤"，杨成本、郭校本作"鹏凤"。按，"凤"字明显不妥。

〔5〕晴，郭校本作"清"。

〔6〕夫，杨成本、天保本、郭校本作"客"。

〔7〕永，郭校本作"泠"。

〔8〕招舌不来，天保本同，因"意苦"而"无言"，故曰"招舌不来"。杨成本、郭校本作"招蕙不来"，不佳。

大道日丧，若为雄材。壮士拂剑，浩然弥哀。事事落叶[1]，满雨[2]荒苔。[3]〕

〔**形容**〕

〔绝伫灵素，少回清真。如觅水影，如写阳春。风云变态，花草精神。

海之波澜，山之嶙峋。俱似大道，如契[4]同尘。离形得似[5]，庶几斯人。〕

## 超诣

匪神之灵，匪几之微。如将白云[6]，清风与归。远引莫致[7]，迹[8]之已非。

少者[9]道气，终与俗违。乱山乔木，碧苔芳晖。诵之思之，其声愈稀。

## 飘逸

落落欲往，矫矫不群。缑山之鹤，华顶之云。高人惠中，

---

〔1〕事事落叶，天保本同，盖谓"一切事均如落叶之不可留"。杨成本、郭校本作"萧萧"，虽为成句，但与此前文句不能相配。

〔2〕满雨，天保本同，杨成本、郭校本作"漏雨"，亦不见佳。

〔3〕荒苔，天保本作"苍苔"。按此品怀悦本、天保本明显较合原本，杨成本三处均臆改，毛晋津逮本、郭校本因之。

〔4〕如契，天保本同；杨成本、通行本作"妙契"。

〔5〕自此句以下，据原本。离形，天保本作"推形"。

〔6〕白云，天保本作"山云"。

〔7〕远引莫致，此句怀悦本作"迷引莫之"，天保本作"远引莫知"；"莫致"，杨成本作"莫至"，郭校本作"若至"。当以原本为是。

〔8〕迹，《一指》、郭校本作"临"。

〔9〕少者，《一指》、郭校本作"少有"。

令色纲缊。

御风莲叶[1]，泛彼无垠。如不可执，如将有闻。识者已领，期之愈分。

## 流动

若纳断辖[2]，如转圆珠[3]。夫岂可道，假体为愚。荒荒坤轴，悠悠天枢。

载要其端，载同[4]其符。超之神明，返之真无[5]。往来真宰[6]，是之谓乎[7]。

## 道统[8]

世皆知诗之为，而莫知其所以为；知所以为者情、性，而莫知所以情、性。夫如是，而诗远矣。远之，几不失乎？

───────────

〔1〕 叶，怀悦本同；杨成本、天保本、郭校本作"莲叶"。按，原本应作"莲叶"，诗词少有"蓬叶"之词。

〔2〕 断辖，怀悦本、天保本同；杨成本、郭校本作"水辖"，不通。

〔3〕 圆珠，郭校本作"丸珠"。

〔4〕 同，郭校本校改为"闻"，不妥。

〔5〕 真无，《一指》、郭校本作"冥无"。

〔6〕 此句《一指》、郭校本作"来往千载"。

〔7〕 "二十四品"部分，据本人对校所得，怀悦本改动稍少，但怀悦本有一些臆改明显不通，杨成本改动较多，天保本似据以上两个版本系统斟酌其间，毛晋津逮本根据杨成本系统，郭校本则据津逮本与说郛本。

〔8〕 杨成本改为"普说外篇"，小字注"四段"，怀悦本作"外篇四段"，天保本不录。此节风格独造，而极流美，讽咏既久，即能领会。杨成本、怀悦本臆改之处颇多，因此多录异文，以供吟味之参考。唯两本亦偶有佳处，可据改原文。

心之于色[1]为情，天地、日月、星辰、江山、烟云、人物、草树，响答动悟，履遇形接，皆情也。拾而得之为自然，抚而出之为机造。自然者，厚而安；机造者，往而深。厚而安者，独鹤之心，太龟之息，旷古之士，君子之仁；往而深者，清风浥浥而同流，素音于于而载[2]往，乘碧景而诣明月[3]，抚青春而[4]如行舟；由之而得乎性。

性之于心为空，空与性等。空非离性而有，亦不离空而性，必非空非性，而性固存矣。夫今[5]有人行绿阴风日间，飞泉之清，鸣禽之异[6]，松竹之韵，樵牧之音；互遇递接，如[7]别区宇，省挹[8]备至，畅然无遗，是有闻性者焉。自是而尽世之所谓音者，无不得之而于闻[9]。

性无一物分[10]，复有[11]欲求其所以闻之而性者，犹即旅舍

---

〔1〕原作"心之色"，据杨成本、怀悦本改。
〔2〕原作"再"，据杨成本、怀悦本改。
〔3〕此句，杨成本"诣"作"暗"，怀悦本整句作"乘碧碧影而明明月"。
〔4〕而，杨成本、怀悦本作"之"。
〔5〕原作"令"，据杨成本、怀悦本改。
〔6〕异，杨成本、怀悦本作"美"。
〔7〕如，杨成本，怀悦本作"知"。
〔8〕原作"省揖"，杨成本作"省摄"，据怀悦本改。
〔9〕此句杨成本、怀悦本作"无不得之于闻"，似较通。但原句有"而"字，文气似较顺。
〔10〕分，杨成本改为"不有"，怀悦本臆改，加句，不录。
〔11〕复有，杨成本、怀悦本删此二字。

而觅过客，客者[1]往之久矣。故取之非有其方，得之非观[2]其窍。惟修然万物之外，云翠之深，茂林青山，扫石酌水，荡涤神宇，独适冲真；犹春花胚胎[3]，假之时雨，夫复不有一日性悟之分耶？

集[4]之"一指"，诗也[5]。三造所以发学者之关钥，十科所以别武库之名件；四则条达规律，指述践履；二十四品含摄大道，如载图经[6]。于诗未必尽似，品[7]不必有似，而或者为诗之尤，抑真人而后知诗之真。知诗之真，而后知是"一指"之非真，而非真之真，备是"一指"[8]矣[9]。

### 诗遇[10]

诗得诸遇，斯有自然。然而遇者，往往不属于常情，必其胸中有以绝乎众见，入乎无有，俯而就之寻常，故其天性

---

[1] 客者，杨成本、怀悦本删。

[2] 观，杨成本、怀悦本改为"睹"。

[3] 此句杨成本作"春花初胎"，怀悦本作"犹春华胎"。

[4] 此"集"字，张健认为释为虞集自称最为合理。

[5] 诗也，杨成本、怀悦本作"所以返学者迷途"。此处"诗"字，既可以释为"说诗之作"，也可释为本身即是"诗"，两本应是臆改。

[6] 此处提到全书之结构，前面"三造"第一则也提到，首尾呼应，证明全篇为一人所作。

[7] 品，杨成本、怀悦本作"亦"，似较顺畅，但很可能指"二十四品"，所以说"不必有似"，故不改。

[8] 此处三次提到"一指"，可能原书名至少有此二字。

[9] 此下杨成本、怀悦本自《诗人玉屑》摘录朱熹语三则，其下又立"三造"一项，杂录前人论诗语二十六则，俱为原书所无。

[10] 《一指》各本俱未录。

流行，随地自在。倘然一遇，犹之故人，即其语□契阔，是
何有于少□造作。

尝闻古人两句三年，一吟双泪。是盖未至天性，必乎造
而出之，熏陶变炼，切磋分寸，雕刻华藻，面目非无所悦于人性，
而遇之者远矣。

逸士高僧，绝尘谢俗，隐居山林，周旋惟道，日积月化，
犹如仙家炼神出顶。虽曰未忘乎有形，而其相去四大已远。
故一遇而托之语言，是若菜羹瓜食，倍有余味，而世间厌饫
粱肉者，未尝一相接也。

吾于苏州佳处，仅遇一二矣。浩然落日池上，王维[1]悠
然南山，皆其遇也。其曰桃花流水，别有天地，是又若云汉
昭回，仙山缥缈，尘缘烟火，望之邈焉。彼固非有绝乎人，
而往者有不逮，处之者不自知其深，后之者自不同其遇。

少陵平生，风俗政化，君臣父子，颂咏典歌，哀怨流离，
自情性以至江山风月，惟在目接而成之，似无非其固有者。
是如春风世间，一出而皆遇也。

由是观之，遇不同者，然亦无不同也。善遇者，当有遇
乎性也。

---

〔1〕 原作"王惟"，张健校："当为王维之误"，今径改。

# 南宋诗论与江西诗派

　　文学批评基本上是"后设"的，也就是说，是对于文学创作的反省。创作上产生这样那样的问题，理论上才会引起相应的检讨。一般对于文学批评的研究，比较重视理论体系的分析，注意的焦点是：批评家如何"自圆其说"，如何解决前代批评家遗留下来的难题，又如何留下另外的难题等待后人来解决。这是把文学批评当作一个自主的系统，独立地加以研究。这样的研究有其好处，也有其必要。但是，如果换一个角度，从文学发展的立场来看待文学批评的问题，也许会有另外的收获。这个时候文学批评变成文学史的一环，我们可以借着文学批评的检讨，更清楚地看出文学发展上的困难。反过来讲，从文学批评对于这些困难的解决方案，我们又可以了解，文学的另一种发展方向是否可能。因此，在这里文学批评被看作创作实践的"自我反省"，而关于文学批评的研究也就成为了解文学发展的极有效的途径。

　　本文即是想从这样的角度来探讨南宋的诗论。简单地说，南宋诗论主要是因应着江西诗派在创作上所遇到的困局而产生的反省与检讨。但江西诗派的问题，其实牵涉整个宋诗的本质。因此南宋的诗论最后归结到对于宋诗的批评，并提出唐诗来跟宋诗作对照。扩大来讲，唐、宋之分又是明、清诗论的基本焦点之一，所以南宋诗论又成为明、清诗歌批评的源头。这样就可以看出，江西诗派和南宋诗论是中国诗歌发展史上的重要节点，这就是我们从文学史的角度来探讨这一问题的根本原因。

## 一、江西诗派与宋诗

南宋诗论所以从江西诗派牵扯到宋诗，是因为江西诗派的问题其实也就是宋诗的问题。换个角度来说，宋诗的"特质"经过几次发展，在江西诗派的作品中达到最"高峰"。所以批评江西诗派，非得追本溯源谈论宋诗不可。

一般对于宋诗的特质虽有种种看法，但这些看法基本上大同小异，我觉得大致可以归纳成两点，即：散文化和日常生活化。散文化是指语言表现，日常生活化则指诗的内容，事实上是一体的两面。

散文化即是传统所谓"以文为诗"，诗变成押韵的散文。这不只是诗的句法（譬如五言的二、三句法和七言的四、三句法）和散文句法的问题，更重要的是表现方式的问题。譬如全首诗以议论为主，自然就像是押韵的散文。事实上不只议论如此，只要是长篇幅的叙述与描写，而其中又缺乏强烈的感情作基础，读起来也会像散文。整首诗，从结构、遣词造句、押韵、融化古人字句等各方面来看，无不精妙，唯独缺乏足够的感情质素。这就是以文为诗，或者更具体地讲，"以文字为诗"。

日常生活化是不计较诗的题材，平平凡凡的小事物、小感情无不可以入诗。所以可以写蜘蛛、写苍蝇、写暴雷雨、写午睡醒来的慵懒等等。题材平凡，感情也就"平凡"，不必热情缠绵，也不必慷慨激昂。

散文化是不再刻意去区分诗的语言与散文的语言，日常生活化是不再特别分辨诗的题材与非诗的题材。在这两方面，宋诗并不在意平凡还是不平凡，所以，如果说唐诗比较"崇高"，宋诗就比较"卑"，比较"俗"。

但是，"卑俗"绝对不是好诗。宋诗最大的问题是：如何在平凡中显出"不平凡"来，如何使"卑俗"的题材看起来不但不卑俗，反而表现出特殊的风味来。

从宋诗的开创者梅尧臣身上，我们就可以看到这个问题的具体呈现。一般常以"古淡"两字来评论梅尧臣的诗。[1]"淡"当然是说"平淡"，而所谓"平淡"，除了其他意义之外，所要着重指出的是梅诗题材与感情的"平常"，至少是不出奇。但梅诗的"平淡"并不是真正的平平淡淡，而是所谓"古"淡。"古"字的意义虽然不容易把握，但肯定跟梅诗的耐人寻味有关。欧阳修谈到梅尧臣的作品，说是"又如食橄榄，真

---

〔1〕 欧阳修云："圣俞平生苦于吟咏，以闲远古淡为意。"见《六一诗话》，《历代诗话》（北京：中华书局，1981），265页。

味久愈在"[1]，这无疑是从"古"而来的。既然平淡之中而有古味，这就不是真正的平凡，因而梅尧臣也就克服了宋诗的基本难题。

从平凡中显出不平凡的问题，在欧阳修、王安石、苏轼等人身上就没有那么突出而引人注目。因为欧、王、苏都是"大人物"，他们的气度与风采自然使他们的作品不同于流俗。这在苏轼身上尤其明显，横溢的才华使得他的作品自然具有行云流水般的奇趣。而梅尧臣则是"小人物"，终身是个小公务员，生活平平无奇，而他就是要从这样的生活中锤炼出诗来。所以如果我们说，宋诗是平凡生活的诗，是平凡人的诗，则无疑梅尧臣的作品，比起欧阳修、王安石、苏轼来，更是彻彻底底的宋诗。在宋诗诸大家中，后人对梅尧臣的评价最不一致，推崇与贬抑有如天壤之别，其原因就在于此。

江西诗派的创始者黄庭坚也是一个梅尧臣式的人物，跟欧、王、苏比起来，他也是个"小公务员"，除了晚年被贬谪西南之外，他的生活基本上并不特别"多彩多姿"，他的诗也像梅尧臣的诗那样，是平凡人的诗。他跟梅尧臣最大的不同是，梅尧臣是宋诗的开创者，而他，从某种意义上来说，则是宋诗的"集大成者"。[2]

---

〔1〕 见《六一诗话》，《历代诗话》，268页。
〔2〕 吉川幸次郎曾提及梅、黄二人的相似性，见《宋诗概说》（台北：联经出版公司，1977），176页。

在黄庭坚之前，宋诗已出现了梅、欧、王、苏等大家，宋诗的面目与特质已经非常清楚。就功力而言，黄庭坚是个杜甫型的人物，他即以杜甫的精神来咀嚼、融会宋诗，因而无意中提供了一套宋诗的"诗法"。而因为他本人是官场中的"平凡人物"，他这一套"诗法"无意中也就特别适用于其他平凡人。欧阳修、王安石、苏轼都是个性鲜明的大人物，他们所走的道路并不是人人都可以遵循的。但大部分人都是如黄庭坚般的平凡人，而且还能从他的作品中学习到一套人人可据的法则，所以黄庭坚是为平凡人归纳了一套平凡的诗的"诗法"。就这个意义而言，他是梅诗的"顶峰"，他的影响也因此远远超过欧、王、苏，形成笼罩一世的态势。

我们应该记得，最早学习黄庭坚精神的是陈师道，而跟黄庭坚比起来，陈师道更是彻彻底底的小公务员。黄庭坚的第一个景从者，江西诗派的第二个大家，也是个小人物型的平凡人，这不是没有意义的，这让我们看出，黄庭坚的诗法确实有为平凡人立法的倾向。

关于黄庭坚的诗法，我们当然可以举出种种细目来加以讨论，如诗眼、拗律、点铁成金、夺胎换骨等等。但是，更重要的是指其基本精神。依个人的看法，黄庭坚用力的焦点是如何使诗显得"不俗"。这也就是我们前面所提到的宋诗的基本难题：如何把日常的、平凡生活的诗写得"不俗"。

我们可以从这一点来分析黄庭坚的诗法。譬如就黄庭坚、陈师道的律诗来说，他们之所以刻意写拗律，就是不想掉入熟套之中。陆游的七律并不比黄、陈差，但往往熟极而"烂"。黄、陈绝不犯这种毛病，他们宁"硬"而不"熟"，以声调上的拗来追求硬、涩、冷、僻的效果，以此来求"不俗"。

诗眼的基本精神也是如此。这是要求不轻易放过关键词眼，一定要想出出人意表的字。在关键处"不苟"，自然与别人不同面目，也就"不俗"。

点铁成金和夺胎换骨这一问题比较复杂，牵涉江西诗派与古书的关系。黄庭坚说过：

> 老杜作诗，退之作文，无一字无来处。[1]

这是要求诗的语言应以古书的语言为主。与口语和俗语相比，古书中的语言当然要"雅"得多，"雅"也是一种"不俗"。从这方面来看，黄庭坚其实是以"雅言"来文饰平凡生活。但反过来说，"雅言"也是一种"陈言"，用得不好也会变成陈腔滥调。所以必须点铁成金，必须夺胎换骨，使古人的语言任我驱驾，即在使用上别出心裁而达到意外的效果，自然也就"不俗"。

但是，这些都是文字功夫、表面工夫。重要的是，透过诗眼、拗律、点铁成金、夺胎换骨等等的"诗法"，来达到诗的整体精神的"不俗"。就世俗成就来讲，黄庭坚、陈师道都是平凡人，

---

〔1〕《答洪驹父书》，《豫章黄先生文集》（四部丛刊本）卷十九，23 页。

富与贵跟他们都没有关系。但就人格而言，黄、陈都是超脱流俗的"诗人"。从他们那种奇峭苦涩的诗句中，我们可以体会到一种"兀傲"的人格。这种"兀傲"不是外发的，不是狂暴的，是不伤人的，是"狷"者一流的、内敛的、自我肯定的一型。这是平凡人物对于平凡自我的肯定，这种肯定使得他们的诗在拗涩之中具有一种奇特的光辉。这是他们真正的"不俗"。

黄庭坚的成就在两方面：就时代而言，他为追求平凡生活的宋诗归纳出一套诗法；就个人而言，他以他的诗歌呈现了一个表面平凡，其实却超脱流俗的人格世界。综合这两方面，他可以说是把宋诗的特质表现到最"纯粹"、最"极致"的人。

## 二、南宋初年江西诗派的问题

南、北宋之交，黄庭坚的影响盛极一时，吕本中据以作《江西诗社宗派图》，因而确立了"江西诗派"的名目。按照后代的评价，吕本中本人可列入南宋初年江西诗派的重要诗人之一。同时，吕本中也是这一时期最主要的理论家，通过他的评论，我们可以看到当时江西诗派所面对的问题。

学诗当识活法。所谓活法者，规矩备具而能出于规矩之外，变化不测而亦不背于规矩也。是道也，盖有定法而无定法，无定法而有定法。知是者，则可以与语活法矣。谢元晖有言："好诗圆转，美如弹丸。"此真活法也。

> 近世豫章黄公首变前代之弊，而后学者知所趋向。毕精
> 尽知，左规右矩，庶几至于变化不测。[1]

吕本中所要强调的是"左规右矩"与"变化不测"的复杂关系。
他并不是不重视法，他认为只有在"毕精尽知"之后，才有
出于规矩之外的可能，就这一点而论，他仍然是江西诗派的
忠实信徒。然而，他所拈出而特别标举的用语是"活法"，从
"活"字，我们看到他的用心所在。

吕本中论诗的第二个要点是"悟入"，他说：

> 作文必要悟入处。悟入必自工夫中来，非侥幸可得
> 也。如老苏之于文，鲁直之于诗，盖尽此理也。[2]

> 悟入之理，正在工夫勤惰间耳。如张长史见公孙大
> 娘舞剑，顿悟笔法。如张者，专意此事，未尝少忘胸中，
> 故能遇事有得，遂造神妙；使它人观舞剑，有何干涉。[3]

"悟入"跟"工夫"的关系，正如"活法"跟"规矩"的关系。
吕本中守住江西诗派的工夫与规矩，然后再特别标出"悟入"

---

[1] 此文见刘克庄《后村先生大全集》（四部丛刊本）卷九十五，14—15 页。
[2] 《吕氏童蒙训》，见《苕溪渔隐丛话》（北京：人民文学出版社，1962），后集卷三十一，232 页。
[3] 《与曾吉甫论诗第一帖》，见《苕溪渔隐丛话》，前集卷四十九，333 页。

与"活法",这是他的趋向所在。

我们当然可以说,黄庭坚、陈师道已有类似的见解,他们也并没有执定如此如此的"诗法",以为此外就无法,因此吕本中并无新意。但是,吕本中在他的说法里面,这么明白地提出"规矩""工夫"与"活法""悟入"的两面性,这种清晰的架构就是理论的往前推进,是他作为理论家的贡献。张健先生曾把江西诗派的六个批评家加以归类,认为黄庭坚、范温、徐俯较讲究方法,韩驹、陈师道、吕本中较偏重悟入。当然两者很难截然加以划分,不过,比较之下六人之中最重悟入的还是吕本中。[1]这样,我们更加可以肯定,吕本中在江西诗派的发展历程中的重要性。

江西诗派的两大宗师,黄庭坚与陈师道,都有过分重视工夫与苦吟的倾向,他们的性格又都极为内敛,这使得他们的作品具有一种重涩的特质。这是他们的诗所以耐读的原因,但反过来也不能不说是缺点。对江西诗派颇有微词的王若虚就说过:

> 鲁直欲为东坡之迈往而不能,于是高谈句律,旁出样度,务以自立而相抗,然不免居其下也。[2]

---

〔1〕 张健《中国文学批评论集》(台北:天华出版公司,1979),156 页。
〔2〕《滹南诗话》卷二,《历代诗话续编》(北京:中华书局,1983),518 页。

这种批评虽然较苛刻，但的确也能道破黄庭坚性格与作品的真正弱点。

但是，不管怎么说，黄、陈二人还是有其独特的气质，而他们的作诗工夫也的确能配合这一气质，而凝练成独特的艺术品。不过，真正比较起来，陈已不如黄，陈的卑苦使得他在气度与格局上不免比黄更为狭小。由此可见，像江西诗派这样的诗法，性格、修养与胸襟反而变得非常重要了。如果没有独特的人品，则所有的工夫就只停留在文字表面。于是，从文字上追求"不俗"的结果就是：粗硬槎桠、重涩冷僻，不一而足。这就是一般人所批评的江西末流的弊病。

吕本中的理论就是对于这种倾向的一种平衡，他在"规矩"与"工夫"之外特别提出"活法"与"悟入"，就是要提醒别人，"法"并不是一切。值得注意的是，他曾在《夏均父集序》中引用谢朓的话，说："好诗圆转，美如弹丸。"在自己的诗里，他也多次提到类似的意思：

> 笔头传活法，胸次即圆成。
> 初若弹丸转，忽若秋兔脱。
> 快若箭破的，圆在于珠盘。[1]

---

〔1〕 以上三则见《东莱先生诗集》（四库全书本）卷六《别后寄舍弟三十韵》、卷三《外弟赵材仲数以书来论，因作此答》、卷十三《瓜洲西亭》。参见张健先生《中国文学批评论集》，153 页。

这就不免令人揣度，他所谓的"活"与"悟"意义恐怕还要深广得多。更明显的是下面一段话：

> 楚辞、杜、黄，固法度所在。然不若遍考精取，悉为吾用，则姿态横生，不窘一律矣。如东坡、太白诗，虽规摹广大，学者难依，然读之使人敢道，澡雪滞思，无穷苦艰难之状。[1]

由此可见，他并不只是要强调"有定法而无定法"，强调从工夫中悟入，事实上他是要扩大江西诗派的境界。他并不想如黄、陈一样地守住内敛、重涩的道路，他要圆活，他要姿态横生，"无穷苦艰难之状"。所以他不只是在"法"与"工夫"上指出不可执着，他甚至在内容上都要弥补江西诗派过分瘦硬苦涩的倾向。

方回曾在《瀛奎律髓》里评论南宋初期江西诗派的几个重要诗人，他说：

> 老杜诗为唐诗之冠，黄、陈为宋诗之冠；黄、陈学老杜者也。嗣黄陈而恢张悲壮者陈简斋（与义）也，流

---

[1]《与曾吉甫论诗第一帖》，见《苕溪渔隐丛话》，前集卷四十九，332-333 页。

动圆活者吕居仁( 本中 )也,清净洁雅者曾茶山( 几 )也。[1]

这一段话除了再次证明吕本中的"活法"具有内容上的意义之外,更重要的是,告诉我们南宋初期江西诗派的"变局"。陈与义、吕本中、曾几,不论在风格上有何不同,都同样地不想守定黄庭坚、陈师道过分内敛的硬、涩倾向。所谓"恢张悲壮"、"流动圆活"、"清净洁雅",都是在不同方向上想要扩大江西诗派的境界。所以我们可以说,南宋初年是江西诗派的"革新、扩大"期,而吕本中则是这一阶段最主要的理论家。

### 三、杨万里与陆游

陈与义（1090—1138）、吕本中（1084—1145）、曾几（1085—1166）之后,就是南宋三大家,陆游（1125—1210）、杨万里（1127—1206）、范成大（1126—1193）。三大家都受江西派影响,但后来都摆脱了江西牢笼。因此,如果说陈、吕、曾是江西的改革派,三大家就是革命派了。三大家之中,杨万里与陆游都有理论上的自我反省,我们可以看到,他们两人为何要对江西派采取更激烈的态度。

杨万里的理论可以说是吕本中观点的进一步发展。他在

---

[1]《纪批瀛奎律髓》( 台北：佩文书社，1960 )，卷一，14 页。

《荆溪集序》里很详细地谈到自己的写诗历程，他说：

> 予之诗，始学江西诸君子，既又学后山（陈师道）五字律，既又学半山老人（王安石）七字绝句，晚乃学绝句于唐人。学之愈力，作之愈寡……故自淳熙丁酉之春，上暨壬午，止有诗五百八十二首，其寡盖如此……戊戌三朝，时节赐告，少公事，是日即作诗，忽若有寤。于是辞谢唐人及王、陈、江西诸君子，皆不敢学，而后欣如也。试令儿辈操笔，予口占数首，则浏浏焉无复前日之轧轧矣。自此，每过午，吏散庭空，即携一便面，步后园，登古城，采撷杞菊，攀翻花竹，万象毕来献予诗材。盖麾之不去，前者未雠，而后者已迫，涣然未觉诗之难也。[1]

这等于是以最具体的经验来描述吕本中所说的，由"工夫"到"悟入"的过程。不过我们可以感觉到，在整段文字里，杨万里并没有强调他的"悟入"是自"工夫"来。相反，杨万里似乎有工夫并不足恃的言外之意。至少我们可以肯定，吕本中所说的工夫与悟入并重的情形，在杨万里的论述里明显偏向悟入。因此可以说，杨万里的说法是吕本中理论的进一步发展。

---

[1]《诚斋集》（四部丛刊本），卷八十，7—8 页。

其次，杨万里对于自己"悟"后作诗情况的描述，也值得注意。吕本中提到"活法"，提到"忽若秋兔脱""快若箭破的"，拿来形容杨万里的创作过程，实在再恰当不过。我们如果再考虑一下杨万里作品的灵活跳脱，那么简直可以说，杨万里彻底实践了吕本中的"活法"理论，而且已经超过了限度，几乎已把规矩法度完全抛之脑后了。所以从"活法"这一方面来讲，杨万里也比吕本中往前跨了一大步。

杨万里在《颐庵诗集序》里说：

> 夫诗何为者？尚其词而已矣。曰：善诗者去意。然则去词、去意，则诗安在乎？曰：去词、去意，而诗有在矣。

"尚词"是讲究字句工夫，"尚意"是讲究炼意，两者既不是诗之所在，那么工夫与法度显然已不再像吕本中所说的那么重要了。

诗既不在词与意之上，那么诗在什么地方呢？在上引一段文字之后，杨万里接着说：

> 然则诗果焉在？曰：尝食夫饴与茶乎？人孰不饴之嗜也！初而甘，卒而酸。至于茶也，人病其苦也，然苦未既而不胜其甘；诗亦如是而已矣……三百篇之后，此味绝矣，惟晚唐诸子差近之……近世惟半山老人得

之……[1]

这里最值得注意的是，杨万里不重"意"而重"味"，"意"还可以言说，"味"就只能体会了。他所讲究的是最没有形迹的东西，因此他距离江西已经相当遥远，而渐渐要接近严羽的道路了。

杨万里甚至还以这样的理论来阐明江西诗派，他说：

> 江西宗派诗者，诗皆江西也。人非皆江西，而诗曰江西者何？系之也。系之者何？以味不以形也……大抵公侯之家有阀阅；岂惟公侯哉？诗家亦然。窦人子崛起委巷，一旦纡以银黄，缨以端委，视之：言，公侯也；貌，公侯也。公侯则公侯乎尔，遇王谢子弟，公侯乎？江西之诗，知味者当能别矣。[2]

这等于是说，学江西学得好的才算江西，只有貌没有味的就不能算江西。前面说过，黄庭坚、陈师道的好处并不只在工夫，诗背后的人格境界尤其重要。然而正统的江西派却不会说，只有那个"味"才算，"工夫"与"法度"不算。杨万里的完全重"味"只能证明，他连吕本中的立场都守不住，所以他

---

[1] 《诚斋集》，卷八十三，2—3 页。
[2] 《诚斋集》，卷七十九，11—12 页。

已不是"正统"的江西派了。

从杨万里的重"悟"不重工夫,重"活"不重法度,重"味"不重"形",我们就不难理解,他为什么要推崇唐诗,尤其是晚唐诗了。除前面所述《颐庵诗集序》之外,我们可以再举出下面的例子:

> 近世此道之盛者,莫盛于江西。
> 然知有江西者不知有唐人。[1]

> 不分唐人与半山,无端横欲割诗坛。
> 半山便遣能参透,犹有唐人是一关。[2]

> 受业初参且半山,终须投换晚唐间。
> 国风此去无多子,关捩挑来只等闲。[3]

> 笠泽诗名千载香,一回一读断人肠。
> 晚唐异味同谁赏,近日诗人轻晚唐。[4]

从文学史的观点来看,杨万里的"可贵"就在于:在江西诗

---

〔1〕《双桂老人诗集后序》,《诚斋集》,卷七十八,12 页。
〔2〕《读唐人及半山诗》,同上书,卷八,13—14 页。
〔3〕《答徐子材谈绝句》,同上书,卷三十五,5 页。
〔4〕《读笠泽丛书》,同上书,卷二十七,1—2 页。

派解体的过程中他从创作实践和理论反省两方面让我们知道，一个诗人如何从江西走到晚唐。从杨万里的例子我们就可以了解，下一个阶段要出现的是"四灵"与严羽了。

陆游与江西诗派的关系甚至比杨万里还深，他年轻的时候私淑吕本中，在《吕居仁集序》里，他说：

> 某自童子时，读公诗文，愿学焉。稍长，未能远游，而公捐馆。晚见曾文清公，文清谓某："君之诗渊源始自吕紫微，恨不一识面。"某于是尤以为恨。[1]

后来他亲从曾几学诗，他回忆说：

> 忆在茶山听说诗，亲从夜半得玄机。[2]

曾、吕二人是南宋初期江西诗派的两大宗师，而陆游一私淑，一受亲炙教诲，可见其与江西诗派关系之密切。《诗人玉屑》载赵庚夫题《茶山集》云：

> 咄咄逼人门弟子，剑南已见一灯传。[3]

---

〔1〕《陆放翁全集》：《渭南文集》（台北：世界书局，1980），卷十四，81页。

〔2〕《追怀曾文清公呈赵教授赵近尝示诗》，《陆放翁全集》：《剑南诗稿》卷二，37页。

〔3〕《诗人玉屑》（台北：九思出版公司，1978），卷十九，419页。

所以陆游实在可以成为曾、吕之后江西诗派最重要的传人，而且可能有青出于蓝之势。

在陆游的一些作品里，我们仍然可以发现吕本中理论的痕迹，譬如：

> 文章换骨余无法，学但穷源自不疑。
> 齿豁头童方悟此，乃翁见事可怜迟。[1]

> 六十余年妄学诗，工夫深处独心知。
> 夜来一笑寒灯下，始是金丹换骨时。[2]

这里所说的就是吕本中所谓的从工夫到悟入的过程。

但陆游的个性与才气究竟不是江西派所能规范得住的，在他："换骨"之后，他就不再是江西宗社中人。他说：

> 大抵诗欲工，而工亦非诗之极也。锻炼之久，乃失本指，斫削之甚，反伤正气。[3]

---

〔1〕《示儿》，《陆放翁全集》：《剑南诗稿》卷二十五，416 页。
〔2〕《夜吟》，同上书，卷五十一，751 页。
〔3〕《何君墓表》，同上书，卷三十九，245 页。

> 琢雕自是文章病，奇险尤伤气骨多。
>
> 君看太羹玄酒味，蟹螯蛤柱岂同科。[1]

江西诗派是通过文字工夫与法度来求"奇"、求不俗，而所谓悟入则是能够借此表现一种特殊的味、特殊的境界、特殊的人格。两者是合而为一的，缺一则不可。但陆游在"换骨"之后，却明白地摒弃锻炼与雕琢，并且不赞成奇险的风格。他这种立场和晚年的杨万里完全类似，因此他至此也不算是"正统"的江西派了。他在《示子遹》里明白宣称：

> 诗为六艺一，岂用资狡狯。
>
> 汝果欲学诗，工夫在诗外。[2]

这跟江西的文字与内容合一的观念已是不能相容的了。

实际上陆游脱离江西的程度甚至还要超过杨万里。杨万里其实是把吕本中的"活法"推到极端，而陆游却连"活法"也要反对。吕本中以谢朓"好诗圆转，美如弹丸"的话来说明"活法"，陆游却批评说：

> 文章要须到屈宋，万仞青霄下鸾凤。

---

〔1〕《读近人诗》，《陆放翁全集》：《剑南诗稿》，卷七十八，1069 页。

〔2〕同上，1076 页。

区区圆美非绝伦，弹丸之评方误人。[1]

这恰如杜甫说"或看翡翠兰苕上，未掣鲸鱼碧海中"，可见陆游不愿拘束在小世界中，而有他自己的追求目标。他在《九月一日夜读诗稿有感走笔作歌》描述自己的作诗经历：

> 我昔学诗未有得，残余未免从人乞。
>
> 力屏气馁心自知，妄取虚名有惭色。
>
> 四十从戎驻南郑，酣宴军中夜连日。
>
> 打球筑场一千步，阅马列厩三万匹。
>
> 华镫纵博声满楼，宝钗艳舞光照席。
>
> 琵琶弦急冰雹乱，羯鼓手匀风雨疾。
>
> 诗家三昧忽见前，屈贾在眼元历历。
>
> 天机云锦用在我，剪裁妙处非刀尺。
>
> 世间才杰固不乏，秋毫未合天地隔。
>
> 放翁老死何足论，广陵散绝还堪惜。[2]

诗的中段以具体的形象生动地描写了豪壮激昂的军旅生活，是这种生活让他领悟到真正的诗的天地是在哪里。由此我们不难理解，在个性上陆游既不能像黄庭坚那样孜孜矻矻地经

---

[1]《答郑虞任检法见赠》，《陆放翁全集》：《剑南诗稿》，卷十六，274 页。

[2] 同上书，卷二十五，418 页。

营自己的内心世界，又无法像杨万里一样，在寻常的小事物中体会到灵动透脱的生命。他要献身于不平凡的追求，他要在热情与豪气之中去体会生命的光与热。这种外向的本质与江西诗派重工夫与内省的倾向根本无法兼容，无怪他要说"区区圆美非绝伦"，而向往"万仞青霄下鸾凤"的境界。

陆游在另一首《醉后草书歌诗戏作》中，更直接地描述艺术世界：

> 朱楼矫首临八荒，绿酒一举累百觞。
>
> 洗我堆阜峥嵘之胸次，写为淋漓放纵之词章。
>
> 墨翻初若鬼神怒，字瘦忽作蛟螭僵。
>
> 宝刀出匣挥雪刃，大舸破浪驰风樯。
>
> 纸穷掷笔霹雳响，妇女惊走儿童藏。[1]

前一首诗以豪壮动荡的场面来说明生活对创作的启示，这一首则以类似的形象来比喻他的诗歌的精神。综合起来我们就可以看到，黄庭坚与陆游同样学杜甫，但黄庭坚只看到杜甫的内省与工力，而陆游则重视气魄与热情。就整体精神而言，陆游实在更接近杜甫。

这样看起来，陆游根本是以最简单的方式来解决江西派的问题。江西诗的症结在于：生活与题材太平凡，所以只好

---

[1]《答郑虞任检法见赠》，《陆放翁全集》：《剑南诗稿》，卷四，72页。

从文字上去雕塑一个独特的生命世界。杨万里虽然以他独特的"活法",把江西诗一向过度重涩的内容转为淋漓的生气,但基本趋向还是平凡中追求不平凡。陆游却完全抛弃这个前提,而说:既要不平凡,最彻底的解决方式就是,生活本身不平凡。陆游的方法才是真正的釜底抽薪,不过如此一来就把宋诗真正的"根"挖掉了。所以就理论层次而言,他也是走回唐诗,而且比杨万里走得更彻底。杨万里还只以晚唐为主,而陆游则是要回到杜甫所表现出来的盛唐风度中。

## 四、张戒与严羽

吕本中、陆游、杨万里都是大诗人,他们都以自己的创作实践为基础来反省江西诗派的问题。吕本中先走出一步,提出"活法"与"悟入"来平衡法度与工夫。陆游与杨万里则在吕本中的基础上再往前发展,而走上不同的道路。他们同样地"悟"了,但既"悟"之后就不太重有形的文字,一个提出"味",一个提出"生活经验",因而也同时走回唐诗,不过一个较重晚唐,一个较重盛唐。

陆游、杨万里的两条道路,也反映在南宋最重要的两个诗论家张戒与严羽身上。大致说起来,张与陆近,严与杨近。从张、陆与杨、严的对比,我们不难看出,南宋对江西的反省虽然言人人殊,但大致不出张、陆与严、杨二途。

在分析张戒与严羽各自的理论之前,我们先谈一谈他们两人的共同特色。张、严都写诗，诗名不盛，但作为理论家，他们的理智反省能力显然要超过吕本中、陆游与杨万里。或者可以说，正因为他们不是重要诗人，他们反而不会执着在自己的创作经验本身，反而更能跳脱开来，以客观的态度来看待江西与宋诗的问题。也正因为如此，所以是他们，而不是杨、陆，明白地提出宋诗来跟前代的诗，尤其是唐诗作对比。这样就让他们考虑到，所谓江西的问题并不只是在江西，而是在整个的宋诗和前代的诗，尤其是唐诗，截然不同。这种鲜明的时代意识和历史意识，使他们在不同种类的诗的对比之下，能够直探诗的本质，并以简单的语言清晰呈现出来。试看他们强烈的时代感：

> 国朝诸人诗为一等，唐人诗为一等，六朝诗为一等，陶、阮、建安七子、两汉为一等，风、骚为一等。学者须以次参究，盈科而后进，可也。

> 诗以用事为博，始于颜光禄而极于杜子美。以押韵为工，始于韩退之而极于苏黄……用事押韵，何足道哉！苏黄用事押韵之工，至矣尽矣，然究其实，乃诗人中一害，使后生只知用事押韵之为诗，而不知咏物之为工，言志之为本也，风雅自此扫地矣。

> 国风离骚固不论，自汉魏以来，诗妙于子建，成于李杜，而坏于苏黄……子瞻以议论作诗，鲁直又专以补缀奇字，学者未得其所长，而先得其所短，诗人之意扫地矣……苏黄习气净尽，始可以论唐人诗。唐人声律习

气净尽，始可以论六朝诗。镌刻之习气净尽，始可以论曹刘李杜诗[1]。

（以上《岁寒堂诗话》）

　　试取汉魏之诗而熟参之，次取晋宋之诗而熟参之，次取南北朝之诗而熟参之，次取沈宋王杨卢骆陈拾遗之诗而熟参之，次取开元天宝诸家之诗而熟参之，次独取李杜二公之诗而熟参之，又取大历十才子之诗而熟参之，又取元和之诗而熟参之，又尽取晚唐诸家之诗而熟参之，又取本朝苏黄以下诸家之诗而熟参之，其真是非自有不能隐者。

　　盛唐诸人，惟在兴趣；羚羊挂角，无迹可求……近代诸公乃作奇特解会，遂以文字为诗，以才学为诗，以议论为诗；夫岂不工，终非古人之诗也。

　　国初之诗，尚沿袭唐人……至东坡山谷始自出己意以为诗，唐人之风变矣。[2]

（以上《沧浪诗话》）

所以不惮其烦地引述这些言论，就是要证明，对于江西的检讨最后引发整个宋诗的问题；而由宋诗与前代诗歌的对比，

---

〔1〕《历代诗话续编》，451、452、455页。

〔2〕《历代诗话》，686—688页。

自然产生这么明显的历史意识。而这种历史意识的结论却是，对于宋诗的否定。如果就历史的顺序，事情应该是这样：有了宋诗，然后发展到江西；到了江西末，然后宋诗的弊病清楚地显示出来；由此而产生理论家的反省，而最后的结论却是：宋诗要不得，必须改弦更张，回到唐诗。因此就文学史的立场来看，张戒、严羽的诗论实在是宣布了宋诗的"死刑"。陆游、杨万里就他们实际创作的历程几乎已经达到相同的看法；不过，张戒与严羽却以理论家的历史眼光清晰而严厉地加以"宣告"。

当然，张戒和严羽的重要性并不只是他们的理论在文学史上所代表的意义。作为理论家，他们的贡献在于：以反省江西派和宋诗为基础，他们为诗的本质提出坚定而明确的看法。

在比较了历代诗歌之后，张戒断然宣称，诗之本在于情志：

> 建安陶、阮以前诗，专以言志；潘、陆以后诗，专以咏物。兼而有之者，李、杜也。言志乃诗人之本意，咏物特诗人之余事。古诗苏、李、曹、刘、陶、阮本不期于咏物，而咏物之工，卓然天成，不可复及。其情真，其味长，其气胜，视三百篇几于无愧，凡以得诗人之本意也。潘、陆以后，专意咏物，雕镌刻镂之工日以增，而诗人之本旨扫地尽矣[1]。

---

[1]《岁寒堂诗话》卷上，《历代诗话续编》，450页。

另外，前面引过他批评苏、黄，说他们：

> 使后生只知用事押韵之为诗，而不知咏物之为工，言志之为本也，风雅自此扫地矣。

两者综合起来，张戒等于把诗分成言志、咏物、用事押韵议论缀奇字（即严羽所谓"以文字为诗"）三等。当然，宋诗是要列在最下等了。

诗以言志，这是老生常谈，表面上看起来毫无创意。而且张戒又因此过度厌弃文字与技巧，而有宋不如唐、唐不如六朝、六朝不如汉魏晋之论（参前引文），似乎又过于保守。但事实上，在论江西之弊时，他的论调却有一针见血之效。试看他与吕本中的一段问答：

> 往在桐庐见吕舍人居仁，余问："鲁直得子美之髓乎？"居仁曰："然。""其佳处焉在？"居仁曰："禅家所谓死蛇弄得活。"余曰："活则活矣，如子美……此等句鲁直少日能之……此等句鲁直晚年能之。至于子美'客从南溟来''朝行青泥上'，壮游北征，鲁直能之乎？如'莫自使眼枯，收汝泪纵横。眼枯却见骨，天地终无情'，此等句鲁直能到乎？"居仁沉吟久之曰："子美诗有可

学者，有不可学者。"余曰："然则未可谓之得髓矣。"[1]

这段话充分指出江西诗派的矛盾。只能学杜甫可学之处，而杜诗之真精神遂失之交臂。反过来看，不可学的正是诗之本质之所在。所以张戒的情志说轻易地就击中江西的要害。张戒生卒年虽然不详，但大约与吕本中、曾几、陈与义同辈而稍晚。[2]在吕本中努力修正江西诗论的同时，在陆游尚未从亲身阅历体会到"工夫在诗外"之前，张戒以他敏锐的眼光直接看穿江西的缺陷，确实有过人之处。

张戒的言志说所以具有强烈的批判性，主要得力于他对杜甫诗的体会。《岁寒堂诗话》的第二卷（全书只有两卷）专论杜诗，可见他对杜甫的倾倒。元稹以"铺陈终始、排比声韵"为标准，判断李白不如杜甫，张戒斥之为"鄙"。[3]他完全从道德与情志的观点出发来肯定杜甫的伟大。正因为他读杜诗有得，他才能说出下面所引这一段极少人说得出的话：

> 王介甫只知巧语之为诗，而不知拙语亦诗也。山谷只知奇语之为诗，而不知常语亦诗也。欧阳公诗专以快意为主，苏端明诗专以刻意为工，李义山诗只知有金玉

---

[1]《岁寒堂诗话》卷上，《历代诗话续编》，463 页。
[2] 参见张健《文学批评论集》（台北：学生书局，1985），1—2 页。
[3]《岁寒堂诗话》卷下，《历代诗话续编》，469 页。

> 龙凤，杜牧之诗只知有绮罗脂粉，李长吉诗只知有花草蜂蝶，而不知世间一切皆诗也。惟杜子美则不然，在山林则山林，在廊庙则廊庙，遇巧则巧，遇拙则拙，遇奇则奇，遇俗则俗，或放或收，或新或旧，一切物，一切事，一切意，无非诗者。故曰"吟多意有余"，又曰"诗尽人间兴"，诚哉是言。[1]

杜诗处处有真情，故无所不佳，张戒因此可据以断言：诗当以言志为本。

一般而言，张戒型的正统理论家，要不是面无表情地背诵圣人之言，就是头巾气太重，极少像张戒那样说得理直气壮而能服人的。对于江西诗派与宋诗的批评，张戒的成就绝对不下于严羽。

严羽的理论世所习知，这里只简单谈一谈跟本文有关的一些问题。严羽在《沧浪诗话》的《诗辩》里说：

> 夫诗有别材，非关书也；诗有别趣，非关理也……盛唐诸人，惟在兴趣；羚羊挂角，无迹可求。故其妙处，透彻玲珑……言有尽而意无穷。近代诸公乃作奇特解会，遂以文字为诗，以才学为诗，以议论为诗；夫岂不工，

---

[1]《岁寒堂诗话》卷上，《历代诗话续编》，464 页。

终非古人之诗也，盖于一唱三叹之音，有所歉焉。[1]

这一段话简要而清楚地说出他自己对于诗的本质的看法，并以此批判了江西与宋诗。大致而言，江西派先是借工夫与规矩的途径来表现人格（如黄庭坚），接着是工夫、规矩与悟入、活法并立（吕本中），到了杨万里明显偏向悟与活，并提出诗味的问题来。如果从这一条发展脉络来看，严羽主"兴趣"而去"文字"的结论一点也不令人感到意外。严羽的贡献是，把前人提出的想法推到极点，并以简明清晰的文字表达出来。如果强要比较，我们可以说，张戒和严羽虽然同样反对江西与宋诗，但严羽与江西的"渊源"却要深得多。

其次要指出的是，严羽并不能算是纯粹的神韵派，他重气象、格力、音节、体制，明显也有格调派的种子。[2]我们可以说，自南宋诗论分出唐宋以后，明清以后的唐派，不论主神韵，还是主格调，全可溯源到严羽。所以从历史脉络来说，先有宋诗，再发展成江西，再由反江西而归结为严羽的唐、宋之分，然后再引出明清诗与诗论，严羽的重要性由此可知。

相比之下，张戒就没有什么明显的影响。明、清以后，凡是主情志的，大约有两种途径：一种与格调结合，而成"门面话"，实际不起大作用，如沈德潜；一种干脆只抒发个人感

---

〔1〕《历代诗话》，688 页。
〔2〕 参见刘大杰《中国文学批评史》（台北：文汇堂，1985），126—131 页。

情，而成性灵派，事实上，这两种理论都跟张戒那种以杜甫为中心的情志论关系不大。所以张戒虽然也反江西而分出唐、宋，但在后代却缺乏真正的知音。

最后把本文所谈论的简单归结一下。江西派的问题来自于宋诗：宋诗以日常的平凡生活为基础，江西把这一倾向发展至极端，并想从文字工夫中锻炼出不平凡的诗味来。江西末流的弊病是：徒有工夫而无诗味，吕本中因此提出修正，以"活法"和"悟入"来平衡规矩与工夫。然而，以陆游、杨万里为代表的下一辈诗人，却在"悟"了之后，逐渐抛弃有形的文字，并转向唐诗。张戒、严羽则进一步从理论上把江西的问题归到宋诗上，并以唐诗（或唐以前诗）来否定宋诗。就基本倾向而言，陆游重生活体验，张戒重情志，可算一类；杨万里、严羽则重无形的味或韵，明显是一类。其他如姜夔、戴复古、刘克庄，本文虽未提及，但都可在这两种大趋向上找到他们的位置。[1]

---

〔1〕 朱熹的诗论最为特殊，不属于这两个系统，故未提及。

# 中国文学史上的元好问

一

元好问是中国文学史上极为特殊的大作家。他是南北朝时期曾经统治过中国北方的鲜卑族拓跋氏的后裔，他所生长的时代是女真族统治的金朝，然而他却成为擅长汉族文字的大作家，在诗、词创作和文学批评上都有重大成就。而且，在金朝亡国、北方中原文化式微的时候，为了保存这一份文化遗产，他还做了许多的努力。少数民族出身，生长在少数民族统治的"非正统地区"，却有着这样的作为与成就，不能不说是中国文学史上的"异数"。因此，从文学史的立场来讨论元好问的这种"特殊性"，不但是了解元好问的重要途径，而且还应该说，是必不可少的一种途径。

在本文里，我们将从三方面来讨论元好问的这种"特殊性"。首先，我们要从少数民族与汉族关系的角度来考察元好问；其次，我们进一步从这个角度来分析元好问的特殊出身和他的文学批评的关系；最后，从这一角度出发，我们还要说明元好问的创作，特别是他在诗歌方面成就的特异性格。

早在春秋时代，以周王朝为中心的各封建国家，已经形成一个"中原文化"的共同体。"尊王攘夷"是齐桓公霸业的主要口号；在抵御主要"蛮夷"楚国北进的策略之中，齐桓公和管仲即诉诸其他国家对这一共同体的认同。后来，在春秋晚期，作为这一文化体系的新的诠释者孔子，也从维护这一文化体系的立场来赞扬管仲的功业。他说："微管仲，吾其披发左衽矣。"如果没有管仲辅佐齐桓公，楚国可能征服中原之地，中原的人就要被迫遵从"楚蛮"的生活习惯了。

从这一角度来看，楚国应该是春秋时代"中原文化"的异类；即使后来楚国逐渐"汉化"，它的文化也应该表现出"少数民族"的特异性格。民国初年的一些学者，刻意强调早期中国南、北文化的异同，其实也就是意识到楚文化的这一历史性格。

如果从这一个立场来看，那么，我们可以说，屈原应该是中原文化形成以后，中国产生的第一位"少数民族"大诗人。提出这一点可能会使一些人感到不舒服，因为屈原也正是中国的"第一位"大诗人，而他原来竟出身于中原文化"异类"的"楚蛮"。

不过，我们还可以解释说，汉文化形成的最后阶段应该是在汉朝。因为汉朝是中国历史上的第一个大一统朝代（我们可以把秦朝视为汉朝的先驱），中国境内各文化成分融合成一个整体在这个时候才完全定型。从这个角度来看，楚文化正是在最后阶段融入中原文化之中，成为汉文化的重要组成部分，而作为楚文化的具体结晶的屈原，也就成为汉文化"经典时期"的代表作家之一。后代一直把先秦两汉的主要典籍视为汉文化的源头，即可清楚地说明这一点。因此，屈原的情况和后代的"非汉族"作家是不能相提并论的。

在汉朝之后，中国境内或边境地区的少数民族，继续不断地融入以汉族为主体的中华民族洪流之中，并在以汉文化为中心的中国文化的成长与扩大的过程中，不断地有所贡献。不过，我们的焦点却在于，这样的贡献有没有具体结晶在某一个大文学家身上，如屈原之于楚文化。

西晋末年五胡乱华以后，中国进入有史以来规模最庞大的民族大融合时期。从西晋亡国到隋朝统一中国这近三百年的漫长过程中，中国北方主要由各少数民族轮流统治着。这个时期的北方，不能说对中国文化没有贡献。但很明显，不论是东晋时期的北方，还是南北朝时期的北方，都不曾产生过大作家，"非汉族"的大作家或名作家就更难找到了。北朝唯一的大作家是庾信，他是汉人，而且是年纪很大以后才从南方去的。

这一次民族大融合在文化上的表现，一直要到隋唐时代，中国进入第二次大一统时才开花结果。这种民族大混血之后重新取得的文化活力，具体地呈现在唐代文学，特别是唐诗上。在著名的唐代诗人中，当然也有元稹这种属于拓跋氏后裔的，也有李白这种被某些人怀疑具有西域血统的。不过，无可否认，不论唐朝具有多少"非汉族"的异质因素，这却是汉文化的一次伟大的重建时期。在这种大背景与大潮流之下，少数例外如元稹者，也就不显得具有特殊意义了。[1]

在接下来的以宋文化为中心的中国国势的衰微时期，中国北方的边境一直受到强大的异族威胁。刚开始是辽国（契丹），其辖域虽然主要是在长城之外的大片东北、漠北之地，但它也统治着原属于中原的燕云十六州。从这方面来看，辽国与以前的匈奴、突厥等胡人国家不同，它部分具有中国政权的性质。接下来的金朝就更明显了。金朝在灭掉辽国之后，拥有了传统上属于北方强大异族的土地。但是，接着它又并吞了北中国，成为中国北方的主人，它的政权比起辽国来就更具有中国性质了。从历史处境来看，南宋时代的宋金对峙，跟隋唐以前的南北对峙，实在非常类似。只是一般人习于历史的"正统"观，忘记了南宋之外，中国的大片土地是由"异族"统治着。

总结起来说，终宋之世，在中国的北方，一直存在着"胡汉混合"的非汉族政权。它的地域，由原来辽国控制的燕云十六州扩大到整个中国北方；它的文化，由原来的胡为主、汉为辅逐渐演变成以汉文化为主体。这整个的演变过程，在文学上就具体呈现在元好问这个非汉族政权统治下的非汉族的汉文学大家身上。元好问的存在，让我们不得不记住，在

---

〔1〕 这一讲法把问题看得太简单了，实际上唐代有许多文人，祖先出身于少数民族，如白居易（西域人的后代）、刘禹锡（匈奴的后代）等，这个问题需要详细讨论（本文所加的少数注解是编辑本书时加入的）。

两宋时代，在汉文化的中心区之外，还有着这么重要的"历史现实"，这是执着于"正统观"的中国文人所容易忘记的。

也许我们不应该忘记一个更重要的事实，在蒙古人灭掉金朝之后，蒙古与南宋之间的对峙还维持了四十多年。比起女真人来，蒙古人是非常不喜欢、非常不尊重汉文化的。就在这四十多年间，这一辽、金相承的"汉文化区"，独立地负担起蒙古人统治下的汉文化的延续工作，而作为这一文化传统代表人物的元好问，也成为这一工作的中心人物。因此，如果我们忘记了元好问，我们也就不能了解辽、金、元统治时代在中国文化史及文学史上的意义。很多人不重视元好问，也正因为他们认为，辽、金、元时期，中国文化几乎一片空白。从这个角度来看，我们应该大大表彰元好问的成就及其对中国文化的贡献。

元好问的地位与贡献也是后无来者的。在元朝统治全中国的九十多年中，中国境内也曾出现像贯云石和萨都剌这样的"非汉族"文人。然而，他们的成就是无法和元好问相比的。其后，在明朝亡国之后，中国出现了有史以来最强有力的"少数民族"政权。然而，这个政权却也是有史以来最为汉化的少数民族政权，它统治下的整个文化形态基本上是"中国式的"。在这种情况下，整个清朝所存在的许多的杰出的"非汉族作家"，如纳兰容若、文康（《儿女英雄传》的作者）、郑文焯等，其所代表的意义也就没有元好问来得重大了，更何况他们的成就也未必比得上元好问。[1]

所以总结来说，元好问应该是中国文学史上最有成就的，也是文化史上最具有意义的"非汉族"作家。

## 二

如果从金、宋两个胡、汉政权南北对峙的观点出发，我们就会注意到元好问在他的《论诗绝句》三十首中所表现出来的民族或地域色彩。试看下面两首：

> 曹刘坐啸虎生风，四海无人角两雄。
> 可惜并州刘越石，不教横槊建安中。
>
> （其二）

> 慷慨歌谣绝不传，穹庐一曲本天然。
> 中州万古英雄气，也到阴山敕勒川。
>
> （其七）

第二首的"并州刘越石"很令人怀疑元好问有自比之意，因

---

〔1〕 这里的论述也太简化了，譬如，曹雪芹虽然出身于汉族，但曹氏在清军未入关前就成为满族的包衣（即奴隶），如果曹家没有和清朝皇室发生密切关系，曹雪芹也不可能创作出《红楼梦》。我们应该承认，《红楼梦》是满、汉文化融合的最高文化成就之一。

为元好问所出生的太原，正是并州之地。当他说："可惜并州刘越石，不教横槊建安中"，这其中颇有跃马自雄、抚髀自惜的意味。这多少透露出，他了解自己并非生长在汉文化的正统区域；但他又颇为自负，以为可以与代表汉文化正统的文人一较高下。这个意思，在第七首里有另一种表现。他说："中州万古英雄气，也到阴山敕勒川"，这一方面以"中州"的价值来肯定《敕勒歌》，是以"汉"律"胡"，但反过来看，也正是对于"胡人"文学的一种肯定，认为置之汉文学中也无愧色。

　　一般讲这两首诗，都从元好问崇尚气骨与风力的立场来看待其意义。上面对于它的言外之意的解释，也许过度深求，但如果再想到另外常被引用到的一首，也许就可以看出，并非全是无的放矢：

　　　　有情芍药含春泪，无力蔷薇卧晓枝。
　　　　拈出退之山石句，始知渠是女郎诗。

　　　　　　　　　　　　　　　　　　（二十四）

这是对于秦少游的嘲笑。这种嘲笑当然可以归之于崇尚气骨的元好问对于柔靡的女郎诗的不满。但是，这样的作品，却容易让我们想起南北朝时期的北方民歌：

　　　　我是房家儿，不解汉儿歌。

在这里，元好问多少有把南北朝时期南、北对立的文风加以再现的味道。

最能够证明元好问论诗存有南、北对立之见的，莫过于他在《论诗绝句》三十首中所表现的对于宋诗，以及对于苏、黄的态度：

> 奇外无奇更出奇，一波才动万波随。
> 只知诗到苏黄尽，沧海横流却是谁？
>
> （二十二）

> 金入洪炉不厌频，精真那计受纤尘。
> 苏门果有忠臣在，肯放坡诗百态新？
>
> （二十六）

> 百年才觉古风回，元祐诸人次第来。
> 讳学金陵犹有说，竟将何罪废欧梅。
>
> （二十七）

> 古雅难将子美亲，精纯全失义山真。
> 论诗宁下涪翁拜，未作江西社里人。
>
> （二十八）

从这四首诗里，我们可以大致归纳元好问对于宋诗的看法。他认为欧、梅犹有古风，他于王安石（金陵）还存敬意。至于苏、黄，在二十六、二十八两首里似乎也有好评，但那只是跟他们的弟子相比而言。从第二十二首可以看出，元好问责备苏、黄的"奇外出奇"，以至于"一波动""万波随"，最后导致"沧海横流"的局面。追究到底，苏、黄正是宋诗末流的"始作俑者"。就一般的看法来说，元祐以后才是宋诗真面目之所在。然而，元好问却反而比较推崇元祐以前的欧阳修、梅尧臣与王安石。这种基本上不赞同宋诗的态度，明显地流露了作为北方之雄的元好问对于苏、黄一脉的评价。

以上的一些例子是要说明元好问论诗的地域之见。但如果我们只把这些看法纯粹归之于元好问因地域及民族之别而来的有意识的偏见，那就太过于把问题简单化，也把元好问的心胸看得过于狭窄了。

更仔细地来分析，我们或许应该把元好问的论诗倾向当作是地缘文化的产物，是元好问所由生长的那一政治、文化传统的结果。

正如前一节所说，在宋文化的中心区之外，辽、金相承的政权是一个胡、汉混合的文化区。从它远离汉文化的中心地带，从它带有浓厚的胡、汉混合的色彩来看，它是汉文化的边区。不过，从另一个角度来看，在中国文化逐渐从唐型文化递转为宋型文化的过程中，由于它地处边区，反而并没有随着汉文化核心地区的转变而转变，反而承袭了唐文化的较古旧形态。也就是说，由于它是边区，它反而转变得慢。这种情况，在文化的变迁过程中并不难见到。

更进一步讲，由于辽、金文化具有浓厚的胡、汉混合的性格，因此也就和唐文化比较类似，比较不像宋文化那种精致、细腻的较进一步的发展。在元好问的论诗见解之中，我们看到他重质朴、重自然、重气骨、重风力，如果从胡、汉混合这个角度来衡量，就不难理解了。也就是说，我们不妨把辽、金文化看作唐文化的延续（这并不就否认它也在某种程度上受到宋文化的影响）。[1] 从这个角度来看，元好问的论诗见解的地域性自有其地缘基础，是一种复杂的文化现象的产物。关于元好问在中国诗史上的地位，恐怕也必须从这个角度来加以考察，才能有更深入的理解。

最能够清楚地看出元好问在中国诗史上地位的是曾国藩。他在《十八家诗钞》这部诗选里，总共选了十八人的作品。汉魏六朝六家：曹植、阮籍、陶潜、谢灵运、鲍照、谢朓；唐八家：李白、杜甫、王维、孟浩然、韩愈、白居易、杜牧、李商隐；宋三家：苏轼、黄庭坚、陆游；金元一家：元好问。这一去取是否得当，当然有待讨论（譬如宋诗部分是否选得太少），但无可怀疑，曾国藩认为：元好问是自汉魏至宋、金、元之际中国五、七言诗的黄金时代的最后一位大诗人。这种

---

[1] 宋、辽之间在文化上彼此"歧视"，宋视辽为夷狄，而辽则自视为唐文化的正统继承者。

评价，相信很多人都会认同，因为元好问的确具有这样的成就。问题是，我们如何进一步诠释这一评价呢？

两宋是五、七言诗的最后一个具有原创性的时代，其成就足以和唐代相抗衡，而为其后的元、明、清三代所不及。问题是，元好问并不是典型的宋诗的代表者，不论从他作品的性质，还是从他本人对于宋诗的不认同来看，他都不能列入这样的作家。所以，他之入选为十八家之一，是绝不同于苏、黄、陆三人的。

我们如果把宋以后的唐、宋之分作为出发点，也许就能了解问题的关键。自从江西派趋于末流以后，回归唐诗变成了其后发展的一个主要问题；这一回归运动，自宋末经元朝而于明朝的前后七子达到高潮。但也由于前后七子复古所产生的流弊，到了明末清初，学习宋诗又成为这一流弊的反动方式。进入清朝以后，学唐、学宋就变成了门户之见，而唐、宋之分也就成为清代诗论的主要课题之一。

从这个角度来看，我们可以历数宋以后学唐有成的大诗人，我们可以举出明初的高启、刘基，明中叶的李梦阳、何景明，以及清初的吴伟业和王士禛。我们可以问：他们之中，有谁的成就可以明显超过元好问。从各方面来衡量，也许只有高启和吴伟业可以勉强比一比吧。但如果考虑到气魄与深度，我们也许会觉得，高启虽然有气魄，但不够沉稳；吴伟业虽然有感慨，但不够深厚，因此都还比不上元好问。

因此，元好问成就的性质就很容易界定了：他是唐以后学唐的一派诗人之中最有成就的（当然，不可否认，他的这种成就多少也来自于他吸收了宋诗的某些精华）。

历代那么多诗人以唐诗为旨归，耗尽一生心血揣摩唐诗的声调、格律、内涵，为何元好问最能探骊得珠、得其神髓呢？我想答案也许就在于前两节分析而得的结论吧。那就是，元好问所由生长的那一个胡、汉混合的辽、金边区文化，从某种意义上来说，正是唐文化的延续。由于精神上血脉相通，他能得唐诗之神髓也就不足为奇了。

元好问是中国历史上颇受忽视的辽金政治、文化区最宝贵的文化遗产。由于孕育出元好问这样一个伟大的文学家，我们必须重新评价这个区域的历史。从这个角度来看，元好问在中国文学史上的特殊性格就再清楚不过了。

**补记**：我在东吴大学读博士班时，上过郑骞先生的《金元诗》课。郑先生整学期只讲两个诗人：方回和元好问。郑先生是蒙古族，他对元好问和辽、金两朝的看法对我启发很大。1989 年我初次到大陆，接触了"中国是多民族国家"这一观念，即想起了郑先生的授课内容，因此借着台湾辅仁大学举办"纪念元好问八百年诞辰学术研讨会"的机会（1991 年）写了这篇短文。重读此文时又想起郑先生，我希望将来能够写一篇长文讨论郑先生的学问和为人，因为他是对我研究中国诗词影响最深的一位老师。

2016 年 11 月 21 日

# 王士禛、沈德潜"辨体"论之比较

## 一

这里所说的"辨体"只涉及五、七言诗。就体式而言,五、七言诗又可分成五言古、七言古、五言律、七言律、五言绝、七言绝六种。[1]"辨体"论的目的,是要分清各体的源流正变,特别是要标举各体的"正宗",以作为创作的准绳与欣赏评价的凭借。

五、七言"辨体"的历史可谓源远流长。当陈子昂要求废弃齐梁体,回复汉魏风骨,并仿效阮籍《咏怀》时,事实上即可称之为五言诗的"辨体"论(当时律体的地位并未全然确立,而且,律体常被认为是齐梁体的一部分)。[2]不过,就明清诗诗论的立场而言,它们的"辨体"论最早的、最直接的源头或许是严羽的《沧浪诗话》。严羽面对江西末流,深

---

〔1〕 在这里,我们暂不把"乐府"作为独立的体式来处理。明清诗论家常会谈到"乐府",但其意义复杂多变,有时又只是作为一种"历史描述",而不作为提供诗人创作参考的一种体式,所以这里暂予搁置。

〔2〕 在唐代各路复古派人士眼中,律体是齐梁风格的重要部分,至少在"理论"上不予重视,如陈子昂、元结、白居易、韩愈等人,都是如此。

感宋诗之蔽，于是提出"兴趣"说，并推尊唐诗，以图救治。为此，他追寻唐诗的发展（四唐说可以追溯到这里），并分析五、七言各体的特质，标举各体可以学习的对象。这种思考方式，后来就成为明清"尊唐"各派理论的起点。元代杨士弘的《唐音》、明代高棅的《唐诗品汇》是其后这一思考模式在唐诗选上的体现。高棅在各体之中分出正始、正音、大家、名家、羽翼等，清楚透露了此中的消息。

从严羽到高棅，凡学诗、论诗者都会被迫面对如何学习古人，应该学习哪一类古人的问题。把这种问题全面理论化，提出完整的"拟古论"，并为此而进一步强调"辨体"论的就是明中叶的前七子。他们的"辨体"，被后代极简略地化约成"文必秦汉，诗必盛唐"这样两句容易引起误解的话。

"辨体"论对所有"拟古主义"者而言，都是理论中的大问题。文艺复兴以后，当西方文学逐渐由"复兴古学"（指希腊及罗马的学术、文学）走向"古典主义"时，理论探讨的重心之一就是归纳出史诗、悲剧、讽刺诗、田园诗各体的准则，以作为创作与评价的参考。准此而言，前七子可以被称为中国文学史中的第一批"古典主义者"。[1]

---

〔1〕 陈子昂以下的唐诗复古，以韩愈为中心的文章复古（古文运动），不能说没有"辨体"的痕迹，但这并不是他们理论的核心，文学史家似乎也不把他们看作"拟古主义者"。

前、后七子拟古主义的最大特色在于：他们坚持源流正变的原则，于每一文体取其"正"而不取其"变"。以"文"而言，他们不取"复古"的唐宋，而直接学习唐宋所仿效的秦汉。在诗方面，他们只取汉、魏、晋与盛唐，而且是就各体而论——譬如，五言古只取汉魏晋，而认为盛唐的五古为变体。最极端的如七言古风，有的人（但不是全部），宁取充满齐梁风格的初唐作品，而弃盛唐的刚健与雄伟。

前、后七子的流弊是非常明显的，因此在晚明遭受到许多后起流派的抨击，如公安、竟陵、钱谦益都是。我们可以说，清初文坛是在强大的反前、后七子的拟古主义之后出现的折中性质的拟古主义。反七子的公安、竟陵也有许多弱点，相较之下七子未必全无好处。应该说，七子拟古主义的缺陷经过晚明的指摘，已经暴露无遗。不过，公安、竟陵的肤浅与狭隘也许更不足取，摹拟"古典"的方式恐怕不能全然抛弃，于是就产生了改良型的"拟古主义"。清初的各种文论、诗论比较能照顾到各个历史时代，具有较明显的历史意识，力图尽可能地兼容并包，可以说这是这一趋势的特征。

以"文"而论，清代初、中期逐渐形成的桐城派就是最佳代表。桐城派不再直接学习秦汉，基本上以唐、宋为宗，但仍然以秦汉作"不祧之祖"。他们选择各体（墓志铭、游记、序跋等）的模范，讲究义法，努力择取可行之径。相对于七子，他们并不崇尚"高论"，但流弊也较小。

在诗这一方面，王士禛、沈德潜所做的工作大致类似于桐城的方苞、刘大櫆、姚鼐等人。他们也都是在修正（而不是"反"）七子的拟古论的基础上进行重建工作的。

相对于钱谦益的肆力于反七子，王、沈两人对七子的评价就持平得多。王士禛说：

> 钱牧翁撰《列朝诗》，大旨在尊李西涯，贬李空同、李沧溟，又因空同而及大复，因沧溟而及弇州，索垢指瘢，不遗余力。夫其驳沧溟拟古乐府拟古诗，是也；并空同《东山草堂歌》而亦疵之，则妄矣。所录《空同集》诗，亦多泯其杰作。黄省曾，吴人，以其北学于空同，则摈之；于朱凌溪应登、顾东桥璘辈亦然。予窃非之，偶著其略于此。[1]

沈德潜也说：

> 李献吉雄浑悲壮，鼓荡飞扬；何仲默秀朗俊逸，回翔驰骤。同是宪章少陵，而所造各异，骎骎乎一代之盛矣。钱牧斋信口掎摭，谓其摹拟剽贼，同于婴儿学语。至谓读书种子，从此断绝。此为门户起见，后人勿矮人看场

〔1〕《居易录》，引自王士禛《带经堂诗话》（北京：人民文学出版社，1982），62页。

可也。[1]。

因此，在原则上支持"拟古主义"的立场上，"辨体"论成为他们诗论的重要组成部分就可以理解了。[2]

## 二

　　王士禛虽然尊敬前、后七子，但对七子学盛唐的流弊仍然是看得很清楚的。他说：

> 吾盖疾夫世之依附盛唐者，但知学为"九天阊阖""万国衣冠"之语，而自命高华，自矜为壮丽，按之其中，毫无生气。故有《三昧集》之选。要在剔出盛唐真面目与世人看，以见盛唐之诗，原非空壳子，大帽子话……[3]

因为反对七子的徒学"高格调"而虚有其表，他宁可务实地选取王、孟一路。他又说：

---

〔1〕《说诗晬语》卷下，引自《清诗话》（上海：上海古籍出版社，1971），547 页。

〔2〕 以上关于王士禛、沈德潜与前、后七子的关系参考邬国平、王镇远《中国文学批评通史·清代卷》（上海：上海古籍出版社，1966），330 页、444 页。

〔3〕《然镫记闻》，引自《清诗话》，122 页。

　　明诗本有古澹一派，如徐昌国、高苏门、杨梦山、华鸿山辈。自王李专言格调，清音中绝。同时王奉常小美作《艺圃撷余》，有数条与其兄及济南异者，予特拈出。如云："今之作者，但须真才实学，本性求情，且莫理论格调。"又云："诗有必不能废者，虽众体未备，而独擅一家之长。如孟浩然洸洸易尽，只以五言隽永，千载并称'王孟'。有明则徐昌谷、高子业二君，诗不同而皆巧于用短，徐有蝉蜕轩举之风，高有秋闺愁妇之态。更千百年，李何尚有废兴，二君必无绝响。"此真高识迥论，令于鳞、大美早闻此语，当不开后人抨弹矣。[1]

他赞成王世懋所说的"本性求情"，"虽众体未备，而独擅一家之长"。因此，我们可以说王士禛由此所发展出来的"神韵说"，虽然取径褊狭，但仍然是鉴于七子之弊，固守自己性情的明智之举[2]。

　　依循这样的见解，王士禛的"辨体"论就不可能是照顾历史全局、面面俱到的看法（这就有别于下面要讨论的沈德潜），而是根据他的诗学理论，有所弃取的。譬如，他的《古诗选》的五言部分，于唐只取陈子昂、张九龄、李白、韦应物、

---

〔1〕《池北偶谈》，引自《带经堂诗话》，48页。
〔2〕以上论王士禛与七子之关系参考邬国平、王镇远《中国文学批评通史·清代卷》，331页。

柳宗元五家，而且李白只选古风而遗其他。他在《五言诗凡例》
里说：

> 唐五言古诗凡数变，约而举之：夺魏晋之风骨，变
> 梁陈之俳优，陈伯玉之力最大，曲江公继之，太白又继之；
> 《感寓》《古风》诸篇，可追嗣宗《咏怀》、景阳《杂诗》。
> 贞元、元和间，韦苏州古澹，柳柳州峻洁。今辄取五家
> 之作，附于汉、魏、六代作者之后。李诗篇目浩繁，厘
> 取《古风》，未遑悉录。然四唐古诗之变，可以略睹焉。[1]

按照这里的说法，只读五家，"四唐古诗之变"，"可以略睹"焉，
如以文学史的眼光来衡量，恐怕很少人会同意。但如据此
认为，王士禛不了解五言古诗的发展与演变，那就太轻率了。
在另一处，王士禛是这样说的：

> （五言）至苏李、十九首，体制大备。自后作者日
> 众，唯曹子建、阮嗣宗、左太冲、郭景纯数公，最为挺出。
> 江左以降，渊明独为近古，康乐以下其变也。唐则陈拾遗、
> 李翰林、韦左司、柳柳州独称复古，少陵以下又其变也。
> 综而论之，则刘勰所谓"结体散文，直而不野"，汉人之作，
> 复不可追；"慷慨磊落，清峻遥深"，魏晋作者，抑其次也；

---

[1] 引自《带经堂诗话》，93—94 页。

"极貌写物，穷力追新"，宋初以还，文胜而质衰矣。[1]

很明显，他完全了解谢灵运和杜甫在五言之变上所发挥的作用。他不敢说杜甫的"极貌写物，穷力追新"不好，而只批评学杜的宋人"文胜而质衰"。他了解文学史的变化，但只取自己所需。

从表面上看，王士禛对七言古诗的态度，似乎与五言古诗大为不同。在《古诗选》的七言部分，唐代选了王维、李颀、高适、岑参、李白、杜甫、韩愈七家；宋代也是七家：欧阳修、王安石、苏轼、黄庭坚、晁冲之、晁补之、陆游；金、元三家：元好问、虞集、吴莱。事实上，杜甫、韩愈，以及两宋学杜、韩各大家，无不"极物写貌，穷力追新"，王士禛似乎没有像五言诗那样遵循他的诗学主张。但七古与五古不同，它晚至盛唐才趋于成熟，如不选杜、韩以下各家，那就只能选出薄薄一本，为了比较全面地了解七古，只能如此。在其他地方的许多议论里，我们仍然可以看到王士禛的独特立场。下面这一则最为明显：

> 迨高廷礼《品汇》出，而所谓正始、正音、大家、名家、羽翼、接武、正变、余响，皆井然矣。独七言古诗以李太白为正宗，杜子美为大家，王摩诘、高达夫、李东川

---

[1] 引自《带经堂诗话》，20 页。

为名家，则非。是三家者，皆当为正宗，李杜均之为大家，
岑嘉州而下为名家，则确然不可易矣。[1]

王士禛不同意高棅的"李白正宗"说，而把王维、高适、李
颀的作品推为七古的"正宗"，并尊李、杜为"大家"。在这里，
谁也不能否认李、杜"大家"的成就远高于王、高、李三家"正
宗"，但"正宗"显然是学习的好对象。七古不学李、杜，而
学王、高、李，王士禛的论诗主张宛然可见。在另一处，王
士禛又说：

　　独高、岑迥不相似……七言古则高雄浑，多正调，
岑奇峭，多变调：强而同之，不已疏乎？[2]

这里的正、变之分可以印证前面的"正宗"说，同时也解释
了王士禛不同意一般把盛唐七古王、李、高、岑四家并论的
看法。

　　对李、杜尊而不"宗"，独"宗"王、高、李三家，王士
禛论七古之"偏"的倾向，在论七律时表现得更为明显。王
士禛曾选过《唐诗七言律神韵集》，可惜我们已看不到原貌，[3]

---

〔1〕《香祖笔记》，引自《带经堂诗话》，38 页。
〔2〕《居易录》，引自《带经堂诗话》，39 页。
〔3〕《居易录》，引自《带经堂诗话》，98 页。

但他有两则论七律的说法，值得一引：

> 唐人七言律，以李东川、王右丞为正宗，杜工部为大家，刘文房为接武。高廷礼之论，确不可易。宋初学"西昆"，于唐却近。欧、苏、豫章始变"西昆"，去唐却远。[1]

> 七律宜读王右丞、李东川。尤宜熟玩刘文房诸作。宋人则陆务观。若欧、苏、黄三大家，只当读其古诗歌行绝句；至于七律必不可学。学前诸家七律，久而有所得，然后取杜诗读之，譬如百川学海而至于海也。此是究竟归宿处。[2]

在第一则里，杜甫被尊为"大家"，而正宗则是李颀、王维，其情形仿如七古。第二则鼓吹学王维、李颀、刘长卿，并告诫说，宋人只可取陆游，欧、苏、黄七律"必不可学"。对于这样的议论，郭绍虞评为"不免太过"，[3]然而，衡诸王士禛的主张与立场，则是"可以理解"的。

最后谈到绝句。绝句可以说是"神韵"论的典型诗体，明、清诗论家对于这一点并无异辞，因此，王士禛在论到绝句应

---

〔1〕《师友诗传录》，引自《清诗话》，133 页。
〔2〕《然灯记闻》，引自《清诗话》，120—121 页。
〔3〕《清诗话》前言，8 页。

效法的对象（即绝句"正宗"）时，并无明显的差异。不过，他的具体评论仍值得一提。在《唐人万首绝句选》的凡例里，他说：

> 昔李沧溟推"秦时明月汉时关"一首压卷，余以为未允。必求压卷，则王维之"渭城"，李白之"白帝"，王昌龄之"奉帚平明"，王之涣之"黄远河上"，其庶几乎！而终唐之世，绝句亦无出四章之右者矣。[1]

对于王士禛和七子的异同，沈德潜评论道：

> 李沧溟推王昌龄"秦时明月"为压卷，王凤洲推王翰"葡萄美酒"为压卷，本朝王阮亭则云："必求压卷，王维之'渭城'，李白之'白帝'，王昌龄之'奉帚平明'，王之涣之'黄河远上'其庶几乎？而终唐之世，亦无出四章之右者矣。"沧溟、凤洲主气，阮亭主神，各自有见。[2]

气、韵之别，确实一语道破王士禛"神韵"论和七子重气格的差异。由于王士禛更重韵味，比较不在意绝句的气格，因

---

〔1〕《带经堂诗话》，110—111 页。
〔2〕《说诗晬语》上，引自《清诗话》，542—543 页。

此他可以欣赏七子和沈德潜这类评论家忽视的某些作品,譬如白居易的小诗,他曾多次提及:

> 予过江西建昌县,南渡修水,岸上有亭贮白乐天诗碣,一绝句云:"修江江水县门前,立马教人唤渡船。好似当年归蔡渡,草风莎雨渭河边。"爱其风调……[1]

> 白古诗,晚岁重复什而七八;绝句作眼前景语,却往往入妙,如"上得篮舆未能去,春风敷水店门前","可怜八月初三夜,露似珍珠月似弓"之类,似出率易,而风趣复非雕琢可及。[2]

这里的"风调""风趣",纯然从"神韵"着眼,对于七绝的欣赏尺度,要比七子和沈德潜来得宽广(这三首,沈德潜《唐诗别裁》全未选入)。

总结而言,王士禛对于五、七言各体的源流变化是相当熟悉的,不过,就他重"神韵"的诗论而言,他举为"正宗",或在各种古诗、唐诗选本中特别标举的作品,恐怕不能从文学史的角度论其偏颇或不公,因为他是以自己的立场,从学习创作的角度来进行"辨体"的。

---

[1]《居易录》,引自《带经堂诗话》,338 页。
[2]《香祖笔记》,引自《带经堂诗话》,55 页。

## 三

沈德潜可能是前、后七子倡导拟古，并在晚明引发剧烈争论，在清初开始进行折中之后，把"拟古主义"与"辨体"论发挥得最为淋漓尽致的人。虽然王士禛放弃了前、后七子所推崇的盛唐高格调，但沈德潜仍然想在七子与王士禛之间求取平衡。毕竟，王士禛所选择的路子明显狭窄，而摒弃盛唐李、杜风范则等于置诗歌的最高境界于不论。

因此，沈德潜在"神韵"之外，更特别着重地提出"气骨"，他说：

> 予惟诗之为道，古今作者不一，然揽其大端，始则审宗旨，继则标风格，终则辨神韵，如是焉而已。予曩有古诗、唐诗、明诗诸选，今更甄综国朝诗，尝持此论，以为准的。窃谓宗旨者，原乎性情者也；风格者，本乎气骨者也；神韵者，流于才思之余、虚与委蛇而莫寻其迹者也。[1]

在这里，作为"宗旨"的性情，是沈德潜儒家诗教的基础，在此之外，他把"风格"与神韵并列，而"风格"则指"气骨"而言。显然，气骨和神韵是不可偏废的。但更进一步说，他是把气骨摆在神韵之上的。譬如，在论到七言律诗时，他说：

---

[1]《七子诗选序》，转引自《中国文学批评通史·清代卷》，442页。

> 王维、李颀、崔曙、张谓、高适、岑参诸人，品格既高，
> 复饶远韵，故为正声。老杜以宏才卓识，盛气大力胜之。
> 读《秋兴》八首、《咏怀古迹》五首，《诸将》五首，不
> 废议论，不弃藻缋，笼盖宇宙，铿戛韶钧；而横纵出没中，
> 复含酝藉微远之致；目为大成，非虚语也。[1]

这种语气，显然和王士禛以王、高、李为"正宗"，再半心半意地推崇杜甫是有所区别的。因此，就论诗倾向而言，沈德潜更接近前后七子的以盛唐正声为宗尚。[2]

从这种立场所发展出来的"辨体"论就比王士禛圆融得多，因为它可以坦然地面对李、杜，特别是杜甫对各体的变化与贡献，而不必像王士禛那样，明明崇尚王、孟，又不得不称赞李、杜。譬如，看下面沈德潜对唐代五古体式的分析：

> 唐显庆、龙朔间，承陈、隋之遗，几无五言古诗矣。
> 陈伯玉力扫俳优，仰追曩哲，读《感遇》等章，何啻黄初、
> 正始间也？张曲江、李供奉继起，风裁各异，原本阮公。
> 唐体中能复古者，以三家为最。

---

〔1〕《说诗晬语》上，引自《清诗话》，540—541 页。
〔2〕 以上对沈德潜论诗宗旨的说明，参考《中国文学批评通史·清代卷》，441—447 页。

　　苏、李十九首后，五言最胜。大率优柔善入，婉而多风。少陵才力标举，纵横挥霍，诗品又一变矣。要其感时伤乱，忧黎元，希稷、皋，生平抱负，悉流露于楮墨间，诗之变，情之正也。

　　陶诗胸次浩然，其中有一段渊深朴茂不可到处。唐人祖述者，王右丞有其清腴，孟山人有其闲远，储太祝有其朴实，韦左司有其冲和，柳仪曹有其峻洁，皆学焉而得其性之所近。

　　才大者声色不动，指顾自如，太白五言妙于神行，昌黎不无蹶张矣，取其意规于正，雅道未斯。

　　孟东野诗，亦从风骚中出，特意象孤峻，元气不无斫削耳。以郊、岛并称，铢两未敌也。[1]

这样，他把盛唐五古分为四派：一．陈子昂、张九龄、李白（特指《古风》一类作品）；二．王、孟、韦、柳；三．李白（《古风》之外）；四．杜甫，并特别标举杜甫"纵横挥霍，诗品又一变"，但肯定杜甫的"变"，源自"情之正"。至于中唐，推崇韩愈、

---

〔1〕《说诗晬语》，引自《清诗话》，534—535 页。

孟郊两家，事实上，韩、孟都是从杜甫的"变"脱胎而来的。这也比王士禛《古诗选》五古部分只重视唐代复古的五言古诗，而不顾杜甫以下的"变"，视野宽广得多。这样的"辨体"，不主一格，接近于文学流变的分析，对了解诗史很有帮助，抛开诗学理论的立场而言，沈德潜的"辨体"具有澄清源流、阐明诗史的作用。如果说，他的诗歌理论过于迷恋拟古而显得保守，那么，他的"辨体"论仍然有其独立价值。而他所编选的《古诗源》与《唐诗别裁》，个人认为，仍是认识五、七言诗演变史的最佳选本。

再如，沈德潜对唐代七古的家数也有简要的梳理：

> 《大风》《柏梁》，七言权舆也。自时厥后，魏、宋之间，时多杰作，唐人出变态极焉。初唐风调可歌，气格未上。至王、李、高、岑四家，驰骋有余，安详合度，为一体。李供奉鞭挞海岳，驱走风霆，非人力可及，为一体。杜工部沉雄激壮，奔放险幻，如万宝染陈，千军竞逐，天地浑奥之气，至此尽泄，为一体。钱、刘以降，渐趋薄弱，韩文公拔出于贞元、元和间，踔厉风发，又别为一体。七言楷式，称大备云。[1]

这就简明地把唐代七古分成王、李、高、岑，以及李白、杜

---

[1]《唐诗别裁集》（上海：上海古籍出版社，1979）。

甫、韩愈四派。在《说诗晬语》里，他另外提到白居易、张籍、王建平易一派，及李贺楚骚一派。[1]

至于七律，沈德潜则分成两主流、两支流：

> 七言律，平叙易于径直，雕镂失之佻巧，比五言更难。初唐英华乍启，门户未开，不用意而自胜。后此摩诘、东川，春容大雅，时崔司勋、高散骑、岑补阙诸公，实为同调，而大历十子及刘宾客、柳柳州，其绍述也。少陵胸次宏阔，议论开辟，一时尽掩诸家，而义山咏史，其余响也。外是曲径旁门，雅非正轨，虽有搜罗，概从其略。[2]

以大历十才子、刘、柳归属于王维、李颀一脉，又以李商隐作为杜甫支脉，纲举目张，一望了然，同时也比王士禛说得详尽。

我们不一定完全同意沈德潜的奠基于历史源流的"辨体"的所有分析，但他综合前七子以下的许多议论，整理出一个简明的体系，对后代读诗、读文学史确有极大裨益。

但是，讽刺的是，这么严整的"辨体"论，却反而更突

---

[1] 见《清诗话》，538 页。
[2] 以上对沈德潜论诗宗旨的说明，参考《中国文学批评通史·清代卷》，441—447 页。

显出沈德潜 "格调论" 的弱点，同时也间接反映出宗唐派 "拟古主义" 的病根。对于如何 "拟古"，王士禛曾说：

> 作古诗须先辨体。无论两汉难至，苦心摹仿，时隔一尘。即为建安，不可堕落六朝一语；为三谢，不可杂入唐音。小诗欲作王、韦，长篇欲作老杜，便应全用其体，不可虎头蛇尾。此王敬美论五言古诗法。予向语同人，譬如衣服，锦则全体皆锦，布则全体皆布，无半锦半布之理，即敬美此意。又尝论五言，感兴宜阮陈，山水闲适宜王、韦，乱离行役、铺张叙述宜老杜，未可限以一格，亦与敬美旨同。[1]

先 "辨体"，再选择自己写诗题材所适用之 "体"，然后全首 "拟" 此体，事实上这也正是沈德潜的主张。不过，因王士禛特别强调，如果无法自然地达到盛唐的高格调，而只虚有其腔调，不如走王、孟古澹一派，反而流弊较小。因这种议论，一般就忽略了王士禛诗论中其实仍以 "拟古论" 为主。至于沈德潜，由于他的 "拟古" 整个归结于 "格调"，而他的 "格调" 其实就是王士禛在这里所说的每一体的 "格"，而对于每一体、每一格，沈德潜又讲究揣摩其声调，因此就有以下的议论：

---

[1]《池北偶谈》，引自《带经堂诗话》，30 页。

诗以声为用者也，其微妙在抑扬抗坠之间。读者静
气按节，密咏恬吟，觉前人声中难写、响外别传之妙，
一齐俱出。朱子云："讽咏以昌之，涵濡以体之。"真得
读诗趣味。[1]

这样，"辨体"就为了分辨"体""格"，涵咏以得其"声调"，
这样，写出来的诗才是合格的诗。问题是，这样的诗，到底
是今人所写的古人的诗，还是今人的诗呢？虽然"拟古论"
者都会强调（如明代的谢榛[2]），"拟古"的最后归趋是要自
成面目。但是，这么严谨的拟古，如何能保证最终冲破古人
藩篱呢？沈德潜集大成的"辨体"论，反而把这种"拟古主义"
的困境暴露得最为清楚。

宗唐派拟古论的偏见其实是难以理解的，甚至连常常批
驳王士禛的赵执信都这样说：

攻何、李、王、李者曰："彼特唐人之优孟衣冠也。"

---

[1]《说诗晬语》，引自《清诗话》，524 页。

[2] 谢榛《四溟诗话》云："一日，因谈初唐盛唐十二家诗集，并李杜二家，
孰可专为楷范？或云沈宋，或云李杜，或云王孟。予默然久之，曰：'历
观十四家所作，咸可为法。当选其诸集中之最佳者，录成一帙，熟读之
以夺神气，歌咏之以求声调，玩味之以衷精华。得此三要，则造乎浑沦，
不必塑谪仙而画少陵也。夫万物一我也，千古一心也，易驳而为纯，去
浊而归清，使李杜诸公复起，孰以予为可教也。'"引自丁福保辑《历代
诗话续编》（北京：中华书局，1983），1189 页。

是也。余见攻之者所自为诗，盖皆宋人之优孟衣冠也。均优也，则从唐者胜矣。[1]

赵执信的批评其实是有问题的。宋人并非不熟悉唐诗，但宋人并没有以"辨体"的方式来模仿唐人，反而走出自己的路。以清人而言，凡学唐的（其实是包括汉魏晋），基本上都重视"辨体"。反过来说，学宋的，虽不能说不重"辨体"，但他们还学宋人努力不被唐人之"体"所限。清代名诗人学宋的如清初钱谦益、中叶的赵翼以及晚清同光诗人，粗看起来，格局似乎要比唐派诗人宽广，原因恐怕就在于此。因此，我们可以说，从"辨体"论最可以看出宗唐派"拟古主义"的缺陷。

不过，"杂体"论仍有其不可磨灭的贡献，即，它让我们对五、七言诗的历史流变认识得更加清楚。一直到现在，反映宗唐派"辨体"综合见解的《古诗源》与《唐诗别裁集》仍然具有不可磨灭的价值，原因就在于此。

**补记**：几年前中研院文哲所的几位朋友拟定了一个有关明、清之际文学研究的大型计划，其时我尚在文哲所任合聘研究员，他们邀请我参加。我对明清之际的文学完全外行，但为了共襄盛举，就报了"王士禛、沈德潜诗论比较"这个题目。我曾经研究过唐诗，从唐诗研究者的角度来探讨这一问题，也许还可尝试。

---

[1]《谈龙录》，引自《清诗话》，314 页。

论文终于被"逼"出来，也在所内的小型研讨会上发表了。但我并不满意，尤其没感到心安，因为我知道大陆已有一些学者对王士禛进行过全面研究，基本上读过许多原始资料；而我没有，我只是看过他们的论著，再按我的需要加以参考、引述而已，这样的研究不够"彻底"。因此，我曾跟主办的林玫仪教授主动表明，我的文章不需收入论文集中。

会后，同时与会的蒋寅教授跟我说，我的论文还有一些价值，这让我颇感意外，我以为他是基于朋友之情讲一些客套话而已。后来，林玫仪教授将此论文送审，两篇论文评审基本上都给予肯定，其中一篇的评审意见颇为详尽，提出的修改建议极有价值。我推测，这应该是蒋寅教授写的。他说："本文梳理其在五、七言诗和绝句上'辨体'的异同，选择了一个颇佳的切入角度，又是当今治清诗和诗学者接触不多的题目，因此，发表这篇论文是有价值的。"这是本文写作时设定的目标，如果这一目标还可以被人接受，我当然会感到高兴，可以自我安慰一番。

但是，这篇评审意见接着提出的批评却正中本文的要害。简单地说，王士禛的诗学历程是极为曲折复杂的，本文所论其实只是他晚年确定走向"神韵"说以后的辨体论，我们不能以王士禛晚年所论来代表他的所有看法。事实上，如果我们追溯王士禛一生辨体论的变化过程，指出其中变化的因由，以及前后的矛盾，以及他的整个辨体论和神韵说的矛盾，这正好可以看出，王士禛（以及清初）诗论的复杂性。所以，评审意见以为，"何不先做足有关王士禛辨体论的论文，将五言古、七言古、五言律、七言律、五言绝、七言绝，乃至乐府诗各体的源流正变、正宗大家等一一详加辨析，借以探讨其诗歌研究与批评方法，把握王士禛诗学观和诗学理论。这可是一篇大文章呵！"这样的建议让我怦然心动，如果这样做，确实可以成为一篇可能颇为重要的论文。

遗憾的是，我目前并不具备这种能力。譬如，这篇评审意见提到："在王士禛心目中，谁代表七言古诗正体，其看法前后有变化。据计东《改亭集》卷四《宁益贤诗集序》说王士禛在顺治十六七年（26—27岁）间，以岑参为七古正宗。但到写作《论诗绝句》时有了变化。36岁辑成《渔洋集》中有一首《论诗绝句》说：'李、杜光芒万丈长，昌黎《石鼓》气堂堂。吴莱、苏轼登廊庑，缓步崆峒独擅场。'唐代推李、杜、韩，宋推苏轼，岑参已不提了。这是第一次。到50岁辑《七言古诗选》时，将李白、王维、高适合为一卷，杜甫单独一卷，李白地位降低了，杜甫突出了。在凡例中还说：'余钞诸家七言长句，大旨以杜为宗，唐宋以来善学杜者则取之。'这是第二次，以杜甫为七古正宗持续到写作《居易录》。至71—72岁时写《香祖笔记》再发生变化，认为王维、李颀、高适'皆当为正宗，李杜均之为大家，岑嘉州而下为名家'。这是第三次。这个过程，不仅说明王士禛从青年到暮年对七古的认识经历，也看出其审美趣味有着多次的变化。"如果能这样具体地论述王士禛变体论的发展变化过程，再跟他的创作实践以及诗学主张的发展与变化扣紧来看，问题就会更加清楚，对王士禛本人以及清初诗论的认识就会更加具有历史的深度。但这需要对清初文献做过整体的爬梳，始能毕其功。应该承认，目前我并不具备这种功力。

另外，再补充谈谈，王士禛对五言古体的看法。以下摘要引述北京大学张健教授的论述，他说："关于五言古诗，七子派特别强调汉魏传统与唐代传统之辨，李攀龙说'唐无五言古诗，而有其古诗'，正是这种诗观的体现。这种辨别涉及三个方面的问题：其一是事实方面，认为唐代五言古诗不同于汉魏传统，乃是一个异质的传统；其二是价值方面，尊汉魏而贬唐人；其三是创作方面，模拟汉魏古诗。"又说："王士禛与七子派一样强调汉魏传统与唐代传统之辨……在王士禛看来，李攀龙的这种分辨符合诗歌史的实际，所以他要为李攀龙辩护。他认为，钱谦益只抓住其'唐无五言古诗'一句，抨击其否定唐代五言古诗，而没有看到李氏下一句'而有其古诗'是承认唐代有其自己的五言古诗传统。王士禛这样为李攀龙辩护，实际上回避了李攀龙贬低唐代五言古诗传统这一价值评判问题。王士禛有一部《五言古诗选》，正是基于对汉魏传统与唐代传统之辨而选编的，这是一部以汉魏传统为标准的五言古诗选。这部诗选选录汉魏六朝至唐代的五言古诗，但于唐代五古只选陈子昂、张九龄、李白、韦应物、柳宗元五家……在他看来，唐代诗人中只有陈子昂等五人能够继承汉魏五言古诗的传统，所以其《五言古诗选》只选录了这五家。这表明王士禛把唐代五言古诗分为两大类：一类是汉魏传统的继承者，另一类不是汉魏传统的继承者，而自成唐代一派……王士禛把唐体五言古诗又分为两种类型：一类是以王维、孟浩然为代表的一派，一类是以杜甫为代表的一派。在这两派之间，王士禛最推崇王、孟一派。王、孟等人五言古诗没有选入《五言古诗选》，但却在《唐贤三昧集》中占有突出的地位。对于杜甫的五言古诗，王士禛虽然并不推崇，但也承认其'别是一体'，并不否认其价值。"[1]

按照这一分析，王士禛把五言古体大致分成三派：汉魏派（包括陈子昂等唐五家）、王孟派、杜甫派。从神韵说的角度来看，他最推崇王孟，异于七子的推崇汉魏，他虽然不喜杜甫五古，但不敢贬抑其价值。张健的分析相当中肯，但同时也暴露了王士禛五言古诗辨体论在历史认识与创作实践上的差距，既推崇王、孟，又不敢贬抑杜甫。不过，张健的分析，并没有谈到王士禛对五言古体的种种评论，是否有时间先后上的差异。如果像前文提到他对七言古体正宗看法的三次变化，可以想象他对五古正宗的看法也应该前后有所不同。

从以上这两个例子可以看出，从发展变化的角度来谈论王士禛辨体论的发展，以及其所牵涉的诗学理论上的意义，是非常有价值的。很遗憾的是，目前本人没有能力写作这样的论文，谨补记于此，以表达对这位评审者的感谢之忱。

---

[1] 张健《清代诗学研究》（北京：北京大学出版社，1999），405—408 页。

附

录

# 傅璇琮先生与唐代文学研究

## ——一个台湾学者的体会

估计在 1979 年，我意外地在一家影印店复印到两篇文章，《刘长卿事迹考辨》和《韦应物系年考证》。那时候正是台湾民主化运动的高潮期，国民党穷于应付，文化管制几乎形同废弛。文化人孜孜不倦地寻找、挖掘各种违禁资料，拿到影印店去复制，影印业极为发达。我是影印店的常客，每次到店里，老板会给我看别人提供的资料，问我要不要顺便复印。就是在这种情况下，我得到了傅璇琮先生在"文革"结束后最早发表的两篇文章。

我很快就把这两篇文章仔细读完，内心感到很大的震撼。在此之前，我从事唐代文学研究已累积了八九年，自认为在唐代历史与唐代文学资料的熟悉程度上超过同年龄层的台湾研究者。读了这两篇文章，我才了解到，自己在这方面的知识几乎还处在"小学"阶段。我的硕士论文写的是《元白比较研究》，这时正准备撰写博士论文《元和诗人研究》，因读过一些盛、中唐诗人的年谱，知道开元、天宝、大历年间的许多诗人事迹几无可寻，年谱难以编写，却从没想过，对像韦应物、刘长卿这样的诗人，在资料几无凭借的情况下，研究文章可以洋洋洒洒写到几万字，而且有凭有据，详实可靠。

相比起来，我才意识到自己关于唐代文史的学养实在太差了，有待加强的地方实在太多了。

还好我研究的是元和诗人，元和诗人的文集保留得较完整，又有我的老师罗联添先生（我的硕士导师），以及大陆的卞孝萱先生、朱金城先生（他们的论著我只得到一小部分）的研究作为凭借，所以还能顺利地写出我的博士论文。但我一直记得傅先生的两篇文章对我的冲击。虽然我的博士论文在答辩委员中的评价还算不错，但一直不敢拿去出版。博士毕业不久，我终于买到傅先生的《唐代诗人丛考》，粗略地翻阅了一下，才大致了解傅先生的考证方法及其宽广眼界。其后几年，我利用博士阶段阅读之余所累积的心得，撰写了《杜甫与六朝诗人》，升上了教授。此后，我有长达十年的时间改行从事台湾当代文学研究，轻易不敢碰唐代文学，我知道自己急需扩大阅读、加强训练，不然，绝对赶不上改革开放以后，由傅先生带头的当代大陆学者的唐代文学研究。

《唐代诗人丛考》三分之二的篇幅涉及大历诗人，这一部分最可以看出，傅先生在研究唐代文学之初所表现出来的考证功力与历史眼界。从考证方法论来看，傅先生把所有大历诗作当作一个整体来看，全部仔细加以阅读，把其中每一首诗所涉及的诗人行迹全部勾连在一起。因此，其成果是一大串的诗人事迹考辨，而不是一个个独立的个人年谱。可以说，他几乎是同时完成张继、李嘉佑、刘长卿、戴叔伦、顾况、皇甫冉、皇甫曾、钱起、韩翃、卢纶、耿沣、司空曙、李端等人的研究的。譬如，为了李嘉佑的事迹，他串联了刘长卿、皇甫曾、独孤及、冷朝阳、夏侯审以及皎然等人。由李嘉佑的交游圈，勾画出李嘉佑行迹的大略。对每一个诗人的研究，傅先生全部由大历诗人的整体出发，因此，每一篇考证都由一个诗人的侧面反映了一个大时代。这种做法，真是前所未有，令人惊叹。

这样的考证，实际上不只是小考证而已，它会自然而然地带出一个时代的侧影。李嘉佑在上元、宝应年间担任过台州刺史，他的诗作描述了袁晁农民起义之后农村残破的景象。傅先生因此论起刘展之乱引发了袁晁起义，并谈到在安史之乱中从未遭到破坏的浙江却在这两次接连发生的事件中遭到了大破坏，而李嘉佑台州时期的作品对此有明显的反映。这样，他就质疑了皎然《诗式》中这段著名的评语：

> 大历中，词人多在江外，皇甫冉、严维、张继素、刘长卿、李嘉佑、朱放，窃占青山白云，春风芳草，以为己有，吾知诗道初丧，正在于此，何得推过齐梁作者？

傅先生说："这一段评论本身是有很大的片面性的，它只看到了刘长卿、李嘉佑等人描写自然景色诗篇的那一面，而没有注意到这些诗人反映江南社会现实的较有积极意义的一面。"傅先生同时指出，现在有些文学史把这一段话移用来批评所有大历诗人，这也是不对的。他指出，大历诗人有两个群体，一个群体以长安和洛阳为中心，那就是钱起等大历十才子；一个以江东吴越为中心，那就是以李嘉佑和刘长卿为代表的江南诗人。江南诗人虽然以描写自然山水为主体，但却不乏反映现实之作。这样，在通盘考证大历诗人的行迹之余，傅先生又凭着他广阔的历史视野，粗略勾画了大历文学的主要面貌。这样，就能够寄历史于考证之中，在考证之中见出历史的大面目，既有扎实的功夫，又有历史的视野，这就不是一般的考证文章了。

《唐代诗人丛考》出版后，傅先生又接连完成了几部大作，《李德裕年谱》、《唐代科举与文学》、《李德裕文集校笺》（与周建国合作）、《唐翰林学士传论》，同时还主编了《唐五代人物传记资料综合索引》（与张忱石、许逸民合编）、《唐才子传校笺》、《唐五代文学编年史》、《唐人选唐诗新编》，这些著作的贡献世人皆知，不需我赞一词。下面，我想举出两篇论文，说明它们对我的影响。

在傅先生的单篇论文中，我最喜欢的是《李商隐研究中的一些问题》。这篇文章主要讨论两个问题：王茂元是李德裕党吗？李商隐何时涉入牛李党争？开成三年（838）李商隐婚于泾原节度使王茂元之女，并入王茂元幕府。传统的看法认为王茂元属于李德裕党，李商隐从此得罪令狐家及牛党。《旧唐书·李商隐传》说："商隐既为茂元从事，宗闵党大薄之……（令狐楚）子绹为员外郎，以商隐背恩，尤恶其无行。"《新唐书·李商隐传》也说："茂元善李德裕，而牛李党人蚩谪商隐，以为诡薄无行，共排笮之。"傅先生根据李商隐代拟的王茂元写给李宗闵的两封信、给李德裕的三封信，证明李宗闵曾提拔王茂元为岭南节度使，相反，王茂元和李德裕并没有什么特殊关系，这说明王茂元很难归入李党。其次，李商隐婚于王氏后，令狐绹还为之延誉，这从李商隐《献舍人彭城公启》《献舍人河东公启》可以得到证明。因此，李商隐因婚于王氏、入王茂元幕而得罪令狐家和牛党之说根本不能成立。

傅先生认为，李商隐坚定选择站在李党这边，是在宣宗大中元年（847）二月以后。宣宗即位后，即将李德裕罢相，出为荆南节度使，不久，由荆南改调洛阳，为东都留守，解平章事。大中元年二月，又降为太子少保分司。也就在这个时候，李德裕党的郑亚由给事中出为桂管观察使。郑亚聘李商隐为掌书记，李商隐跟郑亚远赴桂林。傅先生说：

> 这难道是偶然的、毫无政治含义的举动吗？这个时候，摆在李商隐面前的，可以有几种选择：他仍然可以在长安继续担任秘书省正字的职务，慢慢得到升迁；他也可以挑选与李党没有关系的节度使做一些文字工作；他甚至可以表白心迹，直接投靠牛党。这些路子他都不走，却在李党明白无误地走下坡路的时刻，进一步把自己的仕途放在李党一边，用世俗的眼光看，这不是太傻了吗？如果没有一种坚定的是非观念，没有一种政治上的正义感，确是不可能这样做的。李商隐，作为一个杰

出的诗人，可贵就在这里。这难道是诡薄无行的文人所能望其项背的吗？

这一段充满感情的话，不但为李商隐洗清"诡薄无行"的罪名，同时把李商隐的人格拔高到具有"政治正义感"的高度，这样，我们才能理解，李商隐的政治感怀诗为什么那样动人。傅先生的论文对于以上两点的厘清，拨开了李商隐生平中最重要的迷雾，对我们了解李商隐的政治遭遇与其诗作的密切关系，提供了最核心的钥匙。另外，傅先生还据此下判断说："李商隐前期也写过一些优秀作品，但他的创作的真正收获期是在后期，这恰恰是与他的政治态度分不开的。"这种对于李商隐的评价方式，在前人中似乎也很少看到。

当然，李商隐的人格是有一些弱点。譬如，他看到同年进士韩瞻被王茂元招为女婿，不免有歆羡之意。其后，在韩瞻的帮助之下，致力求婚于王氏，因此耽搁了行程，没有适时赶到兴元去看望生病中的令狐楚（他没有料到，令狐楚即将去世），确实有点不应该（这是东北的毕宝魁教授跟我聊天时谈到的说法，我认为颇有道理）。他因此跟令狐绹产生嫌隙，但这跟牛、李党争完全无关。从党争的立场来看，大中二年以后，李商隐完全同情李德裕，这是非常明确的。在郑亚之后，聘用李商隐为幕僚的卢弘止和柳仲郢都是李德裕所重用的人（但他们都不是李党的核心），即可证明。不过，在令狐绹官位日升、终至拜相后，李商隐又不能忘情于令狐绹的汲引，表现了他软弱的一面。但李商隐是个有才而无凭借的穷文人，这些弱点都可以从他的出身得到解释。虽然如此，傅先生的文章还是指出了李商隐作为一个大诗人最优秀的品质：关心现实政治，具有强烈的正义是非观念。相比来讲，杜牧就差多了。当李德裕秉政时，杜牧屡次上书给他，备极称颂，然而李德裕并没有重用他（牛僧孺对杜牧极为欣赏）。大中年间，当李德裕备受打击时，他又落井下石，极尽诽谤之能事。前后相比，让人感到惊诧。就在同时，李商隐却能写出这样的诗："云台高议正纷纷，谁定当时荡寇勋？日暮灞桥原上猎，李将军是旧将军。"我们不得不佩服他的道德勇气。杜牧出身显贵，李商隐完全不能跟他相比，但就人格而论，我觉得，李商隐明显高于杜牧。旧史批评他"背恩""无行"，是非常不公正的。

傅先生这篇文章，包含了许多考证，但全篇行文流畅，读起来毫无滞碍之感，又有鲜明的立场、丰富的感情，并不是冷冰冰的学术文章，但又有学术文章的严谨，这些都可以看出，傅先生绝不只是一个以考证为主的学者。

傅先生还有一篇文章，《武则天与初唐文学》也给我留下深刻的印象。一般认为，武则天当政时期特重文学之士，进士科的地位大为提升，对唐代文学尤其是唐诗的发展产生重大影响。这一说法，在唐宋时期即已形成，到了近代，由于陈寅恪的发挥，几已成为唐代历史的共识。傅先生的《武则天与初唐文学》对这种看法大加批驳。

傅先生的论证首先集中在对进士科发展的考察上。根据历史资料，进士科原来只考时务策五道。高宗调露二年（680）考功员外郎刘思立奏请加帖经及试杂文，第二年，永隆二年（681）开始实施，永隆二年决定加考的杂文两首，据徐松考证，是指"箴铭论表之类"，按流传下来的史料来看，可以考一铭一赋，也可以考一诗一赋，当然也可以不考诗、赋。到开元、天宝之际，杂文两首考一诗一赋才成为定制。由此可见，永隆二年的进士科改革，并不能代表文学的特受重视。

其次，永徽六年（655）武则天立为皇后，自此年起，终高宗一朝共二十八年，中间有九年停办科举；即使在举办期间，进士科录取人数也起落很大，少者甚至只录取二三人。这只能证明，在武则天影响日增的高宗时期，进士科并没有特见重视。根据以上及其他论证，傅先生认为，说武则天尤重进士一科，是没有历史根据的。傅先生的结论是："可见以诗赋为进士考试的固定格局是在玄宗开元、天宝之际，并非在高宗、武后时期。而那时唐诗已有一百余年的历程，应该说，这不是进士试促使唐诗的繁荣，而是唐诗的繁荣对当时社会产生广泛的影响，自然而然地也对考试制度起了促进的作用，即扩大试题的范围，转向以诗赋为中心，而这已进入盛唐时期，与武则天无关。"

另外，傅先生还认为，武则天当政时期喜好文学，其实对唐诗的发展产生很大的负面作用。他说："唐初的诗歌，通过王、杨、卢、骆，'由宫廷走到市井''从台阁移至江山与塞漠'。这本是一个开阔的前景，但为时不久，只不过十来年，却又回到宫廷，而且腾扬起一片虚假颂谀之声。"因此，他的结论是，武则天影响唐代政治的五十年期间（从立为皇后的永徽六年算起），比起开元、天宝时期（不到五十年）及贞元、元和时期（三十多年），"其文学的含金量却稀薄得多"。这是从武则天对当时文学的不良影响，评价了武则天的负面作用。

傅先生这两点看法，论据充分，很难反驳。但武则天喜好文学，喜欢破格用人，也是事实。这两者实在难以调和，让我困惑不已。长期思考以后，我觉得傅先生基本从道德立场出发，他不喜欢武则天的滥杀无辜和喜好阿谀，因此他看到武则天对当时文学所造成的恶劣影响，这是正确的。因此，他能够冷静地评估史料，发现武则天时代进士科尚未具有崇高的地位，武则天对提升进士科并没有制度上的积极作为，这就澄清了前人以讹传讹的错误看法，扫清了一部分的历史谜雾。但傅先生也不否认武则天喜好文学，喜欢破格晋用文学之士，从这些基本点出发，我们应该可以重新思考武则天与唐代文学的关系，提出更辩证性的看法。

后来我终于得到一种看法：武则天篡唐，采取的是一种腥风血雨的政治斗争方式。她对于阻碍她夺权的关陇集团不惜大开杀戒，并从急于上升的庶族地主阶级中大量提拔人才，以补充官僚集团，她这种作为获得庶族地主阶级的拥护，因此稳固了她的统治地位。在庶族地主阶级中，她特别赏爱能文而又有才干的人，这些人也乐于为其所用。在她准备以"周"代"唐"时，不知有多少文人赋诗为文歌颂，连陈子昂都写了《大周受命颂》，其余就可以想见了。武则天提拔文人是有政治目的的，是为她的篡唐做好舆论准备。诚如傅先生所说，这对当时的文风造成了恶劣的影响。

但从另外一个角度看，有不少文人因此而身居高位，如苏味道、李峤、张说、郭元振等升至宰相，有一点"布衣卿相"的味道。这就鼓励了庶族地主阶级为求上升，不断致力于文学，希望也能得到同样的机会。开元、天宝以后，进士科考一诗一赋成为定制，不能不说是这种风气影响的结果。所以，武则天虽然没有在制度上改革进士科，但她大量提拔有才气的文人，确实影响了一般人对文学的重视，这又进一步增强了进士科的地位。

再进一层而论，武则天为了夺权所进行的"社会革命"（陈寅恪的用词）是庶族地主阶级的草莽英雄时代，这样的时代造就了敢于冒险的文才之士，他们高谈王霸，喜好纵横。在盛唐诗人成长的时期社会上仍然流行这样的风气，并对孟浩然、王昌龄、李白、高适、李颀、杜甫等人产生强烈的影响。可惜在他们成年以后，时代已经有了改变。玄宗为了稳定政局，要求人才循序而进，这样就打破了盛唐诗人的梦想。所谓盛唐气象的蓬勃的思想感情、巨大的解放精神，就某方面而言，是武则天社会革命的余绪，是对玄宗一朝用人政策的反弹。当然，玄宗一朝政局的变化，对诗人的情绪也大有影响（傅先生在《天宝诗风的演变》一文中已有详论），不过，武则天社会革命的巨大影响可能也需要加以考虑。

我根据以上的想法，写成了《武周革命与盛唐诗风》一文，在我写过的唐代文学论文中，这是自觉比较满意的一篇。但是，如果没有傅先生在《武则天与初唐文学》中对传统说法提出强烈质疑，并澄清了一些迷误，我就不可能进行这样的思考。傅先生论文中鲜明的历史感，常常逼迫人不得不把自以为熟悉的历史事实认真再加以考虑，由此可见一斑。

傅先生常常引述丹纳的《艺术哲学》，其中有一段说：

> 艺术家不是孤立的人。我们隔了几世纪只听到艺术家的声音；但在传到我们耳边来的响亮的声音之下，还能辨别出群众的复杂而无穷无尽的歌声，像一大片低沉的嗡嗡声一样，在艺术家四周齐声合唱。

表面上傅先生的论著是以历史资料的排比与考证为主体的，但在这个表面下却贯串了他对现实的关怀，以及由此产生的真切的历史感，他的不少文章具有鲜明的感情和爱憎，有些人也许会忽略这些方面，但对我来讲，这却是傅先生论文最具魅力之所在。同时，他的精详的考证又时时提醒我，所有的论述必须以坚实的史料为基础，不可以凭着主观的喜好乱发议论。这是我读傅先生著作最大的体会。

2011 年 12 月 4 日

# 悼念傅璇琮先生

2015年12月初，由于卢盛江教授的安排，我有机会到浙江大学高等研究院住了几天。我与盛江已经两年多没见过面，有很多话题可以谈，谈着谈着，我就问起傅璇琮先生的近况。盛江口气突然变得严肃起来，他跟我说，前一阵子他和傅先生的高足卢燕新博士去看过傅先生，傅先生和傅师母身体都很差，很需要人照顾，而他们两人都很客气，不愿意拖累他人，让长期以来奔走于天津和北京之间的卢燕新不知如何是好。我记得两年半前在北京首都师范大学最后一次见到傅先生时，他的身体状况仍和以前一样，并没有特别令人担心的地方。听盛江这样一说，我的心情变得很沉重。

12月中旬，我有机会到复旦大学参加一篇博士论文的答辩，就试着和陈尚君教授联系，没想到他竟然没有外出，我们见了面，谈了不少事情。我又问尚君，尚君说，现在傅先生已经由中华书局安排住院，照顾得很好，没有问题。尚君还说，如果你到北京，可以先到中华书局，就可以问到医院，医院就在附近，你可以去看他。刚好跨年那几天，我有机会到北京，但一来因为时间短，二来因为跨年有假期，不容易腾出适当的时间，终于没有去成。我心里想，以两年半前傅先生的身体状况来看，只要有人照顾，应该不会有问题。何况傅先生才刚过八十不久，一定可以康复的，说不定夏天又可以在北京见面了。我完全没想到，就这样错过了和傅先生最后一次见面的机会。

2016年1月，我结束了在重庆大学客座一年的工作，于14日回到台湾，为了适应已离开一年的台北，生活过得不太踏实。没想到才刚刚适应下来，就接到唐代文学会传来的大量追悼傅先生的信息，原来傅先生已于1月23日离开我们了。有一段时间我非常难过，心里很乱，不知道如何面对这件事情。我这样说一点都不夸张，因为傅先生对我来说，长期以来具有某种"精神支柱"的作用，这必须从两岸学术交流和两岸政治关系的角度出发，才能说得清楚。

可能在1979年或1980年的某一天，我到一家熟识的影印店去影印资料。那时候台湾内部的民主运动蓬勃发展，国民党应对起来非常吃力，再也没有精力顾及文化管制，违禁的出版品到处流传，影印事业非常发达。我是影印店的常客，老板跟我很熟悉，每次我去，他都会出示别人所提供的资料，问我要不要印。那一天，他拿出了两份资料——《刘长卿事迹考辨》和《韦应物系年考证》，这是我的研究范围，当然要印，而且要老板立刻印。

回到家里，我立即把这两篇文章一口气读完，当时的心情只能用"震惊"或"震撼"来形容。在台湾研究唐代文学的同辈中，我自认为是其中历史修养和资料掌握比较扎实的。但和这两篇文章的水平相比，我才知道自己的程度只能算是

"小学阶段"。还好我一向研究的范围是元和时代，而不是大历时代，如果是后者，我的博士论文就写不下去了。我看了两篇文章的作者，是"傅璇琮"，我不知道他是谁，但我知道，只要我继续做唐代文学，一定要读他的文章。

我暂时把这两篇文章的冲击放在一边，继续写我的博士论文。博士毕业后，我升了副教授（台湾清华大学中文系），六年之后，我升了正教授。此后我逐渐疏远唐代文学研究，一方面我完全被台湾当代政治气氛所吸引，把研究重点转向台湾现当代文学；另一方面，我记取傅先生两篇文章的深刻教训，不断购买大陆有关唐代文学研究的论著，希望在逐渐累积之后，重新开始我的唐代文学研究。在这一过程之中，我对20世纪80、90年代大陆的研究成果认识得越清楚，就越不敢回到唐代，反而把更多的心力放在台湾的现当代文学上。那时候，我已经买到傅先生的三本大作，《唐代诗人丛考》《唐代科举与文学》和《李德裕年谱》，也一册一册地购买《唐才子传校笺》，终于把五册买全，最后又加上了《新编唐人选唐诗》。就这样，傅先生的形象在我面前日渐高大，成为我返回唐代研究的"最大障碍"，因为我不知道如何越过这一座高峰。

就在这个时候（1999年），我竟然有机会在相当长的一段时间内近距离地接近傅先生。这要感谢台湾清华大学中文系刚接任系主任的朱晓海教授，他想每半年聘请一位知名的大陆教授来清华客座，我非常支持。没想到他聘请的第一位学者就是傅先生，而台湾清华大学客座教授所住的学人宿舍，离我的宿舍只有两三分钟的路程，这样，我们夫妻就可以随时照顾傅先生夫妇的生活起居，尤其在他们刚住进清华的时候。我们（朱晓海和我）把消息放出去，让台湾各大学中文系知道傅先生在清华客座，那时台湾中文学界都已知道傅先生的大名，因此不断有人邀请他去演讲。那时候傅先生的手和脚开始出现问题，我担心他出门不便，每次演讲都是我陪他去。傅先生在台北的老朋友，如台大的罗联添教授（我硕士论文的指导教授）和学海书局的老板李善馨先生（他和傅先生同乡）请吃饭，也都是我陪着去。那时候我在台湾学术界，因为鲜明的统派立场，已经非常受孤立，我所发表的许多关于当代台湾文学的论文，也受到有意的忽视，所以感到非常苦闷。傅先生的到来，让我好像找到了一个新的生活目标，日子变得充实起来。

说到陪傅先生到台北赴宴，我还闹过一个大笑话。那时候台湾很多人都不承认自己是中国人，我和学生喝酒，酒一喝多，就逼问学生："你是中国人吗？"在一次欢迎傅先生的宴会上，我太兴奋了，话讲个不停，最后突然大声说："是中国人的就站起来！"在座除了一两个同辈外，都是我的长辈，包括罗联添老师和杨承祖教授。那一天回到新竹，是傅先生扶着我上楼的。第二天我太太骂我："是你陪傅先生，还是傅先生陪你？"不久，我碰到当时也在场的我的同学何寄澎教授，他说："你那天问那一句话，傅先生第一个站起来，而且态度很严肃。"其实我读傅先生的文章，早就感觉到他有强烈的正义感和爱国心。他的文章考证性强，看起来很客观，其实是有感情的，他论李商隐和李德裕时就是如此，他对中国历史的强烈认同在《唐代科举与文学》序的最后一段话里表现得淋漓尽致：

> 今年（按，1984）八、九月间，笔者在兰州参加中国唐代文学学会第二届年会，而后又随会议的代表一起去敦煌参观。车过河西走廊，在晨曦中远望嘉峪关的雄姿，一种深沉、博大的历史感使我陷于沉思之中，我似乎朦胧地感觉到，我们伟大民族的根应该就在这片土地上。在通往敦煌的路上，四周是一片沙碛，灼热的阳光直射于沙石上，使人眼睛也睁不开来。但就在一大片沙砾中间，竟生长着一株株直径仅有几厘米的小草，虽然矮小，却顽强地生长着，经历了大风、酷热、严寒以及沙漠上可怕的干旱。这也许就是生命的奇迹，同时也象征着一个古老民族的历史道路吧。来到敦煌，我们观看了从北魏到宋元的石窟佛像，那种种奇彩异姿，一下子征服了我们。我们又在暮色苍茫中登上鸣沙山，俯瞰月牙泉，似乎历史的情景与现实融合为一……我又想，敦煌在当时虽被称为丝绸之路上的一颗明珠，但它终究还处于西陲之地，敦煌的艺术已经是那样的不可逾越，那么那时的文化中心长安与洛阳，该更是如何辉煌绚丽！

但俯仰之间，已成陈迹。除了极少的文物遗留外，整个文化的活的情景已不可复见了。作为一个伟大民族的后人，我们在努力开辟新的前进道路的同时，尽可能重现我们祖先的灿烂时代的生活图景，将不至于被认为是无意义的历史癖吧。

因此我自以为，傅先生对我那一次的失态一点也没有放在心上。我在北京，至少有两次在他面前酗酒，他也没说什么。我觉得傅先生是非常体谅人的，我一直感怀在心。

最遗憾的是，在我很容易见到傅先生的那三个月，我竟然没有把握机会，好好地跟他请教唐代文学研究的一些问题。那时候我几乎不写唐代文学的文章，没有具体的问题意识，因此也提不出什么问题。我唯一能做的，是把我的博士论文和我出过的两本书送给傅先生，我主要想问傅先生，我的博士论文现在（距离写作时间已有十六年）还适合出版吗？过了一段时间，傅先生跟我说，你的文字风格和一般台湾学者不一样，这样写很好。台湾学术界大都认为我的文章太白话，不像学术文章，傅先生的看法竟然跟他们不同，我非常感激他的肯定。他又说，你的博士论文当时写完就应该出版，现在出版虽然也可以，总是晚了一点。这跟我的感觉是一样的，所以这本论文稿至今还放在书堆里。

傅先生乐于为同辈学者及后辈学者的论著写序，每一篇序都写得很认真，他应该把这些著作都读过了，他的序是原著最好的摘要，所以也就成了我了解大陆唐代学者著述状况最好的入门途径。通过这些序去找书，再通过这些书扩大见闻，我就这样逐渐扩大了对大陆唐代文学研究的了解。我相信，傅先生写这些序一定花掉不少时间，但他似乎很少拒绝别人的请求，我有一些不解，并为他感到惋惜。后来我读到陶敏教授的一篇文章《傅璇琮先生与唐五代文学编年史》，其中谈到傅先生约请陶敏教授参与《唐五代文学编年史》的编纂工作，为此傅先生和陶敏教授有过几次通信，从这些通信中可以了解傅先生为主编这一大套书所付出的辛勤劳动。傅先生在一封信中这样告诉陶敏教授：

> 近些年来我放弃了一部分我个人的著述，做一些大项目的组织协调工作（包括《全唐诗》），是想以我目前的条件为唐诗学界做些事，也为友朋的著作创造一些出版的有利条件。如能稍稍促进学术事业的进展，就是我最大的安慰。（1991 年 7 月 22 日函）

由此可见，傅先生除了自己的著述外，还时时以"促进学术事业的进展"为念，他为许多人写序也是出于同样的动机。他是一个热情、有爱国心、有正义感、有使命感的人。表面上他为人谦和，大部分著述都是客观的考证文章，因此可能会有一些人对傅先生的性格不太理解。很多人都忘了，傅先生曾经当过二十年的"右派"，在中华书局沉默地过了二十年的编辑生活，不能发表自己的文章。而当时局转变，他就立刻完成了《唐代诗人丛考》（1978），并于两年后出版。很难想象在这二十年之中，除了繁杂的编辑工作，他还默默地进行了大量的资料阅读和卡片抄录工作。傅先生这二十年不为人知的艰困处境和刻苦努力，以及傅先生成为人人敬仰的大学者以后为学术发展所做的种种无私的贡献，我常常会想象这两者之间的关系，由此而产生更大的敬意，这就是傅先生成为我精神支柱的最重要的原因，也是最终促使我回到唐代文学研究极重要的推动力。因为如此，我哪能不为傅先生的突然离去而感到难过。

2016 年 6 月 25 日

# 叶嘉莹先生的两首诗

2013年11月，台湾有个文教基金会邀请叶嘉莹先生回台，帮她做九十大寿。叶先生生于1924年，按传统算法，2013年确实是九十岁。做寿的场面非常浩大，很多叶先生在台湾的老学生都来了，真是盛会。前一天还是前两天，基金会安排叶先生在台湾图书馆办一个演讲，演讲厅很大，但还是座无虚席。演讲的那段时间我在淡江大学本来是要上课的，但我一想叶先生九十岁，我也六十六了（虚岁），什么时候还有机会听叶先生演讲，所以我就向淡江大学申请调课，专程去听她演讲。叶先生演讲两小时，始终站着，从头到尾声音都没有减弱，让我们这些老学生非常佩服，又非常高兴，知道叶先生的身体还是很好的。

在叶先生回台之前，我的一位朋友就已买到叶先生的口述自传《红蕖留梦》，他要求我把这本书拿去请叶先生签名，我很高兴在生日宴会时找到机会让叶先生签了名。这本书现在还留在我手边，还没有还给我的朋友。

我有空就翻阅《红蕖留梦》。叶先生过往的事我多少知道一些，所以就采取跳读的方式，专找我不熟悉的先读。叶先生的一生有很坎坷的部分，但也很幸运，常常有师长、学生、朋友以及海外汉学家帮她的忙，让她能在困境中找到出路。

这本口述自传是在她晚年生命力最旺盛的时候口述的，讲话的语气没有她中年时候的那种孤愤的激情，现在的读者如果不知道叶先生以前的事迹，可能会觉得叶先生一生都是很幸福的。其实远远不是如此。叶先生是在1978年回国教书以后，才逐渐达到她生命的高峰。她的灿烂的晚年是她有意的选择所促成的。现在叶先生誉满全国，她所做的任何演讲都有录音，都有人帮她整理成书，都能畅销，而这些是她一生坎坷经历的累积，再加上她为追求自己生命的安顿，在艰难的条件下，下定决心选择自己所要走的道路，所导致的结果。看到叶先生这样的生命追求，真是让我无限向往，让我对她产生深厚的感情。

关键是1978年。两年前叶先生的长女和女婿结婚才三年，就出了车祸同时过世，叶先生非常痛苦。叶先生说："事后我把自己关在屋里，很多天不肯见人。我不愿意让外人看见我哭哭啼啼的，听别人说一些同情的话。在接连数十天闭门不出的哀痛中，我写下了哭女诗十首。"她的长女是和她同甘苦共患难的，她的先生被关在政治牢中的时候，她必须独立抚养女儿。她在中学上课时，没有人照顾女儿，她必须把婴儿车推到教室后面，然后才上台讲课。这个女儿从小就知道她生活的苦难以及她的寂寞，应该说，女儿的去世，把她平生最不为人知的隐痛都带走，从此以后，再也找不到像女儿那样了解她的人，悼女诗的最后一首是这样写的：

从来天壤有深悲，满腹酸辛说向谁。

痛哭吾儿躬自悼，一生劳瘁竟何为。

叶先生坦言，她的婚姻是不幸福的，她的先生嫉妒她的才华，"我尽量希望把事情做好，可是他就是要把所有美好的东西丢掉"，对于这样的男人她可以养他一辈子，"我吃苦耐劳的什么都做，忍受着精神上的痛苦，承担着经济上的压力。当然我是为了我们的家，也为了两个孩子"。她的先生被关了将近四年，她带着长女相依为命地度过那几年。现在她的长女突然过世，让她悲从中来。家已破碎，这就是她一辈子辛劳的成果吗？女儿的猝然离世，引发她对婚姻失败的悲苦，让叶先生有"生何以堪"的感慨，这可以说是她一生最大的精神危机。

就在这个精神危机的时刻，刚好中国和西方的关系已经逐渐改善，她就想到要回国教书。1978 年春天，她给国家教委写了申请书。"当我写好了信就要到邮筒投寄。我在温哥华的家门前，是一大片茂密的树林。那一天我是傍晚黄昏的时候出去的，我要走过这一片树林，才能够到马路边的邮筒去投信。当时落日的余晖正在树梢上闪动着金黄色亮丽的光影，春天的温哥华到处都是花，马路两边的樱花树下飘浮着缤纷的落英，这些景色唤起了我对自己年华老去的警惕，也更使我感到了要想回国教书，就应争取早日实现的重要性……当时满林的归鸟更增加了我的思乡之情，于是我就随口吟写了两首绝句"，其中第一首说：

> 向晚幽林独自寻，枝头落日隐余金。
>
> 渐看飞鸟归巢尽，谁与安排去住心。

这里不说"独自行"而说"独自寻"，是因为你在行走之中有一种寻思、一种思索。"枝头落日隐余金"，是说树枝被落日染上的金色已经渐渐褪去，太阳就要落下去了。这是写实的，同时里边也有象征生命的意思。1978年我已经54岁了（以上是叶先生自己的解说）。所以说"渐看"，是说慢慢地看着归鸟回巢，看着它们都有归宿，再想到自己，我要怎么办？这样才能转入下一句"谁与安排去住心"，我在海外漂泊数十年，谁能够让我的"去住心"有了最后的归宿，不是应该回祖国教书吗？因为这样的思索、这样的选择，叶先生终于能够得到最光辉灿烂的晚年。

在写了前面所提到的《向晚二首》之后不久，叶先生又写了《再吟二绝》，其中第二首说：

> 海外空能怀故国，人间何处有知音。
>
> 他年若遂还乡愿，骥老犹存万里心。

第一句的"空能怀故国"，是说在海外只能怀念祖国，而不能实际报效祖国。第二句的"人间何处有知音"，是说不能畅所欲言地给学生们讲我所热爱的古典诗词。这是叶先生自己的解释，实际上我对二句，还有另外一层的解释。你在海外，甚至台湾，如果过度表达中国情怀，人家甚至会不高兴，未必海外或台湾人人都热爱祖国，你的感情甚至会招致嘲讽，有时还会遭到辱骂。第三、四句当然不需解释，大家都能理解。我读这首诗时，已经年满六十五岁，按规定是可以退休了，虽然我可以再延长五年，但我不想延了。我不想再在台湾教书了，我决定接受重庆大学的聘书，到大陆客座半年。叶先生说，"骥老犹存万里心"，她写诗时五十四岁，而我读诗时已六十五岁。我深受感动，觉得六十五岁再到大陆教书，未为晚也。后来，我在重庆的客座又延了一年，要不是我母亲年纪已大，我还想继续教下去。

上面这两首诗，我一读再读，决心背下来。如果我还是二十岁，这一点都不难。但是现在年龄老大，刚背下来，过两天就忘了，在两个月内我隔几天就复诵一次，现在我大概可以随口背出来了。读叶先生的《红蕖留梦》，这两首诗最让我感动。

最后，我讲一件至今难以忘记的事。1999年庆祝新中国成立五十周年，并举行阅兵，我们中国统一联盟有十多人受邀参加庆典，住在北京饭店。"十一"前一晚，接待人员告诉我们，明天一大早就要出发，绕小巷子步行至少四十分钟，才能走到指定要我们坐的位置。接待人员希望我们早一点睡觉，以免第二天体力无法应付。第二天一大早我们就走出饭店，其中有年过七十的陈明忠和林书扬，还有跟他们年龄相仿的一些台湾老政治犯，还有六十二岁的陈映真，以及五十一岁的我（我算是较年轻的）。我们都精神奕奕的，非常兴奋，准备迎接马上到来的庆典。走着走着，从一条小巷子绕到另一条小巷子时，从第三条小巷子也走出一群人，我跟陈映真马上看到叶先生。陈映真虽然大我十一岁，但也是叶先生的学生，他在淡江大学读书时，上过叶先生的大一国文。他交给叶先生的第一篇作文，后来发表后就成为他的第一篇小说。我们两人急着跟叶先生打招呼，叶先生很高兴，一面走一面聊天，一直走向天安门，走到阅兵台才分手。这是我们三人的一次奇遇，我一直没有忘记。

2004 年南开大学为叶先生办八十大寿，2014 年南开大学又为叶先生办九十大寿，我本来都准备去的，后来都没去成。现在只能写这篇小文，为先生寿。

2015 年 12 月 1 日下午

# 中国文化是我的精神家园

题目这一句话是我的由衷之言，丝毫没有夸张的成分，所以首先我要简略说明，我之所以有这种体悟的经历。从20世纪80年代末期开始，"台独"思想逐渐弥漫于台湾全岛，不只是民进党的党员如此，连反对民进党的国民党党员也如此。我大惑不解，曾质问同为中文系毕业的好朋友，为什么不承认自己是中国人，难道你不是读中国书长大的吗？他回答，中国文化那么"落后"，中国人那么"野蛮"，你为什么还要当中国人？这样的对答，在其后十多年间不知道发生了多少次。我每次喝醉酒，都要逼着人回答："你是中国人吗？"很少人干脆地说"是"，因此，几乎每次喝酒都以大吵大闹结束。

那十几年我非常地痛苦，我无法理解为什么绝大部分的台湾同胞（包括外省人）都耻于承认自己是中国人，难道中国是那么糟糕的国家吗？我因此想起钱穆在《国史大纲》的扉页上郑重题写的几句话："凡读本书请先具下列诸信念：一、当信任何一国之国民，尤其是自称知识在水平线以上之国民，对其本国已往历史，应该略有所知。二、所谓对其本国已往历史略有所知者，尤必附随一种对其本国已往历史之温情与敬意。三、所谓对其本国已往历史有一种温情与敬意者，至少不会对其本国已往历史抱一种偏激的虚无主义，亦至少不会感到现在我们站在已往历史最高之顶点，而将我们当身种种罪恶与弱点，一切诿卸于古人……"我突然觉悟，我的台湾同胞都是民族虚无主义者，他们都乐于将自己身上的"罪恶与弱点"归之于"中国人"，而他们都是在中国之外高高在上的人。说实在的，跟他们吵了多少次架以后，我反而瞧不起他们。

也就从这个时候，我开始反省自己从小所受的教育，并且开始调整我的知识架构。小时候，国民党政府强迫灌输中国文化，而他们所说的中国文化其实就是中国的封建道德，无非是教忠教孝，要我们服从国民党，效忠国民党，而那个国民党却是既专制又贪污又无能，叫我们如何效忠呢？在我读高中的时候，李敖为了反对这个国民党，曾经主张"全盘西化"，我深受其影响，并且由此开始阅读胡适的著作，了解了"五四"时期反传统的思想。从此以后，"五四"的"反传统"成为我的知识结构最主要的组成部分，而且深深相信，西方文化优于中国文化。矛盾的是，也就从这个时候，我开始喜爱中国文史。为了坚持自己的喜好，考大学时，我选择了当时人人以为没有前途的中文系。我接受了"五四"知识分子的看法，认为中国文化必须大力批判，然而，从大学一直读到博士，我却越来越喜欢中国古代的典籍，我从来不觉得两者之间有矛盾。弥漫于台湾全岛的"台独"思想对我产生极大的警惕作用，让我想到，如果你不能对自己的民族文化怀有"温情与敬意"，最终你可能不愿意承认自己是中国人，就像我许多的中文系同学和同事一样。这时候我也才渐渐醒悟，"反传统"要有一个结束，"五四"新文化运动已经完成了它的历史任务，我们要有一个新的开始，中国历史应该进入一个新的时期。后来我看到甘阳的文章，他说，要现代化，但要割弃文化传统，这就像要练葵花宝典必须先自宫一样，即使练成了绝世武功，也丧失了自我。如果全民族都是这样，就会集体犯了精神分裂症，即使国家富强了，全民族也不会感到幸福、快乐。我当时已有这个觉悟，但是还不能像甘阳说得那么一针见血。

甘阳还讲了一个意思，我也很赞成，他说，我们不能有了什么问题都要到西方去抓药方，好像没有西方我们就没救了。实际上，西方文明本身就存在着很大的问题，要不然他们怎么会在征服全世界以后，彼此打起来？从1914年到1945年，他们就打了人类有史以来最残酷的两场大战。我当时还没想得那么清楚，但我心里知道，为了在"台独"气氛极端浓厚的台湾好好当一个中国人，我必须重新认识中国文明和西方文明。应该说，1990年以后，是我一辈子最认真读书的时期。我重新读中国历史，也重新读西洋史，目的是为了肯定中国文化，以便清除"五四"以来崇拜西方、贬抑中国的那种不良的影响。这个时候，我觉得自己年年在进步，一年比一年活得充实。著名的古典学者高亨在抗战的时候，蛰居在四川的嘉州（乐山），埋头写作《老子正诂》。他在自序里说："国丁艰难之运，人存忧患之心。唯有沉浸陈篇，以遣郁怀，而销暇日。"我也是这样，避居斗室，苦读群书，遐想中国文化的过去与未来，在台湾一片"去中国化"的呼声之中，找到自己的安身立命之处。也正如孔子所说，"发愤忘食，乐以忘忧，不知老之将至云尔"。就这样，中国文化成了我的精神家园。

2000 年左右，我突然醒悟到，中国已经渡过重重难关，虽然有种种的问题还需要解决（哪一个社会没有问题呢），但基本上已经走上平坦大道了。每次我到大陆，跟朋友聊天，他们总是忧心忡忡，而我总是劝他们要乐观。有一个朋友曾善意地讽刺我，"你爱国爱过头了"。我现在终于逐渐体会到，大陆现在的最大问题不在经济，而在"人心"。凭良心讲，现在大陆中产阶层的生活并不比台湾差，但是，人心好像一点也不"笃定"。如果拿 20 世纪 80 年代的大陆来和现在比，现在的生活难道还不好吗？问题是，为什么大陆知识分子牢骚那么多呢？每次我要讲起中国文化的好处，总有人要反驳，现在我知道，这就是甘阳所说的，国家再富强，他们也不会快乐，因为他们没有归宿感，他们总觉得中国问题太多，永远解决不完。他们像以前的我一样，还没有找到精神家园。

我现在突然想起《论语》的两段话，第一段说：

> 子适卫，冉有仆。子曰："庶矣哉！"冉有曰："既庶矣，又何加焉？"曰："富之。"曰："既富矣，又何

加焉？"曰："教之。"

翻成现在话，就是先要人多，再来要富有，再来要文化教养。现在中国的经济问题已经不那么重要，我们要让自己有教养，就要回去肯定自己的文化，要相信我们是文明古国的传人，相信我们在世界文明史上是有贡献的。如果我们有这种自我肯定，如果我们有这种远大抱负，我们对身边的一些不如意的事，就不会那么在乎。《论语》的另一段话是：

> 子贡曰："贫而无谄，富而无骄，何如？"子曰："可也；未若贫而乐（道），富而好礼者也。"

以前我们中国普遍贫困，现在基本上衣食无忧，跟以前比，不能不说"富"了，我们现在要的是"礼"。"礼"是什么呢？不就是文明吗？我们能用别人的文明来肯定自己吗？除非我们重新出生为西洋人，我们无论如何也不可能把自己改造为西洋人。我们既然有这么悠久的、伟大的文明，虽然我们曾经几十年反对它，现在我们为什么不能幡然悔悟，重新去肯定它呢？事实上，以前我们在外国的侵略下，生怕亡国，痛恨自己的祖宗不长进，现在我们既然已经站起来了，为何不能跟祖宗道个歉，说我们终于明白了，他们留下来的遗产最终还是我们能够站起来的最重要的根据。自从西方开始侵略全世界以来，有哪一个国家像中国那么大，像中国那么古老，像中国经受过那么多苦难，而却能够在一百多年后重新站了起来？这难道只是我们这几代中国人的功劳吗？这难道不是祖宗给我们留下了一份非常丰厚的遗产，有以致之的吗？我们回到我们古老文化的家园，不过是重新找回自我而已，一点也不必羞愧。

苏东坡被贬谪到海南三年，终于熬到可以回到江南，在渡过琼州海峡时，写了一首诗，前四句是：

> 参横斗转欲三更，苦雨终风也解晴。
> 云散月明谁点缀？天容海色本澄清。

扩大来讲，中国不是经过了一百多年的"苦雨终风（暴风）"，最后还是放晴了吗？放晴了之后再来看中国文化，不是"天容海色本澄清"吗？这文化多了不起，当然就是我们的精神家园了。最后再引述钱穆《国史大纲》扉页上最后一句题词："当信每一国家必待其国民备具上列诸条件者（指对本国历史文化具有温情与敬意者）比数渐多，其国家乃再有向前发展之希望。"我们国家的前途，就看我们能不能回去拥抱民族文化。

2012 年 1 月 12 日